Afscheid van Parijs

Ruth Druart bij Boekerij:

Terwijl Parijs sliep
Afscheid van Parijs

boekerij.nl

Ruth Druart

Afscheid van Parijs

De oorlog bracht hen samen.
De bevrijding zal hen uiteendrijven.

BOEKERIJ

ISBN 978-90-225-9648-7
ISBN 978-94-023-1936-1 (e-book)
ISBN 978-90-528-6514-0 (audio)
NUR 302

Oorspronkelijke titel: *The Last Hours in Paris*
Vertaling: Irene Goes
Omslagontwerp: © DPS Design & Prepress Studio,
naar een ontwerp van Heike Schüssler
Omslagbeeld: © Millenium images, Arcangel en Shutterstock
Zetwerk: Mat-Zet bv, Huizen

Voor Sandra en Michael, mijn ouders.
Dank dat ik naar hartenlust in bomen mocht klimmen.
Jullie stonden klaar om me op te vangen als ik zou vallen.

'Beminnen of bemind hebben. Dat is genoeg. Vraag niet om meer.
Er zitten verder geen parels verstopt in de donkere
plooien van het leven.'

– Uit *Les Misérables* van Victor Hugo

Proloog

'Ik heb niet eens naar je gekeken, die eerste keer dat ik je zag.'

'Je zag alleen een uniform.'

'Ja, en dat maakte me bang.'

'Nou, ik heb ook niet goed naar jou gekeken.'

Ze kneep zacht in zijn wang. 'Echt niet?'

'Ik wist dat je niet wilde dat er naar je gekeken werd. Vooral niet door mij. Maar je viel me wel op.' Hij speelde met haar vingers. 'Ik vond je intrigerend.'

'Ga door,' moedigde ze hem aan, en het raakte hem dat zij hem over haar wilde horen praten.

'En opstandig,' ging hij verder. 'Dapper. De eerste keer dat ik je zag, wist ik dat je bang was voor die agenten, maar je deed niet onderdanig.' Hij liet haar vingers los. 'Dat bewonderde ik.' Hij streek door haar haar. 'Maar ik dacht wel bij mezelf dat je jezelf in de nesten zou kunnen werken.'

'Dacht je toen dat je me zou gaan redden?'

'Nee.' Hij staarde haar aan. 'Ik wist dat jij mij zou redden.'

DEEL EEN

1963

1

Bretagne, mei 1963

Elise

Door het raam staar ik uit over de zee die op de loodgrijze rotsen beukt, en volg het witte schuimwater dat afspat van de ongelijke uitsteeksels. In een impuls zet ik het raam open, waardoor het gekrijs van de meeuwen en het onvermoeibare geluid van het tij naar binnen komt. Een duivenpaartje balanceert op een telegraafdraad. Ze draaien hun kopjes schuin naar me toe en bekijken me nieuwsgierig.

'Elise.' Monsieur Beaufort komt de kamer in, en zijn stem snijdt door mijn ziel. 'Ben je klaar? Ik kan je een lift geven naar het station.'

'Dank u wel.' Ik sluit het raam, veeg de vensterbank droog en draai me om, met een beleefde glimlach. Dan trek ik mijn werkovergooier uit en volg hem de trap af. Op weg naar de oprit hang ik de overgooier aan de haak op de keukendeur.

Hij doet het portier voor me open.

'*Merci, monsieur.*' Hij is een gentleman, en dat waardeer ik. Zo voel ik me minder een huishoudster, meer mens.

'Heb je plannen voor het weekend?' vraagt hij als we over de provinciale weg, omzoomd met bomen, naar het station in Saint-Brieuc rijden.

'Niets bijzonders, lunch thuis met mijn dochter en dan waarschijnlijk een strandwandeling.'

'Hoe gaat het met Josephine?'

Ik vind het lief dat hij haar naam weet.

'Goed, dank u wel. Over een maand doet ze haar *baccalauréat*, het eindexamen. Ze wil naar de universiteit.' Ik hoor de trots in mijn stem, en ik kan mezelf maar net op tijd inhouden, want ik wou zeggen hoe slim ze is. 'Ze is een maand geleden achttien geworden.'

'Achttien al? Ze was nog maar een baby toen je bij ons begon.'

'Ja.' Ik laat me zakken tegen de rugleuning en vraag me af of dit hoofdstuk in mijn leven nu voorbij is. Ik heb bereikt wat ik mezelf tot doel had gesteld. Josephine is veilig volwassen geworden, en binnenkort zal ik haar de waarheid vertellen. De leugens die ik om haar kindertijd heb opgebouwd, zijn meegegroeid als onzichtbare tralies, die me hebben tegengehouden, vastgepind. Alleen de waarheid kan me nu bevrijden. En tegelijkertijd vind ik het doodeng.

De rest van de route leggen we in stilte af en ik ben opgelucht als we bij het station aankomen. De trein staat er al en ik bedank Monsieur Beaufort voordat ik me naar het perron haast, waar ik een lege wagon instap en ga zitten op een met fluweel beklede zitting. Ik denk aan een wandeling met Josephine, die middag. Aan de andere kant wil ik haar ook weer niet van haar studie houden. Als haar examen eenmaal achter de rug is, dan is er meer tijd om te praten. Om écht te praten. Ik zie dat ze zich klaarmaakt om haar vleugels te spreiden en uit te vliegen, maar ik kan haar niet laten gaan, niet voordat ik haar alles heb verteld wat ze moet weten.

Als de trein stopt in Lannion, stap ik uit en loop ik door het station naar de weg. Soizics oude groene Renault 4CV staat op hetzelfde parkeerplekje als elke zaterdag als ze me ophaalt van de trein. '*Bonjour*, Soizic.' Ik trek het portier open en stap in, geef haar een vluchtige kus op beide wangen. 'Hoe gaat het met je?'

'Josephine komt pas later vandaag,' zegt ze bij wijze van antwoord.

Ik voel een steek, maar ik herpak me voordat ik wat zeg. 'Is ze naar een vriend of vriendin voor de lunch?'

'Ja, naar Hervé.' Ze draait de sleutel om in het contact en we rijden weg.

Ik werp een schuine blik op haar. 'Ze is wel vaak bij hem de laatste tijd.'

'Het is leuk dat ze een vriendje heeft. Maak je geen zorgen, ik heb het met haar over jongens gehad, en...' Ze maakt haar zin niet af, en laat de toespeling in de lucht hangen.

'Ik zal ook even met haar praten.' Zo probeer ik mezelf te bewijzen als de moeder van Josephine, iets wat ik al sinds haar geboorte doe.

Soizic houdt haar blik op de weg en trekt een wenkbrauw op. Ik draai mijn gezicht weg en staar uit het raampje. De zeilboten in Baie de Sainte-Anne zijn bij de kustlijn achtergelaten en liggen op hun zij, wachtend op de vloed. De zee heeft alles op zijn pad weggeveegd wat niet was verankerd of geworteld zat in het zand. Soms wou ik dat ik het verleden op die manier kon wegvagen, dat de zee het ver met zich mee kon nemen, de oceaan op, waar het nooit meer kan worden gevonden. Maar het verleden is deel van wie wij zijn, en het is tijd dat ik het in de ogen kijk. Tijd dat Josephine het weet.

'Ik heb middageten gemaakt.' Ze kijkt me aan. 'Uiensoep, en er is verse baguette.'

'Merci.' Ik heb geleerd dat dit Soizics manier is om te laten zien dat ze om me geeft. En dat doet ze echt. Ondanks haar sarcastische opmerkingen en afstandelijke manier van doen weet ik dat ze heel veel om Josephine geeft, en zelfs om mij. We zijn dan wel geen bloedverwanten, maar Soizic hoort wel bij ons gezin. Ik weet alleen niet of ze de rol heeft van moeder, oma of vader. Soms voelt het als alle drie.

We slaan af en stoppen naast het oude stenen chalet dat mijn thuis is sinds ik weg ben uit Parijs. De geur van knoflook en uien begroet me als ik binnenstap, en opeens krijg ik trek. Soizic schept soep op, lange draden gesmolten kaas met croutons en vlezige uienringen. Voordat ze haar lepel oppakt slaat ze een kruis. 'Heer, dank u voor deze maaltijd.'

'Amen,' mompel ik.

We eten in comfortabele stilte, eentje die ontstaat als je elkaar al zo veel jaren kent. Soizic is geen type voor ditjes en datjes, en ik ben daaraan gewend geraakt. Zwijgzaam is het woord, maar ze heeft dan ook wel haar redenen. We zijn bijna klaar met de soep als Josephine de keuken in komt stormen, met een opgewonden blik in haar blauwe ogen. '*Maman*, raad eens?' Zonder hoi of hallo.

Ik ben blij om haar zo blij te zien en sta op om haar op de wang te kussen. 'Bonjour, Josephine.' Dan steek ik mijn hand uit naar Hervé, die naast haar staat. Hij wordt een beetje rood, pakt mijn hand en schudt hem stevig. Hij lijkt me een aardige jongen.

'Raad eens,' zegt Josephine weer. Ze kijkt naar Hervé en dan naar mij. 'Er komt een schoolreis naar Engeland.'

Josephine is gek op Engeland. Ze droomt ervan om ernaartoe te gaan sinds het eerste album van de Beatles vorige maand uitkwam. Ik hoor haar de liedjes wel eens zingen: 'Love Me Do', 'Please Please Me'. Ik kijk naar mijn dochter, haar gezicht zo vol jeugdigheid en opwinding, en met een vertrouwde steek van verlangen moet ik denken aan haar vader. Ze heeft dezelfde *joie de vivre*, dezelfde levenslustigheid, ze wil alles proeven. Maar mijn hart huilt, want ik weet dat ik haar moet teleurstellen.

'Josephine,' begin ik. 'Het spijt me heel erg. Dat kunnen we niet betalen.'

Haar ogen worden een schakering donkerder en haar mond valt open, de kuiltjes in haar wangen zijn weg. 'Maar je weet nog helemaal niet hoe duur het is. En ik heb nog geld van mijn verjaardag.'

'Ik weet het.' Ik knijp in haar hand. 'Maar dat soort bedragen hebben we niet.'

Ze slaakt een diepe zucht en ik voel haar hele lichaam leeglopen. Hervé rolt zijn lippen naar binnen en kijkt weg, alsof hij zich geneert. Geld is niet iets waar je buiten je eigen gezin over spreekt.

'Je hebt niet eens een paspoort,' voegt Soizic toe.

Het woord paspoort jaagt mijn hartslag op. Ze moet nog even wachten, tot na haar examens, als we tijd hebben om over alles te praten, in alle rust.

'Ik weet zeker dat ik op tijd aan een paspoort kan komen!' Josephine verheft haar stem, en ik voel haar ergernis. In plaats van haar te helpen met het vervullen van haar dromen, zitten we haar dwars, houden we haar tegen.

Ik wend me tot Hervé. 'Ga jij?'

'Ik ga het mijn ouders vragen.' Hij kijkt naar Josephine. 'Misschien kunnen ze u geld lenen.'

'O nee! Geen sprake van, Hervé!' Ik schrik van zijn aanbod, het is niet aan hem om zoiets aan te bieden. 'Er komen vast nog veel meer gelegenheden.' Ik richt me weer tot Josephine en wil het onderwerp afronden. 'Je bent ook nog wel erg jong voor zo'n grote reis.' En ik trek een verzoenende glimlach.

'Maman, ik ben geen klein kind meer.' Josephine gaat niet in op mijn lach. 'Ik weet zeker dat ik het geld bij elkaar kan krijgen.' Ze kijkt naar Soizic en weer naar mij. 'Maar je wilt niet dat ik ga, dat is het, hè? Je wilt niet eens dat ik naar Parijs ga. Jij wilt dat ik mijn hele leven hier in dat saaie Bretagne blijf.'

'Niet, dat is niet waar!' Ik schrik van haar plotselinge uitval. 'Ik weet dat je geen kind bent.'

'Maar waarom behandel je me dan zo?'

'Josephine!' In Soizics ogen ligt een koude blik. 'Zo is het genoeg.'

Josephine zucht hard. 'Ik blijf hier niet eeuwig, hè.'

'Ik zei: zo is het genoeg.' Soizic staat op, slaat haar armen over elkaar en gaat wijdbeens staan. Dit is haar huis, en wij leven onder haar regels. We schreeuwen niet en we maken geen ruzie. Ik krimp vanbinnen ineen en voel het medelijden met mijn dochter in me opwellen. Deze ruzie gaat niet over geld.

Josephine staat op. 'Het maakt me niet uit of ik op deze trip ga. Ik wil gewoon weg uit dit huis, weg uit Trégastel. Het is zo… zo klein allemaal. En de mensen zijn…'

Ze draait zich om naar Hervé, die eruitziet alsof hij liever ergens anders zou zijn. Ze pakt zijn hand en trekt hem naar de deur.

2

Bretagne, mei 1963

Josephine

'Dan ga ik ook niet.' Hervé slaat zijn arm om Josephine heen terwijl ze langs de kustweg lopen op weg naar zijn huis.

Ze staat stil, loopt iets van hem weg en draait zich dan naar hem toe om hem aan te kijken. 'Het gaat me niet om de trip. Ik heb er gewoon genoeg van dat we het er niet eens over kunnen hebben. Ik kan heus wel aan het geld komen. Ik heb wat gespaard, maar Maman wil gewoon niet dat ik ga. Ze wil nooit dat ik iets doe. Ze is overal bang voor. Bang voor het leven!' Ze pauzeert om op adem te komen. 'Ik mag niet eens 's zaterdags uit.'

'Maar zaterdag is de enige avond dat je moeder er is.'

'Aan wiens kant sta jij?' *Waarom ziet hij niet hoe haar moeder haar inperkt?*

'Ik vind het rot voor je moeder.'

Josephine knijpt haar ogen tot spleetjes. 'Wat?'

'Nou ja, ze heeft niet veel geld, toch? En ze is helemaal alleen.'

'Ze heeft Soizic. En trouwens, dat is haar eigen schuld. Ze wilde nooit iemand leren kennen. Er waren wel wat kandidaten, maar niemand was ooit goed genoeg.' Ze loopt weer verder, met een rusteloze energie die in haar opborrelt als ze eraan denkt dat haar moeder niet eens wil praten over haar eigen vader – Frederick, die werd doodgeschoten tijdens de bevrijding van Parijs. Altijd als Josephine over het onderwerp begint, dan neemt haar moeder een behoedzame houding aan en kijkt weg, alsof ze naar haar eigen geheime wereldje vertrekt.

'Ik kan je geld lenen,' zegt Hervé. 'Ik moet ook een paspoort gaan halen. Misschien kunnen we samen.'

'Wat heb je daarvoor nodig?'

'Ik weet het niet.' Hij pakt haar hand en zwaait hun handen heen en weer. 'Een geboorteakte, denk ik.'

'Die van mij heb ik nog nooit gezien.'

'Nou, iedereen heeft er een. Vraag maar aan je moeder. Je kan altijd een kopie halen bij het gemeentehuis.'

Hervé lijkt meer te weten over alles dan zij, en dat vindt ze best irritant. 'Ik ga even terug. Ik wil mijn geboorteakte opzoeken.'

'Wat, nu?'

'Ja. Ik ga ze laten zien dat ik geen kind ben. Ik ga zelf een paspoort regelen.' Ze geeft hem een snelle zoen op de wang en rent naar huis, denkend dat Soizic en haar moeder waarschijnlijk in het weiland zullen zijn, om de koeien naar de stal te brengen voor de nacht. Ze kan natuurlijk gewoon vragen om haar geboorteakte, maar ze wil niet wéér ruzie. En ze heeft een idee waar die moet liggen – in het koffertje onder haar moeders bed, waar ze oude foto's en papieren bewaart. Josephine heeft niet uitdrukkelijk te horen gekregen dat ze er niet in mag kijken. Het is meer zo'n impliciete regel dat je niet in andermans persoonlijke bezittingen gaat zitten rommelen.

Ze heeft geluk, er is niemand thuis. Ze gaat de keuken in en neemt dan de trap met twee treden tegelijk, naar de enige kamer boven – die van haar moeder. Een eenvoudig donker eikenhouten bed met solide gerond hoofd- en voeteneind staat midden in de kamer. Josephine hurkt, reikt onder het bed en trekt de gebutste koffer tevoorschijn. Ze had hem zich groter en indrukwekkender voorgesteld. Maar het is maar een klein koffertje gemaakt van dik karton, bekleed met grijs papier in Schotse ruit. Ze knijpt in de oude roestige sluiting die hem bij elkaar houdt, maar dan aarzelt ze, want het verhaal van de doos van Pandora flitst door haar hoofd. Even blijft ze zo zitten, met een vinger op de sluiting. Ze ruikt lavendel, de zoete vertrouwdheid ervan brengt herinneringen met zich mee, lekker tegen Maman aan liggen op zondagochtend terwijl Soizic beneden in de keuken herrie maakt.

Ze is even in gedachten verzonken, maar dan trekt ze in een impuls de sluiting omhoog en maakt de koffer open. Er liggen papieren in, en brieven, en zwart-witfoto's. Josephine bladert erdoor, op zoek naar haar geboorteakte, maar haar nieuwsgierigheid wint het en ze pakt de foto's eruit. Haar moeder als jong meisje, tussen haar ouders in, een verlegen glimlach om haar lippen. Haar moeder in een mooie lange jurk, met haar hand in die van een man. Waarom heeft Maman haar deze foto's nog nooit laten zien? Ze heeft gevraagd naar foto's van Frederick, haar vader, maar haar moeder heeft daar altijd ontwijkend over gedaan, dan zei ze altijd dat ze destijds nog geen foto's namen. Wie was deze man dan? Misschien wel een vriendje, een minnaar, niet haar vader. Ze draait hem om. Drie woorden laten haar hart opspringen. Frederick, februari 1939. Dit moet haar vader zijn? Maar waarom had Maman haar deze foto nooit laten zien?

Ze haalt een boek met gedichten van Victor Hugo eruit, en vraagt zich af waarom haar moeder een boek zou verstoppen. Ze opent het op de eerste bladzijde, en daar staat een geschreven opdracht.

Mijn lief. Lise.
Mijn leven begon bij jou.
Voor altijd de jouwe.
S

'S'? 'S' is niet 'F' van Frederick. Wie kan 'S' zijn? En waarom heeft hij niet zijn hele naam opgeschreven? Ze vindt oude brieven, maar weerstaat de verleiding om ze te lezen. Het gaat om haar geboorteakte, en ze moet zich niet laten afleiden.

Dan valt haar oog op een officieel ogende brief. Hij is zo kort dat ze hem al heeft gelezen voor ze er erg in heeft.

Het spijt ons u te moeten informeren dat Frederick Dumarché is omgekomen bij de uitvoering van zijn trouwe dienst en verdediging van het vaderland.

Iets boven aan de brief trekt haar aandacht. De datum: mei 1940. Vijf jaar voor haar geboorte! Hoe kan dat nou? Ze leest het nog een keer. Het moet wel een andere Frederick zijn.

De klik van de keukendeur die opengaat maakt dat ze alles terug in de koffer laat vallen. Snel doet ze hem dicht en schuift hem onder het bed. Ze strijkt haar jurk glad en probeert rustig te ademen voordat ze weer naar beneden gaat.

'Wat deed je in je moeders kamer?' Soizic staat onder aan de trap, met haar armen over elkaar.

'Waar is ze?' beantwoordt Josephine de vraag met een wedervraag.

'Ik vraag wat je daar deed.' Soizic klinkt koeltjes.

'Ik heb mijn geboorteakte nodig.' Ze heeft er recht op, dus waarom voelt het alsof ze iets vraagt wat ze niet mag hebben?

Soizic trekt wit weg. 'Waarom wil je dat?'

'Ik wil een paspoort halen.'

Soizic slaakt een zucht. 'Dat heb je nog niet nodig. Wacht tot je examens voorbij zijn.'

'Mijn examens? Wat heeft dat ermee te maken?'

'Daar zou ik me maar druk over maken op dit moment.' Ze draait zich om en klakt met haar tong. 'Ik weet niet. Reisjes naar het buitenland, vriendjes. Allemaal afleiding.'

'Het maakt niet uit.' Josephine probeert nonchalant te klinken. 'Volgens Hervé kan ik een kopie halen bij het gemeentehuis.'

'Nee. Nee.' Soizic kijkt haar in haar ogen. 'Dat is niet nodig. We vinden hem vast wel. Maar geef ons even de tijd.' Ze zucht. 'Jullie jongelui zijn altijd zo ongeduldig.'

Die opmerking komt op Josephine over als nogal oneerlijk. Ze is juist heel erg geduldig geweest, ze heeft haar moeder of Soizic juist nooit gedwongen over vroeger, over de oorlog, te vertellen, want ze zag dat ze er altijd overstuur van raakten.

'Weet jij wie Frederick Dumarché is?' vraagt Josephine.

Soizic sluit haar ogen een tel en schudt dan haar hoofd. 'Je moet niet in je moeders spullen snuffelen! Je rakelt het verleden op. Dat is voor niemand goed.' Ze aarzelt even. 'Je zou beter moeten weten.'

Josephine kijkt naar haar voeten, opeens beschaamd nu, en ze voelt zich ontzettend schuldig dat ze Soizic terug laat denken. Omdat Josephine weet wat er met Soizics dochter is gebeurd. Iedereen weet het, maar er wordt niet over gepraat.

De deur die opengaat verbreekt de gespannen stilte en Josephines moeder komt binnen. 'Het is koud vanavond.' Ze trekt haar jas uit. 'Er is ander weer op komst.' Ze lijkt niet te hebben gemerkt wat voor sfeer er heerst in de keuken en legt haar hand op Josephines wang. Josephine rilt van de ijskoude hand.

3

Bretagne, mei 1963

Elise

Als ik mijn dochter niet beter kende, dan had ik gedacht dat ze aan het mokken was. Maar ze is geen mokker. Ze is een denker. En op dit moment zit ze met die trip naar Engeland in haar hoofd. Ik kan haar bijna hóren denken, ze maakt plannen.

'Het spijt me van het reisje, Josephine.' Ik probeer een opening te vinden als we 's avonds aan tafel gaan. 'Om het goed te maken kun je naar Parijs na je examen. Je kunt bij je tante Isabelle logeren, ze vindt het enig om je mee de stad in te nemen en je rond te leiden.'

Josephine haalt haar schouders op. 'Misschien.'

'Wil je niet naar Parijs?'

'Jawel hoor.'

Soizic schept zwijgend de gekookte aardappels op.

'Je gaat echt wel een keer naar Engeland.' Ik probeer wat spanning uit de lucht te halen. 'Je hebt je hele leven nog voor je.'

Soizic haalt het deksel van de kasserol en ik snuif de rijke, vlezige geur op van haar boeuf bourguignon. Ze schept op en slaat een kruis. 'Heer, zegen deze spijze.'

Josephine en ik mompelen: 'Amen.'

Al zijn het vooral wortels en bleekselderij, en de goedkoopste stukjes vlees, het is rijk van smaak en het vlees is zo mals dat het van mijn vork valt. Maar Josephine prikt alleen wat met haar vork en breekt een aardappel in tweeën.

'Hou je van poëzie?' vraagt ze me opeens, met een mysterieuze blik.

Ik weet even niet wat ik moet zeggen. 'Niet echt. Hoezo?'

Soizic houdt haar vork stil op weg naar haar mond en kijkt naar me.

'Ik denk dat ik zin heb om poëzie te lezen.' Josephine haalt een stuk brood door de saus. 'Heb jij misschien poëzie in huis?'

'Ik?' Ik kijk naar Soizic. We hebben maar twaalf boeken en Josephine heeft ze allemaal gelezen. En dan weet ik het opeens. Het boek, in de koffer boven. Ze zal toch niet in mijn spullen hebben gekeken? Dat zou ze toch niet doen, of wel? 'Nee,' antwoord ik voorzichtig. 'Ik geloof van niet.'

Josephine laat het stukje brood in de saus vallen. 'Dat is jammer.' Ze steekt haar vork in een stukje vlees, brengt het naar haar mond en kauwt er langzaam op, terwijl ze naar me kijkt.

En dan weet ik hoe het zit. Ze heeft mijn koffer bekeken. Mijn koffer met herinneringen. Ze heeft de gedichtenbundel gevonden die Sebastian me heeft gegeven, en zijn berichten, maar hij heeft zijn naam nergens onder gezet. Ze kan dus niet weten wie hij was. Er staat niets gevaarlijks in. Niet echt.

'Iemand heeft me wel eens een gedichtenbundel gegeven.' Ik doe mijn best om te glimlachen. 'En ik heb er wel eens wat in gelezen.'

'Wie was dat?' Haar vraag is kort en direct.

'Gewoon iemand die ik heb gekend.'

Ze zucht, pakt het zompige stukje brood en stopt het in haar mond. Ik realiseer me dat mijn antwoorden tekortschieten, en ik wil haar meer vertellen. Ik wil haar alles vertellen. Maar niet nu. Niet zo. Het is niet het goede moment.

'Ik weet zeker dat je zou genieten in Parijs.' Soizics stem klinkt een beetje te hoog en gemaakt vrolijk.

'Het is meteen ook een mooie kans om je tante Isabelle te leren kennen.' Ik lach, maar het voelt alsof mijn gezicht splijt.

'En mijn grootouders. Die ken ik nauwelijks. Ik heb mijn opa nooit gezien. Leeft hij nog wel?'

'Jawel, die leeft nog.' Ik probeer rustig te klinken. 'Maar sinds de oorlog is hij niet meer zichzelf.' *De oorlog.* Het verboden onderwerp in dit huis. Ik werp een blik op Soizic, meteen bezorgd om haar nu we ons op glad ijs begeven.

'Maar wil je hem dan niet zien?' dringt Josephine aan. 'Zo lang heeft hij niet meer.'

'Hij wil mij niet zien. Dat heb ik je verteld.'

'Alleen omdat je niet getrouwd was toen je mij kreeg?' Josephine wrijft over haar neus. 'Het was toch niet jouw schuld dat mijn vader is gesneuveld?'

Ik voel mijn wangen warm worden. Dat had ik haar nooit moeten wijsmaken. Het zal moeite kosten om dat terug te draaien. Ik probeer het stuk wortel in mijn mond door te slikken, maar het blijft steken. Ik hoest en houd mijn hand voor mijn mond. Ik hoest opnieuw en de tranen schieten in mijn ogen. Soizic staat op en geeft me een paar klappen tussen mijn schouders. Ik probeer te stoppen met hoesten, pak mijn glas water en neem een grote slok.

Josephine staart naar me alsof ze me voor de eerste keer ziet. Ik voel me blootgesteld. Ze weet het. Ze weet dat het allemaal één grote berg leugens is.

4

Bretagne, mei 1963

Josephine

Zondagavond, nadat haar moeder terug is gegaan naar Saint-Brieuc, is Josephine bijna in slaap gevallen als het ineens bovenkomt. Een kinderherinnering aan haar moeder die een map achter een stapel borden die ze nooit gebruiken schuift, alsof hij hoort bij de achterkant van het keukenkastje. Er had wat heimelijks gezeten aan de manier waarop haar moeder de map had weggestopt, alsof die daar nooit meer vandaan zou worden gehaald. En zelfs als kind had ze het belang ervan aangevoeld. Ze weet zeker dat ze daar haar geboorteakte gaat vinden.

Met deze gedachte valt ze in slaap. Maar dit zijn geen gedachten waarmee je lekker slaapt, en dus wordt ze de volgende ochtend vroeg wakker met een soort zenuwachtige spanning. Ze sluipt haar kamer uit en gaat naar het keukenkastje waar de borden staan. Ze kijkt voorzichtig achter het servies. Tegen de achterkant ligt een bleekgroene map.

Snel pakt ze hem tevoorschijn en slaat hem open. Ze kijkt erin en trekt het eerste vel papier eruit. Haar naam staat bovenaan.

Naam: *Josephine Chevalier*
Naam moeder: *Elise Chevalier*
Naam vader: *Sebastian Kleinhaus*

Het blad valt uit Josephines hand. Een rilling gaat door haar rug, haar lijf wordt ijskoud. De tijd gaat opeens anders, terug, vooruit, maar hij is niet hier, niet waar zij nu is. Ze is opeens kwijt waar ze is. Ze knijpt haar ogen dicht en probeert te gronden. Wat betekent dat? Naam vader: Sebastian Kleinhaus. Dat kan niet. Haar vader was een Fransman genaamd Frederick. Had hij nog een andere naam?

Opeens heeft ze een herinnering. Destijds snapte ze er weinig van, maar de woorden klinken nog in haar oren alsof ze al die jaren hebben zitten wachten op dit moment, wachtend tot ze kon begrijpen wat ze betekenden.

Het was een zondagochtend en ze waren op weg naar de kerk, ze zal een jaar of acht zijn geweest. 'Wat is het verschil tussen een *Boche*, een mof, en een zwaluw?' De vraag werd haar gesteld door een oudere jongen. Ze haalde haar schouders op, niet wetend wat een Boche was, behalve een lelijk woord. 'Als een zwaluw kindjes maakt in Frankrijk, dan neemt hij ze mee, maar een Boche laat ze achter.' Hij zei het spottend en ze had zijn uitspraak altijd onthouden, zonder te weten wat zij ermee te maken had.

Sebastian Kleinhaus. Een Duitser! Een mof! Opeens begrijpt ze de stiltes rond het onderwerp van haar vader. Haar moeder moest weglopen naar Trégastel om te bevallen van haar moffenbaby, waar niemand iets van haar wist. Het verklaart waarom ze Josephine nooit heeft meegenomen naar Parijs, waarom Josephine haar oma en haar tante Isabelle pas vier keer in haar hele leven heeft ontmoet. Waarom ze haar opa nog nooit heeft gezien, de man die naar een werkkamp in Duitsland is gestuurd tijdens de bezetting, en terugkwam met alleen maar haat in zijn hart voor alles wat Duits was.

Een moffenbastaard.

Haar moeder had heel haar leven gelogen. Wie weet het nog meer? Soizic?

Nee, vast niet, zij zou haar moeder nooit in huis hebben genomen als ze het wist. Dan heeft haar moeder haar ook voorgelogen. *La honte* – de schaamte dat je met de vijand hebt geslapen. '*Putain!*' vloekt ze binnensmonds. 'Mijn moeder, een leugenaar!'

Ze hoort voetstappen aankomen en ze verstijft. Haar longen klappen dicht, de lucht die erin zat is niet langer genoeg om ze te vullen. Happend naar adem legt ze haar hand op haar borstbeen. En dan, met de geboorteakte in haar andere hand, draait ze zich langzaam om en kijkt Soizic aan.

Soizic is lijkbleek, met grote, bange ogen. Ze weet het. Ze heeft het altijd geweten.

'Waarom heb je het mij niet verteld?' vraagt Josephine met bevende stem. De tranen springen in haar ogen. Maar ze wil niet huilen. Ze knippert ze weg. 'Ik had het recht om het te weten!'

Soizic is heel stil. Haar mond zegt wat, maar er komen geen woorden uit.

'Wist jij dat mijn vader een mof was?'

'Zeg dat woord niet!' Soizic pakt het dressoir vast met een trillende hand, alle kleur is weggetrokken uit haar gezicht. Voor het eerst ziet ze eruit als de volle zevenenzeventig jaar die ze is. 'Je mag niet in andermans spullen kijken.'

'Andermans spullen!' Een overweldigend gevoel van onrecht zet Josephine in vuur en vlam. 'Het is míjn geboorteakte!'

'Het is aan je moeder om die aan je te geven. Die mag je niet zomaar pakken!'

'Jij wist ervan? En je hebt nooit iets gezegd?' De pijn vanwege Soizics verraad schiet door haar heen. De twee mensen die haar hebben grootgebracht, die van haar hebben gehouden en voor haar hebben gezorgd, samen hebben ze dit schandaleuze geheim voor haar verborgen gehouden, alsof ze haar er niet mee konden vertrouwen. Met de wetenschap wie haar eigen vader was.

'Ja.' Soizic klinkt zeker. 'Ja, ik wist het.'

'Waarom?' Opeens gaan er allerlei gedachten door haar hoofd. 'Waarom heb je haar eigenlijk in huis genomen?' Zonder op antwoord te wachten stelt ze een nieuwe vraag. 'Heeft hij haar verkracht?' Ergens weet ze wel dat het antwoord nee is, maar ze moet het vragen. 'Nou?' dringt ze aan.

Soizic schudt krachtig haar hoofd. 'Nee! Nee!' Haar hand valt van haar hals, en laat een kleine rode plek achter waar ze hem omklemde. Ze strekt haar arm uit naar Josephine. 'Het spijt me zo erg. Ze wilde het je vertellen, maar ik heb haar tegengehouden.'

Josephine stapt naar achteren, tegen de muur, zo ver mogelijk bij haar vandaan. Maar ze wil het weten. Ze wil weten hoe erg haar vader echt was.

Haar vader. De opwellende tranen prikken in haar ogen. Ze probeert ze weg te knipperen, maar ze komen uit een diepe bron binnen in haar, en ze kan ze niet tegenhouden.

'Josephine, *mon coeur*.' Soizic doet een stap naar voren. Ze probeert haar armen om Josephine heen te slaan, en Josephine laat het bijna toe, maar ze wil niet getroost worden. Ze trekt zich verder terug en veegt haar tranen weg met de rug van haar hand.

'Vertel me maar gewoon wie hij was. Wat deed hij?' Ze moet het weten. Ze moet weten of haar vader een monster was.

'Ik weet het niet. Ik weet het echt niet, Josephine. Ik wilde niet dat je moeder over hem sprak.'

5

Bretagne, mei 1963

Josephine

In plaats van naar school te gaan loopt Josephine naar de telefooncel in het dorp. Ze wil weg uit Trégastel voordat haar moeder het weekend weer thuis is. Ze kan de waarheid zelf wel achterhalen.

Ze moet naar de telefoondienst bellen voor het nummer van tante Isabelle. Isabelle antwoordt met een stem die nog dik is van de slaap. 'Het spijt me,' begint Josephine. 'Heb ik je wakker gemaakt?'

'Josephine, ben jij dat? Gaat alles goed?"

'Ja. Het gaat goed met iedereen.' Opeens weet ze niet meer hoe ze het moet vragen. 'Ik wilde eigenlijk, nou ja, ehm, ik vroeg me af... of ik een paar dagen bij je kon komen logeren?' Ze krimpt ineen vanwege de brutaliteit van haar verzoek.

'Wat? Nu? Bedoel je dat je nu wilt komen?' Isabelles verbazing echoot door de lijn. 'Heb je geen school?'

'Het is studietijd.'

'Wat een verrassing.'

Josephine voelt de moed in haar schoenen zinken. Ze gaat nee zeggen. Maar dan fleurt Isabelle op. 'Nou, wat ontzettend leuk. Wanneer kom je?'

'Morgen?' oppert ze. Eigenlijk zou ze nu meteen wel willen.

'Morgen al!' Het wordt stil op de lijn. Dan hoort ze haar stem weer. 'Ja hoor! Waarom niet?' Ze gaat zachter praten. 'Hoe is het met je moeder? Gaat het goed met haar?'

'Ja hoor.' Een leugentje om bestwil. 'Ik bel terug als ik mijn treinkaartje heb, dan kan ik zeggen hoe laat ik aankom.'

'Wacht, ik heb een dienstrooster hier.'

Josephine gooit nog een franc in de gleuf.

'Er gaat er een om half negen morgenvroeg. Kun je die nemen?'

'Ja!' De opwinding schiet door haar heen nu haar impulsieve idee opeens werkelijkheid wordt.

Ze zou naar Hervé toe willen om hem alles te vertellen, maar ze wil niet naar school gaan, en dus loopt ze de rest van de ochtend over het strand, en probeert erachter te komen hoe deze nieuwe informatie haar binnenstebuiten heeft gedraaid, waarom ze zich voelt als een open wond, zo kwetsbaar. Tussen de middag is ze weer thuis in het chalet om te eten en Soizic te vertellen dat ze naar Parijs gaat.

'En je moeder dan? Die is straks helemaal overstuur. Je kunt niet zomaar van huis wegrennen!'

'Ik moet achterhalen wat er gebeurd is. Ik ben achttien, en ik heb genoeg geld gespaard voor een kaartje.' Ze haalt diep adem. 'Je kunt me niet tegenhouden.'

'Maar school dan, en je examen?'

'Ik kan mijn boeken meenemen.' Josephine zucht. 'Ik kan daar studeren.'

Josephine is vastbesloten en laat Soizic geen ruimte om haar het plan uit het hoofd te praten. Op dinsdagmorgen biedt Soizic aan om haar naar het station te brengen. De regen komt met bakken naar beneden, de ruitenwissers gaan met een zwiepend geluid heen en weer.

Soizic staart de regen in. 'Je mag het je moeder niet zo kwalijk nemen. Ze heeft altijd gedaan wat ze het beste vond voor jou.'

Josephine werpt haar een honende blik toe. 'Voor mij?'

'Ja, voor jou. Ze wilde je een veilig, gelukkig thuis geven.' Ze schakelt en slaat af. 'Dat stond altijd op de eerste plaats.'

Josephine antwoordt niet maar staart naar de hoge bomen langs de weg, naar hun takken die zwaaien in de harde wind, de tere bloesemblaadjes die het zwaar te verduren hebben.

Ze parkeren voor het station, en Josephine legt haar hand op de hendel, maar aarzelt dan. Er heerst een kalme stilte in de auto terwijl de wind en de regen het dak en de raampjes geselen, waarmee het voor Josephine aanvoelt als een cocon. Als ze het portier eenmaal opendoet, stelt ze zichzelf bloot aan de elementen, en vanaf dan is ze helemaal alleen. Soizic is altijd haar rots in de branding geweest, altijd was ze er wanneer ze haar nodig had, met praktisch advies en hulp, maar ze kon ook hard zijn. Als ze het niet eens was met Josephine, dan zei ze het. Dan ging ze er niet omheen praten of haar stroop om de mond smeren. Ze is eerlijk, denkt Josephine met ironie. Dat was het woord dat ze eerst voor Soizic zou hebben gebruikt, maar nu niet meer. Het zet haar aan het denken, hoe goed kun je iemand eigenlijk kennen? Van nu af aan zal ze zich altijd afvragen welk deel van zichzelf mensen verborgen houden. Ze kijkt naar de zijkant van Soizics gezicht, en haar ene helft wil haar armen om deze sterke, lieve vrouw slaan, maar de andere helft voelt zich nog steeds verraden en gekwetst.

Soizic heeft haar handen nog steeds op het stuur, terwijl ze naar de regen staart. 'Ik ben al een dochter kwijt.' Haar stem komt van ver. 'Ik kan het niet aan om jou ook nog eens kwijt te raken.'

Maar ik ben je dochter niet, wil Josephine schreeuwen. *Ik ben je dode dochter niet.* Maar ze kan het niet. Ze kan haar niet zo'n pijn doen. 'Het spijt me,' prevelt Josephine, en dat is de waarheid. Het spijt haar voor hen allemaal, om de dingen die niet zijn gezegd, om de verhalen die niet zijn verteld. Maar op dit moment is het enige wat ze wil doen, vertrekken.

Ze ademt diep in, legt haar hand op de hendel en doet het portier open. *'Au revoir.'*

Josephine zit alleen in de coupé in de trein naar Parijs. Ondanks alle emoties die door haar heen golven, vindt ze het wel erg leuk om in deze trein te zitten, die zo hard gaat. Ze staat op, schuift het raam naar beneden en leunt naar buiten. De wind snijdt haar adem af en blaast haar haar strak achterover. Ze doet haar mond open, probeert naar adem te happen, en haar hart klopt snel door de sensatie die de hoge snelheid oplevert. Op het andere spoor komt een trein op haar af razen en ze wil haar hoofd terug naar binnen halen. Maar ze doet het niet. In plaats daarvan absorbeert ze de angst. Dan doet ze een stap weg van het raam en keert de stilte terug. Ze leunt achterover op de bobbelige fluwelen zitting en ze voelt elke veer door haar rok heen. Ze houdt van dit gevoel dat je tussen twee plekken bent, niet waar ze was, en ook nog niet waar ze heen gaat. Het voelt als een veilige plek, waar ze kan zijn wie ze maar wil zijn.

Maman wil dat ze iemand is die ze niet is. Ze wil dat ze techniek gaat studeren. Ze snapt niet dat Josephine houdt van taal, van talen, dat ze dol is op het samenbrengen van woorden, om daarmee beelden te scheppen, om ritme te scheppen in de zinnen, om emoties op te wekken. Josephine heeft de snijdende afwezigheid van woorden gevoeld bij haar thuis, alsof ze zich achter keukenkastjes verstopten, onder bedden, in laatjes, bedekt onder het stof. Wat Josephine heeft geleerd over het leven heeft ze uit boeken. Zodra ze kon lezen, verslond ze boek na boek, in bed, stiekem onder de dekens met een zaklamp als ze het licht uit moest doen, op het strand in de zomer, op haar buik, haar kin op haar handen, zandkorreltjes die over de pagina's werden geblazen. Op die bladzijdes leerde ze over het leven, over de liefde, over moed en lafheid. Woorden zijn macht. Ze kunnen je naar beneden halen, ze kunnen je optillen, je hart laten vliegen, ze kunnen je verliefd maken. Of ze kunnen je laten haten. Ze denkt aan de twee simpele woorden 'Sebastian Kleinhaus', en hoe het ze is gelukt om haar te veranderen.

Vijf uur later stopt de trein op station Montparnasse. Zodra Josephine de wagon uit stapt wordt ze overvallen door de herrie, mensen die haastig voorbijlopen, hard pratend, aankondigingen die door de hal galmen, treinen die aan elkaar worden gekoppeld, harde fluitsignalen. Gelukkig ziet ze Isabelle aan het eind van het perron.

'Bonjour! Bonjour, Josephine. Daar ben je eindelijk!' Isabelle geeft haar een kus, en kijkt dan naar Josephines koffertje. 'Fijn dat je weinig hebt meegenomen, dan kunnen we lopen.'

'Bonjour, tante Isabelle.'

'Noem me geen tante hoor, laten we doen of ik je grote zus ben. Tante klinkt zo suf. Ik ben maar tien jaar ouder dan jij. Eigenlijk ben ik meer een zus. Hou je van jazz?'

Josephine probeert Isabelles snelle babbel te volgen. 'Ja, nou, nee, ik weet het niet.'

'Nou, dat zal je zaterdagavond wel merken. We gaan naar een jazzclub! Je gaat Parijs geweldig vinden!' Ze staart naar Josephines rok. 'We gaan ook winkelen. Ik ga je vreselijk verwennen. Maar eerst lunchen. Ik sterf van de trek.'

Josephine bekijkt haar rok, nu door Isabelles ogen, en voelt zich meteen heel rot. Slonzig. In Trégastel zag haar rok er chic uit op de paspop in de etalage, maar hier in Parijs maakt het haar een *plouc*, een boerentrien. Parijse vrouwen schrijden voorbij in strakke kokerrokken, getailleerde jasjes, hoge hakken, kleine leren handtasjes die aan hun ellebogen hangen. Ze heeft de bladen met de laatste mode wel gezien, maar ze wist niet dat mensen dat ook echt droegen. En nu loopt ze hier, in een oubollige rok, zeulend met een koffer, terwijl het zweet haar uitbreekt op haar voorhoofd en onder haar oksels.

Isabelle lijkt haar ongemak op te merken. 'Kom, geef me je koffer.'

Dankbaar geeft Josephine haar tante de koffer. Het verkeer raast voorbij terwijl ze op de stoep van een heel brede straat lopen; sportwagens, auto's zonder dak, auto's die toeteren. Bussen met open achterkanten waar de passagiers uit leunen, rokend. Als ze de andere kant op kijkt ziet ze de hoge gebouwen, de gietijzeren balkonnetjes, en de stenen gevels die op haar neerkijken.

'Laten we hier naar binnen gaan.' Isabelle loopt abrupt een brasserie in, en binnen een mum van tijd zitten ze aan een klein rond tafeltje op het terras, waarbij Josephines zintuigen worden overmand door alle nieuwe geluiden en beelden.

De kelner komt met het menu, en Josephine staart naar de enorme keuze die ze voor zich ziet. 'Het *menu du jour* ziet er lekker uit,' zegt Isabelle. 'De *plat du jour* is *magret de canard*. Hou je van eend? *Oeuf mayonnaise* als voorgerecht en *mousse au chocolat* als toetje.'

'Ja,' antwoordt Josephine hoewel ze ook graag de slakken en het lamsvlees had geproefd.

'En een *demi carafe* rood. Een maaltijd zonder wijn is maar een tussendoortje. Isabelle lacht en bestelt snel voordat de kelner kans ziet om weg te lopen.

Sommige vrouwen die voorbijlopen hebben chique bobkapsels, terwijl anderen hun haar hoog en strak hebben opgestoken. Opnieuw voelt Josephine zich een boerentrien met haar dikke golvende haar.

'Eric heeft me wat geld gegeven om je mee uit winkelen te nemen.' Isabelle lijkt haar gedachten te lezen. 'Hij is echt een schat.' Ze knipoogt. 'Hij vindt het enig dat je er bent. Je hebt hem pas twee keer gezien, toch? Maar hij weet nog dat hij in Bretagne is geweest en jou toen heeft gezien. Hij vraagt altijd naar je.' Ze legt een hand op Josephines knie en vervolgt: 'We waren allebei zo teleurgesteld dat je niet bij onze trouwerij kon zijn.'

Josephine poogt een lach op haar gezicht te toveren, maar haar spieren weigeren. Ze wil niet worden herinnerd aan die dag toen zij en haar moeder vastzaten in Trégastel, terwijl Isabelle met Eric voor het altaar stond. Haar moeder beweerde dat het kwam door geldgebrek, dat ze zich geen tripje naar Parijs konden veroorloven.

'Ik heb Maman verteld dat je zou komen,' gaat Isabelle verder, 'en ze is zo blij om je weer te zien. Hoeveel keer heb je je oma gezien?'

'Drie keer.'

'Maar drie keer! Hindert niet. Je bent hier nu!' Isabelle zwijgt even en rommelt in haar tas. 'En ik heb wat voor je. Een verjaarscadeau!' Ze geeft Josephine een prachtig ingepakt pakje, met zilveren papier en een zwarte strik. 'Ik wou dat ik je vaker had kunnen zien toen je klein was, Josephine. Maar ik ben van plan om dat allemaal in te halen.'

'Merci.' Josephine leunt voorover, geeft Isabelle een kus op de wang. Ze overweegt Isabelle te vertellen dat ze nu weet waarom ze elkaar amper hebben gezien, waarom ze was weggestopt in Trégastel. *La honte*. De schaamte van de familie. Maar ze wil dit moment niet verpesten, en dus maakt ze haar cadeau open. Een doosje met 'Chanel No 5' erop komt tevoorschijn. Josephine heeft nog nooit parfum gehad, het is zo'n luxe, decadent zelfs. 'O, Isabelle, ontzettend bedankt.' Ze staart naar het Chanel-logo en haar ogen stromen vol. Alsjeblieft, zegt ze tegen zichzelf, het is maar parfum! Maar het voelt als zoveel meer dan dat. Het voelt als een introductie tot het vrouw-zijn, alsof er een hele nieuwe wereld opengaat.

Isabelle lacht. 'Doe wat op.'

Josephine maakt het doosje open en haalt het breekbare flesje eruit, een kunstwerk op zich. Voorzichtig spuit ze wat op haar pols en zwaait even met haar arm voordat ze eraan ruikt. Het ruikt fris, het ruikt naar licht, naar een nieuw begin, naar sensualiteit en avontuur. Ze snuift het op.

'Ben je er blij mee?'

'Superblij!'

Ze worden onderbroken door de kelner die het eerste gerecht brengt.

'Hoe gaat het met je moeder?' vraagt Isabelle, als hij wegloopt en zij een vork met ei naar haar roodgestifte lippen brengt, en zachtjes kauwt terwijl ze Josephine bestudeert.

Josephine pakt een stuk brood uit het mandje en begint eraan te plukken. Ze voelt Isabelles ogen prikken. Ze wil wel vertellen wat ze weet, maar niet nu. Dat zou alles veranderen en waarschijnlijk haar bezoek verpesten. Het kan onmogelijk het eerste onderwerp zijn dat ze bespreken. 'Goed,' zegt ze, liegend, en verandert van onderwerp. 'Waar is de Eiffeltoren? Is hij ver weg?'

'Maak je geen zorgen. Ik heb alle bezienswaardigheden voor morgen al ingepland. Vandaag wilde ik het rustig aan doen – we gaan heel rustig terugwandelen door Jardin du Luxembourg.'

Na de lunch, als ze rustig door het park slenteren met zijn perfect aangelegde avenues met kastanjebomen, staart Josephine naar de donkere blaadjes die in de bries heen en weer gaan, zich afvragend of haar leven vanaf nu anders zal zijn. Ze voelt zich een beetje onthecht, alsof ze zomaar iemand kan zijn. Wie is ze in deze grote stad? Kan ze iedereen zijn die ze wil zijn?

Ze komen langs een vijver waar kinderen met lange stokken kleine houten zeilbootjes duwen. Ze wendt zich naar Isabelle. 'Kwam je hier ook toen je klein was?'

'Ja, Elise – je moeder – nam me vaak mee.' Ze denkt even na. 'Tot een bepaald moment. Tijdens de bezetting was het hier vol met Duitsers en hun vriendinnetjes. Elise wilde hier toen niet meer komen.'

‘Maar…’ Josephine barst bijna uit elkaar van verlangen om te vragen hoe dat kan, als ze zelf een Duitse vriend had.

Isabelle kijkt haar aan, met een frons. ‘Maar laten we het niet over toen hebben. Het is lang geleden.’ Ze pakt Josephines hand. ‘Ik weet het, ik val in herhaling, maar ik ben zo blij dat je er bent!’

6

Parijs, mei 1963

Josephine

Als ze bij de flat aankomen, moeten ze via een smalle houten wenteltrap zes verdiepingen omhoog, voordat Isabelle de sleutel uit haar tas haalt. 'We zijn er. Oost west, thuis best.' Ze doet de deur open en Josephine snapt meteen dat het de moeite van het traplopen waard is. Het uitzicht over de daken geeft haar het gevoel dat de wereld aan haar voeten ligt.

'Het is fantastisch!' Ze zet haar koffer neer en doet een raam open om naar buiten te leunen.

'We hebben maar één slaapkamer, dus je zult hier op de bank moeten slapen.'

'Dat ziet er heerlijk uit. Dank je wel.' Josephine laat zich tegen de kussens vallen die op de bank liggen. Het maakt haar niet uit waar ze slaapt. Ze is gewoon zo blij om in Parijs te zijn.

'Ik moet aan het eten beginnen. Eric komt rond zeven uur thuis.'

Josephine kan niet wachten om alle bezienswaardigheden te bekijken en overweegt voor te stellen om in haar eentje een wandeling te maken, maar dat vindt ze toch te onfatsoenlijk. In plaats daarvan biedt ze aan om te helpen met koken.

Om zeven uur stipt komt Eric binnen. Hij ziet er knap uit in zijn bruine pak, met zijn donkere haar glad naar achteren gekamd. Hij kust zijn vrouw en geeft daarna Josephine ook een snelle kus op de wang. Hij ruikt naar dure aftershave.

'Welkom in Parijs.' Hij doet een stap achteruit en bekijkt Josephine. 'Een echte dame.'

Ze glimlacht om het compliment.

'Ik kleed me even om en dan kunnen we een aperitief drinken.'

Als hij de kamer weer in komt ziet hij er net iets minder knap uit in een gewoon T-shirt met een wijde pantalon. Hij loopt naar de open keuken, pakt drie flûtes en schenkt een bodempje crème de cassis in elk glas. 'Kir royale?' En zonder op antwoord te wachten pakt hij een fles champagne uit de koelkast. Hij draait het ijzerdraadje dat de kurk tegenhoudt los, richtend op het plafond. De kurk schiet eruit, bleek schuim stroomt langs de hals van de fles. Lachend vult hij snel de glazen. 'Op Josephine,' proost hij. 'En haar eerste keer in Parijs.' Het is heerlijk, bubbeltjes van licht en lucht die naar Josephines hoofd stijgen.

'Ik zet wat muziek op.' Eric draait zich snel om en bladert door wat elpees. 'Wat vind je leuk? Johnny? Jacques Brel? Gainsbourg?'

'"La Javanaise"? Die vind ik goed.' Josephine heeft het maar twee keer gehoord, maar het liedje komt meteen in haar op.

'Ik ook!' Eric haalt de plaat uit zijn hoes en blaast erop voordat hij hem op de draaitafel legt. Dan tilt hij de naald voorzichtig op en laat hem in de groef zakken.

'*J'avoue j'en ai bavé, pas vous, mon amour,*' klinkt Gainsbourgs sexy donkere stem. Eric wiegt zachtjes heen en weer terwijl hij meezingt. Isabelle valt in, en Josephine neemt een grote slok van haar drankje voordat ze Erics open hand aanneemt als een uitnodiging ten dans. O, in Parijs te zijn! Het voelt als de decadentie ten top. Eric en Isabelle lijken zo ver verwijderd van Maman en Soizic en hun kleine leventje in Trégastel, en zoveel exotischer.

Later, wanneer ze aan tafel zitten om te eten, volgt er een beleefd gesprek. 'Hoe gaat het met je moeder?' vraagt Eric.

Josephine haalt haar schouders op. 'Goed.' Ze wil er niet over praten. Niet vanavond.

'Werkt ze nog in dat grote huis?'

'Van maandag tot zaterdag, ja.' Josephine voelt zich een beetje licht in haar hoofd door de wijn en het dansen. 'Soms stel ik me voor dat ze daar een ander gezin heeft.'

'Hoe kom je daar nou weer bij?' Isabelle klinkt streng.

Josephine heeft zichzelf verrast dat ze dit echt heeft gezegd, hardop.

Ze drinkt het laatste slokje op. 'Nou, het grootste deel van de tijd is ze daar. Ze zou een heel dubbelleven kunnen leiden. Met een man en andere kinderen.'

Eric moet lachen en vult Josephines glas bij. 'Wat een fantasie heb jij! Een man, ja, een man kan ik me wel voorstellen met een dubbelleven. Maar een vrouw niet. Wat een idee!'

Isabelle fronst naar Eric. 'O ja? Kun je je dat voorstellen?'

Josephine weet niet zeker of Isabelle hem plaagt of dat ze het meent.

'Het is moeilijk geweest voor je moeder.' Isabelle draait haar hoofd weer naar Josephine. 'Het valt niet mee om alleenstaande moeder te zijn. Ze heeft altijd moeten werken. Dat kun je haar niet kwalijk nemen. Het was moeilijk om werk te vinden na de oorlog. Ze heeft aangenomen wat ze kon.'

'Het is maar goed dat ik Soizic had. Zij was meer een moeder voor me.'

Isabelles blik wordt koud. 'Soizic was zo goed om je moeder in huis te nemen, maar alles wat je moeder heeft gedaan, heeft ze gedaan voor jou.'

Dit is te erg! Josephines tong brandt om ze de waarheid te vertellen, de alcohol geeft haar de moed. Ze slaat haar tweede glas achterover. Eric schenkt weer in.

'Eric, rustig aan. Josephine is denk ik niet gewend te drinken.' Isabelle staat op, ruimt de borden af, en laat Josephine alleen met Eric. Ze zal moeten wachten tot ze weer terug is.

Josephine neemt een klein slokje en probeert te bedenken hoe ze moet beginnen. 'Ik weet dat ik mijn grootvader nooit heb ontmoet.' Ze kijkt Isabelle aan die terug komt lopen met de kaasplank. 'En dat Maman me nooit heeft willen meenemen naar Parijs.'

Isabelle werpt een blik op Eric, zet de plank op tafel en kijkt weer naar Josephine. 'Wat bedoel je? Je opa is altijd ziek geweest sinds hij in de Duitse kampen heeft gezeten.'

Josephine trekt een wenkbrauw op. 'Ja, dat moet heel erg zijn geweest voor hem.' Ze wacht even. 'En zelfs nog erger om thuis te komen en dan te beseffen dat je eigen dochter...' Ze krijgt de woorden niet over haar lippen.

Het bloed trekt weg uit Isabelles gezicht. Eric kucht, alsof hij in verlegenheid is. En de stilte hangt zwaar in de lucht als stilte voor de storm.

'Ik weet het, van mijn vader,' ploegt Josephine verder.

Isabelle laat zich op haar stoel vallen. 'Wat weet je?'

'Dat hij een Boche was.'

'Josephine! Alsjeblieft. Gebruik dat woord niet.' Isabelle slaat haar hand voor haar mond.

'Maar het is wel zo, of niet? Hij was een Boche.' Ze voelt de champagne bubbelen in haar hoofd, en ze durft er veel meer door dan ze normaal zou durven. 'Waarom hebben jullie dit voor mij verborgen gehouden? Vonden jullie niet dat ik er recht op had om te weten wie mijn vader was?' Josephine weet dat haar toon agressief is. Maar ze kan niet helpen dat ze wrok voelt, vermengd met haar nieuw gevonden durf. 'Het verklaart zo veel, zo veel wat ik steeds niet begreep.' Ze ziet aan Erics gezicht dat ze nu haar mond moet houden, ze heeft genoeg gezegd. Ze probeert zichzelf een houding te geven.

Isabelle leunt naar voren en legt een hand op die van Josephine. 'Wat heeft je moeder je verteld?'

'Ik heb mijn geboorteakte gevonden.'

'Gevonden?'

'Ja, nou, ik heb ernaar gezocht. Mijn vader staat erop vermeld. Niet een man die Frederick heet, zoals Maman zei. Het was een Duitse naam! Sebastian Kleinhaus.'

Isabelle trekt wit weg. Van haar stem is alleen nog een fluistering over. 'Heeft ze hem genoemd? Ik dacht altijd dat ze "vader onbekend" had opgegeven.'

Josephine is in de war. 'Maar hij was niet onbekend. Jullie wisten ervan!'

'Snap je het dan niet? Ze wist dat je er op een dag achter zou komen. Ze wilde het je vertellen, maar ze wilde wachten tot je er klaar voor was.'

'Klaar? Ze had het nooit voor me mogen verbergen.'

'Ik snap hoe erg het voor je moet zijn geweest om er op deze manier achter te komen.' Isabelle drukt zachtjes op Josephines hand. 'Maar je moet ook begrijpen hoe moeilijk het was voor je moeder. Ze kon nergens heen toen ze erachter kwam dat ze zwanger was van jou. Soizic was de enige die bereid was haar onderdak te bieden. Maar ze wilde geen woord horen over je echte vader.'

'Het maakt ook niet veel uit.' Eric legt een groot stuk brie op zijn bord. 'Het is lang geleden. Het verandert niet wie je bent.'

Josephine trekt haar hand terug en laat haar kin op haar handpalmen steunen, ellebogen op tafel. Het lijkt net of ze vinden dat ze zich gedraagt als een verwende kleuter met een driftbui. Of Eric in elk geval, denkt ze. Ze begrijpen niet hoe haar hele wereld net op zijn kop is gezet. Ze kan het voelen, alleen nog niet uitleggen. 'Wel waar,' begint ze. 'Ik ben niet wie ik dacht dat ik was. Ik ben niet de dochter van een Franse held. Ik ben een...' Ze krijgt het niet uit haar mond. 'Het verandert juist alles.'

'Je bent nog precies dezelfde als voorheen.' Eric legt een plak brie op een stukje baguette. 'Het is je vader die anders is. Niet jij.' Hij spreekt met autoriteit, en Josephine begint zich af te vragen of ze echt heisa over niets maakt.

'En moet je eens zien hoe fantastisch je bent geworden,' vult Isabelle aan. 'Je hebt een moeder die van je houdt, en je hebt Soizic. En je hebt ons.' Ze denkt even na. 'En je bent in Parijs!'

'Maar...' Josephines hart gaat sneller kloppen. 'Ik zie mezelf niet meer als dezelfde.' Ze voelt de noodzaak om de gedachten uit te spreken die in haar hoofd razen. 'Ik voel... ik voel me losgesneden van wie ik hiervoor was. Dat was ik niet.'

Eric fronst terwijl hij kauwt op het stuk brood.

'Alsof ik dacht dat ik iemand was,' gaat ze verder, 'en er nu achter kom dat ik diegene niet ben. Ik ben iemand anders.'

'Och, kom zeg. Je bent dezelfde persoon die je altijd bent geweest.' Eric stopt met kauwen.

'Dat ben ik niet!' Josephine knippert haar tranen weg. 'Dat ben ik dus niet,' herhaalt ze fluisterend.

'Josephine,' zegt Isabelle zacht. 'Je vader en moeder hielden van elkaar. Is dat niet alles wat je moet weten?'

'Nee! Hoe kun je dat zeggen? Hij was een Boche!'

'Alsjeblieft! Dat woord moet je niet gebruiken. Ik hoop dat je het niet hebt gezegd waar je moeder bij was.' Isabelle aarzelt. 'Wat heeft je moeder precies verteld?'

Josephine voelt de hitte naar haar wangen stijgen. 'Niet veel,' mompelt ze, met de bedoeling om erbij te vertellen dat ze is weggerend zonder haar moeder de kans te geven om het uit te leggen.

Maar dan neemt Eric het woord. 'Jongens, hoor eens,' zegt hij stevig. 'Laten we geen ruzie maken. Het was waarschijnlijk een schok geweest voor Josephine om erachter te komen dat haar vader een Bo... – Duits was, maar dat verandert niet wie jij bent, Josephine.' Hij glimlacht naar haar en werpt zijn charme in de strijd. 'Laat je dagen hierdoor niet verpesten.' Hij pakt de plank met kaasjes en geeft hem door aan Josephine. 'De brie is zalig.'

Josephine schudt nee en slikt de brok in haar keel weg. Ze kijkt naar Isabelle. 'Weet jij wat hij hier deed? Wat zijn rol hier was?'

'Heeft je moeder dat niet verteld? Hij was vertaler.'

'Vertaler?' Dat klinkt niet kwaadaardig, sterker nog, het klinkt best mondain, en Josephine voelt een golf van opluchting.

Isabelle knijpt in haar schouder. 'Niet verdrietig zijn alsjeblieft, Josephine. Hij was geen slechte man.' Ze staat op en komt naast Josephine staan. Dan bukt ze om haar te omarmen. 'Mijn arme kleine Josephine. Zou het helpen als ik je vertelde wat ik weet over je vader? Zou het helpen om het over hem te hebben? Over die tijd, over ons allemaal?'

'Ja.' Er stromen tranen over Josephines wangen. Tranen van opluchting en dankbaarheid. 'Ja.' Dit is wat ze wil. Ze moet weten wie haar vader echt was. En wie haar moeder echt was.

DEEL TWEE

1944

7

Parijs, april 1944

Elise

Het was stil in Parijs. De moffen toeterden niet zoals de Parijzenaren deden. Ze reden snel en geruisloos in zwarte auto's die als lijkwagens de dood aankondigden. Als ze liepen, dan wandelden ze niet, maar ze paradeerden, waarbij hun benagelde laarzen weergalmden in de lege straten. Parijs was Parijs niet meer. Het was een bezette stad, en zelfs de gebouwen leken afwachtend hun adem in te houden. Geen bloemen in de plantenbakken op de balkons, geen onbezorgd gelach dat door openstaande ramen klonk, geen muziek op straat. De Duitse soldaten die hier gelegerd waren beseften waarschijnlijk niet eens dat ze Parijs het hart hadden uitgerukt. Het enige wat ze zagen waren de indrukwekkende Haussmann-gebouwen, de vooruitstrevende architectuur in stervorm rond de Arc de Triomphe, de restaurants, de nachtclubs, de winkels, de champagne, de wijn. En dat was genoeg voor hen. Ze waren er gek op. Maar het was niet Parijs. Parijs was in slaap, en lag te wachten op redding.

Mijn maag rammelde toen ik het plein bij Saint-Sulpice overstak. Ik bleef even staan bij de fontein en keek op naar de enorme kerktoren, met een schietgebedje dat ik in mezelf opzei. *Laat de oorlog alstublieft snel voorbij zijn.*

'Bonsoir, mademoiselle.' Een jonge soldaat liep op me af. 'Heeft u vuur?' Hij hield een sigaret op.

Ik wilde het ding uit zijn handen slaan. Ik wist dat hij vuur had, hij wilde gewoon zien of ik zo'n meisje was dat een sigaret zou aannemen, en dan een drankje, misschien een etentje en wie weet wat nog meer. Ik schudde nee en liep weg, mijn trillende handen stopte ik in mijn zak, mijn hart ging tekeer. Hij kon achter me aan komen, en me om niets arresteren.

Ik snelde over het plein en ons straatje in, duwde de zware deur van de entree snel open en haastte me naar ons appartement op de begane grond. Zodra ik onze voordeur opendeed kwam de geur van gekookte kool me tegemoet. Ik duwde hem achter me dicht en leunde er met mijn rug tegenaan, met een zucht van verlichting en de vertrouwde vieze geur van kool in mijn neus.

'Bonsoir,' riep ik, terwijl ik meteen naar de keuken liep.

Maman veegde haar sophanden af aan haar schort voordat ze me een kus op mijn wang gaf, en keek toen naar mijn lege handen. 'Was er geen brood?'

'Nee.'

Ze glimlachte, maar haar ogen lachten niet mee. 'Dan is het alleen soep vanavond. Zullen we meteen aan tafel?'

Ik volgde haar naar de eetkamer, waar mijn zusje, Isabelle, bezig was de tafel te dekken. Maman dacht dat ze geen kinderen meer kon krijgen, maar toen kwam Isabelle alsnog, als een klein wonder, zo'n dertien jaar na mij. Haar lange vlecht zwaaide heen en weer terwijl ze soepkommen op grote witte borden neerzette, alsof er nog een gang volgde op de soep. Ik gaf haar een kusje op beide wangen.

'Heb je goed gewerkt?' vroeg ze op haar meest volwassen klinkende toon.

'Ja hoor, dank je wel. En hoe was het op school?'

'Saai. Marc is weg.' Maman en ik wisselden een blik. Weer een transport? Isabelle ving onze blik op. 'Hij komt waarschijnlijk niet terug. Madame Serriers zei dat zijn grootouders Joods zijn.'

'God, houdt het dan nooit op?' Vanbinnen voelde ik woede oplaaien, tegelijk met een verlammend gevoel van machteloosheid. Elke dag werden er onschuldige mensen gearresteerd en naar god weet waarheen afgevoerd, terwijl de meesten van ons er hulpeloos bij stonden, dankbaar dat wij het niet waren.

Maman zuchtte diep en draaide zich om. 'Het enige wat we kunnen doen is afwachten. Ooit is het voorbij.'

'Ooit? Als ze allemaal gedeporteerd zijn?' Ik sprak tegen haar rug.

Ze bleef staan en alles viel stil, een beladen stilte bezette de kamer.

Isabelle keek me zenuwachtig aan. Dat had ik niet moeten zeggen tegen Maman.

Ze deed haar best om de schone schijn op te houden, om net te doen alsof alles gewoon was, ze klaagde nooit, ze stelde nooit vragen, ze hield zich gedeisd. Het was al erg genoeg dat ik erop stond om vrijwilligerswerk bij de UGIF te doen – de Union Générale des Israélites de France, waar Joodse weeskinderen soms terechtkwamen. Ik nam oude kleren voor ze mee en soms eten, als we iets hadden om weg te geven, wat eigenlijk niet kon, maar alle kleine beetjes hielpen – soms een aardappel of een wortel, soms koolbladen.

Als ze wist wat ik eigenlijk deed bij de UGIF zou ze woedend worden.

Isabelle legde voorzichtig messen en vorken neer aan weerszijden van de borden.

'Isabelle, we hebben geen messen en vorken nodig,' zei ik ondanks mezelf. Waarom kon ik me niet gewoon inhouden?

'Je weet dat ik van een gedekte tafel houd.' Maman nam het woord voordat Isabelle de kans had om antwoord te geven. Isabelle moet zich hebben gevoeld alsof ze door twee moeders werd betutteld, misschien compenseerde dat het gebrek aan een vader in huis. Papa was in Duitsland – dwangarbeid voor de moffen. Toen we het aanplakbiljet zagen met de oproep voor mannen van zijn leeftijd waren we ons dood geschrokken. Papa die moest werken voor de Duitsers. Onvoorstelbaar. Maar op een ochtend, na veel schreeuwen en vloeken en slaan met deuren, vertrok hij. We waren er kapot van om hem zo te moeten zien gaan, maar om eerlijk te zijn was er nadat hij was vertrokken wel meer rust in huis. Niet meer dat slechte humeur, niet meer dat geschreeuw, niet meer op je tenen lopen in de hoop dat hij niet zou exploderen. Ik vroeg me af hoe Maman zich voelde. Dat wist je bij haar maar nooit.

'*Asseyez-vous, les filles*,' zei Maman zo opgewekt als ze maar kon, en verdween de keuken in.

Ze kwam terug met de grote soepterrine, zette die midden op tafel en ging zitten. Ze vouwde haar handen. 'Heer, zegen deze spijze. We bidden u om veiligheid. Amen.'

Isabelle en ik mompelden 'amen' en gaven onze kom aan Maman. Ze schepte de waterige gele vloeistof met hier en daar een stukje aardappel op, en toen we allemaal een kom hadden namen we ons servet en legden dat op onze schoot, alsof we ook maar een drupje zouden morsen.

'*Bon appétit,* mes filles.'

'Bon appétit.'

'Ik heb maar een beetje zout gebruikt, dus misschien willen jullie wat extra.'

'Mag ik de peper?'

'Wie wil er water?' Maman hield de karaf op alsof het wijn was, en Isabelle en ik hielden onze glazen voor haar op.

En zo doorliepen we de gebruikelijke routine van het avondmaal, waarbij we heel rustig aan aten, en zo lang mogelijk deden met elke hap. Ik pakte de zoutmolen, draaide aan het versleten houten handvatje, en keek hoe de doorzichtige kristallen in mijn soep vielen en daar smolten. Net als wij, dacht ik bij mezelf, wij proberen ons ook onzichtbaar te maken.

Isabelle tilde haar lepel op en draaide hem om, waardoor de waterige soep weer terugviel in de kom. 'Ik wou dat we iets lekkers hadden om te eten.'

'Dan moeten we eerst van die Boches af.' Ik schepte een stukje aardappel op mijn lepel.

'En wanneer zal dat zijn?' verzuchtte Isabelle. 'Zijn ze hier altijd geweest?'

Ze was pas zes toen ze over de Champs-Élysées kwamen binnenmarcheren, en nu was ze tien, ze kon zich amper de tijd herinneren dat ze er nog niet waren. Mijn gedachten gingen naar Frederick, mijn verloofde, die vier jaar eerder met de andere Franse soldaten naar het front was gestuurd om de Maginotlinie te verdedigen. Maar die was onverdedigbaar tegen de Duitse tanks. Hij kwam niet terug. Wat me destijds het meest verdriet had gedaan was hoe hij naar het front was vertrokken, zo enthousiast, zo gretig. Zo naïef. Zo'n verspilling van een leven.

Ik droomde vaak van eten, zachte madeleines die op mijn tong smolten, croissants die ik uit elkaar trok, het deeg rekte altijd zo mooi uit. Vanochtend droomde ik van *pains aux raisins* toen ik ergens wakker van werd. Ik deed mijn ogen weer dicht, hopend dat ik weer terug kon komen in dezelfde droom, maar mijn lege maag verhinderde dat. Ik stond op en liep de keuken in, op zoek naar onze speciale koffie, eikeltjes en cichorei, in de hoop dat het mijn hongerkramp zou verdrijven.

'Bonjour, Elise,' begroette mijn moeder me, met een kus op mijn wang. 'Madame Dumaison heeft gisteren een paar kleren gebracht. Ze zei dat ze toch alleen maar kastruimte innamen. Als je wilt, kun je die meenemen naar de UGIF.'

'Merci, Maman.'

Ze erkende mijn bedankje met een knikje, maar haar lippen bleven op elkaar. 'Als je erop blijft staan dat je daar wilt blijven werken.' Ze keek me strak aan. 'Ik weet dat je denkt dat je die arme Joodse weeskinderen daar helpt, maar ze hebben die plekken alleen maar opgezet om de Joden in de gaten te kunnen houden, en dat zullen ze ook met jou doen als je daarnaartoe blijft gaan.'

'Dat weet ik, maar het is het enige wat ze hebben, zonder dat zouden ze omkomen van de honger.'

'Doe voorzichtig, Elise. We willen geen problemen.'

Ik dacht na over wat ze zei, en vroeg me af of ze enig idee had wat ik van plan was te doen, maar verwierp die gedachte. Als ze het wist, zou ze me niet laten gaan. Ik dronk snel mijn surrogaatkoffie en vertrok met twee dozen kleren. Toen ik in Rue Saint-Jacques liep zag ik een groepje vrouwen voor de deur van een kapper zitten, die hun haar lieten opbinden in tulbanden. Het scheelde wassen, en het zag er ook chic uit. Niet dat ik daar wat om gaf, ik had liever kort haar en droeg zo vaak mogelijk broeken, alles om maar aan de aandacht van de Duitse soldaten te ontsnappen.

'Vos papiers!' Twee van hen versperden mijn pad.

Mijn hart begon meteen te bonzen en ik stond stil. Ik had ze niet gezien, zozeer was ik in gedachten. 'Oui, messieurs.' Ik liet de dozen vallen op de stoep en stak mijn hand in mijn zak om mijn persoonsbewijs te pakken. De langere van de twee pakte het van me af. Met ingehouden adem hield ik hem in de gaten en wachtte tot hij het terug zou geven, maar dat deed hij niet. 'Wat zit er in die dozen?'

'Kleren voor de UGIF.' Ik probeerde mijn stem niet te laten breken.

'Maak open.'

Met trillende vingers maakte ik de doos open en bood hem die aan om te doorzoeken. Hij gaf mijn persoonsbewijs aan zijn maat en stak beide handen in de doos. Ik voelde zweet over mijn rug lopen terwijl hij met zijn handen door het zachte materiaal ging, waarschijnlijk op zoek naar iets hards, zoals een radio of misschien papieren met geheime boodschappen. Hij leek teleurgesteld toen zijn graaiende handen niets anders troffen dan kinderkleding.

Zijn maat gaf mij mijn persoonsbewijs terug. 'Kom.' Hij porde de ander. 'We hebben wel wat beters te doen.'

De tweede doos lieten ze met rust en zo lieten ze me achter, terwijl zij wegliepen, waarschijnlijk op zoek naar ernstiger zaken. Ik wachtte tot mijn hartslag iets was gezakt en pakte toen de dozen weer op, maar het zweet bleef over mijn rug lopen terwijl ik naar het weeshuis liep. Waarom hadden ze me nu staande gehouden? Verdachten ze me van iets? Wisten ze wat ik deed? Ik hoorde de woorden van mijn moeder: 'Doe voorzichtig, Elise. We willen geen problemen.' Ik wist dat ik niet alleen mezelf in gevaar bracht, maar ook haar en Isabelle, zonder hun medeweten of instemming.

Ik sloeg Rue Claude Bernard in met een zwaar gemoed. De voordeur zat op slot, en ik moest aankloppen om binnengelaten te worden. Leah deed open, en ik zette de dozen in haar open armen. Zonder een woord te zeggen knikte ze in de richting van Anais die over twee jongetjes heen gebogen stond. Hand in hand stonden ze voor een grijze muur, waar de verf vanaf begon te bladderen. De jongste beet op zijn onderlip alsof hij zich concentreerde, en de ander peuterde aan de verf die loskwam van de muur. De oudste had zoutpaadjes op zijn wangen waar tranen hadden gelopen, en ik wist dat hij de rest van zijn tranen inhield uit zorg voor zijn broertje. Hij staarde me aan met een assertiviteit die bij een veel ouder kind zou passen. Hij had duidelijk al de rol van hoofd van de familie aangenomen.

'Hoe heet jij?' vroeg ik aan hem.

'Isaac.'

'En hoe oud ben je, Isaac?'

'Acht.'

'En je broer?'

'Vier.'

'Ik ben Elise.' Ik stak mijn hand uit zodat hij die kon schudden. Ik behandelde hem als de man die hij gedwongen was te zijn.

'En hoe heet jij?' Ik wendde me tot zijn kleine broertje, die zijn hand niet meer bij het behang had en zijn duim in zijn mond stak terwijl hij me argwanend aankeek.

'Hij heet Daniel.' Isaac sprak voor hem.

Ik gaf ze een zuurtje. Isaac stopte het in zijn zak, zonder me een blik waardig te keuren. Wat ik hem gaf was een kleine pleister voor een gapende wond en dat wisten we allebei – een snoepje voor een gestolen kindertijd. Daniel had moeite het papiertje eraf te krijgen, en zijn broer pakte het zuurtje van hem over en haalde het plakkerige papiertje er voorzichtig voor hem af. Uit de manier waarop Daniel het in zijn mond stopte en er meteen op begon te kauwen leidde ik af dat hij honger had. Ik dacht aan de appel die ik sinds de vorige dag in mijn zak had. Alleen al de gedachte daaraan nam de scherpe randjes weg van mijn constante honger. Ik haalde hem tevoorschijn, en zag hun ogen groot worden. Wie weet hoe lang ze niets meer hadden gegeten, dacht ik. Ik gaf de appel aan Isaac.

'Merci.' Zonder te kijken gaf hij hem aan zijn broertje. Daniel nam een grote hap en meteen nog een. Hij wilde er bijna weer in happen toen hij inhield en naar Isaac keek met grote droeve ogen, waarna hij de appel teruggaf aan Isaac. Ik wilde hem knuffelen, maar in plaats daarvan deed ik de dozen open die ik had meegenomen, en gaf de kleren aan de vrouwen.

'Deze twee zijn de volgende die gaan,' fluisterde Anais terwijl ze een klein shirtje van me aannam. 'Komende zondag.'

Mijn maag verkrampte. Zondag al? Ik had nog de zenuwen van mijn ontmoeting met de politie van daarvoor, en ik had liever wat langer gewacht. Ik kon er niets aan doen dat ik het gevoel had dat er iets niet klopte. Het waren de zenuwen, zei ik tegen mezelf. Meer niet. Ik keek Anais aan en knikte. Ik zou er zijn. Ik zou er zondag zijn om de twee jongens naar het Bois de Boulogne te brengen, waar ze hun *passeur* zouden ontmoeten, die hen naar het zuiden zou brengen, en uiteindelijk naar de Zwitserse grens. Mijn rol was niet groot, het risico dat ik liep was niets vergeleken met dat van anderen.

8

Parijs, april 1944

Sebastian

Parijs in de lente. Sebastian had daar altijd van gedroomd, om de lichtstad te bezoeken in deze tijd van het jaar. Maar niet op deze manier. Niet als die voor hem terugdeinsde, verslagen en levenloos. Parijs was een stad geworden van donkere uniformen, van sinistere zwarte auto's die stil langsreden, het geluid van benagelde laarzen galmend over lege straten. Het was niet meer de stad waar hij acht jaar eerder was geweest, toen hij een beïnvloedbare zestienjarige jongen was. Hij voelde zich verloren en vreemd op deze plek, die hem eerder met open armen had ontvangen. Op dit moment zou hij liever thuis in Dresden zijn dan hier.

Hij struinde over de kade, kijkend naar de *bouquinistes* met hun verzamelingen antieke boeken en foto's in de donkergroene houten boekenstalletjes langs de oevers van de Seine. Hij had graag een gesprekje aangeknoopt met een van de oude heren die de stalletjes uitbaatten, maar hij wist dat ze zich zouden afwenden met een korte grom. Hij kon het hun niet kwalijk nemen en probeerde het niet persoonlijk op te vatten. Het kwam door zijn uniform, dat was alles. Hij wou dat hij het niet hoefde te dragen in zijn vrije tijd, maar dat was precies waarom ze hem het te allen tijde lieten dragen: als een geheugensteun dat zij het eigendom waren van het Derde Rijk. Zijn hele leven had hij aan anderen toebehoord, nooit aan zichzelf. Hij vroeg zich af hoe het zou voelen om vrij te zijn. Om keuzes te kunnen maken.

Sebastian leunde over de brugleuning, starend naar de Seine, donkerblauw in de lentezon. Het was warm, maar een zacht briesje vanaf de rivier zorgde ervoor dat het niet te heet werd. Hij besloot naar zijn favoriete boekwinkeltje te gaan, net voor sluitingstijd.

De winkelbel ging zodra hij de deur opendeed, waardoor de eigenaar opkeek van zijn boek. Hij knikte naar Sebastian.

'Bonsoir, monsieur.' Sebastian nam zijn pet af en klemde die onder zijn elleboog. Meteen verlieten twee vrouwen de winkel, opzettelijk hun blik afwendend terwijl ze langsliepen, kin omhoog. Een vertrouwd gevoel van eenzaamheid daalde over hem neer, wat ook precies de bedoeling was van hun reactie. Hij voelde zich buitengesloten en wenste dat hij niet hier was.

Sebastian keek rond en zag een ouder echtpaar bij de atlassen staan. Een beladen stilte vulde de winkel en hij bedacht bij zichzelf dat er waarschijnlijk geroezemoes had geklonken voordat hij binnenkwam. Zo bleef hij even staan peinzen, zich afvragend wat hij moest lezen. *Madame Bovary* had hij al gelezen, net als de meeste romans van Victor Hugo. Maar deze avond voelde hij zich rusteloos, hij wist niet waar hij zin in had. Iets waarin hij kon verdwijnen. Poëzie misschien.

Wandelend langs het eerste boekenrek zag Sebastian iemand boven een boek gebogen staan. Kort, donker haar dat naar voren viel, het gezicht verbergend, en een wijde broek die door een bruine riem werd opgehouden. Hij stopte even en bekeek de dunne, frêle figuur. Toen keek de persoon op en zag Sebastian dat het een jonge vrouw was. Ze keek hem kil aan en ging verder met haar boek. Hij liep door naar het volgende boekenrek.

De deur ging open en er kwamen twee politieagenten binnen. Sebastian ging achter een rek staan, uit het zicht, en was benieuwd wat ze hier kwamen doen, juist in deze boekwinkel.

'Papiers!'

Sebastian spiekte tussen de boeken door terwijl het oudere echtpaar hun persoonsbewijzen tevoorschijn haalde, maar de agenten keurden ze amper een blik waardig. In plaats daarvan paradeerden ze langs de rekken alsof ze daar iemand zouden betrappen die zich er verstopt hield.

'Vos papiers!' Sebastian kon het niet zien, maar hij schatte in dat ze het tegen de vrouw hadden die hij had gezien.

'Messieurs, het spijt me, mijn persoonsbewijs ligt thuis.'

Hij hoorde een harde, spottende herenlach. 'Dat ligt thuis? Dat is een goeie.'

'Het is echt zo. Het zit in mijn jaszak. En ik ben de deur uitgegaan zonder...'

'Zonder jas? En waar is uw gele ster?'

'Maar... ik ben niet Joods.'

'Welnu, als u uw papieren niet bij zich draagt, dan moeten we toch maar aannemen dat u dat wel bent.'

'Ik ben niet Joods! Monsieur Le Bolzec hier, hij kent me. Hij kan het u vertellen.'

'Monsieur Le Bolzec? Nou probeert u iemand anders erbij te betrekken. Nee, u komt gewoon met ons mee.'

Sebastian zuchtte hardop en stapte toen in beeld. 'Waarom vragen we het niet eerst aan Monsieur Le Bolzec?'

De politieagenten gaapten hem met grote ogen aan, natuurlijk stomverbaasd om een Duitser zo vloeiend Frans te horen spreken. Hun blik gleed langs Sebastians kraag en linkermouw, waarop zijn rang zat genaaid. Sebastian was maar een gewone soldaat, maar hij was wel Duits, en zij waren Frans. De hiërarchie was helder.

'Het zijn leugenaars. Ze liegen altijd.' De agent legde zijn hand op de schouder van de vrouw alsof ze zijn bezit was.

'Ik zou mijn hand maar van haar schouder halen.' Sebastian was zelf verbaasd hoe autoritair hij klonk.

De politieagent liet meteen zijn hand vallen. De vrouw rolde met haar schouder alsof ze was bevrijd van een enorme last. Sebastian keek haar aan. Haar haar was kort, het kwam net tot haar kin. Ze had fijne gelaatstrekken en haar ogen leken licht te geven, als van een kat: groen, met gele vlekjes. Dat alles bij elkaar gaf haar een elfachtig uiterlijk, en ze straalde een bepaalde energie uit.

'Ze heeft geen papieren bij zich,' begon de agent weer. 'Dat is tegen de wet! Ze heeft de wet overtreden!'

'Praat me niet over de wet!' Sebastian verhief zijn stem en kwam een stap dichterbij. Met opzet keek hij niet naar de vrouw. Het ging niet om haar. Het ging om de agenten, om het misbruik van hun positie.

Wat had hij een hekel aan die lui. Hij wendde zich tot de boekhandelaar. 'Monsieur Le Bolzec?'

'Oui, monsieur.'

'Kent u deze vrouw?'

'Ja, ik ken haar en haar familie al vanaf dat ze oud genoeg was om te lezen. Ze heet Elise Chevalier.'

'Dus u kunt voor haar instaan?'

'Ja, zeker. Ze komt uit een keurig katholiek gezin.'

'Nou, dat is dan geregeld.' Sebastian keek weer naar de politiemannen. 'We hoeven de autoriteiten hier niet mee te vermoeien. Die hebben genoeg werk, vindt u niet?'

'Maar... maar het is... het is wettelijk verplicht.' De lange kon het niet helpen. De kleinere keek naar zijn schoenen, hij had duidelijk meer verstand.

'Wie heeft die wetten gemaakt?' De twee agenten gaapten hem aan. 'Nou?'

'De Duitsers,' antwoordde de kleine.

'Precies. En nu wegwezen voordat ik jullie laat arresteren.'

Zonder iets te zeggen schuifelden ze de winkel uit.

Sebastian draaide zich om naar de vrouw. 'U mag uw papieren niet vergeten.' Hij probeerde streng te kijken, maar het licht in haar ogen leek dwars door hem heen te gaan, en hij moest zijn blik afwenden. Hij wist even niet wat hij moest zeggen en begon maar te kuchen.

'Het was zo warm vandaag, ik heb mijn jasje thuisgelaten.'

'Ja. Het is inderdaad erg warm deze week.' Sebastian trok aan zijn boord, opeens had hij het benauwd. Ze knikte en draaide zich om. Sebastian voelde aan dat ze wilde dat hij gewoon wegging. Zonder verder na te denken greep hij een gedichtenbundel van de plank waar hij voor stond.

Bij de kassa nam Monsieur Le Bolzec het boek van hem aan. Hij trok een wenkbrauw op, alsof de keuze hem verraste. 'Bent u liefhebber van poëzie?'

Het was de eerste keer dat een Fransman hem aansprak met een vraag, en het gaf hem het gevoel dat hij normaal was. Of bijna. 'Ik weet niet veel van poëzie,' gaf hij toe. 'Ik dacht... Ik dacht laat ik het eens proberen.'

'Victor Hugo. Een goed begin.' Monsieur Le Bolzec gaf hem het boekje terug en sloeg een bedrag aan op de kassa. 'Drie franc vijftig alstublieft.'

Sebastian betaalde en draaide zich om, op weg naar buiten, maar de gedachte dat hij dan het winkeltje moest verlaten om alleen door de straten van Parijs te moeten dwalen boezemde hem angst in. Hij wilde blijven, en met Monsieur Le Bolzec praten over boeken, of over wat dan ook. Hij had zo'n behoefte aan conversatie, een vriendelijk gezicht. Hij had geen zin om in zijn eentje de zon achter de Notre-Dame te zien ondergaan. Deze voorjaarsavonden zaten barstensvol verlangen, als het licht zachtjes weggleed aan het einde van de dag. Eventjes leek de leegte in hem zo alomvattend dat er niets meer overbleef, en ze was zo groots dat het hem beangstigde. In een impuls draaide hij zich om naar Monsieur Le Bolzec. Die stond hem aan te kijken alsof hij zojuist zijn gedachten had gelezen.

9

Parijs, april 1944

Elise

Al vanaf heel vroeg in de ochtend zat ik aan de keukentafel, waar ik mijn plan steeds opnieuw doornam en controleerde of ik alle valse gegevens voor de twee broertjes nog steeds helemaal scherp voor ogen had. Uiteindelijk werd het acht uur en verliet ik het huis zonder te hebben ontbeten, en zonder Maman en Isabelle te wekken, want op zondag sliepen ze graag uit. Zo helemaal alleen over de stille straten lopen droeg alleen maar bij aan mijn gevoel van ongemak, en toen ik aankwam bij het weeshuis keek ik goed rond naar de appartementen die erop uitkeken. Iets wat bewoog in mijn ooghoek maakte dat ik mijn hoofd omdraaide, maar er was niets te zien. Het waren mijn zenuwen maar. Ik ademde diep in om te kalmeren en klopte aan.

Leah deed meteen open. 'We hebben Alfred vandaag.'

Ik zuchtte van opluchting. Hij was onze favoriete en meest betrouwbare passeur, die al zeven succesvolle reizen naar de Zwitserse grens had gemaakt.

Isaac en Daniel stonden weer tegen de muur geleund en keken me aan met grote, ernstige ogen. Ze hadden donders goed door welk gevaar ze tegemoet gingen. Anais en Leah zagen er witjes en angstig uit. Hoe sneller we dit deden, des te beter het was, voor iedereen. Maar voordat we op weg konden, was ik volgens het protocol verplicht om de jongens een lijst vragen te stellen. Ik was blij te zien dat ze schoon waren en eruitzagen als echte schooljongens met leren tassen en gepoetste schoenen.

'Hoe heet jij?' vroeg ik aan Isaac.

'Pierre.'

'Goed zo. En waar gaan jullie heen?'

‘We gaan logeren bij onze tante in de Alpen.’ Hij dacht na. ‘Omdat ik ams… astma heb.’ Hij leek opgelucht dat hij het woord goed had gezegd. Toen moest hij hoesten, met zijn vuist voor zijn borst. Dat hoorde bij de act.

‘En wie is dit?’ Ik wees op zijn broertje.

‘Dat is Marcel. Hij is pas drie.’ Ik begreep waarom ze hem een jaar jonger hadden gemaakt dan hij echt was. Een jochie van drie kon nog wegkomen met niet praten. Hoe minder de jongsten zeiden, hoe beter. Ze konden zo onvoorspelbaar zijn.

‘Drie?’ vroeg ik. ‘Wanneer is hij jarig?’

‘Op 31 juli.’

‘En jij?’

‘Op 5 december.’

‘Laat me je papieren maar zien.’

Isaac liet de tas van zijn rug zakken en opende hem, waarna hij hun persoonsbewijzen met een lieve glimlach overhandigde. Ik was trots op hem. Hij deed het hartstikke goed.

‘Komen Maman en Papa ook?’ vroeg Daniel met een piepstemmetje.

Isaac draaide zich naar hem toe. ‘Dat heb ik je toch gezegd. Ze moeten hier blijven om te werken.’

‘Maar waarom hebben ze geen gedag gezegd?’ De tranen begonnen over Daniels wangen te stromen.

‘Ze hebben wel gedag gezegd, maar je sliep.’

Daniel veegde zijn gezicht af met zijn mouw. ‘Waarom hebben ze me dan niet wakker gemaakt? Ik wilde gedag zeggen.’

Isaac legde zijn arm om zijn broertje heen. Daniel zag er zo klein en zo verloren uit, en hij zou nog zo sterk moeten zijn. ‘Marcel,’ zei ik zachtjes. Daniel reageerde niet. ‘Marcel,’ zei ik nogmaals, en harder dit keer. Ik keek naar de twee vrouwen en hield mijn adem in. Dit ging niet goed. Ik kon ze niet meenemen als er een risico was, en dan zouden ze elk moment kunnen worden gedeporteerd. Als de politie niet genoeg mensen kon oppakken om de quota te halen, dan kwamen ze altijd hierheen om de getallen goed te maken.

Isaac gaf zijn broertje een por. 'Geef antwoord. Zeg je geheime naam.'

'Ik wil geen geheime naam.' Daniels onderlip stak vooruit, koppig.

'Maar dat speelden we toch,' drong zijn broer aan. 'Je moet het spelletje meespelen zodat we Maman en Papa weer kunnen zien.'

'Het is beter als hij niets zegt.' Ik sprak tegen Isaac. 'Zeg hem maar dat hij zijn mond houdt. Zeg hem dat hij moet doen alsof hij niet kan praten.'

'Oké.' Isaac bloosde alsof hij zich schaamde voor zijn broertje. Of was het uit angst?

Het was riskant. Het was altijd riskant. Ik was er niet zeker van dat ze er klaar voor waren, en ik wist dat Alfred ze nogmaals zou ondervragen voordat ze op de gevaarlijke reis zouden gaan.

'Je moet gaan. Het is tijd.' Leah sprak met autoriteit. 'En neem nog zes kinderen mee.'

'Ja, natuurlijk.' Ik nam altijd een grotere groep mee naar buiten, zodat ik altijd nog kon terugkeren met een groepje kinderen in plaats van helemaal niet terugkeren, voor het geval dat iemand de boel in de gaten hield. Je wist maar nooit. Er waren altijd mensen die erop uit waren om iemand te kunnen aangeven, om een wit voetje te halen bij de Duitsers, zodat ze uiteindelijk een groter appartement konden krijgen of extra voedselrantsoenen.

Leah ging zes andere kinderen halen en samen verlieten we het gebouw, Isaac hand in hand met zijn broertje terwijl we naar de metro liepen, waar we uit elkaar gingen. Leah nam de laatste wagon van de metro met de zes andere kinderen, want dat moest volgens de regels, en ik stapte met de broertjes in bij de wagon in het midden. Ik bad dat onze papieren niet werden gecontroleerd, maar als het wel zou gebeuren, dan wist ik wat ik moest zeggen en de jongens ook. Het was nog vroeg en zelfs de Boches waren nog niet wakker deze zondag. Ik hield het handje van de jongste vast toen we gingen zitten, met nog twee reizigers tegenover ons. 'Marcel,' zei ik, waarmee ik zijn valse naam opnieuw kracht bijzette. 'We gaan op avontuur vandaag.' Hij keek me aan met onschuldige ogen en ik kneep in zijn hand. 'Het wordt vast heel leuk.’ Ik wou dat hij ging lachen, dat hij leek op een kind dat een dagje naar het bos gaat. ‘We gaan spelen.’ Hij staarde me alleen maar aan alsof ik gek was.

‘Ja,’ kwam zijn broer te hulp. ‘En we gaan ook picknicken.’

De andere twee passagiers staarden uit het raam alsof ze mijlen ver weg waren met hun gedachten, maar je wist maar nooit.

Toen we bij Michel-Ange – Auteuil uitstapten, kwamen we als groep weer bij elkaar en liepen samen naar het bos. De bomen stonden net in bloei, maar het was nog wel koud. Ik ademde diep in en probeerde zo de kramp in mijn maag weg te krijgen. Sommige kinderen begonnen elkaar te duwen, alsof ze zich wat veiliger voelden nu we in de buitenlucht waren. Het meer voor ons schitterde in de ochtendzon en er waren al mensen met roeiboten in de weer. Ik wou dat ik de kinderen in een bootje had kunnen meenemen, maar dat soort pleziertjes waren voor Joodse kinderen natuurlijk verboden. Een van hen pakte een stok op en gooide die in het meer.

Een man die op het strandje zat stond op. ‘Wat een mooie dag, niet?’

Ik draaide me om en keek hem aan. Het was Alfred, onze passeur.

‘Oui,’ antwoordde ik. ‘En we hebben hier twee jongens die heel veel zin hebben om bij hun tante te logeren.’

‘*Bien, bien.* Zijn dit ze?’ Hij keek naar de twee broertjes.

Ik knikte. ‘Pierre en Marcel.’

Hij stak zijn grote klauw van een hand uit en schudde de jongens de hand. ‘Aangenaam kennis te maken, Pierre en Marcel.’ De jongens gaven hem een kus op beide wangen zoals hun was opgedragen, alsof ze familie waren. Toen wendde Alfred zich weer tot mij. ‘Laat ze maar bij mij,’ fluisterde hij. ‘Loop een rondje om het meer. Als ik denk dat ze niet goed zijn voorbereid, dan kom ik je tegemoet.’

De andere kinderen kusten de broertjes gedag, en toen liepen we weg. Ze wisten wat er aan de hand was, maar ze mochten nooit praten over de kinderen die op deze manier vertrokken. Als ze weg waren, moest iedereen doen alsof ze nooit hadden bestaan. De kinderen waren hier opvallend goed in en ze vroegen nooit waarom. Ik denk dat ze het in hun hart wel wisten. Ze waren veel te wijs voor hun leeftijd.

We liepen een tijdje om het meer, de kinderen trapten moedeloos wat steentjes weg. Ik was te bezorgd en gespannen om me met ze bezig te houden. Ergens hield ik er rekening mee dat Alfred terugkwam met de twee jongens. Missie afgebroken. Maar ik heb ze niet teruggezien.

10

Parijs, april 1944

Sebastian

Sebastian stond op van zijn bureau in de oude Louis-Dreyfusbank, die geen bank meer was, maar waar nu het Commissariat Général aux Questions Juives gevestigd was – de CGQJ. Zonder zijn collega's gedag te zeggen liep hij naar buiten, het plein op, Place des Petits Pères. Het was zes uur en nog licht. Hij trok zijn strakke boord iets losser, en ademde diep in en uit alsof hij zo de bittere smaak en het venijn van de aangiftebrieven die hij vandaag had moeten vertalen kon uitblazen. Zijn maag borrelde en hij had een branderig zuur in zijn keel. Niet eerder had hij last gehad van opkomend maagzuur, en hij had het gevoel dat het kwam door de woorden die hij vandaag had moeten inslikken. Hij had geen trek om te eten, en dus besloot hij om te gaan wandelen in plaats van op een terrasje plaats te nemen en een maaltijd te nuttigen. Het was een gewoonte geworden om naar de rivier te lopen, over Pont Louis Philippe naar Île de la Cité, en dan langs de achterkant van de Notre-Dame. Dit zicht op de kathedraal vond hij het mooist, veel minder grandioos. De tuinen waren net als de tuin van een groot huis, de bogen kwamen naar voren om het kleinere deel van de kathedraal te ondersteunen. Religie, dacht hij bij zichzelf: oorzaak van talloze conflicten, maar niet in dit geval.

Eigenlijk was het nazisme ook een religie. Alleen een zonder vergiffenis, zonder verlossing en zeker zonder wederopstanding. Eén God? Hitler? En als je zijn bevelen niet opvolgde, dan werd je gestraft, waarschijnlijk vermoord, maar niet voordat hij je had laten lijden voor je fout. Er was geen ruimte voor misverstand, er was zelfs geen ruimte voor gewoon verstand. Het ging niet om het individu, het ging om het belang van de groep. Hitler begreep de psychologie van de massa en had zelfs geschreven dat alle propaganda gericht moest zijn op het denkniveau van de minst intelligente laag, waarbij de waarheid veel minder belangrijk was dan succes. De propaganda over de Joden die hij zo succesvol had verspreid was het perfecte voorbeeld: ze moesten worden gediscrimineerd om hun 'ras', niet om hun religie. Hij was erin geslaagd om een volk te verenigen tegen een collectieve vijand. Sebastian had niets tegen Joden, net als veel andere mensen waarschijnlijk, maar hoe kon je in godsnaam tegen de stroom ingaan? Putain! Hij had het moeten zien aankomen. Hij slikte weer wat gal door en wenste dat er een uitweg was. Hij stak de rivier opnieuw over en stopte om over de brugleuning te leunen, te staren naar de stroming, naar de stukken gebroken hout die door het water werden meegevoerd. Hij stelde zich voor hoe het zou zijn om in de rivier te vallen en zichzelf te laten meevoeren. Hij draaide zich om en ging tegen de brug staan, waarbij hij de sombere gedachten probeerde af te schudden. Uit zijn borstzakje pakte hij een pakje Gitanes en met zijn rug naar de wind sloot hij zijn handen als een kommetje om zijn aansteker terwijl hij probeerde zijn sigaret aan te steken. Maar de wind die in vlagen van de rivier af kwam was hem te slim af en blies het vlammetje uit. Verdomme! Hij kreeg niet eens een sigaret aangestoken. Uit frustratie en woede verfrommelde hij de sigaret en gooide de resten in het water.

Hij zou ook niet zoveel moeten roken. Voorheen rookte hij helemaal niet. Terwijl hij door de nauwe, kronkelige straatjes liep, keek hij naar de cafés, met hun tafeltjes en stoelen die op de stoep stonden. Wat oudere heren zaten aan een glas rode wijn en hij zou er graag bij zijn gaan zitten, maar hun blikken brandden in zijn rug toen hij voorbijliep. In zichzelf zuchtend liep hij door naar het Panthéon.

De boekwinkel lag op zijn route en in een impuls duwde hij de deur open. De geur van stof en oud papier kwam hem tegemoet. Hij merkte dat het plots stil werd en dacht bij zichzelf dat het hem niet zou verbazen als de winkelbel het signaal was om te stoppen met de illegale activiteiten. Stel dat de boekwinkel een ontmoetingsplek was voor de Résistance? Hij hoopte maar dat het niet zo was.

'Bonjour, monsieur,' verbrak de verkoper de stilte, terwijl hij vanachter de middelste boekenkasten naar voren kwam.

Sebastian was blij met deze vriendelijke begroeting. 'U bent nog laat open.'

'Tot de avondklok.'

De stilte keerde weer terug, terwijl de laatste paar klanten stilletjes de winkel verlieten. Sebastian keek ze na, wetend dat hij de reden was dat ze weggingen, zeker doordat de boekhandelaar hem had begroet in plaats van hem te negeren. Sebastian snapte hoe mensen stilte gebruikten als wapen. Hij voelde met ze mee, want hij wist dat dit het enige was wat ze nog hadden.

'Wat zoekt u?' De verkoper staarde hem aan.

'Iets te lezen.'

'Echt? Nou, dan bent u op de juiste plek.' De oudere man lachte niet, maar zijn woorden voelden als een plaagstootje, alsof ze amicaal met elkaar konden omgaan ook al kenden ze elkaar nog niet goed.

Het moedigde Sebastian aan om het gesprek voort te zetten. 'Ik zou graag wat meer te weten komen over Franse schrijvers, misschien wat poëzie lezen.'

'Och, ja. Poëzie. Woorden vanuit het hart. Maar heeft u de vorige keer niet ook al een dichtbundel gekocht?'

Sebastian voelde zijn wangen gloeien. 'Dat klopt,' gaf hij toe. 'Ik dacht dat u me misschien nog iets kon aanraden.'

'Poëzie vindt u achteraan.'

Sebastian volgde hem naar de rommelige hoek achterin, waar het stof in zijn neus drong en hem het gevoel gaf dat hij moest niesen.

'Ik ben bang dat poëzie niet echt iets voor mij is, zo helemaal in iemand anders zijn hoofd.' De boekhandelaar ging met zijn vinger over de ruggen van de boekjes waar hij bij stond, alsof hij was afgeleid door die gedachte. 'En korte verhalen misschien? Maupassant?'

'Ja, van hem heb ik nog niets gelezen.' Sebastian volgde hem naar de volgende boekenkast.

Opeens stopte de verkoper en draaide zich om, naar Sebastian toe. 'Ik geloof dat we ons nog niet hebben voorgesteld.'

‘Kleinhaus, Sebastian.’

‘Yannick Le Bolzec.’ Hij stak zijn hand uit. ‘Ik moet zeggen, Sebastian Kleinhaus, ik was onder de indruk van uw aanpak van die politieagenten, onlangs.’

Sebastian voelde zich trots. Het was de eerste keer in jaren dat iemand iets aardigs tegen hem zei. ‘Tja, sommigen hebben het nogal hoog in de bol.’

‘Inderdaad, ja.’ Monsieur Le Bolzec dacht na. ‘Weet u, wat ik zei was waar. Ik ken die dame al van kleins af aan.’

Sebastian vroeg zich af waarom hij vond dat hij hem dat moest vertellen. ‘Hoe kent u haar?’

‘Haar moeder nam haar altijd mee naar de winkel. Ze heeft hier leren lezen.’

Sebastian merkte dat hij graag meer wilde weten. ‘Is ze studente?’

‘Nee.’ Hij leek te overwegen of hij verder wilde vertellen of niet. ‘Ze werkt bij de bank,’ zei hij uiteindelijk, waarna hij een boek van de plank haalde. ‘Hier. Een verzameling korte verhalen.’ Hij overhandigde het boek aan Sebastian. ‘Is dit uw eerste keer in Parijs?’

‘Nou, ik ben hier ook al eens geweest toen ik zestien was.’ Sebastian sloeg het boek open op de titelpagina, maar zijn gedachten waren ergens anders. Was hij echt zestien toen? Hij herinnerde het zich alsof het ging over iemand die hij ooit, in een ander leven, had gekend. ‘Mijn Franse oma nam me mee, voor mijn verjaardag,’ mompelde hij. ‘Dat was in 1936.’

Ze hadden het klein gevierd in de keuken van hun huis in Dresden, waar hij een hoog glas met iets met bubbels en alcohol in handen had gekregen, geen champagne, had Mamyn erbij gezegd, maar een Duitse sekt. Ze had haar glas tegen het zijne geklonken, en in zijn oor gefluisterd: ‘Zestien! Al bijna een echte man. Hoog tijd om je mee te nemen naar Parijs.’

Mamyn was naar Duitsland verhuisd om haar dochter te helpen die tegen haar dringende advies in met een Duitser was getrouwd, een man die ze in de trein had ontmoet, niet lang na de Grote Oorlog. ‘Hoe kun je nu iemand ontmoeten in een trein?’ had Mamyn wel een miljoen keer gevraagd.

Tegen de zin van zijn ouders had Mamyn haar spaargeld in Frankrijk gebruikt om treinkaartjes naar Parijs te kopen. Geld dat ze in hun opvatting beter had kunnen gebruiken om haar Duitse familie te voeden. Maar toch waren ze in Parijs aangekomen, aan het begin van de avond, en ze waren meteen naar haar favoriete restaurant gegaan, L'Escargot, in het Eerste Arrondissement.

Zodra ze door het donkerrode fluwelen gordijn waren gelopen dat bij de deur hing, wist Sebastian dat hij een andere wereld binnenging. De eetzaal straalde luxe en genot uit, en hij werd verwelkomd door de geur van warm bladerdeeg en knoflook. Roodfluwelen gordijnen hingen aan gouden roedes, en de tafels waren gedekt met fijn geborduurde witte tafellakens. De plafonds waren van donker eiken met gouden versiering en de enige verlichting in het vertrek kwam van de kaarsen die zachtjes stonden te flakkeren, op alle tafels. Er hing een intieme sfeer, en zelfs nu nog kon hij zich elk detail herinneren.

Mamyn had voor hem besteld. Slakken als voorgerecht, daarna mals vlees in boterzacht bladerdeeg, met daarbij een volle rode wijn. Zijn hoofd was een beetje gaan tollen terwijl zij hem over het leven vertelde, en over de liefde. 'Sebastian,' zei ze, 'vergeet niet waar je vandaan komt. Frankrijk is mijn echte thuis, en ik hoop dat jij het ooit ook als je thuis gaat zien. De Fransen weten hoe je moet leven. Kijk maar naar dat stelletje daar.' Hij volgde Mamyns blik. 'Niemand vindt het vervelend dat hij zijn handen niet op het tafeltje heeft liggen, maar op haar. Wij vinden het leuk om verliefde stelletjes te zien, niets om je voor te schamen. De enige keer dat je je handen van je geliefde af moet halen is om je vlees te snijden of om de rekening te betalen.' Ze moest lachen. 'Nou ja, daar heb je nog tijd zat voor. Kom, vertel me nu eens welke schrijvers jullie lezen op school.'

Hij was opgelucht dat ze het onderwerp meisjes lieten varen, want dat was nou niet echt iets wat je als jongen met je grootmoeder wilde bespreken. 'We mogen alleen Duitse schrijvers lezen,' antwoordde hij. 'Maar ik lees nog Victor Hugo, ik heb *Les Misérables* onder mijn matras verstopt.'

Mamyn klikte met haar tong. 'Bien! Hoe kunnen ze nou denken dat we ons laten zeggen wat we moeten lezen? Dat is zo dom! Morgen gaan we naar het plein waar Victor Hugo heeft gewoond. En dan kopen we meteen nog een boek van hem.'

De volgende dag zaten ze op Place des Vosges op het terras van het café naast Victor Hugo's appartement, aan de espresso. Op het groene plein voor hen zaten twee wat oudere heren op een bankje met een schaakbord tussen hen in. Het zag er allemaal zo beschaafd uit, en Sebastian kon zich voorstellen hoe Victor Hugo door het park wandelde en even stopte om met zijn buren te babbelen.

In het appartement hadden ze Victor Hugo's eetkamer bezocht, en daar zag hij een gedicht aan de muur. Mamyn droeg het voor.

Demain, dès l'aube, à l'heure où blanchit la campagne,
Je partirai. Vois-tu, je sais que tu m'attends.
J'irai par la forêt, j'irai par la montagne.
Je ne puis demeurer loin de toi plus longtemps.

Voor dag en dauw, als licht al aanbleekt op het lover,
Ga ik op pad. Ik weet wel dat jij op mij wacht.
Ik trek de bossen door en trek de bergen over,
Ik heb te ver van jou mijn dagen doorgebracht.

Mamyn legde uit dat Victor Hugo's dochter op haar negentiende was verdronken bij een bootongeluk. Sebastian voelde het verdriet van de vader en het verlangen naar zijn dochter bijna alsof het zijn eigen verdriet was, en hij moest een brok wegslikken, waarbij hij zich even afwendde van zijn grootmoeder om zich buiten haar blikveld te vermannen. Ze waren verder gelopen, door de kamers naar de slaapkamer, waar zijn oma wees op de aanwezigheid van een tweede deur, die bekleed was met behang zodat hij onderdeel van de muur leek, de geheime deur waar de minnaressen van deze grote man door kwamen en gingen.

Later, toen de zon begon onder te gaan, dwaalden Sebastian en zijn oma door het Louvre, waar hij werd geraakt door de schoonheid en genialiteit van de impressionisten. Hij had hun streven om het licht te vangen begrepen. Ook hij zocht naar het licht, en barstend van jeugdig optimisme was hij ervan overtuigd dat de kansen vanzelf zouden komen. En dan hoefde hij alleen maar klaar te staan om ze te pakken.

Toen ze de volgende dag terugkwamen hoorde hij van zijn vader dat het lidmaatschap van de Hitlerjugend verplicht was geworden.

'En wat vond je van onze stad, destijds?' Monsieur Le Bolzec bracht Sebastian terug naar het heden met zijn ogenschijnlijk vriendelijke vraag, maar de bezittelijke nadruk op dat 'onze' was hem niet ontgaan.

'Ik vond het een prachtige stad. Het licht was anders, anders dan in Duitsland.'

'Parijs, de stad van het licht.' Monsieur Le Bolzec zuchtte. 'Zo'n cliché.'

'Nee, hoor. Het was echt waar.'

'Het wás waar?' Monsieur Le Bolzec trok een wenkbrauw op en er speelde een half lachje om zijn mond.

'Het komt door het witte steen dat ze hier gebruiken,' ging Sebastian verder. 'Daardoor lijkt alles lichter. De gebouwen in Duitsland zijn donkerder.'

'Ik ben nooit in Duitsland geweest,' verklaarde de boekhandelaar. 'Niet voorbij de frontlinie, tenminste.' Hij glimlachte ironisch.

Natuurlijk moest hij wel in de laatste oorlog hebben gediend, en nu bevond hij zich opnieuw in een oorlog. Enig cynisme viel hem niet kwalijk te nemen.

'Mag ik vragen waar u zo vloeiend Frans heeft leren spreken?'

'Mijn moeder is Française.'

Monsieur Le Bolzec trok weer een wenkbrauw op. 'En een Duitse vader?'

'Ja. Ik ben hier als vertaler,' legde Sebastian uit.

'Een man van woorden, dus.'

'Dat zou je wel kunnen zeggen, hoewel het geen poëtische woorden zijn.' Hij wachtte even en vroeg zich af of hij verder zou gaan. 'Het is vooral papierwerk, documenten, niets wat heel belangrijk is.' Meer wilde hij niet prijsgeven. Monsieur Le Bolzec zag er onschuldig genoeg uit, maar al had hij enige warmte bespeurd in zijn richting, het zou naïef zijn om te denken dat dat oprecht was.

Plotseling draaide Monsieur Le Bolzec zich om en pakte een boek van de plank. 'Hier, dit vindt u misschien wel aardig.'

Sebastian nam het van hem aan en bekeek de omslag. *The Picture of Dorian Gray*. 'Oscar Wilde. Dat is vast geen Franse schrijver.'

'Nee, het is een Ier, maar het is vertaald in het Frans. Een zeer interessant boek. Ik denk dat het iets voor u kan zijn.'

11

Parijs, april 1944

Sebastian

'Ssj!' Een druppel bloed kwam opzetten op Sebastians wang. Hij haalde het mes van zijn kin en boog voorover, waarbij de wasbak tegen zijn maag drukte terwijl hij probeerde het beter te kunnen zien in de vieze spiegel. Zijn oogwit was een waterig geel geworden en zijn irissen waren donkerblauw, als van een zee tijdens de storm. Hij wist zeker dat ze vroeger lichter waren. Hij liet zijn vingers over de stoppels gaan en overdacht hoe hij de laatste vier jaar was veranderd. Hij was zijn sprankeling kwijt – zijn pit, zijn joie de vivre, hoe je het ook wilde noemen. Hij staarde in zijn eigen doffe, uitdrukkingsloze ogen en herinnerde zich hoe ze hadden geglansd van levenslust. Maar nu wist hij te veel over het leven, en te veel over zichzelf.

Zijn gedachten gleden weer naar de vrouw in de boekwinkel. Zij had het, dat innerlijke licht. Ze was niet per se mooi, daar waren haar trekken iets te scherp voor, maar ze had iets. Een soort onverzettelijkheid, wilskracht. En dat intrigeerde hem.

Hij ging weer met het scheermes over zijn kin, zijn gezicht vertrok terwijl het scherpe mes over zijn harde droge huid schraapte. Het was lastig om goed schuim te maken met deze waardeloze zeep die ze hem gaven. Toen hij niet helemaal tot tevredenheid klaar was met scheren, gooide hij zijn overhemd over zijn nog klamme rug, kleedde zich aan en verliet zijn hotelkamer aan Rue du Temple. Hij zat tenminste niet ergens in een kazerne zoals de rest van de Wehrmacht. Omdat hij deel uitmaakte van de administratieve staf, mocht hij zijn eigen kamer hebben, en er waren kamers genoeg in de hotels die ze hadden geconfisqueerd.

Toen hij eenmaal op kantoor was, had hij moeite om aan het werk te gaan. Hij zat aan zijn bureau en staarde naar de enorme stapel aangiftebrieven die nog in het Duits vertaald moesten worden. Hij was dan misschien niet degene die midden in de nacht woningen overhoophaalde, kinderen uit hun bedden of schuilplaatsen trok, om ze in klaarstaande vrachtwagens te duwen. Hij was dan misschien niet degene die de trekker overhaalde. Maar hij was wel medeplichtig.

Met een bezwaard hart pakte hij de volgende brief.

L.S.,

Als bezorgde burgers leek het ons dienstig u op de hoogte te brengen van het feit dat het weeshuis van de UGIF aan Rue Claude Bernard kinderen lijkt te 'verliezen'. Ik woon aan de overkant van de straat en heb de laatste weken de bewegingen gevolgd het gebouw in en uit. De kinderen worden soms voor een wandeling op zondagochtend mee naar buiten genomen, maar het aantal kinderen dat terugkomt is vaak kleiner dan wat er vertrok.

Sebastian stopte met lezen en wreef in zijn vermoeide, droge ogen. Hij had een knoop in zijn maag, een gevoel van machteloosheid, omdat hij de scène die zou volgen bij het weeshuis al voor zich zag: de vrouwen zouden geboeid worden afgevoerd voor verhoor, de kindertjes zouden sniffend en niet-begrijpend worden weggereden naar Drancy. Hij begreep niet hoe Franse burgers die mensen die de kinderen probeerden te redden konden aangeven, kinderen die hun buren hadden kunnen zijn.

De deur van zijn kantoor stond open en toen hij keek zag hij dat iedereen druk aan het werk was: hamerende typemachines als pistolen die werden afgevuurd, ronde na ronde. Hij legde zijn handpalmen tegen zijn slapen, om even rustig te denken. Zijn hart ging sneller kloppen terwijl er een idee langzaam vorm begon te krijgen in zijn hoofd. Het was een gevaarlijk idee, en als iemand ooit ontdekte wat hij had gedaan, dan was dat het einde van zijn betrekking. Waarschijnlijk ook het einde van hemzelf. Hij wist niet zeker of hij dapper genoeg was om het ook echt te doen, en dus stelde hij de beslissing uit en vouwde de brief voorlopig in vieren, kronkelend in zijn stoel om hem in zijn broekzak te frommelen.

De rest van de dag werkte hij werktuigelijk door, met zijn verstand op nul, en tegen half zes was hij uitgeput van het niet-nadenken. Hij had zijn gebruikelijke hoeveelheid brieven per dag niet gehaald, maar toch stond hij op en pakte zijn pet. Het was tijd om een besluit te nemen, en hier kon hij niet helder denken. Hij liep langs zijn collega's op weg naar buiten, en hij voelde wel dat sommigen naar hem keken, maar hij hield zijn blik op de deur gericht.

Toen hij eenmaal buiten was, trof de werkelijkheid hem als een vuistslag in zijn buik. Wat had hij gedaan? Het koude zweet brak hem uit terwijl hij bedacht wat ze met hem konden doen als ze erachter kwamen dat hij een aangiftebrief had weggenomen. Een zwarte Gestapowagen kwam hard de bocht om. Sebastian drukte zich in een reflex tegen de muur totdat hij voorbij was en sloeg zo snel mogelijk een straatje in, zonder ergens heen te gaan, wikkend en wegend wat hij met de brief moest doen.

Hij zag dat hij door Rue Montmartre liep, die dan waarschijnlijk naar de wijk Montmartre zou leiden, met de witte kerk de Sacré-Coeur boven op de heuvel, uitkijkend over Parijs. Die had hij nog niet bezocht, en hoewel hij niet van de kerk was, leek het hem een goede plek om na te denken. Hij liep nog tien minuten door en zag toen de beroemde molen, rood uitgelicht – Le Moulin Rouge. Voor de deur op de stoep stond een rij Duitse soldaten, die hij snel voorbijliep. Verderop kwam hij bij een behoorlijk steile lange trap die naar de kerk leidde. Hij pakte de ijzeren reling vast in het midden van de dubbele trap, en zijn ademhaling ging steeds sneller naarmate hij hoger kwam. Verder naar boven hoorde hij muziek. Hij keek in de richting waar het vandaan kwam en zag een oude man die over een gitaar gebogen zat, met twee vrouwen naast hem die stonden te neuriën. Toen ze hem zagen stopte de muziek. Hij keerde zijn gezicht af en klom door, waarna het geneurie in de verte verderging.

Toen hij boven was, volgde hij het nauwe kronkelige straatje langs de rand van een park naar de kerk. De witte koepels blonken, als een sprookjeskasteel.

Toen hij de kerk binnenging viel de stilte hem op. Meer dan alleen de afwezigheid van geluid was het een vredige en doelbewuste stilte. Ondanks de indrukwekkende hoogte van het gewelfde plafond voelde hij zich welkom. Voorzichtig liep hij langs de kant, de biechtstoelen in zich opnemend, en een enkele brandende kaars in een nis. In de kerkbankjes zag hij een stuk of twintig mensen geknield in gebed. Hij sloop naar een van de voorste rijen en nam plaats. Als kind was hij gewend met Kerstmis en Pasen met zijn ouders naar de kerk te gaan en hoewel hij het saai vond, stelde hij zich toch altijd graag voor dat God over hem waakte. Dat had een veilig gevoel gegeven. Wat een onzin! Niemand waakte over hem, sterfelijk of onsterfelijk. Hij dacht aan de Griekse goden, en aan hoe ze met de mensen speelden alsof het schaakstukken op een bord waren. Dat leek hem realistischer.

Terwijl hij de rust en vrede absorbeerde, kwam er een onbekend gevoel van kalmte over hem. Hij keek naar het hoge plafond. Jezus met uitgestrekte armen staarde op hem neer, maar zijn ogen waren leeg, zelfs onverschillig. Als er een god was, dan was hij er niet voor mensen zoals Sebastian. Nee, hij was er voor de slachtoffers en de onschuldigen, degenen die op zoek waren naar troost, niet naar rede. Met een zucht stond Sebastian op om weg te gaan en bij die beweging hoorde hij de brief kraken in zijn achterzak, alsof die hem toefluisterde dat er altijd keuzes waren, zelfs als je dacht van niet. Opeens wist hij wat hij ging doen met de brief.

Sebastians vingers bibberden toen hij de brief boven de votiefkaars hield, en toekeek hoe het papier eerst oranje kleurde en daarna zwart, waarna het uiteenviel in as. Hij blies erop, waardoor er piepkleine deeltjes over de kerkvloer dwarrelden, die hij met de zool van zijn laars in de groeven tussen de stenen wreef.

Hij liep de kerk uit, de avond tegemoet. Putain! Wat had hij nou net gedaan? Met zijn ogen dicht ademde hij diep in, waarbij hij zijn longen liet vullen met lucht, die hij vervolgens langzaam weer uitblies. Een ongebruikelijk gevoel van trots ging door hem heen. Hij had maar iets kleins gedaan, maar toch voelde het alsof hij langer was en zijn rug rechter, alsof hij een man was die de controle had over zijn lot. Maar had hij genoeg gedaan? Er zouden meer brieven volgen. Ze waren als onkruid. Als je er eentje had uitgetrokken, dan groeiden er meer voor in de plaats. Hij zou het in de gaten moeten houden, nu hij die grens was overgegaan. Hij moest de mensen van het weeshuis waarschuwen, maar hoe? Niemand zou hem vertrouwen. Ze zouden denken dat het een valstrik was. De enige Fransman die misschien naar hem zou luisteren was Monsieur Le Bolzec, maar hij kende de man amper. Voor hetzelfde geld was hij een collaborateur, en had Sebastian zijn nek al niet ver genoeg uitgestoken? Hij moest er eerst nog heel goed over nadenken.

De zon was bezig om langzaam achter de Sacré-Coeur te zakken toen Sebastian de steile trap weer afliep. Twee soldaten kwamen de trap op, hard lachend. *'Heil Hitler!'* Ze stopten en staken hun arm uit in de Hitlergroet. Sebastian glimlachte in plaats van zijn arm op te steken. De jongere man fronste maar de andere vroeg of hij misschien zin had om met ze mee te gaan voor een drankje.

'Vanavond niet, bedankt,' probeerde Sebastian zo amicaal mogelijk. Hij wilde geen problemen.

'Dan niet,' antwoordde de jongere. 'Maar kijk uit voor de meisjes, *mein Freund*, daar krijg je geheid een druiper van.'

De ander sloeg hem op de rug. 'Ja, daar weet jij alles van, nietwaar?'

Sebastian liet ze lachen en vervolgde zijn weg.

Er kwam een meisje uit het donker naar hem toe. 'Hé, soldaat.' Als een kat kroop ze om hem heen en legde haar hand lichtjes op zijn schouder. 'Zoek je gezelschap voor de avond?'

Het was te donker om haar goed te kunnen zien en een grote hoed bedekte deels haar gezicht. Hij ving een zurige wijnlucht op. Hij negeerde haar en liep door, maar een tel later had hij spijt. Enig gezelschap was wel zo prettig geweest, en wat was er zo erg aan een vrouw die zichzelf verkocht om wat te verdienen? Er bestonden ergere dingen. Veel erger. Mannen en vrouwen prostitueerden zichzelf elke dag, puur om te overleven. Als jongen had hij zichzelf ook verkocht zonder het zich te realiseren, toen hij al die trofeeën won voor de Hitlerjugend en genoot van de loftuitingen, marcherend in uniform, met het gevoel alsof hij een van de uitverkorenen was. Wat was hij toch een idioot geweest. Erger dan een goedkope hoer.

In een opwelling besloot hij een drankje te halen bij een van de cafés aan de voet van de lange trap. Hij nam plaats op een barkruk, bestelde een cognac en zag twee vrouwen aan het andere eind van de bar. Ze hadden blote benen en hun jurken waren wat opgetrokken zodat hun bleke dijen zichtbaar waren, en de vlekkerige lijnen die op de achterkant van hun benen waren getekend zodat het leek of ze kousen droegen.

Opeens stonden ze bij hem. 'Zou u voor ons twee dames een drankje willen bestellen?'

Hij had wel bewondering voor hun durf en vroeg de barman om een karafje wit. Het werd zonder ceremonieel de bar op geschoven, en Sebastian moest het zelf inschenken.

Ze tikten zachtjes hun glazen tegen elkaar en maakten oogcontact. 'Santé.' Eentje had een dun zwart lijntje onder haar oog getrokken en donkerrode lippenstift die overliep in het paars van een lipcontour. De ander droeg geen make-up, maar haar lippen waren van nature vol en sensueel. Ze pruilde en stak een sigaret tussen haar lippen, waarna ze een flinke trek nam. Hij keek hoe ze haar glas wijn achteroversloeg en voelde daarna haar hand zijn dijbeen zacht kneden, steeds hoger. Vervolgens leunde ze naar hem toe en voelde hij haar zachte boezem tegen zijn borst. Ze fluisterde in zijn oor: 'Twee zijn beter dan een. We kunnen je heel gelukkig maken.' Haar mond ging naar zijn hals, waar ze zachtjes in beet. Hij sloot zijn ogen, genietend van de beginnende opwinding. Toen voelde hij de nagel van de ander die een lijn over zijn wang trok. 'Wat zeg je ervan, soldaat?' fluisterde ze.

Het was de manier waarop ze soldaat zei – dat, en een onverwachte wolk vertrouwd reukwater. Het rook naar het spul dat de commandant ook gebruikte. Zijn opgewekte verlangen was meteen weg. 'Hoor eens, dames, ik moet weg. Geniet van de wijn.' Hij gooide wat muntjes op de toog en keerde zich om naar de deur.

'Je weet niet wat je mist, soldaat,' riep een van de twee hem na.

De avondklok was al ingegaan, en er hing een andere atmosfeer op straat. Wie nu buiten was, had het recht om buiten te zijn, want dan was je Duits of geassimileerd. Prostituees werden getolereerd, hoewel de nazi's liever hadden dat ze in een van de gevestigde bordelen werkten.

Op weg naar de metro viel hem een meisje op dat tegen een muur stond te leunen. Er was iets aan haar, alsof ze heel ver weg was met haar gedachten, en ze had een aantrekkelijk blosje op haar wangen.

Hij bleef staan.

Ze keek op en glimlachte. Het was een open, echte lach, en hij merkte dat hij teruglachte. Hij wilde net doorlopen toen ze naar hem toe kwam en zonder iets te zeggen haar hand in de zijne liet glijden. Ze voelde licht en breekbaar, alsof hij haar handbeentjes met een ferme kneep zou kunnen breken. Hij sloot zijn vingers om haar hand.

'Hé!' klonk het, in een gilletje.

Hij verslapte zijn greep direct en lachte naar haar. *'Pardonnez-moi.'* De angst in haar ogen veranderde meteen in opluchting. Wat was ze kwetsbaar. Hij kon haar alles aandoen wat hij maar wilde, en dan was er niemand om haar te beschermen. Het was allemaal zo verkeerd.

'Wil je iets drinken samen?' vroeg ze.

Hij stak zijn hand in zijn zak en haalde zijn portemonnee tevoorschijn. 'Vanavond kan ik niet,' zei hij. 'Maar hier, dit is voor jou.' Hij stopte een briefje van vijf franc in haar hand.

'Merci, monsieur, merci,' riep ze hem na toen hij wegliep.

12

Parijs, april 1944

Sebastian

Sebastian keek op de klok, het was pas vijf uur. Hij leunde achterover en strekte zijn armen boven zijn hoofd, rolde met zijn hoofd van links naar rechts vanwege zijn stijve nek en keek ondertussen naar zijn drukke collega's, die nog steeds over hun typemachines of stapels papierwerk gebogen zaten. Hij was rusteloos, en de gedachte aan opnieuw alleen eten bedrukte hem.

Zuchtend staarde hij naar de stapel brieven die op hem lagen te wachten om vertaald te worden. Hij zou er nog twee doen en dan ging hij naar huis. Zijn ogen voelden droog en vermoeid, en dus pakte hij een getypte brief van de stapel, die waren makkelijker te lezen. Hij scande de pagina, die was ondertekend door '*Un Homme Honnête*', die beweerde iemand te kennen die communist was. Als het geen Jood was, was het altijd een communist. Hij draaide een vel schoon papier in de machine en begon aan de vertaling, woord voor woord.

Het was net half zes toen hij vertrok, en een aantal van zijn collega's keek weer op toen hij het pand verliet. Bij de Pont Neuf stopte hij om te kijken naar een groot voorbijglijdend vrachtschip, dat heel diep lag door de lading. Toen hij aan de andere kant langs de kade verder liep, passeerde hij Duitse soldaten die met Franse dames op caféterrassen zaten. Hij kon het niet helpen dat hij zich afvroeg wat deze vrouwen nu echt voelden voor die mannen. Zagen ze hen puur als maaltijdbonnen? Of hadden ze echte gevoelens? Maakte het wat uit?

Even later merkte hij dat hij weer naar de boekwinkel wandelde. De winkelbel ging toen hij binnentrad, en de boekverkoper keek op van het rek dat hij bezig was te vullen. Sebastian zag een flits van herkenning in zijn ogen, maar even snel werden ze weer koud. Waarschijnlijk was hij toch niet zo welkom als hij graag had gedacht.

De bel klonk opnieuw. Een oudere dame kwam binnen en knikte ter begroeting.

'Bonsoir, madame.' Monsieur Le Bolzec lachte haar toe.

'Monsieur,' antwoordde ze kortaf, en draaide zich toen naar Sebastian met een diepe frons in het voorhoofd.

'Bonsoir, madame,' zei Sebastian nadrukkelijk.

De oude dame keek hem aan, lang en streng, en zonder verder ook maar een woord te zeggen draaide ze zich om en liep zo de winkel uit. Hij hoorde Monsieur Le Bolzec hardop zuchten, en een ogenblik lang stond hij er wat ongemakkelijk bij.

'Het spijt me, het lijkt of ik uw klanten wegjaag.' Sebastian vroeg zich af of hij misschien moest vertrekken.

'Maakt u zich geen zorgen. Ze koopt toch nooit wat. Deze dagen verkoop ik niet meer dan twee boeken per dag.'

De sfeer was beladen. Sebastians gevoel van eenzaamheid en vervreemding nam met de minuut toe. Hij was er nog niet klaar voor om de winkel uit te gaan. Hij nam zijn pet af en stopte hem onder zijn arm, liep toen naar een rek waar hij een willekeurig boek vanaf pakte en begon te bladeren zonder te lezen.

'Ik hoop dat u het niet erg vindt dat ik iets vraag,' verbrak Monsieur Le Bolzec de stilte terwijl hij naar hem toe kwam lopen. 'Moet u dat uniform dragen als u vrij bent?'

Sebastian sloot het boek en keek hem aan. 'We zijn nooit vrij.'

Monsieur Le Bolzec trok een wenkbrauw op. 'Nooit?'

'Dat klopt. Nooit.'

'Ze laten u er toch niet in slapen, hoop ik?'

'Dat niet. Maar ik kan voor de krijgsraad worden gesleept als ze me in burgerkleding zien.'

Monsieur Le Bolzec bestudeerde Sebastians gezicht. 'U bent eigenlijk niet veel vrijer dan wij, of wel?'

'Niet echt.' Sebastian schudde zijn hoofd. 'We krijgen alleen beter te eten.'

'En zeep.'

'Ja. We krijgen zeep.' De twee mannen keken elkaar een minuut aan, en als hij zich niet vergiste, dan klikte er wat tussen hen: een soort wederzijds begrip.

'Heeft u dat boek van Oscar Wilde gelezen?' vroeg Monsieur Le Bolzec uiteindelijk.

'Ja, dat heb ik gisteren uitgelezen,' antwoordde Sebastian, denkend aan hoe Dorians losgeslagen levensstijl hem aan het eind toch noodlottig werd. 'Ik vond de beschrijvingen van Londen mooi.'

Monsieur Le Bolzecs wenkbrauw ging net merkbaar ietsjes omhoog, alsof hij Sebastians antwoord aan de magere kant vond. 'Wat vond u van het einde?'

'Slim. Vroeg of laat komen er natuurlijk scheurtjes in het oppervlak.' Sebastian vroeg zich af of de boekhandelaar probeerde een parallel te trekken tussen het nazisme en Dorian Grays leven. Het was waar – de hoge functionarissen gingen altijd onberispelijk gekleed, waren een toonbeeld van beleefdheid, ze gebruikten eufemismen als 'overplaatsing' en 'ondervraging' vaak zelfs zonder stemverheffing, alsof dit heel gewone beschaafde concepten waren.

'Inderdaad.' Monsieur Le Bolzec nam een boek van de plank. 'De laatste keer dat u hier was, vertelde u dat u als jongen van zestien voor het eerst in Parijs was.'

'Ja, mijn Franse grootmoeder wilde me de stad laten zien waar zij was opgegroeid.'

'Wanneer was dat? Als ik het vragen mag.'

'In 1936.'

'Het jaar dat Duitsland de Olympische Spelen won.'

'Ja.'

'Was dat ook niet het jaar dat Hitler het verplicht maakte voor kinderen om zich aan te sluiten bij zijn leger?'

'De Hitlerjugend? Ja.'

'Iedereen onder de achttien.'

Sebastian knikte.

Monsieur Le Bolzec bestudeerde Sebastian. 'Ik moet toegeven, dat vond ik wel een slimme zet.' Sebastian was niet zeker hoe hij daarop moest reageren, maar dat bleek ook niet te hoeven. Monsieur Le Bolzec ging verder: 'Het leverde hem een loyaal leger op, toch? Ik wil wedden dat ze jullie mooie uniformen gaven. En jullie buikjes rond hielden.' Sebastian keek naar de grond, uit angst dat hij ontrouw was door dit gesprek te voeren met een Fransman die in feite een vreemde was. 'Jullie zullen wel lol hebben gehad, met al die jongens bij elkaar. Er was vast veel sport en spel.'

Lol? Sport en spel? Er schoot Sebastian meteen een 'spel' te binnen.

Ze zaten in 'pelotons', groepjes jongens die dan aan dezelfde kant stonden, maar een van hen werd gekozen om slachtoffer te zijn. Het slachtoffer kreeg tien minuten om weg te rennen en zich te verstoppen, waarna de rest hem achternaging om hem te zoeken. Als ze het ellendige kind hadden teruggebracht naar de commandant, dan moesten ze hem zijn straf geven. Op een keer merkte de commandant dat Sebastian niet meedeed met de klappen. 'Kleinhaus, zijn we een beetje weekhartig misschien? Schop hem in zijn gezicht! Dat is een bevel!'

Sebastian staarde naar zijn grote harde laarzen en toen naar het doodsbange gezicht van de jongen. Hij haalde zijn been naar achteren, klaar om te trappen, maar toen nam iets in hem het over en sprintte hij weg, zo hard als hij kon. Hij was de beste atleet in de groep, en gedurende de uren die volgden rende hij voor zijn leven. Uiteindelijk viel de avond en hij bleef in het bos tot de dag aanbrak.

Toen hij 's ochtends terugkwam bij de groep stond het gezicht van de commandant op onweer. Hij gaf een teken aan een van de oudere jongens, die op Sebastian afkwam met een gemene blik in zijn ogen. Sebastians bloed raasde door zijn aderen en opnieuw voelde hij de drang om weg te rennen, maar hij had geen fut meer.

De stoot in zijn gezicht was snel en efficiënt. Hij viel op zijn zij, met een knallende pijn in zijn kaak. Hij probeerde te gaan staan, maar zijn hoofd tolde en hij struikelde, terwijl hij vaag hoorde dat er werd gelachen.

'Strafblok voor Kleinhaus!' De stem van de commandant was luid en duidelijk.

De oudere jongen trok aan Sebastians schouder, duwde hem voor zich uit en schopte hem tegen zijn achterste.

'Nou, Kleinhaus, als je niet kunt vechten, kun je altijd nog wegrennen.' De lach van de commandant vibreerde door Sebastian heen terwijl hij werd weggeleid.

Sebastian staarde naar de boekhandelaar, met zijn hoofd nog steeds half bij de herinnering. 'Dat klopt,' antwoordde hij. 'Er was veel sport en spel.'

13

Parijs, april 1944

Elise

Uit mijn werk wilde ik even langs de boekwinkel, want ik was van plan om een boek te kopen voor Isabelles verjaardag. Monsieur Le Bolzec ging meestal pas kort voor de avondklok dicht, dus er was nog tijd zat. De winkel was leeg toen ik binnenkwam.

'Ha, die Elise. Wat leuk je te zien.' Monsieur Le Bolzec kwam van achter een boekenrek vandaan. Hij werd gevolgd door een man in uniform. De Duitser van een paar avonden geleden.

'Bonsoir, mademoiselle.' Hij had het lef om me de hand te willen schudden alsof we kennissen waren.

Ik liet mijn armen waar ze waren en ik staarde hem aan. Hij was zelfs zo brutaal om gewoon terug te kijken, maar ik vertikte het om de eerste te zijn die wegkeek, en dus bleven we elkaar in de ogen kijken. Het duurde vast maar een seconde of twee, maar het voelde als tijd die op een strak elastiekje werd uitgerekt. Ik zag dat zijn ogen helderblauw waren, als de steen die ik in een ring had. Uiteindelijk sloeg hij zijn blik neer. 'Ik moet gaan,' zei hij.

Het voelde als een overwinning. Ik was niet van plan dat gevoel te laten verpesten door de manier waarop zijn schouders hingen, of door zijn verdrietige toon.

'U hoeft niet te vertrekken.' Monsieur Le Bolzec zei het snel, terwijl hij een blik op mij wierp.

Maar de Duitser schudde hem de hand, knikte naar mij, zette zijn pet op en liep de winkel uit.

Zodra hij de deur achter zich dicht had gedaan, draaide Monsieur Le Bolzec zich om naar mij. 'Je hoeft niet zo lelijk te doen.'

'We zijn in oorlog met ze!' Mijn hart bonsde van verontwaardiging. 'Hij is een Boche!'

'Maar hij is niet verantwoordelijk voor de oorlog.'

De boekhandelaar schudde zijn hoofd en zuchtte. 'Hij is eigenlijk nog maar een jongen.'

Ik rolde met mijn ogen en vroeg me af of hij nog meer excuses ging maken voor deze Boche.

'Zijn naam is Sebastian, Sebastian Kleinhaus. Hij is half Frans, zijn moeder is Frans en zijn vader is Duits.'

'*Je m'en fous!* Wat maakt dat nou uit? Hij draagt een naziuniform!' Ik ving zijn blik en bleef hem brutaal aankijken. Het gaf me een oncomfortabel gevoel, dat ik me verzette tegen hem.

De winkelbel ging en we draaiden ons allebei om naar de deur. Een jonge man kwam binnen met een oudere dame aan zijn arm. 'Bonsoir, monsieur, mademoiselle.' Ze begroetten ons en bleven staan voor een boekenrek verderop.

De boekhandelaar wendde zich tot mij. 'Het is toch iets geks, nationaliteit. Wat betekent het eigenlijk om Frans te zijn? Of Duits?'

Ik wist niet waar Monsieur Le Bolzec naartoe wilde, en ik had weinig zin om onze discussie voort te zetten waar anderen bij waren. Ik overwoog te vertrekken, maar wilde niet weggaan met een nare smaak. En ik wilde nog steeds een boek kopen.

'Heb je gehoord van de Hitlerjugend?' ging hij verder.

'Ja.' Ik was me bewust van de andere klanten, maar zij leken op te gaan in een boek waar ze samen naar keken.

'De indoctrinatie van een hele generatie. Hitlers lumineuze idee.' Hij ging zachter praten. 'Het was allemaal gebaseerd op nationalisme. En hij liet ze geen keuze. Vanaf twaalf jaar oud moest iedereen meedoen.'

'Ik snap niet waarom u steeds maar excuses voor hem verzint,' fluisterde ik.

Hij legde zijn hand op mijn elleboog. 'Geen excuses, Elise. Redenen. Als je zo oud bent als ik, ga je de wereld anders zien, en dan besef je dat achter een verhaal altijd een ander verhaal zit.' Hij boog zich iets naar me toe. 'Niet te snel oordelen.'

De oudere dame kuchte hard, en toen ik naar hen keek, zag ik de jongeman over haar rug wrijven. Het leek niet te helpen. Ze hoestte weer, en nog eens, en ik werd er ongemakkelijk van.

De boekhandelaar ging de achterkamer in en kwam terug met een glas water. Hij gaf het aan de vrouw, waarbij hij zijn hand op haar schouder legde. Ze nam een slok en keek hem aan met waterige ogen. 'Merci, monsieur. Merci.'

'Komt u even zitten.' Monsieur Le Bolzec nam haar arm en leidde haar naar een van de krukken die hij achter de kassa had staan. Ik keek hoe hij haar hielp zitten, en hoe hij haar geruststellend en zachtjes toesprak met zijn hand nog altijd op haar schouder. Toen zag ik de blik van de jongeman en zijn opluchting. Monsieur Le Bolzecs vriendelijkheid maakte dat ik me een klungel en een sufferd voelde.

Toen ze weggingen, ging Monsieur Le Bolzec weer verder. 'Elise, je kunt het je niet veroorloven om zo... doorzichtig te zijn.'

'Hoe bedoelt u?'

Hij krabbelde aan een bakkebaard terwijl hij mijn gezicht bestudeerde. 'Ik ken je al vanaf dat je een kleine meid was. Ik weet wat je vindt van de bezetting, van de Duitsers.' Ik zuchtte hardop. Dat was geen geheim. 'En ik kan wel zien dat je op de toppen van je zenuwen leeft, ik kan het voelen. Je hoeft me niet te zeggen waar je mee bezig bent. Het enige wat ik zeg is dat je nooit weet wanneer iemand misschien nog van pas kan komen, en wanneer het goed kan zijn om de vijand aan jouw kant te hebben.'

'Bedoel je dat we hem kunnen gebruiken?'

'Je weet maar nooit. Vergeef me mijn arrogantie, maar ik geloof dat ik redelijk wat mensenkennis heb. Die jongen wordt geplaagd door schuldgevoel en eenzaamheid. Een fatale combinatie.'

'Jongen? Dat is een man!'

'Ja, je hebt gelijk. Maar hij is nog zo jong, hij kent zichzelf amper. Hij heeft nooit de vrijheid gehad om eigen keuzes te maken. Hij was een gehoorzame zoon, die een gehoorzame soldaat werd. Maar er zit meer in hem dan dat. Hij heeft last van zijn geweten.'

'En dat is terecht!' Ik kon nog steeds niet geloven dat Monsieur Le Bolzec wilde dat ik medelijden had met een Boche.

Hij lachte een half lachje. 'Het zal je geen kwaad doen om eens met hem te praten.' Hij wachtte even. 'Alleen als er niemand in de winkel is, natuurlijk. We weten allebei hoe mensen kunnen kletsen. Hij is ver van huis, en hij is eenzaam en alleen. Ik was van zijn leeftijd toen ik naar het front werd gestuurd in de vorige oorlog. Denk je dat ik erheen wilde? Denk je dat ik het leuk vond om jonge mannen die ik nooit had ontmoet te doden, die daar net als ik heen waren gestuurd? Nee. Maar ik deed het wel, hè? Dat is niet anders dan wat hij nu doet: bevelen opvolgen omdat het alternatief te angstaanjagend is.'

Ik slaakte een diepe zucht. Hoewel ik zijn punt begreep, was het toch mijn probleem niet. Mijn probleem was in verzet komen tegen de vijand, en dat was precies wat deze Sebastian Kleinhaus was. De vijand.

14

Parijs, april 1944

Sebastian

Est-ce à nous qu'il prête l'oreille?
Est-ce aux anges? Est-ce aux démons?
A quoi songe-t-il, lui qui veille
A l'heure trouble où nous dormons?

Luistert hij naar ons, of luistert hij
naar de engelen? Of naar de duivel?
Waar denkt hij aan, hij die waakt
over het onrustige uur van onze slaap?

Sebastian klapte de dichtbundel van Victor Hugo dicht. Hij was moe, maar de slaap weigerde hem verlichting te brengen. Hij klikte het lampje uit, draaide zich op zijn zij, maar hij had het bloedheet. Het was benauwd in zijn kleine kamer. Een deur sloeg dicht. Zijn collega moest net zijn thuisgekomen na een avond uit. Een hoge vrouwenlach steeg op. *Verdomme!* Nu moest hij de hele nacht naar piepende veren luisteren.

Hij deed de lamp aan en keek op zijn horloge: half drie. Het geluid van benagelde laarzen onderbrak het gegiechel dat uit de kamer naast hem kwam. Hij stond op en deed de ramen open, haalde de grendel los waarmee de luiken dichtzaten en leunde naar buiten, de koele nachtlucht opsnuivend. Drie soldaten snelden voorbij, met geweren die omhoog wezen. Ze hielden halt voor een flatgebouw iets verderop. Met de kolf van zijn geweer beukte een van hen de deur open en ze gingen naar binnen.

Na een paar minuten kwamen ze weer naar buiten, met hun geweerloop tegen het hoofd van een man. De man had zijn pyjama nog aan en zijn handen lagen op zijn hoofd. Een vrouw in een nachtjapon liep naast hem, met een klein kind aan de hand. Sebastian ging iets verder uit het raam hangen en hoorde het gehuil van het kind langzaam in de verte verdwijnen.

Hij wilde de straat op rennen, om ze ervan te weerhouden zomaar een gezin weg te halen. Maar hij stond machteloos, hij kon niets doen. Hij draaide zich om en plofte neer op zijn bed. Met gebalde vuisten sloeg hij op zijn matras, overmand door hulpeloze wanhoop. De muren van zijn kamer kwamen op hem af en verstikten hem, terwijl het bed in de kamer naast hem maar bleef kraken. Hij keek naar zijn uniform dat aan de kast hing. In het halfduister leek het hem te bespotten, alsof het zei: 'Inderdaad. Ik ben van jou en jij bent van mij.'

Hij greep het pakje Gitanes van zijn nachtkastje, stak er een op en staarde naar zijn uniform. 'Wacht maar,' mompelde Sebastian. Hij nam de sigaret uit zijn mond, ging staan en hield hem tegen de donkergrijze stof van zijn jasje aan. Als betoverd keek hij toe hoe er een gaatje wegbrandde. Hij zette een stap naar achteren en bekeek het perfecte lege rondje dat de peuk had achtergelaten. Het gekraak van het bed aan de andere kant van de muur hield abrupt op en opeens was het stil. Sebastian hield zijn adem in, wachtend op de deur die open en dicht zou gaan, op de vrouw die vertrok. Lang hoefde hij niet te wachten. Ze sloeg hem dicht toen ze wegging. Nu kon hij tenminste terug naar bed.

Hij drukte zijn sigaret uit in de asbak op het nachtkastje, klikte het lampje uit en ging weer liggen. Hij voelde dat zijn gedachten afnamen en dat de slaap in golven begon te komen. Hij verwelkomde ze, in de hoop dat ze hem snel zouden meenemen. Maar een van die golven stortte over hem heen en hij schrok wakker, met een bonzend hart. Henrik. Weer die droom over Henrik. Rusland. Hij ging rechtop zitten en veegde het zweet van zijn klamme voorhoofd. Hij zou er nooit vanaf komen. Nooit.

Hij stond op, trok zijn pyjama uit en gooide hem op de grond, trok toen zijn uniform aan, zonder moeite te doen om eerst een hemd aan te trekken. Hij moest gewoon die kamer uit.

Hij wandelde door verstilde straten en zag in de vroege uurtjes hoe de zon boven de Haussmann-gebouwen opkwam, waarna hij een café binnenging voor koffie en een croissant. Het was zaterdag en hij had niets te doen, en dus ging hij weer op weg naar de boekwinkel, wanhopig op zoek naar een semivriendelijk gezicht.

De winkel was uitgestorven en Monsieur Le Bolzec was ergens mee bezig achter de kassa. Sebastian liep naar de stoffige hoek waar de poezie stond. De winkelbel ging en hij schrok op. Zij was het. Elise. Hij merkte hoe ze aarzelde, en wist dat ze wilde omkeren en weglopen. Laat haar maar, dacht hij. Het was haar goed recht.

Maar Monsieur Le Bolzec was haar te snel af. 'Elise.' Hij gaf haar een vluchtige kus op elke wang. 'Wat leuk om je te zien.' Sebastian nam een boek van de plank en deed alsof hij las. 'Hoe gaat het met je?' hoorde hij Monsieur Le Bolzec vragen. 'Ik heb iets voor je dat je naar Rue Claude Bernard mag brengen.'

Rue Claude Bernard? Die naam kende hij. *Merde!* Dat was de straat van dat weeshuis. Het UGIF-centrum. Hij wist het zeker.

Monsieur Le Bolzec ging de achterkamer in en kwam terug met een bruine papieren zak. 'Wat boeken en een paar zoete biscuitjes voor de kinderen.' Sebastian hield zijn adem in, wachtend op haar antwoord, maar zij zei verder niets. Hij moest zich ervan weerhouden zich om te draaien en naar hen te kijken, en toen hoorde hij haar zeggen: 'Au revoir', en ging de winkelbel weer. Ze was weg. Monsieur Le Bolzec ging verder bij de kassa. Merde! Wat moest hij doen?

Hij liep naar de kassa en wachtte tot de oudere man zou opkijken. Zijn keel voelde dik van emotie terwijl hij bedacht wat hij kon zeggen. Beelden van de Gestapo die het weeshuis zou binnenvallen doemden op voor zijn geestesoog. 'Ik hoorde per ongeluk wat u zei,' begon hij.

'Wat?' Monsieur Le Bolzec observeerde hem nauwgezet.

'Rue Claude Bernard.'

Monsieur Le Bolzecs ogen werden een tint donkerder. 'Wat is daarmee?'

'Dat is het UGIF-centrum, toch? Het weeshuis.'

'Ik dacht van wel.' Hij wachtte even. 'Het is legaal. Waar moeten de kinderen van al die gedeporteerde ouders anders heen?'

'Dat is niet het probleem.' Er ging een rilling door Sebastian heen, terwijl hij een manier probeerde te verzinnen om dit uit te leggen. 'Het kan zijn dat ze in de problemen zitten.'

'Wat bedoelt u?' Monsieur Le Bolzec leunde over de toonbank, zijn gezicht opeens vaalgrijs.

'Dat kan ik niet zeggen.' Sebastian had al te veel gezegd. Hij kon het zich niet veroorloven om nog meer prijs te geven. 'Geeft u door dat ze voorzichtig moet zijn. Iedereen daar moet voorzichtig zijn.'

Monsieur Le Bolzec greep zijn arm. 'Wat is er dan?'

'Misschien houden ze het pand wel in de gaten.' Sebastian trok zich los. 'U moet ze waarschuwen.'

'Wat bedoelt u? Waarom houden ze het in de gaten?'

'Dat weet ik niet.'

'Maar Elise heeft niets fout gedaan.' Een moment lang stonden de twee mannen elkaar aan te kijken, zich er beiden van bewust dat dit er niet toe deed.

'Goed, ik zal het haar zeggen. En dat ze het aan de anderen moet doorgeven.' Monsieur Le Bolzec bond in.

Sebastian vertrok abrupt, voordat hij in de verleiding kwam om nog meer te zeggen.

15

Parijs, april 1944

Elise

Het regelmatige *plok* van een tennisbal klonk na in mijn oren terwijl ik door Jardin du Luxembourg liep op weg naar mijn werk. Het voelde ongepast, net als de bloeiende witte rozen. Zo aan de oppervlakte leek alles normaal, maar als je beter keek dan zou je zien dat de meeste vrolijke wandelaars Duitse soldaten waren, en dan kon je ook de bordjes in het gras zien: INTERDIT AUX JUIFS – verboden voor Joden. Joodse mensen waren eerst uitgesloten van het normale leven, en daarna geleidelijk aan helemaal verwijderd.

Ik verstijfde, mijn hart ging tekeer. Een Duitse soldaat stond voor me. 'Wilt u een foto nemen alstublieft?' Hij lachte.

Ik knikte zonder iets te zeggen, en wou dat ik de durf had gehad om hem te negeren en weg te lopen. Hij vatte mijn zwijgen op als toestemmen en gaf me een grote fotocamera, met een uitleg in slecht Frans over welke knoppen ik moest bedienen. Ik zei verder niets, hoewel hem dat niet leek op te vallen, en toen ik naar de vrouw aan zijn arm keek, wendde zij haar gezicht af. Toen ik achteruit stapte, met de camera op hen gericht, lachte ze gul, met een twinkeling in haar ogen, haar glanzend rode lippenstift als een messnede over haar gelaat. Als ze slechts deed alsof ze blij was, dan deed ze dat heel goed. Ik kreeg daardoor zin om de camera op de grond te smijten, maar in plaats daarvan kantelde ik hem een beetje, zodat ik alleen hun benen in beeld had. Het gaf me iets van voldoening, en toen ik de camera teruggaf, glimlachte ik. '*Guten Tag.*' Ik zweeg een paar tellen, terwijl ik het ronde, blije gezicht van de soldaat in me opnam, en zei toen zacht, half fluisterend: '*J'espère que tu as tout ce que tu mérites.*' Ik hoop dat je alles krijgt wat je toekomt.

Hij keek me stralend aan. '*Danke schön!* Merci, mademoiselle.'

Ik wandelde snel weg en struikelde bijna over het bord INTERDIT AUX JUIFS. Ik richtte me weer op en bekeek het bord, met mijn vriendin Ellen in mijn hoofd, die met haar hele familie was gearresteerd bij de grote razzia van '42. Ze hadden ze meegenomen naar het Vélodrome d'Hiver, en ik had gehoord dat ze vanaf daar naar Drancy waren gebracht, een doorgangskamp. Ik had Ellen drie keer geschreven, maar geen antwoord gehad. Ik had geen benul waar ze nu was. Woede en frustratie welden in me op. Ik kreeg de neiging om dat stomme bord uit de grond te rukken. Dat had ik ook bijna gedaan, maar ik wist dat niemand er wat aan zou hebben, en de voldoening zou van korte duur zijn. En dus liep ik door naar mijn werk.

'Bonjour, les filles.' Ik deed mijn baret af toen ik de bank binnenkwam, hing hem samen met mijn lichte zomerjasje aan de kapstok en ging toen naar mijn collega's toe, om ze te begroeten met een kus op de wang.

'*Salut*, Elise.' Françoise trok een wenkbrauw op. 'Blijkbaar krijgen we bezoek van de Boches vandaag.'

'Duitsers, Françoise!' Monsieur Desgardes liep de kamer in. 'Je mag ze geen Boches noemen. Niet hier. En ja, ze willen bepaalde rekeningen controleren. Wie doet de Dreyfus-rekening?'

'Ik,' antwoordde ik.

'Goed, zorg dat je hem bij de hand hebt.'

De atmosfeer bleef de hele ochtend gespannen, en het was bijna een opluchting toen een Duitse officier de bank binnenkwam, net voor de lunchpauze. Hij nam de kamer in zich op en sloeg toen zijn hielen tegen elkaar. Hij had tenminste niet de Hitlergroet gebracht zoals ze normaal altijd deden. Niemand van ons gaf antwoord, maar we keken op, om zijn aanwezigheid te erkennen. Hij was lang en slank en had een gezonde kleur op zijn wangen. Waarschijnlijk had hij het weekend heerlijk in Jardin du Luxembourg gewandeld.

'De Dreyfus-rekening,' kondigde hij aan.

'Die heb ik hier.' Ik hoorde mijn stem trillen en hoopte dat hij het niet had gemerkt. Ik wilde niet dat hij dacht dat ik bang voor hem was, dat zou hem direct de overhand geven, maar ik zag het al aan de manier waarop hij zijn ogen hebberig de kamer rond liet gaan, aan hoe hij zijn handen achter zijn onderrug vouwde terwijl hij op me afkwam. Ze hadden altijd de overhand.

'Bien, bien.' Hij had een zwaar accent, en ik realiseerde me dat zijn Frans waarschijnlijk zeer beperkt was, wat het scherpe randje van mijn angst wegnam, hoewel dat niet terecht was. Ik stond op en reikte hem de map aan. *'Assis, assis.'* Zijn Frans was echt abominabel, en ik vroeg me af of hij altijd zijn woorden herhaalde of dat het een zenuwtrek was. De Dreyfus-rekening was een van onze grootste rekeningen, en we wisten allemaal waarom hij hem wilde hebben. Zonder de map zelfs maar te openen hield hij hem tegen zijn borst en boog zich over me heen. 'Haal de rekening leeg.'

Ik deinsde weg van hem. 'Waar moet ik het geld naartoe overmaken?' Ik keek hem aan, zogenaamd onschuldig, terwijl ik vanbinnen kookte. Dus dat was waar ze mee bezig waren, waarom ze ons vandaag een bezoek brachten.

'Ici, ici.' Hij overhandigde me een briefje met een rekeningnummer erop.

'Dat is een andere bank. Dan moet ik een brief schrijven.'

'Oui, oui.' Hij klonk ongeduldig.

Ik haalde mijn typemachine naar me toe en rolde er een vel papier in. Hoewel er amper ruimte voor was, perste hij zijn achterste op het randje van mijn bureau en keek mee met wat ik typte, alsof hij niet vertrouwde dat ik de cijfers goed zou overtypen. Het kantoor viel stil, je hoorde alleen de hamertjes die cijfers en letters typten die een familie zouden beroven van al hun rijkdom, en zijn ademhaling, zwaar en moeizaam, als een wild dier dat over zijn prooi gebogen staat. Dat geluid maakte een golf van boosheid in me los. Die vent stond gewoon het geld van onze klant voor onze neus weg te roven, en we konden er niets aan doen.

De rest van de dag dompelde ik mezelf onder in tabellen en cijfers, terwijl ik percentages, groeicijfers en belastingen berekende. Ik dook weg in een wereld van getallen en ontsnapte zo aan het nu. Getallen kon je vertrouwen. Getallen logen niet, niet als je wist hoe je ze moest lezen. En ik wist hoe ik ze moest lezen. Ik snapte maar al te goed hoe de Duitsers de wisselkoers hadden gemanipuleerd, zodat ze veel meer francs kregen voor hun Duitse marken. Het betekende dat de soldaten die hier waren gestationeerd, die in marken betaald kregen, veel rijker waren dan eigenlijk had gemoeten, waardoor ze in restaurants konden eten, terwijl wij dat niet konden. Ze konden dure parfums, Hermès-sjaaltjes en zijden kousen kopen voor hun vrouwen thuis, terwijl wij het moesten doen met het vermaken van de kleren die we al hadden. Ze wapperden met ons geld alsof ze het hadden verdiend, alsof ze er recht op hadden, terwijl ze het eigenlijk onder onze neus vandaan hadden gejat. Het waren dieven. Moordenaars en dieven. God, wat haatte ik ze.

Die avond, toen ik de bank verliet, wandelde ik ferm door terwijl mijn bloed nog altijd kookte van boosheid op de nazi's en op mezelf omdat ik eraan mee had gedaan. Merde. Ik had Maman beloofd dat ik brood zou meenemen. Toen ik me omdraaide om terug te gaan schoot me te binnen waar ik volgens haar vandaag brood zou kunnen vinden. Ze had gelijk. Toen ik bij de boulangerie kwam, stond er al een lange rij. Ik sloot aan, achter twee oudere vrouwen. Ze spraken zo hard dat ik hun gesprek wel moest horen.

'Er zou genoeg eten zijn voor iedereen als de Boches niet zulke hebzuchtige varkens waren.'

'Ssj!'

'O, maak je geen zorgen. In deze rij staan geen moffen.' Haar vriendin keek om zich heen, met een cynisch lachje. Ik ving haar blik en glimlachte. 'En je kunt je laatste centime erop inzetten dat er ook geen *collabos* in deze rij staan. Alleen ons soort mensen.'

'Hou je mond, Micheline!'

'Maak je niet druk. Ze letten niet op ons oude besjes. We zijn onzichtbaar voor ze.' Ze draaide zich weer om naar mij. 'Heb je daarom je haar afgeknipt?'

'Pardon?' Ik wist wat waar ze op doelde, maar haar directheid overviel me.

'Je wilt niet opvallen, toch?'

Mijn hand schoot defensief naar mijn hoofd. 'Ik hou van kort haar.'

'Ja, het staat ook best leuk. Je ogen komen er goed door uit.' Ze zweeg even. 'Maar mannen houden meer van lang haar.'

'Kan me niet schelen.'

Ze lachte weer en gooide haar hoofd in haar nek. '*Bien dit!* Goed gezegd! Want als er geen mannen waren dan stonden we niet in deze rottige rij, of wel?'

'Nee,' zei haar metgezel. 'Dan zouden we dansen, zingen... eten.'

'Mannen! Je kunt er beter soep van koken!'

'Ze zijn allemaal hetzelfde.'

Ik lachte met ze mee, blij om te zien dat er beweging kwam in de rij. Het bleek een van die zeldzame gelegenheden te zijn dat je vroeg in de avond brood kon kopen. Met mijn halve baguette in mijn hand liep ik naar huis door Jardin du Luxembourg. Het meer schitterde in de late middagzon en zoals gewoonlijk liepen er meerdere Duitse soldaten met hun vriendinnetjes rond alsof het park van hen was. Ik zuchtte luid terwijl ik langs een kussend stelletje liep. Mijn bloed steeg naar mijn hoofd terwijl ik probeerde mijn neiging om haar in haar gezicht te slaan en tegen haar te schreeuwen te onderdrukken. Wat dacht ze dat ze stond te doen, zoenend met de vijand?

Het was hopeloos. Te veel mensen hier hadden ze geaccepteerd, en wilden ze gunstig stemmen in plaats van weerstand te bieden. Het was onmogelijk om te weten wie je kon vertrouwen en wie je eventueel zou kunnen verraden. Zo had het niet mogen zijn, we hadden schouder aan schouder moeten staan. Maar sommige mensen hadden ontdekt dat je van de situatie kon profiteren, en dan had je nog de antisemieten die maar wat graag van de Joden af wilden. Daar had je dat bord weer. INTERDIT AUX JUIFS. Hetzelfde bord waar ik die ochtend bijna over was gevallen. In een opwelling haalde ik uit en trapte ertegen. Het kan niet heel stevig vast hebben gezeten want het viel meteen om, met een doffe klap. Merde! Ik liep snel weg.

'Wat moet dat?' De Duitser die ik net voorbij was gelopen, kwam op me af.

Mijn hart stond even stil. En toen rende ik in een reflex weg. Hij zou vast niet achter me aan komen, als hij met zijn vriendinnetje was.

Dat had ik mis. De snelle voetstappen achter me werden steeds luider. Ik sprintte de hoek om.

Recht tegen een politieagent op. 'Heeft u haast, mademoiselle?'

Ik probeerde mezelf los te trekken, maar hij had zijn hand op mijn schouder en zijn grip werd steviger. 'Vos papiers!' Ik liet het brood vallen. 'Vos papiers!' riep hij nog een keer. Met bevende vingers frommelde ik aan de sluiting van mijn handtas. Mijn tas was een troep. Papieren, boeken, pennen, alles door elkaar. Graaiend ging ik op zoek naar mijn persoonsbewijs.

De Duitser verscheen, buiten adem van het rennen. 'U staat onder arrest,' siste hij tussen twee ademhalingen. Mijn ribben trokken samen om mijn longen. Ik hapte naar adem, liet mijn tas vallen, en alles viel eruit. De Duitser pakte zijn handboeien en klikte mijn polsen achter mijn rug vast. Ik gaapte naar mijn spullen die verspreid op de grond lagen en voelde mijn hoofd tollen. Dit kon niet echt gebeuren!

'Stop die dingen terug in de tas,' riep hij naar de agent.

Dit gebeurde echt! Ik moest het zien te stoppen. Ik slikte, en dwong de woorden mijn verstopte keel uit. 'Ik struikelde over het bord. Het was niet mijn bedoeling om het omver te schoppen. Het spijt me!' Ik keek naar de Duitser. Hij wachtte een moment en staarde me kil aan. 'Het spijt me,' herhaalde ik.

Hij hief zijn hand, maar ik zag hem niet aankomen. De klap in mijn gezicht. Ik struikelde achteruit. Vanuit mijn ooghoek zag ik zijn vriendin staren. 'Ik neem haar mee naar Rue de la Pompe!' schreeuwde hij.

O, god, nee! Niet naar het hoofdkwartier van de Gestapo! In mijn wanhoop keek ik naar de agent, maar hij keek opzij en stapte weg.

'Rue de la Pompe?' zei de dame zacht. 'Maar ik dacht dat we vanavond samen zouden doorbrengen...'

De Duitser keek haar kort aan en zuchtte luid. 'Zie je niet dat ik nu wat anders te doen heb?'

'Maar kan die agent haar niet wegbrengen?'

Ik hield mijn adem in, bang voor wat hij ging zeggen. Maar ik had nog hoop.

‘Nee! Hoe kan ik hem vertrouwen? Ik zal het zelf moeten doen. Ze heeft Duits eigendom kapotgemaakt.’

Ik keek naar de vrouw en zag haar aarzeling. ‘Maar Stefan, ik heb me zo verheugd op onze tijd samen.’ Ze legde haar hand op zijn arm. ‘Het is je vrije avond.’

‘Ik heb altijd dienst!’

We hadden kort oogcontact, en wat ik zag was een droeve, verontschuldigende blik. Ze had het geprobeerd.

Hij trok me aan mijn elleboog het park uit, naar een plek waar een zwarte auto geparkeerd stond. Hij duwde me hardhandig op de achterbank, waarbij ik mijn schouder bezeerde. Het koude zweet brak me uit. Zouden ze me gaan verhoren? *Verhoor.* Alleen het woord al maakte me doodsbang. Ik kneep mijn ogen dicht, om het beeld te verdringen dat ze me sloegen, mijn nagels uittrokken, me elektrische schokken gaven. Stop! Dat ging niet gebeuren. Ik zou toegeven dat ik het bord had omgetrapt. Dan zouden ze me met rust laten, misschien zouden ze me voor een paar dagen opsluiten in de gevangenis. En opnieuw voelde ik mijn maag verkrampen van angst.

Toen de auto stopte in Rue de la Pompe trok hij me er aan mijn elleboog uit en leidde me naar het gebouw. ss-mannen liepen heen en weer, bevelen schreeuwend. Ik zakte door mijn knieën terwijl hij me voortsleepte door de gang. Ik struikelde en viel bijna. Hij trok me weer op en duwde me toen in een ijzeren stoel voor een kantoor. Ik sloot mijn ogen en bad tot een god waar ik niet meer in geloofde.

16

Parijs, april 1944

Sebastian

Het was al zes uur, maar Sebastian zat nog aan zijn bureau. Het was vandaag een uitzonderlijk drukke dag geweest, en zijn hoofd zat vol met de verraderlijke woorden die van de brieven dropen die hij had vertaald. Hoe konden mensen hun buren zo aangeven? Ze konden net zo goed een pistool pakken en ze neerschieten, daar was tenminste nog lef voor nodig. Maar deze achterbakse manier, waarbij iemand maar wat graag zijn Joodse buren zou laten afvoeren onder het mom van een 'bezorgde burger' te zijn, daar werd hij letterlijk misselijk van. En hij kreeg er migraine van.

De telefoon ging, naast hem, en hij schrok op. Hij nam op. 'Heil Hitler!'

'Heil Hitler! Officier Wenner hier. We hebben u nodig voor een verhoor. Rue de la Pompe. Onze tolk is ziek.'

'Ja, officier.'

'Meld je direct bij mij, begane grond.'

Sebastian stond op en greep zijn koffertje. Zijn hart ging sneller kloppen nu hij bedacht wat er voor hem lag. Maar één keer eerder was hem gevraagd een verhoor te doen, en dat was zo slecht gelopen dat hij dacht dat ze hem niet meer zouden vragen. Hij moest overgeven toen ze de armen van de gevangene aan de tafel vastbonden en de tang hadden gepakt.

Hij nam de metro, de eerste wagon, altijd gereserveerd voor Duitsers. Hij zag een paar Joden de laatste wagon in schuifelen, en hij vroeg zich af hoe ze het zo lang hadden volgehouden terwijl de quota voor deportatie elke maand gehaald moesten worden.

Toen hij het hoofdkwartier van de Gestapo betrad, kwamen de haren op zijn armen overeind en ging er een rilling over zijn rug. Geüniformeerde mannen en vrouwen hamerden op de toetsen van typemachines, zo opgaand in hun werk dat ze niet eens opkeken toen hij langsliep. Ineens was er een opstootje achter hem waardoor hij omkeek. Een man was aan het vloeken en schreeuwen in het Frans terwijl een groep Duitse soldaten hem naar binnen sleepte en hem tegen de grond werkte. Sebastian wendde zich af toen de soldaten met hun zware laarzen de man tegen zijn nieren trapten. Een Duitse officier rende zijn kantoor uit. 'Stop!' schreeuwde hij. 'Ik moet nog informatie uit hem zien te krijgen. Breng hem naar mijn kamer.' Het vreselijke geluid van laarzen die een lichaam raken hield langzaam op, en de soldaten raapten de man op van de vloer en sleepten hem naar het kantoor, waarbij zijn enkels in een onnatuurlijke hoek gedraaid waren.

Toen Sebastians ogen de beweging volgden zag hij vier Franse burgers voor een andere kantoorruimte zitten. Hij keek nog eens. Dat was die dame. Elise. Ze keek op, en hij zag een flits van herkenning in haar ogen. Sebastian keek haar koeltjes aan, hopend dat ze zou begrijpen wat hij haar probeerde te zeggen: dat ze niet moest laten merken dat ze hem kende.

Iedereen keek naar de gevangene die werd weggesleept. Dat was zijn kans. En hij pakte hem. Hij liep naar haar toe en sprak haar aan op autoritaire toon. 'Volg mij.'

Zonder iets te zeggen en met haar blik op de grond gericht stond ze op. Ze liep achter hem aan terwijl hij terug naar buiten liep via de ingang waardoor hij net was binnengekomen. Zijn hart bonkte in zijn oren, net zo hard als het geluid van de typemachines. Als iemand hen zou tegenhouden, zei hij tegen zichzelf, dan zou hij doen alsof hij niets met haar te maken had.

Ze volgde hem de zware houten deur uit, de straat in en de hoek om. Toen ze een eindje weg waren van het gebouw stopte hij en draaide zich om. Ze liep bijna tegen hem op. Hij greep haar bij de armen en voelde haar lijf trillen, haar zwarte pupillen waren poelen van angst. Snel trok hij haar over de straat een entree van een appartementengebouw in, en toen door naar een binnenplaats.

'Wat deed je daar?' Hij hield haar nog steeds stevig vast, en zijn hart bonkte tegen zijn ribben. Toen besefte hij dat hij met zijn vingers diep in haar arm klauwde en versoepelde zijn greep.

'Ik heb zo'n bordje omver geschopt,' zei ze stotterend. 'INTERDIT AUX JUIFS.'

'Wat? Waar heb je het over?'

'In Jardin du Luxembourg. Een Duitse officier zag het.'

'Maar...' Hij begreep het niet.

'Ik schopte ertegen. Ik wist niet dat het zou omvallen.'

'Ben je daarvoor hierheen gestuurd?' Waarom zouden ze haar voor zoiets naar het Gestapo-hoofdkwartier brengen?

'Die officier was gek. Ik kon mijn persoonsbewijs niet vinden.'

Hij schoot bijna in de lach. 'Alweer?'

'Het zat in mijn tas, maar alles viel eruit. Ik was in paniek.'

'Waar is het nu?' Hij hield haar nog steeds vast bij haar armen.

'Ik weet het niet. In mijn tas, ergens.'

'Hebben ze er niet naar gevraagd toen je werd binnengebracht?'

'Nee. Er werd veel geschreeuwd. Ik moest gewoon alleen daar gaan zitten.'

Opluchting overspoelde Sebastian, hij werd er duizelig van. Hij liet haar los en legde zijn handen over zijn ogen. Ze was maar net ontsnapt.

'Dank je wel.' Ze bleef even stil. 'Sebastian.'

Ze had zijn naam gezegd! Hij wist niet eens dat ze die kende. Hij staarde in haar groene ogen en alles werd scherper, geaccentueerd. De geur van de jasmijn die opklom tegen de muur naast hem, het geluid van vrachtwagens op straat. De tijd vertraagde, bijna alsof hij eraan zou kunnen ontsnappen.

Toen was het moment voorbij. 'Je moet rechtstreeks naar huis.' Hij legde zijn handen op haar schouders. 'Geen woord hierover, tegen niemand. Ga gewoon naar huis en blijf daar.'

Ze knikte, en hij zag haar slikken voordat ze zich omdraaide en wegliep.

Hij slaakte een diepe zucht, zijn hartslag was nog verhoogd. Waarschijnlijk had hij haar leven gered. Misschien werd hij gek. Misschien moest hij gek worden. In plaats van terug te gaan naar de Gestapo, in plaats van bij het verhoor te assisteren, kon hij achter haar aan gaan, haar hand grijpen en dan konden ze ontsnappen.

Stop met fantaseren! Nee, hij moest er weer heen, alsof hij nu pas aankwam. Hij haalde een paar keer diep adem, zette zijn borst op en nam de rol aan die hij zou moeten spelen.

17

Parijs, april 1944

Elise

Mijn benen bleven de hele weg naar huis trillen en ik kreeg amper mijn ene voet voor de andere zonder te struikelen. Ik rilde over mijn hele lichaam. Wat als iemand Sebastian mij naar buiten had zien leiden? Wat deed hij daar trouwens? Dat had ik hem niet eens gevraagd.

Ik was te moe en wankel om het hele stuk naar huis te lopen, dus nam ik bij Passy de metro. Toen ik mijn kaartje in het gleufje stopte en door het poortje ging, hield ik mijn blik omlaag gericht, doodsbang. In de trein ging ik bij het raam zitten en staarde in de donkere tunnels terwijl de metro onder de straten van Parijs door denderde. Ik greep mijn persoonsbewijs, klaar om het te overhandigen als er soldaten zouden instappen. Er heerste stilte, ook al was de wagon halfvol. Vóór de bezetting werden er wel gesprekjes gevoerd, en soms trof je iemands blik. Maar nu was het alsof iedereen net deed of hij ergens anders was. We waren op onze hoede geraakt voor elkaar. Alleen kinderen snapten deze ongeschreven regel niet, en ik voelde de ogen van een kind op de bank tegenover me priemen, waar ik heel ongemakkelijk van werd.

Ik moest huilen van opluchting toen ik eindelijk de deur van ons appartement achter me dichtdeed.

'Heb je brood?' Maman kwam de keuken uit.

Ik slikte mijn tranen weg en jokte. 'Er was geen brood, Maman. Sorry.'

Ze zuchtte. 'Vreemd. Ik had gehoord dat er brood zou zijn.'

'Ik ga naar bed,' zei ik. 'Ik heb zo'n enorme hoofdpijn. Ik moet in het donker liggen, gordijnen dicht. Maak me maar niet wakker voor het eten. Ik hoop dat het met slapen weggaat.'

Ik wachtte haar antwoord niet af maar ging meteen naar mijn kamer, waar ik het raam opende en de luiken sloot. Het voelde meteen koeler en veiliger. Ik ging op mijn bed zitten, deed mijn schoenen uit en ging op mijn rug liggen, starend naar het plafond in de schemering. Mijn linker bovenarm voelde beurs, daar waar Sebastian me had geknepen. Ik klikte mijn bedlampje aan en trok mijn blouse uit, om te zien of ik blauwe plekken had, maar dat was niet zo. Ik streek met mijn vingers over mijn huid, die warm voelde, alsof zijn aanraking was blijven hangen. Ik deed het lampje uit en terwijl ik weer ging liggen hoorde ik zijn stem, zijn dringende vragen. 'Waar is je persoonsbewijs? Hebben ze er niet naar gevraagd toen je werd binnengebracht?' Zijn woorden gingen door mijn hoofd terwijl ik de scène opnieuw afspeelde. De zichtbare opluchting toen ik hem zei dat ik alleen was gearresteerd voor het omschoppen van dat stomme bordje. Hij had zijn handen voor zijn ogen geslagen zoals een kind zou kunnen doen. Ik denk dat hij op dat moment pas begreep wat een enorm risico hij voor me had genomen. En net als een kind had hij denk ik niet de gevolgen afgewogen toen hij me zag zitten bij dat kantoortje. Maar hij wist wat me daar binnen wachtte.

Mijn dromen waren die nacht levendig en verwarrend, Sebastian en de soldaat die me had gearresteerd, allemaal door elkaar. Ik werd meerdere keren wakker, met knagende honger, maar ik stond niet op. Waarom had deze man die ik amper kende zo'n risico voor mij genomen? Misschien had Monsieur Le Bolzec gelijk, en zat hij vol met schuldgevoel en was mij redden het enige wat hij kon doen. Ik voelde dat ik milder over hem ging denken, en ik moest mezelf eraan herinneren dat hij nog steeds de vijand was.

18

Parijs, april 1944

Sebastian

Sebastian wist dat het niet goed was om in oorlogstijd vaste gewoontes aan te houden. Het betekende dat mensen wisten waar je was en met wie je omging, maar hij kon het niet helpen. Hij kon niet wegblijven bij de boekwinkel, waar hij wist dat Monsieur Le Bolzec hem een warm welkom zou bieden. En waar hij Elise kon zien. Hij maakte zich zorgen om haar. Vanavond, terwijl hij de deur opendeed, vroeg hij zich af of ze er misschien was. Maar de winkel was leeg en hij zag zelfs geen Monsieur Le Bolzec,

'Bonsoir,' riep hij.

En toen zag hij haar uit de achterkamer komen, met haar haar een beetje door de war, alsof ze net haar handen erdoorheen had gehaald, en toen ze sprak hoorde hij een lichte trilling in haar stem. 'Monsieur Le Bolzec moest even weg. Hij heeft me gevraagd of ik even op de winkel wil letten.' Hij keek haar aan, en de stilte daalde neer, met als enige geluid het tikken van de klok. Toen zette ze een paar stappen en hij hoorde het ruisen van haar jurk langs haar benen. Hij probeerde te bedenken wat hij kon zeggen. Wat dan ook. Maar ze was hem voor. 'Ik moet je nog bedanken voor een paar dagen geleden, dat je me daarvandaan hebt gehaald.'

Sebastian knikte. Het woord 'moet' viel hem op. Natuurlijk kon ze hem niet echt bedanken, dat zou te ironisch zijn.

'Monsieur Le Bolzec heeft me verteld dat ze het weeshuis in de gaten houden,' ging ze door.

'Misschien.'

'Hoe weet je dat?' Haar groene ogen doorboorden hem.

De directheid van haar vraag schokte hem. 'Dat kan ik niet zeggen.'

Ze keek hem onderzoekend aan. 'Ik moet eigenlijk niet met je praten.' Ze wendde haar blik af en hij wachtte tot ze weg zou lopen, maar ze bleef staan. 'Ik had niet in een situatie moeten zitten waarin ik gered moest worden, dat vooropgesteld.' Eerst zei ze dat ze niet met hem moest praten, en het volgende moment deed ze het toch. Ze zat vol tegenstrijdigheden.

'Ik weet het. Het spijt me.'

'Spijt?'

'Ja, het spijt me dat ik hier sta in dit uniform.' Hij aarzelde, en waagde het erop. 'Dit is niet wie ik ben.'

'Wie ben je dan?'

Sebastian voelde zijn wangen warm worden. Zo'n gesprek mocht hij helemaal niet hebben. Maar goed, ze waren alleen, en dit kon wel eens zijn laatste kans zijn om met haar te praten, dus ploeterde hij door. 'Ik ben maar een gewone man.'

Er verscheen een fijn lijntje op haar voorhoofd, en ze bracht haar hand omhoog om er met haar pink aan te kriebelen.

Dat gebaar vond hij vertederend en tegen beter weten in ging hij verder. 'Gewoon, en niet moedig. Ik was heel jong toen de oorlog begon, jong en naïef. Ik had geen idee dat het hierop uit zou lopen. Ik dacht zelfs dat Frankrijk en Duitsland samen een beter en sterker Europa konden bouwen.'

'Samen?' Ze lachte bitter. 'Dat zou grappig zijn als het niet zo tragisch was.'

'Ik heb nooit gedacht...' Hij aarzelde, op zoek naar de juiste woorden. 'Ik probeer het niet goed te praten. Maar de positie waarin ik me bevind... Ik haat het om hier te zijn in deze hoedanigheid.'

'Zeg dan maar niets.'

Ze had gelijk. Hij moest zijn kop houden. De kloof tussen hen was te groot. Hij deed een stap achteruit.

'Waar kwam al die haat vandaan?' vroeg ze abrupt.

De lucht vulde zich met spanning. Ze stelde hem weer een vraag, waarmee ze hem een ingang gaf. 'De haat?' Elk woord dat hij koos zou keihard worden beoordeeld, en dus dacht hij goed na. 'Het kwam door armoede. Mensen hadden honger. Konden hun kinderen niet te eten geven. Ik wil het niet goedpraten.'

'Nee, goed,' zei ze kortweg terwijl ze hem strak aankeek.

'Ik probeer alleen antwoord te geven op je vraag.' Hij deed een stapje naar voren. 'Duitsland was lamgelegd na de Eerste Wereldoorlog. Ouders moesten toezien hoe hun kinderen stierven van de honger. Hitler gaf ze een zondebok, een gemeenschappelijke vijand.' Ze krabbelde weer aan haar voorhoofd met haar pink en bestudeerde hem. Hij moest het haar uitleggen, voordat er iemand binnenkwam. 'Het was zwaar.' Ze deed niets, en dus ging hij door. 'Ons geld was niets waard.'

'Ja, ik weet van de hyperinflatie.'

Hun gesprek voelde aan als een spelletje schaken, eerst wat kleine zetten met de pionnen, terwijl hij bedacht welke strategie hij moest gebruiken. Maar hij moest uitkijken dat hij haar niet beledigde. 'We waren niet in staat om te herstellen van de vorige oorlog.'

Ze trok een wenkbrauw op. 'Daarom begonnen jullie maar een nieuwe?'

'Ik ben deze oorlog niet begonnen.'

'Nee, maar je staat wel hier in je uniform. Je vertegenwoordigt je land.'

'Ik wou dat het niet zo was.' Hij had de neiging om het uit te trekken, daar, op dat moment. Hij trok het jasje uit en legde het op de toonbank, zodat hij daar stond in zijn beige overhemd, zijn handen langs zijn zij, handpalmen naar voren.

Haar ogen werden groot en er kwam kleur op haar wangen. Een moment lang stonden ze zo tegenover elkaar, kijkend, en hij voelde de aantrekkingskracht als een elektrische stroom door hem heen. Zijn adem ging nu sneller, terwijl hij zich voorstelde hoe het zou zijn als hij de man was die hij wilde zijn, met haar.

De winkelbel doorbrak hun intieme moment. Dezelfde twee politieagenten als de eerste keer kwamen binnen. Plots bleven ze staan, zonder de deur te sluiten, en hun monden vielen open. Sebastian zag dat Elise naar haar voeten keek, en dat ze bloosde. Ze keken van haar naar hem en terug, en toen ze hun conclusie hadden getrokken, keken ze elkaar aan met een blik van verstandhouding. ‘Monsieur Le Bolzec is er dus niet vanavond?’ probeerde de langste.

‘Hij kan elk moment terugkomen.’ Elises stem trilde terwijl ze het zei.

‘Ik wacht ook op hem.’ Sebastian sprak met autoriteit. ‘Wat wilt u van hem?’

‘We lopen gewoon onze ronde.’

‘Goed om te weten dat jullie voor onze veiligheid zorgen,’ zei Sebastian, met enige ironie.

Een oncomfortabele stilte volgde. Sebastian probeerde ze weg te kijken met zijn strakke blik.

Toen ze even later de winkel uit waren, sloeg Elise op de toonbank. ‘Je weet wat ze nu denken, hè?’

‘Het spijt me. Ik had niet moeten komen.’

‘Nee. De mensen praten nu eenmaal.’

Hij draaide zich om maar kon zich er niet toe zetten om weg te gaan.

‘Gaan ze een inval doen in het weeshuis?’ Ze zei het fluisterend, zonder hem aan te kijken.

‘Dat kan.’ Hij trok zijn jasje weer aan. Terwijl hij de knopen dichtdeed, keek hij toe hoe ze zenuwachtig de kassalade doorzocht. ‘Het spijt me, Elise.’

‘Ga nu maar,’ siste ze, nauwelijks hoorbaar.

19

Parijs, april 1944

Elise

Naar mijn werk wandelde ik niet meer door Jardin du Luxembourg. Sterker nog, ik vermeed het park. Er waren altijd te veel goed doorvoede Duitse soldaten die met hun Franse minnaressen rondliepen, en ik was doodsbang om tegen degene aan te lopen die me had opgepakt. Ik was ook bezorgd over het weeshuis. Ik had de vrouwen daar wel gewaarschuwd, en ze waren ermee akkoord gegaan voorlopig inderdaad geen kinderen naar buiten te sturen, maar dat betekende alleen maar dat ze een groter risico liepen te worden opgepakt als de politie niet aan haar deportatiequota kwam. Op een avond, toen ik niet kon slapen, bekroop me een uitzinnig idee. Het was te gevaarlijk en te riskant om met iemand te delen, maar hoe meer ik erover nadacht, hoe aannemelijker het leek te worden. Ik moest met Monsieur Le Bolzec spreken voordat ik iets deed.

Na het werk ging ik naar de winkel. Monsieur Le Bolzec keek op van achter de kassa toen ik binnenliep. 'Elise, hoe gaat het met je?'

'Goed, dank u.' Ik liep voorbij een jonge vrouw die boeken bekeek op de voorste plank.

Ik wachtte tot ze vertrokken was, en pas toen de winkel leeg was, sprak ik. 'Kunt u de deur op slot doen?'

Zonder iets te zeggen hing hij het bordje GESLOTEN op en deed de deur op slot. Toen kwam hij naar me toe.

'Ik heb iets doms gedaan, een paar dagen geleden,' begon ik. 'Ik heb zo'n bordje INTERDIT AUX JUIFS omver geschopt.' De woorden kwamen eruit alsof ze vanbinnen brandden.

'Elise!' Zijn ogen werden rond en groot van schrik. 'Heeft iemand het gezien?'

‘Een soldaat.’

‘Wat?’

‘Hij heeft me gearresteerd. En meegenomen naar Rue de la Pompe.’

‘O, mijn god!’

‘Hij liet me wachten bij een kamer. Ze zouden me gaan verhoren.’ Monsieur Le Bolzec trok wit weg en verstijfde. ‘Jou verhoren?’

‘Die Duitser, Seb… Sebastian, die hier een paar keer was, die heeft me gered. Hij heeft me mee naar buiten genomen. Zo voor hun neus.’

‘Sebastian Kleinhaus?’

Ik knikte.

‘Je persoonsbewijs. Hebben ze dat ingenomen?’

‘Nee. Ik kon het niet vinden.’

Hij moest lachen, het was een volle, opgeluchte lach. Tot hij net zo abrupt weer stopte. ‘Wat heeft Kleinhaus gedaan?’

‘Hij zei dat ik hem moest volgen en leidde me naar buiten. Hij zei dat ik rechtstreeks naar huis moest gaan.’

‘Mijn god! Hij heeft je leven gered!’

‘Ik weet niet wat er zou zijn gebeurd als hij er niet was geweest.’ We zwegen allebei en stelden ons voor wat we wel wisten. Ik zou in een cel zijn gegooid, om waarschijnlijk nooit meer op te duiken. ‘Ik denk… ik begin te denken dat we hem misschien wel kunnen vertrouwen.’

‘Misschien.’ Hij ging met zijn vinger over zijn neusbrug. ‘Waarschijnlijk wel.’

‘Hij waarschuwde me over het weeshuis.’

‘Ik heb je gezegd dat ze het in de gaten hielden.’ Monsieur Le Bolzec sprak zachtjes, en keek om zich heen in de lege winkel.

‘Maar als ze een inval doen, dan nemen ze de kinderen mee.’

Hij keek me aan met droevige ogen, maar zei niets.

‘Ik heb nagedacht over wat u zei,’ ging ik door, in een poging zijn reactie te peilen, me realiserend dat als ik hem eenmaal vertelde waar ik mee bezig was en wat ik dacht, er geen weg terug meer was. ‘Over dat hij zich schuldig voelt en eenzaam is. Over dat we hem kunnen gebruiken.’

‘Gebruiken? Heb ik dat gezegd?’

'Niet met zoveel woorden.'

'Ik heb medelijden met hem. Hij ziet er zo verloren uit, en ja, eenzaam, ver van huis, ver van zijn familie. Hij heeft zich ook moediger betoond dan ik dacht dat hij was.' Hij bestudeerde mijn gezicht. 'Hij moet je wel erg leuk vinden, als hij zo'n risico voor je heeft genomen.'

Ik voelde dat ik bloosde. 'Misschien.' Maar ik wist dat hij me leuk vond. Dat kon ik merken aan hoe zijn ogen zich in de mijne boorden, alsof hij daar iets van me zocht. In andere omstandigheden zou ik me ook tot hem aangetrokken hebben gevoeld. Ik vond zijn jongensachtige houding leuk, de intensiteit in zijn ogen, de manier waarop zijn lippen bewogen als hij me aankeek. Hij had een expressieve mond. Maar ik was niet gekomen om daarover te praten. Of er zelfs maar over te denken. 'Ik vraag me af of ik hem kan vragen te helpen.'

'Helpen? Wat bedoel je?'

'Wat hij zei over het weeshuis, dat ze denken dat er kinderen worden weg gesmokkeld – dat is waar. Ik heb al elf kinderen weggehaald daar. Ik heb ze aan een passeur overgedragen.' Monsieur Le Bolzecs ogen werden nog groter, en de spanning was om te snijden. Ik zuchtte. 'Ik doe dat al zes maanden. Niemand weet ervan. Alleen de vrouwen in het weeshuis.'

'Maar, Elise.' Zijn stem trilde. 'Als ze hen arresteren, dan gaan ze praten. En dan geven ze jouw naam.'

Ik knikte, en de angst balde zich samen in mijn maag. 'Dat was een risico dat ik moest nemen.' Ik sloot mijn ogen en slikte mijn doodsangst weg. 'Ik denk dat we Sebastian zouden kunnen gebruiken. Hij zou de andere kinderen zelf weg kunnen brengen. Het zijn er nog maar zes. Niemand zou het raar vinden als een Duitse soldaat naar buiten kwam met kinderen. Ze zouden denken dat hij ze naar een kamp bracht.'

'Dat kun je niet van hem vragen!'

'Ik denk van wel.' Ik liet een stilte vallen. 'Ik denk dat hij het zou doen.'

'Nee! Het zou hem tegen ons kunnen keren.' Hij liet zijn hoofd zakken en schudde nee.

'Keren?'

'Ja, als hij denkt dat we hem gebruiken, dan zou hij zich tegen ons kunnen keren.'

'Ik denk niet dat hij dat zou doen. Hij wou dat hij niet hier was in dat uniform.'

'Het is één ding dat hij dat wenst. Het is heel wat anders om daadwerkelijk iets te doen. Hij zou zijn leven riskeren.'

'Net als wij! Elke keer dat ik de kinderen mee naar buiten neem, riskeer ik mijn leven, maar dan denk ik aan hen, en hoe ik me zou voelen als ik niets deed. We moeten doen wat we kunnen.'

'Je hebt gelijk, maar...'

'We moeten het hem vragen. We kunnen niet wachten.'

'Ik weet het niet, Elise. We moeten het zeker weten.'

'Ik denk dat het het risico waard is. Voor de kinderen.'

'Misschien, maar zelfs de beste mannen praten als ze bang zijn.'

'U zei zelf dat hij dapperder is dan hij eruitziet.'

'Niet mijn woorden tegen me gebruiken. Ik weet dat hij een groot risico heeft genomen voor jou. Maar het betekent niet dat hij het nog een keer zou doen.'

'Ik wil het hem vragen.' Ik sprak stellig, met meer vertrouwen dan ik voelde. 'Als hij een auto kan regelen, dan kan hij de kinderen daarin kwijt, ze zouden zich kunnen omkleden in de auto, dan zou hij ze hier om de hoek kunnen afzetten. Als ze eenmaal hier zijn, kunnen we ze verstoppen totdat we een passeur hebben. Denkt u maar eens na. Niemand zou het raar vinden als kinderen de winkel in gingen. En we kunnen mensen die we vertrouwen regelen om ze op te halen, als we niet snel genoeg een passeur vinden.'

'Nee, Elise. Het is te riskant. Stel je eens voor wat mensen zullen denken als ze erachter komen dat hier kinderen logeren.'

'Wat doen we dan? Gaan we de volgende razzia dan gewoon afwachten?' Mijn ogen prikten van de ingehouden tranen.

Hij legde zijn handen op zijn bakkebaarden en schudde zijn hoofd. 'Het is te gevaarlijk. Veel en veel te gevaarlijk.'

Ik slikte. En wachtte. Ik wist dat hij ja zou zeggen.

‘Laat me erover nadenken. Ik moet nadenken. Hoe komen we aan passeurs? We moeten misschien eerst safehouses vinden. We moeten dit heel voorzichtig doen. Heel voorzichtig. En we moeten zeker weten dat hij echt aan onze kant staat.’

‘Dat weet ik zeker. De vrouwen bij de UGIF kunnen passeurs regelen. We hebben niet veel tijd. Wat als ze er morgen binnenvallen?’

‘Geduld, Elise, geduld. We moeten echt zeker weten dat hij aan onze kant staat.’

20

Parijs, april 1944

Elise

Elke avond na mijn werk ging ik naar de boekwinkel, hopend dat ik Sebastian Kleinhaus zou zien. Op de derde avond verscheen hij. Dit keer glimlachte ik naar hem toen hij binnenkwam. Als hij het niet was geweest, als hij een Fransman was geweest, dan was het ontroerend geweest om te zien hoe zijn ogen oplichtten toen hij me zag.

'Bonsoir.' Ik kon mezelf er niet toe brengen zijn naam te zeggen. Ik voelde me al ongemakkelijk genoeg dat ik hem groette. Twee jonge vrouwen achter in de winkel fluisterden iets tegen elkaar en keken toen allebei naar mij. Ik voelde de warmte naar mijn wangen stijgen. *Dit is niet wat jullie denken*, wilde ik ze zeggen, *ik ben een vaderlandslievende Française.*

'Bonsoir, Elise.' De klank van mijn naam op zijn lippen gaf me het gevoel dat ik een verraadster was, maar ik wist niet wie ik dan aan het verraden was: mijzelf of hem. Ik deed het voor de kinderen, hielp ik mezelf herinneren. Alleen voor de kinderen.

De twee vrouwen wandelden de winkel uit, langs Monsieur Le Bolzec, die op zijn ladder een plank stond in te richten, langs Sebastian en mij. Ze vertrokken zonder iets te zeggen of ons aan te kijken. *Het is niet wat het lijkt,* wilde ik ze naroepen. In plaats daarvan draaide ik me weer om naar Sebastian, wetend dat we nu alleen waren met Monsieur Le Bolzec.

'Ik moet steeds maar denken aan die kinderen in het weeshuis.' De woorden vlogen mijn mond uit. 'Ik ben zo bezorgd. Wat weet jij?'

Hij keek naar zijn voeten en zei toen zacht: 'Alleen wat ik je een paar dagen geleden vertelde.' Hij haalde diep adem en keek me aan. En er ging iets over en weer tussen ons. Een onuitgesproken weten. Hij wist waar ik mee bezig was, en ik wist dat ik hem kon vertrouwen.

'Sebastian,' zei ik, rustig. 'Zou je echt willen dat je hier niet in dat uniform stond?' Ik zorgde dat ik oogcontact hield.

'Ja,' antwoordde hij zonder omhaal.

'Wil je dat bewijzen?' Het was een gevaarlijke vraag, een die een rilling over mijn rug stuurde.

'Ja,' zei hij opnieuw, met volle overtuiging.

'We moeten de kinderen uit dat weeshuis zien te halen.'

Hij ademde snuivend in. 'Wil je dat ik ze daar weghaal?'

Ik bleef hem aankijken en knikte. 'Je zou ze dan hierheen brengen.' Ik zweeg even en wachtte op zijn reactie, maar die kwam niet. 'Dat is alles wat we van je nodig zouden hebben. De rest kunnen we zelf.'

'Vertrouwen jullie mij dit toe?' Ik hoorde de verbazing in zijn stem. En de vreugde. Zijn ogen lieten meer licht binnen, en ik kon zijn geluk voelen alsof hij zijn armen om me heen had geslagen.

'Je hebt me gered van de Gestapo,' bracht ik hem in herinnering. 'Dat kan geen vooropgezet iets zijn geweest.'

'Waarschijnlijk is dat het dapperste wat ik ooit heb gedaan.'

Ik knikte. 'Je zult een auto moeten regelen.'

21

Parijs, april 1944

Sebastian

Het regelen van de auto bleek het gemakkelijke deel te zijn. Het enige wat hij hoefde te doen was zijn trots inslikken en het vragen aan de officier die leidinggaf aan de vertaalafdeling. Hij deed het voorkomen alsof hij zijn vriendin wilde imponeren.

'Ik vond je al afgeleid de laatste tijd.' De officier trok een wenkbrauw op. 'Als je maar niet te serieus wordt. Trouwen is verboden, onthoud dat.' Hij knipoogde. 'Maar al het overige is toegestaan natuurlijk, als je maar voorzorgsmaatregelen neemt. Ga nu maar, laat Gods water over Gods akker lopen, en daarna wil ik je weer terug aan het werk! En niet meer de kantjes eraf lopen.' Het was hem dus opgevallen dat Sebastian eerder van kantoor wegging. Hij moest denken aan de brief die hij had vernietigd. Als ze daar ooit achter kwamen, was hij dood.

Twee avonden later liep hij de boekwinkel in, zoals besproken. Zodra iedereen weg was draaide Monsieur Le Bolzec het bordje GESLOTEN om. Achter in de winkel, bij de dichtbundels, gingen ze dicht bij elkaar staan om te bespreken hoe het verder moest.

Sebastian was een en al zenuwen en kon niet stilstaan, maar hij voelde zich leven, op een manier die hij sinds zijn jeugd niet meer had gevoeld. 'Morgenavond kan ik over een auto beschikken.'

Monsieur Le Bolzec klopte hem op de schouder, en Elise trok een wenkbrauw op. Hij kon er niets aan doen dat hij trots was op het feit dat hij het eerste obstakel had overwonnen. 'We moeten wel doen alsof.' Sebastian keek Elise aan. 'Ik heb gezegd dat ik indruk wil maken op mijn vriendin. We moeten morgenavond met de auto.'

Elise slikte en beet op haar onderlip. 'Met de auto?' herhaalde ze.

'Ja.' Hij dacht er even over na. 'Ik zou je mee uit eten kunnen nemen.'

'Nee!' Ze schudde haar hoofd, haar haren zwaaiden heen en weer. 'Dat kan ik niet.'

'Als we dat niet doen, en ze komen erachter, dan worden ze achterdochtig.' Hij moest het risico zien te minimaliseren, hoewel hij zich niet kon voorstellen dat ze hem in de peiling hielden. En zo ja, dan zat hij nu al in de nesten. 'Ik kan je ergens oppikken waar het niet opvalt, we kunnen gaan eten in een restaurant, en dan zet ik je ergens uit de buurt af.'

'Ben ik dan terug voor de avondklok?' Elise kneep haar ogen tot spleetjes.

Sebastian was net zo opgelucht als verrast over het feit dat ze het idee leek te accepteren. 'Ja, en dan rijd ik terug naar mijn hotel en vertrek om vijf uur 's ochtends om de kinderen op te halen. Hoeveel zijn het er?'

'Zes,' zei Elise zacht.

'En dan breng je ze hierheen in de vroege ochtend?' vroeg Monsieur Le Bolzec.

'Waar kan ik anders met ze heen, op dat tijdstip?' Sebastian was verbaasd over de vraag. 'Als iemand een Duitse auto ziet voor uw winkel, dan gaan ze ervan uit dat u in de problemen zit, en dat gaan ze niet rapporteren. Het wordt alleen een probleem als de nazi's me zien en zich afvragen wat er gaande is. Daarom is vijf uur in de ochtend de beste tijd. Nazi's die op dat moment buiten zijn, zullen druk zijn met razzia's.'

'Ja, je hebt vast gelijk. Je kent hun bewegingen beter dan wij.' Monsieur Le Bolzec keek gerustgesteld.

'Wie zitten er in dat restaurant?' vroeg Elise aan Sebastian.

'Alleen Duitsers, met hun dames. Verder niemand.'

'Niemand mag me met jou zien. Ik bedoel niemand op straat.'

'Natuurlijk niet. Er is een chauffeur bij het restaurant die de auto's parkeert. Je kunt uitstappen en meteen het restaurant in voordat iemand je ziet.'

'Ben je er al eens geweest?' Elise keek recht door hem heen.

'Nee. Nooit. Ik heb er alleen over gehoord. Het is een beroemd Duits restaurant.'

'Duits?'

'Alleen voor Duitsers.'

'Les salauds!' Elise siste het voor zich uit. 'De rotzakken!'

Sebastian beantwoordde haar harde blik. 'Je zult moeten doen alsof... alsof je een collaborateur bent. Kun je dat?'

Ze veegde een haarlok van haar voorhoofd. 'Als het moet.'

'En je moet een mooie jurk aantrekken.' Monsieur Le Bolzec glimlachte even. 'En je haar moet netjes.'

Elise ging met een hand over haar ongewassen haren. 'Heb je misschien shampoo?' Ze keek naar Sebastian.

'Ik zal zorgen dat je dat krijgt. Wat heb je nog meer nodig?'

'Kousen, als ik overtuigend wil overkomen.'

Sebastian knikte. 'Ik weet wel een winkel.'

'Goed,' bevestigde Monsieur Le Bolzec. 'Dat is dan afgesproken. We verbergen de kinderen boven in mijn kamers, totdat er een safehouse komt, of een passeur.'

'Wat? U heeft nog geen passeur?' Sebastian fronste. 'Wat als ze herrie maken?'

'Dat doen ze niet,' antwoordde Elise direct. 'Ze kunnen goed stil zijn.'

'Of als er eentje moet huilen?'

'Ze zijn niet zoals andere kinderen.' Het licht verdween uit Elises groene ogen. 'Ze weten donders goed dat hun leven op het spel staat.'

Sebastian voelde zijn hart ineenkrimpen bij de gedachte aan wat ze allemaal al hadden meegemaakt. 'We kunnen ons geen risico veroorloven.'

'Daar zijn we ons van bewust,' zei Monsieur Le Bolzec koeltjes.

'Maar natuurlijk.' Sebastians buik verkrampte van angst. Het kwam nu allemaal heel dichtbij. 'Waar zal ik je ophalen, Elise?'

Ze bloosde, en hij had meteen spijt van zijn woordkeuze. Hij had het laten klinken als een afspraakje.

'Ergens ver van waar ik woon en werk.' Ze dacht na. 'Le Marais. Saint-Paul aan Rue de Rivoli.'

'Prima. Ik zorg voor zeep en kousen.' Sebastian wendde zich tot Elise. 'Ik kom morgenochtend langs om dat te brengen, en dan zie ik je om half zeven morgenavond bij Saint-Paul.' Zonder verder iets te zeggen ging hij weg, met een bonkend hart. Als hij had stilgestaan bij wat er ging gebeuren, dan zou hij het niet hebben gedaan. En dat was precies waarom hij er niet bij stilstond. Hij volgde nu zijn hart, niet zijn hoofd.

22

Parijs, april 1944

Elise

Om half zeven stond ik voor de kerk van Saint-Paul, met gewassen haar en echte nylonkousen in mijn handtas. Ik had besloten dat ik ze nog niet zou aandoen totdat ik in de auto zat, gewoon voor het geval dat ik iemand tegenkwam. Elke vrouw die haar hand had weten te leggen op kousen zou meteen worden verdacht van collaboratie.

Ik hoefde niet lang te wachten tot er een auto voor me stopte. Met mijn hoofd omlaag stapte ik in en zonder iets te zeggen reden we weg.

Sebastian keek amper naar me en reed alsof hij in opperste concentratie was. 'Is alles in orde?' Ik vroeg me af of hij spijt had van zijn beslissing om mee te doen.

'Ja, natuurlijk. Maar ik ben gespannen voor het restaurant. Het is alleen voor Duitsers. Je zult het vreselijk vinden.' Hij zweeg even. 'En ik ook.'

'Het geeft niet, het hoort er allemaal bij. Je hebt gelijk, we moeten heel goed doen alsof, en de risico's zien te beperken.'

De rit door de lege straten duurde niet lang, en we stonden al snel stil voor een grote rode deur. Een man met een portierspet opende het portier, en Sebastian stapte uit en legde de sleutel in zijn hand. Met mijn sjaal over mijn hoofd stapte ik uit. Onmiddellijk stond Sebastian naast me, met zijn arm om me heen, om me naar de deur te begeleiden. Er ging een vreemd gevoel door me heen, en heel even voelde ik me veilig, beschermd, en zelfs gelukkig, alsof het alleen om ons twee ging die een willekeurig restaurant betraden.

Hij deed de deur voor me open, en er kwam warmte, licht en muziek op me af, vreugdevolle geluiden die ik bijna was vergeten, van mensen die lachen en kletsen, een pianist aan een vleugel. Een kelner bracht ons naar een tafel, zonder ook maar het minste teken van afkeuring, en toen we zaten kwam een ander met grote menukaarten aanzetten. *'Un apéritif, monsieur?'*

'Oui, deux verres de champagne, s'il vous plaît.' Sebastian bestelde voor ons beiden.

Toen de kelner verdween, staarde ik naar de kaart. 'Het is in het Duits!'

'Ssst, ik vertaal het wel voor je. Maak je geen zorgen, het eten is nog steeds Frans!' Hij lachte zachtjes en las het menu voor. 'Slakken of foie gras als entree, dan boeuf bourguignon, *confit de canard* of varkensmedaillons.'

Drie soorten vlees! Hoe bestond het? Waar haalden ze dat in godsnaam vandaan? Ik keek om me heen naar de andere gasten, allemaal Duitsers in uniform, de meesten vergezeld door goedgeklede Françaises. De gedachte schoot door me heen dat ik nu een van deze vrouwen was. Ze lachten overdreven, veel te hard, en ik voelde me beschaamd. Een aantrekkelijke vrouw met een bos glanzend zwart haar dat om haar gezicht viel ving mijn blik en glimlachte. Ik glimlachte terug, en in die fractie van een seconde wisselden we een blik van over en weer erkende onuitgesproken medeplichtigheid. We speelden allebei een rol, om redenen die we alleen zelf kenden.

De ober bracht onze champagne, klaar om onze bestelling op te nemen. Omdat ik al zo lang niet goed gegeten had, koos ik het calorierijkste voedsel op de kaart: foie gras gevolgd door de eend. Toen de ober weg was, hief Sebastian zijn glas: 'Op de vrede.'

'Op de vrede.' Ik hief mijn glas, klonk met het zijne, en keek hem in de ogen zoals het gebruik voorschreef. Zijn ogen waren hemelsblauw. Ik nam een slok en keek daarbij in mijn glas. Ontelbare lichte bubbeltjes bruisten op mijn tong. Ik deed mijn ogen dicht en dacht aan de speciale gelegenheden waarop we gewend waren champagne te drinken. Het was een vrolijke drank, vol hoop en verwachting, en zelfs in een ruimte gevuld met nazi's voelde ik de magie ervan. En op dat moment wist ik zeker dat Frankrijk binnenkort weer van ons zou zijn. Ik keek weer op naar Sebastian en glimlachte, en mijn hart zwol op.

Hij antwoordde met een brede, jongensachtige glimlach. 'Als deze oorlog voorbij is, dan openen we samen een fles champagne.' Hij zei niet wie hem zou winnen, maar we wisten allebei dat Duitslands dagen waren geteld. Hitlers hebzucht en onlesbare dorst naar macht zouden zijn ondergang worden.

We hadden maar net ons eerste slokje gehad toen de sommelier verscheen, met een fles waarvan het etiket werd verborgen door een dik wit servet. Hij haalde het servet weg en wapperde ermee door de lucht, alsof het een goocheltruc was. 'Sauternes, 1939,' kondigde hij aan.

Sebastian proefde hem plechtig en knikte toen goedkeurend, helemaal in zijn rol. Niemand zou vermoeden wat we van plan waren. De foie gras arriveerde, met een mandje dungesneden toast. Sebastian sneed een stukje van de zachte paté af en legde het op een stukje toast, waar hij vervolgens wat zeezout overheen sprenkelde. Ik volgde zijn voorbeeld, maar toen ik het zout toevoegde, moest ik denken aan Maman en Isabelle thuis, die niet meer hadden dan spitskoolsoep. Ik overwoog om wat eten in een servet te verstoppen en dat in mijn tas te laten glippen. Maar Maman had geen idee waar ik was. En ze zou het afschuwelijk vinden als ze wist dat ik in een Duits restaurant zat.

Slecht op mijn gemak nam ik een hap van mijn toast met foie gras. Het smolt op mijn tong en liet een rijke, warme sensatie achter in mijn mond. Ik nam een slok sauternes. Zo had ik in jaren niet gegeten, en ik moest mezelf inhouden, anders zou ik misselijk worden. Sebastian zei amper een woord. 'Vertel me eens over Duitsland.' Ik had liever dat hij sprak, zodat ik van mijn eten kon genieten. 'Hoe was het om daar op te groeien?'

Zijn wenkbrauwen knepen samen terwijl hij me aandachtig aankeek. 'Dan moet ik je over mijn grootmoeder vertellen. Ze was Frans. En een echte persoonlijkheid. Ze hield van lezen. En ze had altijd zuurtjes bij zich in haar glanzende leren handtas.' Hij grijnsde. 'We zaten daar uren op te zuigen, terwijl we haar kostbare verzameling boeken bekeken. Ze liet me aan haar voorlezen uit *Les Trois Mousquetaires, Les Misérables, Le Comte de Monte-Cristo…*'

'*Le Comte de Monte-Cristo*? Ik ben dol op dat boek. Wat er ook gebeurt, hij komt steeds terug.'

'Ja, het goede dat het kwade overwint. Waar alle goede verhalen om draaien.'

'Alleen verhalen?'

Hij dacht na en zei toen: 'We brachten veel tijd samen door, mijn ouders waren altijd erg druk. We noemden onszelf altijd *"Les Deux Complices"*. *"Où est mon petit complice?"* zei ze altijd op zangtoon, als ze me zocht. Tot irritatie van mijn ouders.' Hij aarzelde en keek me even aan. 'Ze was een dappere vrouw.'

'Wat bedoel je?'

'Nou.' Hij leunde naar me toe en ging zachter praten. 'Op een dag liepen we door de stad, in Duitsland, toen er een SA-parade voorbijkwam. Als dat gebeurde moest je je arm vooruitsteken, anders had je echt een probleem, dan werd je opgepakt, maar ze trok me een portiek in en fluisterde: *"Pas ça!"* Ik was zo bang. Ik durfde haar niet tegen te spreken.'

'Je was nog maar een kind.' Tot mijn verbazing merkte ik dat ik een excuus voor hem had verzonnen. Ik veranderde van onderwerp: 'Is je grootmoeder overleden? Je gebruikte de verleden tijd.'

'Nee.' Er verscheen een klein rimpeltje tussen zijn ogen alsof hij zich het niet had gerealiseerd totdat ik ermee kwam. 'Het komt vast doordat dat allemaal voelt als een ander leven, in Duitsland, alsof het alleen in het verleden bestaat. Ik heb er een hard hoofd in dat ik haar ooit nog terugzie.'

Ik wilde hem zeggen dat hij haar vast weer zou zien, dat deze oorlog niet eeuwig zou duren, dat we op een dag weer vrij zouden zijn om bij onze familie te zijn en het leven te leiden dat we wilden, maar hoe kon ik, in mijn situatie, dat soort troostrijke woorden spreken? En dus zei ik niets.

'Het was natuurlijk heel zwaar voor mijn ouders. We hadden heel weinig geld.' Hij trok een scheef lachje. 'Ik ging wel eens op appelrooftocht met mijn broer. Mijn moeder deed dan net of ze boos was, maar ze was maar wat blij met de appels.' Hij nam een slok wijn. 'Geld, geld, het was een voortdurende zorg. Het loste letterlijk voor je ogen op. Mensen maakten de grap dat je met een kruiwagen naar de bank moest. Een heel brood kon 's ochtends nog een mark kosten en achtduizend diezelfde middag. Onze bankbiljetten waren van de ene op de andere dag niets meer waard. Sommige mensen kregen drie keer per dag betaald, en dan kwam hun familie het geld ophalen om het binnen vijf minuten uit te geven. Je moest echt met enorme hoeveelheden waardeloze biljetten rondzeulen om ook maar iets te kunnen kopen.'

'Ik heb gehoord dat het heel erg was.'

Hij knikte. 'Wij hadden het geluk dat mijn vader ambtenaar was, dus hij wist tenminste dat hij elke maand betaald zou worden. De ochtend nadat hij zijn salaris kreeg, maakte mijn moeder ons wakker om vijf uur en dan gingen we naar de markt, met mijn oma erbij. Ik was maar drie of vier jaar, en mijn vader trok me voort op een wagen die hij had gemaakt. Op de terugweg moest ik lopen omdat de wagen vol lag met voedsel, voedsel voor een hele maand. We moesten het geld uitgeven voordat het zijn waarde verloor, en we kochten wat we konden – vlees in blik, biscuits, dingen die houdbaar waren.' Hij staarde in de verte. 'Dat waren de beste ochtenden. Dan waren we allemaal samen, en mijn moeder zag ik dan eindelijk eens blij.'

Ik ging helemaal op in zijn woorden en had niet gezien dat er een zangeres bij onze tafel was komen staan. De piano stopte abrupt, en begon weer met een ander ritme. Met een hand op Sebastians schouder keek ze in mijn ogen terwijl ze zong: *'Elle fréquentait la Rue Pigalle'*, Rue Pigalle was haar straat.

Het ging over een prostituee! De andere gasten keken op, sommigen roffelden mee op tafel. De Duitsers verstonden er waarschijnlijk geen woord van.

Tot mijn opluchting dartelde de vrouw weer weg, waarna ik achterbleef met de vraag waar dit over ging. Dacht ze dat ik een chique prostituee was? Kon dat me wat schelen? Ik was datgene aan het doen wat ik moest doen.

De ober haalde onze borden weg en kwam een paar minuten later met ons hoofdgerecht, dat hij heel zorgvuldig voor me neerzette, precies zo dat de eendenbout de bonen en aardappels omhelsde.

'Bon appétit.' Met zijn mes verwijderde Sebastian de vettige huid van de bout, waardoor het donkere vlees eronder zichtbaar werd.

Ik zag hoe de boter over de hete groene sperziebonen smolt, een rijk geel spoor achterlatend, en ik pakte mijn vork en proefde er eentje, stevig en vers. Ik probeerde een aardappel, knapperig vanbuiten en zacht vanbinnen, precies waar ik van hield. Met mes en vork trok ik het velletje weg van de eendenbout en sneed een stuk af van het donkere vlees.

23

Parijs, april 1944

Sebastian

Sebastian reed terug naar zijn hotel en parkeerde verderop in de straat. In zijn kamer ging hij aangekleed op bed liggen en stak een sigaret op. Hij volgde de rook die kringelend opsteeg naar het plafond. Hoewel hij een gevaarlijke taak voor zich had, voelde hij zich luchthartig. De avond was magisch geweest: Elise en hij hadden gesproken alsof ze een gewoon stelletje waren dat elkaar leerde kennen, en hij had het fijn gevonden om over zijn leven te praten, hoewel hij zich bewust was van het feit dat ze weinig over zichzelf had prijsgegeven. Hij snapte haar terughoudendheid en had niet aangedrongen.

Hij rolde op zijn zij en zette zijn wekker op vier uur, voor het geval hij in slaap zou vallen. Maar toen de wekker ging was hij nog altijd klaarwakker, te vol van gedachten aan Elise en zenuwen voor het ophalen van de kinderen. Hij prentte zichzelf in dat niemand een Duitse soldaat in een Duitse auto zou tegenhouden. Hij liep dus eigenlijk helemaal geen risico. Niet echt.

Het was eng stil toen hij naar de auto liep, er was geen hond op straat. Hij stapte snel in en reed door de lege straten, en stopte voor een rood licht. Er werd op het raampje geklopt, hij schrok zich dood. Er stond een jonge soldaat naast de auto. Maar Sebastian had hier geen tijd voor. Hij negeerde de man en reed snel door.

Hij stopte in Rue Claude Bernard, en vroeg zich af of de 'bezorgde burger' wakker was om het weeshuis te begluren. Het maakte niet uit als dat zo was. Misschien was diegene in de veronderstelling dat zijn brief serieus was genomen, en dat er nu een Duitse soldaat kwam voor een nachtelijke inval. De voordeur was open zoals Elise had gezegd, dus hij kon zo naar binnen.

Een handvol kleine kinderen stond dicht bij elkaar gekropen om een dame met een mager gezicht en ze doken nog verder weg achter haar rok toen ze hem zagen. Een meisje van ongeveer zeven jaar met lang donker haar was aan het snikken. 'Sst,' fluisterde de dame. 'Ik zei toch, hij komt jullie helpen. Hij gaat jullie naar een veilig plekje brengen.'

Het meisje schudde fel haar hoofd en haar bruine ogen stonden bol van angst.

Sebastian ging op zijn hurken zitten, misschien zag hij er minder angstaanjagend uit als hij op hun hoogte zat. Maar ze weken juist verder naar achteren, zich vasthoudend aan de rok van de mevrouw. Toen stapte een langer dun meisje naar voren, met een gezicht dat zo licht was dat het doorschijnend leek. 'Waar brengt u ons heen?' Ze staarde Sebastian aan, alsof ze hem wilde uitdagen.

Sebastian glimlachte zo hartelijk mogelijk. 'Ik breng jullie naar een boekwinkel.'

'Een boekwinkel?' Het meisje fronste. 'Waarom?'

'Omdat als jullie daar heel stil zijn, niemand zal raden dat jullie daar zijn. En je kunt zoveel boeken lezen als je maar wilt.'

'Ik wil hier blijven.' Een jochie trok aan de rok van de dame en keek naar haar op. 'Alstublieft.'

'Kom jongens, we hebben het toch besproken.' De stem van de dame was warm en overtuigend. 'Als jullie je ouders weer willen zien moeten jullie heel stil zijn en precies doen wat die meneer zegt.'

Eentje begon zacht te jengelen. Sebastian wilde het maar zo snel mogelijk doen, bang dat hun angst zou uitgroeien tot iets onbeheersbaars als ze langer zouden wachten. 'Volg me maar naar de auto buiten,' zei hij.

De dame duwde de kinderen naar voren, en zonder verder nog een kik te geven volgden ze Sebastian. Hij deed het achterportier open. 'Ga maar liggen.' Hij hield de deur met een hand open en met de andere duwde hij ze een voor een naar binnen. Al snel zaten ze er allemaal in. 'Allemaal plat blijven liggen, zodat niemand jullie kan zien.' Ze deden wat hun werd opgedragen, en lagen met hun dunne ledematen verstrengeld op de achterbank.

Voordat hij wegreed, keek hij naar het gebouw aan de overkant. In een van de ramen dacht hij een gezicht te zien, maar dat kon zijn verbeelding zijn geweest. Niemand zou rond dit tijdstip op zijn. Sebastian hield zijn adem in terwijl hij door Rue de'Ulm reed, voorbij de universiteit, die nu in Duitse handen was. Het enige geluid was het ademen van de kinderen en de motor.

Hij sloeg de volgende hoek om toen er vanuit het niets ineens een man voor de auto stapte. Sebastian trapte keihard op de rem. De kinderen maakten een dof plofgeluid toen ze tegen de achterkant van de stoelen klapten. Twee gaven een gil.

'Sst,' siste Sebastian. 'Stil.'

Het werd muisstil, alsof de hele auto was gestopt met ademhalen. Sebastians hart bonkte in zijn oren. Toen begon de man te lachen, gaf een klap op de motorklep en liep om naar de chauffeurskant.

Sebastians voet hing vlak boven het gaspedaal. Moest hij gas geven? Hij kon aan de jas en de pet van de man zien dat hij officier was. Een dronken officier. Zou een dronken man een kenteken kunnen onthouden? Hij kon het niet riskeren. Hij zette zijn voet neer en draaide het raampje omlaag.

'Guten Abend.' Sebastian zei het langzaam, alsof hij helemaal ontspannen was.

'Guten Abend,' zei de officier met dubbele tong. Hij boog voorover, keek de auto in, en de whiskywalm kwam Sebastian tegemoet. Er klonk een jengel op de achterbank. Onmiddellijk begon Sebastian te hoesten, en het zweet brak hem uit op zijn voorhoofd. Goddank was het donker en brandde er geen straatverlichting.

'Ben mijn auto kwijt.' De man moest hard lachen. 'Doe me een lol en geef me even een lift?' Hij liep al om naar de passagierskant, trok het portier open en plofte neer op de zitting. 'Het Majestic,' zei hij alsof Sebastian een taxichauffeur was.

Verdomme! Sebastians hart ontplofte zowat. Nu moest hij de rivier oversteken en helemaal Rue Rivoli afrijden. 'Natuurlijk, meneer.' Hij zette hem in zijn een en trok op, stilletjes smekend dat de kinderen hun mond zouden houden. Met een steek van angst besefte hij dat ze deze uitwisseling in het Duits niet zouden begrijpen. Wie weet dachten ze dat hij ze zou aangeven. God! Als de man hen zou zien, was dat ook precies wat hij deed, dan werden ze regelrecht naar Drancy gestuurd.

'Beetje leuke avond gehad?' De officier lachte weer. 'Ik wel!'

'Jazeker, dank u wel, meneer.' Sebastian wilde blijven praten, om maar elk geluid van de achterbank te camoufleren. 'Het was een geweldige avond. Ik ben uit eten geweest in Montmartre. En u?'

De officier lag al te snurken.

Sebastian blies zijn adem lang uit. 'Wees niet bang,' fluisterde hij evenzeer tegen zichzelf als tegen de kinderen. 'Het komt allemaal goed.'

'*Was?*' mompelde de officier, zijn gewicht verplaatsend in de stoel.

Sebastian spande al zijn spieren aan alsof hij de tijd kon stoppen. Het snurken begon weer. Geen piep vanaf de achterbank.

Toen ze voor het statige hotel tot stilstand kwamen, rende een portier naar de auto om de officier te helpen bij het uitstappen. Hij boog zich voorover om hem onder de oksels te pakken, en draaide daarbij zijn hoofd naar de achterruit.

De haren in Sebastians nek kwamen overeind. Een rilling ging van top tot teen.

Toen kwam de portier weer omhoog, met de officier aan zijn arm. 'Wat ruik ik?' vroeg de portier. 'Het ruikt naar pis, daar achterin.' Hij wachtte niet op een antwoord maar liep snel met de officier naar de entree van het hotel.

De zure geur van urine bereikte ook de neus van Sebastian, en hij blies de lucht weer uit. Daarna drukte hij het gaspedaal in en reed weg. Hij moest de auto goed schoonmaken voordat hij hem weer inleverde.

'Goed gedaan,' fluisterde hij. 'Jullie hebben het heel goed gedaan, jongens. Nu gaan we naar de boekwinkel.' Hij voelde een vlaag van trots voor deze kinderen die hij niet kende.

Toen hij voor de boekwinkel stond, stapte hij uit en deed het achterportier open. 'Jullie mogen eruit,' zei hij zacht. 'Ga deze winkel maar in.' Ronde ogen die glinsterden in het donker staarden hem aan. 'Het is in orde, hier is het veilig.' Hij trok aan een van de handen. Het handje pakte de zijne en al snel stond er een meisje naast hem. 'Daniel heeft in zijn broek geplast.' Ze keek hem aarzelend aan. 'Hij kan er niets aan doen. Het komt omdat hij bang was.'

Monsieur Le Bolzec, in pyjama, opende de winkeldeur en wenkte de kinderen. Het meisje liet Sebastians hand los en liep de winkel in. Sebastian trok nog vier kinderen de auto uit en duwde ze vooruit, op weg naar de deur. Wat als er een Duitse auto langskwam? Hij kon hier niet parkeren. Elk moment kon er iemand passeren en vragen wat er gaande was. Ze moesten opschieten.

Het laatste kind lag opgerold als een balletje te jammeren. Het deed Sebastian denken aan de hond die vroeger een paar huizen verderop lag vastgebonden. Iedereen wist dat zijn baasje hem mishandelde, maar niemand zei ooit wat, men keek de andere kant op als ze langsliepen. Sebastian had wel eens een kippenbotje door het hek gestoken, en het arme beest had aan zijn riem getrokken om erbij te kunnen, maar dat lukte net niet. Sebastian had zich er rot over gevoeld, want hij besefte dat hij zijn lijden alleen maar had vergroot.

De urinegeur werd erger. 'We moeten gaan, kom.' Sebastian wilde het jongetje naar zich toe trekken, maar de kleine bood weerstand, hij trok snel zijn smalle schoudertjes in. Sebastian pakte het joch bij zijn middel en tilde hem op. Verbaasd over zijn lichte gewicht droeg hij hem de winkel in en zette hem neer. 'Hij heeft een klein ongelukje gehad.' Sebastian keek Monsieur Le Bolzec aan.

'Kom, jongen, dan trekken we je even schone kleren aan.' Monsieur Le Bolzec nam hem bij de hand en liep met hem weg.

Sebastian keek naar het bevende clubje kinderen. Hij wilde iets zeggen wat ze kon troosten, of aanmoedigen, hij wilde ze zeggen dat hij ze dapper vond. Maar wat hij ook bedacht, het kwam niet over zijn lippen. In plaats daarvan knielde hij voor ze neer en stak zijn hand naar ze uit. Het langste meisje staarde er even naar en legde toen haar tengere, magere hand in die van hem. De anderen volgden haar voorbeeld en in stilte schudden ze zijn hand.

Sebastian knikte naar ze, stond op en liep de winkel uit, knipperend tegen de tranen.

24

Parijs, mei 1944

Elise

Vijf dagen gingen voorbij zonder nieuws. Ik probeerde te doen alsof er niets aan de hand was, ik ging naar mijn werk, ik stond in de rij voor eten, maar de kinderen zaten continu in mijn hoofd. Waren ze veilig? Waren ze al verplaatst? Ik begon spijt te krijgen dat ik had toegezegd weg te blijven bij de winkel en het weeshuis, ik moest het weten. Maar Anais was bezig de passeur te regelen, en ze wilden niet dat ik me ermee bemoeide. Ik was degene door wie een link kon worden gelegd tussen het weeshuis en de boekwinkel.

Op vrijdagmiddag, toen ik aan mijn bureau zat en door een aantal rekeningen liep, benaderde Françoise me. 'Gaat het?' vroeg ze. 'Je ziet er zo bezorgd uit.'

'Dat ben ik ook!' flapte ik er uit. 'Het is verdomme oorlog!'

Ze stapte achteruit. 'En het leven gaat door!' Ze glimlachte. 'We gaan vanavond naar een *bal clandestin*. Ga lekker mee!'

Ik kon er niets aan doen maar ik schudde nee. 'Ik ben niet echt in de stemming om te gaan dansen.'

'Het zal je goeddoen.' Ze keek me vragend aan. 'Zie je het dan niet? Zij winnen als we ze ons hun regels laten opleggen, als we thuisblijven en nooit ergens heen gaan, nooit plezier maken.' Ze zuchtte hardop. 'Hoe kunnen ze ons nou verbieden om te gaan dansen? Ze laten ons dansen voor hen. Maar wij moeten gewoon voor onszelf dansen!'

Haar energie werkte aanstekelijk, en ik moest grijnzen. 'Je hebt gelijk. Maar ik… ik ben gewoon overal zo moe van.'

'Ach, toe, Elise. Je moet je niet gewonnen geven!'

Haar laatste woorden raakten me. En wat had ik te verliezen? 'Oké, oké.' Ik gaf toe. 'Ik ga wel mee.'

Om zeven uur die avond liep ik naar de metro in Saint-Sulpice, mijn houten hakjes tikkend op de stoep, die me wat langer maakten dan de schoenen die ik normaal altijd droeg. Het was een prachtige vroege herfstavond, en de ondergaande zon trok lange schaduwen. Er waren wat Duitsers op straat, patrouillerend in hun sinistere donkere uniformen, zich waarschijnlijk verheugend op een avondje vermaak in Parijs.

Op weg naar de metro deed ik mijn best om ze te omzeilen, en toen ik bij het station was, schoot ik de trap af naar de metro. Ik wilde snel naar Bastille, waar het minder druk zou zijn. Het perron raakte al snel vol, en ik zag twee vrouwen met gele sterren die aan het einde stonden te wachten tot ze de laatste wagon in konden. De Duitsers stonden aan de andere kant klaar om de eerste wagon in te gaan. Ze lachten hard en keken niet eens naar de vrouwen. Het maakte me gespannen om de Joodse vrouwen zo dicht bij de mannen te zien die hen konden arresteren en wegsturen alleen omdat ze Joods waren.

Toen de trein eindelijk binnenkwam, deden we allemaal een stap naar achteren, maar toen hij was gestopt, drongen we met zijn allen naar binnen. Al snel was er geen plekje meer, en ik bleef staan, me vasthoudend aan een staande paal. Toen de trein met een ruk naar voren ging werd ik overvallen door de plotse beweging en zwaaide een stukje om de paal, waarbij ik een van de mannen in uniform duwde.

'Sorry,' mompelde ik.

'Geen probleem!' Hij draaide zich om en lachte. 'Het geeft niet.' Hij was jong en zijn glimlach kwam oprecht en open over.

Ik wilde bijna teruglachen. Toen vervloekte ik mezelf stilletjes. Ik moest nooit, nooit, hun aanwezigheid hier accepteren. Ik moest mezelf nooit toestaan hen als individuen te zien. Het was al erg genoeg dat ik Sebastian had leren kennen, maar dat was alleen omdat het handig uitkwam.

'Wilt u zitten, mademoiselle?' Een andere soldaat stond op en gebaarde met zijn open arm naar de vrije plek.

'Nee, dank u.' Ik zei het zonder hem aan te kijken.

'Weet u het zeker?' drong hij aan.

Ik knikte en draaide me om, zodat ik niet zijn vernedering hoefde te zien als hij weer ging zitten. Een Fransman aan de andere kant ving mijn blik en knipoogde uiterst subtiel. Het was geen foute knipoog, meer een samenzweerderige, en ik merkte dat ik teruglachte.

Toen ik eruit ging op Bastille sprong de Fransman er ook uit. 'Goed gedaan!' Hij liep met me op, het perron af. 'Precies goed, zo moet je dat doen.'

'Ik probeer te doen wat ik kan.' Ik draaide mijn gezicht naar hem toe, hij had donkerbruine ogen, met een ondeugende glinstering.

'Waar ga je heen?' vroeg hij.

'Ik heb afgesproken met wat vriendinnen.'

'Willen jij en je vriendinnen misschien mee met mij en mijn vrienden?' Hij wachtte een paar tellen en zei toen op zachtere toon, terwijl hij zich naar me toe boog: 'We gaan naar een bal clandestin.'

'Dat klinkt niet zo clandestien, in mijn oren.' Ik zette de pas erin. 'Au revoir,' riep ik achterom. De korte flirt had me opgevrolijkt.

Françoise wachtte me op bij het café op de hoek van Rue de la Roquette. Ik kuste haar op de wang, en ze stak haar arm door de mijne en we liepen al pratend verder. 'De anderen zien we daar. Het is niet ver, het is om de hoek bij Rue de Lappe.'

Ik kwam niet vaak in dit deel van Parijs en was verrast hoe armoedig het er was, en hoe aftands de cafés eruitzagen. Françoise moet mijn reactie hebben gezien. 'Ik weet dat het niet het mooiste stukje van Parijs is, maar ik vind het hier leuk, en het heeft als voordeel dat de Boches hier niet komen.' Ze keek me verwachtingsvol aan.

'Nee, het is prima. Overal waar de Boches niet komen, is perfect voor mij.'

'Absoluut.' Ze ging langzamer lopen. 'Hier is het.' We stonden voor een klein café. Ze duwde de deur open, en naarmate onze ogen wenden aan het zwakke licht kon ik zien dat het meer een bar was dan een café. Een lange roestvrijstalen toog strekte zich over de hele lengte van de ruimte uit. Een paar oudere mannen, die boven hun *ballons de rouges* hingen, staarden ons aan toen we binnenkwamen.

'Mademoiselles?' De barman begroette ons koeltjes.

'Bonsoir, monsieur.' Françoise antwoordde net zo kil, en liep naar het einde van de bar. Ik volgde haar, maar vroeg me wel af of we op de juiste plek waren beland, en zo ja, of ik hier wel wilde zijn.

De barman kwam ons aan het einde van de bar tegemoet. 'Zijn jullie gekomen voor de dansavond?' fluisterde hij.

Françoise keek naar me en knikte. Zwijgend kwam hij achter de toog vandaan en liep naar achteren, waar hij een deur openduwde en gebaarde dat we erdoor moesten. We liepen meteen tegen een dik fluwelen gordijn aan, maar toen we dat opzij duwden, kwamen we terecht in een veel grotere zaal. In een hoek stond een groepje muzikanten te kletsen, terwijl een paar vrouwen langs de kant stonden te wachten. Toen we verder de zaal in liepen, namen we elkaar op, zoals vrouwen doen, om te zien wat voor outfits we bij elkaar hadden weten te rapen. De meesten hadden simpele rechte rokken aan en gewone blouses, aan meer viel bijna niet te komen. Er waren geen ramen en de muren waren bedekt met hetzelfde dikke fluweel als het gordijn bij de ingang. Het enige licht kwam van lampjes die op de tafels langs de muur stonden. Er waren maar een paar mannen, en ik vroeg me af hoe ze de dwangarbeid in Duitsland hadden ontweken. Misschien hadden ze essentiële banen hier, wat dat ook mocht zijn.

'Volgens mij zijn we aan de vroege kant,' fluisterde Françoise. 'Eens zien of we een drankje kunnen krijgen.'

We liepen de ruimte door en kwamen al snel bij een tafel die vol stond met whiskyglazen met een heldere vloeistof. 'Wat is dat?' vroeg ik aan de man die achter de tafel stond.

'Mijn eigen brouwsel,' zei hij trots. 'Alcohol gemaakt van aardappels.'

'Is dat geen wodka?' Françoise trok een wenkbrauw op.

'Niet echt. Probeer maar.'

We namen allebei een glas, tikten ze tegen elkaar en namen een slokje terwijl we elkaar in de ogen keken.

'Mon dieu!' Mijn keel brandde en mijn ogen traanden. 'Het smaakt als pure alcohol!'

'Is het niet beter om het te mixen?' vroeg Françoise aan de man.

‘Dat zou ik wel willen, als ik wat had.’

‘Je kunt water proberen.’ Ik gaf mijn glas terug. ‘Zo kan ik het niet drinken.’

Hij schonk wat water bij uit een karaf die al op tafel stond, en ik realiseerde me dat hij ons in de maling stond te nemen.

We gaven hem een franc en liepen door. Precies op dat moment begonnen de muzikanten te spelen, en werd de ruimte gevuld met een levendige maar zachte beat.

Toen voelde ik een tikje op mijn schouder. Ik keek en het was de Fransman uit de metro, die zijn hand naar me uitstak. Zijn zelfverzekerde glimlach en de verwachtingsvolle glinstering in zijn ogen zorgden ervoor dat ik hem afwees. ‘Nee, bedankt.’ Ik draaide me weer om en zag nog net Françoises verbaasde gezicht.

‘Waarom wilde je niet met hem dansen?’ Ze gaf me een por in mijn zij. ‘Hij is knap!’

‘En er zijn zo weinig mannen,’ zei haar vriendin, ‘ik zou zeker ja hebben gezegd.’

‘Ik denk dat ik gewoon niet echt in de stemming ben.’

Terwijl we doorgingen met dansen, zag ik de Fransman een andere dame naar de dansvloer leiden. Die liet er geen gras over groeien. Ik hield op met dansen en ging zitten. En opnieuw kwam Sebastian op in mijn gedachten.

25

Parijs, mei 1944

Sebastian

Sebastian zat in zijn eentje op het caféterras, na het werk, denkend aan de kinderen. Hij vroeg zich af of ze al waren verplaatst, en hij zuchtte hardop, waarmee hij de aandacht van de serveerster trok.

'Oui, monsieur?' Ze zag er gespannen uit, en hij besefte dat ze zijn zucht als een zucht van ongenoegen moest hebben opgevat. De karaf wijn was nog halfvol en hij had zijn confit de canard pas voor de helft opgegeten.

'Mag ik van u de rekening, alstublieft?'

Terwijl hij wachtte, keek Sebastian het café rond. Twee Franse dames zaten met een groep van vier Duitse officieren, en drie andere dames zaten samen aan een ander tafeltje en deelden een karafje wijn. Hij gokte dat ze niet lang alleen zouden zitten. Hij had er een hekel aan hoe de Duitsers zich in Parijs gedroegen, alsof het hun speelterrein was. De meesten hoopten een Frans vriendinnetje te versieren in de tijd dat ze er waren. Franse vrouwen leken exotisch en mysterieus, heel anders dan Duitse vrouwen. Ondanks de oorlog kleedden ze zich stijlvol, en ze hadden een bepaalde waardigheid, alsof ze weigerden toe te geven dat ze onder een bezetting leefden. Nou ja, de meesten kleedden zich goed, met Elise als uitzondering, in haar herenbroek en gewone shirts, haar haar vrij kort, haar gezicht niet opgemaakt. Op een rare manier benadrukte het alleen maar haar vrouwelijkheid. Het zat hem in het contrast: haar middel werd geaccentueerd door de bruine riem, haar haar was dik en glanzend, haar jukbeenderen werden aangezet door het natuurlijke licht, en haar ogen waren zachter dan die van een man.

Zijn gedachten gingen naar de kinderen, en hij besloot dat vijf dagen lang genoeg was. Het zou niet te riskant zijn om terug te gaan naar de boekwinkel, wat rond te neuzen, misschien een bericht te ontvangen. De serveerster kwam met de rekening. Hij liet een gulle fooi achter en ging toen op weg naar het Vijfde Arrondissement.

Monsieur Le Bolzec leek verrast toen hij Sebastian zag, en niet erg blij. Zijn gezicht was ingevallen en bleek, en zijn ogen, die normaal vol leven en interesse waren, schoten gespannen naar de aanwezige klanten terwijl hij Sebastian begroette met een licht knikje, in plaats van zijn gebruikelijke opgewekte 'bonjour'.

Sebastian liep naar de boekenkasten in het midden, waar hij Elise voor het eerst had gezien, in de hoop dat Monsieur Le Bolzec bij hem zou komen staan wanneer hij zijn kans schoon zag. De winkel leek drukker dan normaal, en hij moest een tijdje wachten. Hij wou dat ze een geheime manier hadden afgesproken om berichten achter te laten in bepaalde boeken. Hij moest weten of de kinderen veilig waren weggekomen. Uiteindelijk kwam Monsieur Le Bolzec wat boeken neerzetten op de plank waar Sebastian voor stond. 'Pardon,' zei hij, terwijl hij vlak naast Sebastian kwam staan. 'Ik moet deze even neerzetten.' Hij schoof een dun boekje tussen twee grotere boeken in, en tikte op de rug met zijn wijsvinger.

Sebastian begreep het en pakte het boek. Hij deed het voorzichtig open, en bij de titelpagina zat een papiertje met vier simpele woorden. *Ze zijn allemaal weg.*

Monsieur Le Bolzec wist waar Sebastian voor kwam, en dit was zijn antwoord. De kinderen waren al verplaatst. Sebastians hart zwol op van opluchting. Het werkte. Het was het allemaal waard geweest. Hij deed het boek dicht met het briefje er nog in en rekende af.

Met een lichter hart verliet hij de winkel en liep naar het Panthéon, en vervolgens naar de Sorbonne, de stille getuigen van zo veel geschiedenis. Hij liep door en stond toen opeens voor de fontein bij Saint-Sulpice, en hij keek op naar de grote, imposante kerk. Een vrouw liep haastig over het plein, met haar houten hakken die door de avond echoden, haar halflange haar heen en weer zwiepend. Ze deed hem denken aan Elise, en nieuwsgierig geworden liep hij achter haar aan.

Toen hij op gelijke hoogte was, bekeek hij haar van opzij. Haar neus was zichtbaar achter de lok haar die naar voren viel, over de helft van haar gezicht.

Ze draaide haar gezicht opzij om hem aan te kijken. Hij zag angst in haar blik, maar dat veranderde in opluchting toen ze hem herkende.

'Elise,' fluisterde hij.

Ze wendde zich af en ging nog sneller lopen. Hij keek op zijn horloge. 'De avondklok gaat over tien minuten in.'

'Dat weet ik. Daarom ga ik naar huis.' Ze liep bij hem weg.

Hij haalde haar in en moest al zijn moed bijeenrapen om haar opnieuw aan te spreken. 'Ik kan met je meelopen, voor het geval je wordt aangehouden.'

'Nee!' Haar blik schoot alle kanten op, en hij besefte dat ze bezorgd was over wie hen samen zou kunnen zien, maar het was bijna avondklok en de straten waren leeg.

'Je ziet er mooi uit.' Hij kwam naast haar lopen. 'Ben je uit geweest?'

'Ja, naar Bastille,' antwoordde ze net vriendelijk genoeg om hem het vertrouwen te geven dat hij door kon vragen.

'Heb je gedanst?' Ze wisten allebei dat dansavonden voor Franse burgers verboden waren.

Toch antwoordde ze. 'Ja.'

Hij moest even slikken, want hij zag haar voor zich, dansend, lachend, gelukkig, zonder hem. 'Ik wou dat ik samen met jou had kunnen gaan.' Hij flapte het er zo uit. Hij staarde naar haar profiel en verlangde ernaar om zijn vinger over haar neusbrug te laten glijden, naar haar voorhoofd, waar hij in het maanlicht een kleine rimpel kon zien ontstaan.

'De kinderen zijn al weg,' fluisterde hij, dankbaar dat hij haar goed nieuws kon geven.

Haar hand vloog naar haar borst. 'Godzijdank.' Ze hield haar pas in en draaide zich naar hem toe. 'Je hebt iets heel goeds gedaan.' Haar ogen keken een tel in de zijne. Hij wilde haar daar omhelzen, maar hij voelde haar verstijven toen een paar vrouwen langs snelden. Ze keek weg en liep haastig verder over het plein. Hij hield haar bij en zij ging weer langzamer lopen in een zijstraat, bij een bordeauxrode deur.

Ze draaide zich om en keek hem aan. 'Bedankt dat je me naar huis hebt gebracht, Sebastian.'

Ze had hem bedankt! En ze had zijn naam weer gezegd! Hij voelde een siddering van opwinding. 'Graag gedaan.' Hij keek op zijn horloge. 'Wil je nog wat wandelen? Bij mij ben je veilig.' Hij wist dat hij nu te ver ging, maar in het maanlicht zag hij kuiltjes verschijnen in haar wangen. En in een flits waren ze weer weg. Ze schudde haar hoofd.

'Vijf minuutjes maar,' drong hij aan. Hij zag haar om zich heen kijken en wist dat ze bang was dat er misschien mensen toekeken. Het was doodstil, hoewel er altijd gordijnen konden bewegen. Hij wachtte af, want hij wist dat hij haar tegen de haren in kon strijken als hij aandrong. Toen kreeg hij een idee. Hij trok zijn jasje uit en legde dat om haar schouders, deed de kraag omhoog, waarbij zijn vingers haar nek aanraakten, wat een stroomstoot door hem heen joeg. 'Verberg je hier maar in.' Hij glimlachte.

Haar ogen werden groot.

Merde! Wat een joekel van een fout had hij begaan, door haar een Duits jasje om te slaan! Wat een klootzak was hij toch!

Ze gooide het af en stapte bij hem vandaan.

Hij ving het jasje op. 'Sorry! God, wat stom, het spijt me heel erg!'

Ze draaide zich om en keek hem aan, met een diepe lijn in haar voorhoofd. 'Het is goed,' fluisterde ze.

Hij wachtte tot ze de deur open zou doen en hem achter zou laten, maar in plaats daarvan zette ze een stap de straat in. Sebastian voelde zich opgetild door een golf van blijdschap, en hij moest zijn glimlach verbergen terwijl hij naast haar ging lopen en zijn passen aanpaste aan de hare.

26

Parijs, mei 1944

Elise

Vijf minuutjes maar. Dat kon toch geen kwaad? Hij had zijn leven geriskeerd door de kinderen daar weg te halen. Ik kon wel vijf minuten voor hem riskeren. Misschien had ik te veel van dat aardappeldrankje op. Mijn hoofd voelde licht, en de wereld leek wat minder donker. Ik voelde dat hij naast me liep, als een kracht die me aantrok, en ik kon zijn ademhaling horen in de stilte van de verlaten straat. Het voelde intiem. Gevaarlijk intiem. Spannend intiem. Ik was niet voorbereid op de enorme opwinding die door me heen joeg. Of was het angst? Wat het ook was, ik voelde me levend. Mijn hartslag ging omhoog en voelde onregelmatig, ik kreeg amper genoeg adem. Er hing iets mystieks in de lucht, alsof de zorgen en angsten van het leven waren opgelost, en ik tussen droom en werkelijkheid zweefde.

'Volgens mij hou ik het meest van Parijs als het slaapt.' Sebastian sprak op zachte toon. 'Als het zo rustig is als nu.' Hij aarzelde. 'Zonder soldaten.' Hij zweeg even en ik kon hem horen denken. 'Het is een stad vol geheimen, of niet?'

'Nu wel.' Ik hield mijn ogen op de weg gericht, hoewel ik voelde dat er bij hem een glimlach doorschemerde. 'Ik heb je nooit gevraagd hoe je hier terecht bent gekomen,' flapte ik eruit. 'Was iemand je iets schuldig?

Hij gaf niet meteen antwoord, en ik vroeg me af of hij überhaupt nog ging antwoorden, maar toen begon hij te vertellen, fluisterend bijna. 'Ik was er niet best aan toe na Rusland.'

'Rusland?'

'Ja, ik was aan het front. Als infanterist. Totaal onbeduidend.' Ik had wel gehoord van de gigantische nederlaag van Duitsland in Rusland, hoe de Duitsers daar honderdduizenden mannen hadden verloren. Het was goed nieuws, toen we hoorden over die enorme verliezen, maar nu besefte ik opeens dat ieder verloren leven moest zijn beweend – en hoe de enorme aantallen de doden hadden ontmenselijkt. 'Mijn vader kon aan wat touwtjes trekken,' ging hij door. 'Hij heeft deze standplaats voor me geregeld.' Ik wachtte tot hij verder zou gaan, maar hard geschreeuw en gelach verbrak de stilte. Een groep dronken Duitse soldaten strompelde op ons af. Een grote man botste zo tegen me aan met zijn dikke buik, en ik viel van de stoep af. Hij stak zijn armen uit om me op te vangen. Toen moest hij lachen, terwijl hij me vasthield. *'Habe ich dir Angst gemacht?'*

Ik trok zijn klauwen van me af en zette een stap achteruit.

'Du bist direkt in sie hineingelaufen!' riep Sebastian.

'Excusez-moi, mademoiselle.' De dikke soldaat lachte naar me, en zijn tanden glansden in het halfdonker. Toen richtte hij zich tot Sebastian en vroeg: *'Wieviel nimmt sie dafür?'* De andere soldaten barstten in lachen uit. Ik wist niet wat de man net had gezegd, maar uit mijn ooghoek zag ik Sebastian zijn rug rechten, kin vooruit, schouders naar achteren. Ik hield mijn adem in en drukte mezelf tegen de muur aan, in een poging onzichtbaar te worden. Opeens viel alles stil.

Sebastian balde zijn vuist.

'Niet doen!' Ik greep zijn arm vast.

Hij draaide zich om. Zijn ogen brandden van razernij. De soldaten lachten opnieuw. En toen verdwenen ze, net zo snel als ze waren gekomen, met de armen om elkaar heen geslagen, en hun luide, wellustige stemmen stierven langzaam weg in de verte.

Ik staarde Sebastian in zijn wilde ogen, mijn vingertoppen drukten nog diep in zijn arm. Snel liet ik los, alsof ik me aan hem brandde. 'Het is in orde,' fluisterde ik. 'Het geeft niet.'

De razernij verdween langzaam uit zijn ogen. 'Het geeft niet?' Hij haalde een hand door zijn haar. 'Ik schaam me kapot voor die lui.' Hij zuchtte. 'En ik schaam me ervoor dat ik hier ben, op deze manier.'

'Ik weet het.' Ik keek hem in de ogen, en hij keek terug.

'Wat zei die dikzak eigenlijk?' vroeg ik, het moment verbrekend.

Hij draaide zijn gezicht weg en liep verder. 'Niets wat de moeite van het herhalen waard is.'

'Toe.'

'Je wilt het niet weten.'

'Jawel.'

Hij zuchtte. 'Hij zei dat je mooie ogen hebt.'

'En daarom wilde je hem slaan? Dat is niet wat hij zei.'

'Elise, wat hij zei is echt niet voor herhaling vatbaar. Hij is het niet waard. Alsjeblieft, laat het gaan.'

Hij had me natuurlijk beledigd, maar ik liet het zitten. 'Het is maar goed dat je hem niet hebt geslagen.'

'Ja, dat is beter voor hem!' Hij lachte en het voelde zo kinderlijk, zo spontaan, dat ik ook moest lachen, en de spanning vloeide weg. Onze lach moet een slapende rat hebben verstoord, want er schoot er opeens een over straat, die vervolgens in het riool verdween. Ik stapte naar achteren, waarbij ik op Sebastians tenen stond. Zijn handen grepen me bij mijn middel, wat zorgde voor een vreemd gevoel dat door me heen ging. 'Het is maar een rat, het is oké.' Hij lachte en liet los. 'Parijs zit vol ratten, de laatste tijd.' Hij haalde zijn handen niet weg en een ogenblik lang bewogen we beiden niet. Zijn aanraking vibreerde door mijn lijf en hij trok me naar hem toe. Ik had de neiging om tegen hem aan te leunen en de warmte van zijn lichaam op te zuigen.

In plaats daarvan ging ik opzij. 'Wat is er in Rusland gebeurd?' Ik herinnerde me waar we het over hadden gehad. Maar mijn vraag bleef hangen in een ietwat ongemakkelijke stilte, waarbij de enige geluiden mijn hakken waren en zijn laarzen, die samen galmden in de avond als twee klokken die een eigen tijd tikten.

We liepen zwijgend door, terwijl mijn adem hard in mijn oren klonk.

'Ik had een vriend.' Hij mompelde. 'Zijn naam was Henrik.'

Ik ging langzamer lopen, en merkte op dat zijn schouders hingen en zijn stem trilde. 'Je hoeft het niet te vertellen als je dat liever niet wilt.'

'Nee, ik wil het vertellen. Henrik en ik zijn samen opgegroeid.'

Ik hield mijn adem in en deed mijn ogen dicht.

'We deden alles samen.' Zijn stem zweefde het donker in. 'Toen kwam de oorlog. We werden allebei naar Rusland gestuurd, in dezelfde eenheid. Omdat we weer samen waren, dachten we dat er niets ergs kon gebeuren, alsof we onoverwinnelijk waren, sufferds die we waren!' Hij stopte en liet zijn woorden in de lucht hangen. Ik slikte iets weg, bang voor wat er ging komen. 'We liepen in een hinderlaag. Henrik en ik. Iedereen.' Zijn stem werd hees. 'Het sneeuwde keihard. We zagen geen hand voor ogen. Ze kwamen uit het niets. Russische soldaten met geweren. Ze schoten op ons.' Hij haalde adem. Ik hield een hand voor mijn gezicht, alsof ik mezelf zo kon beschermen tegen zijn volgende zinnen. 'Toen werd het stil.' Hij fluisterde inmiddels. 'En begon het geschreeuw. Henrik schreeuwde mijn naam.'

Hij trok een pakje Gitanes uit zijn borstzak en hield het voor me op. Ik schudde mijn hoofd en keek hoe hij er een opstak. Nadat hij diep had geïnhaleerd, vervolgde hij zijn verhaal. Met zijn blik op een onzichtbaar punt in de verte gericht begon hij weer te lopen. 'Ik kroop naar hem toe. Het geschreeuw van de anderen – ik negeerde alles. Toen vond ik hem. Hij was in zijn buik geschoten.' Hij stopte en tikte de askegel van zijn sigaret. Ik wachtte. 'Zo veel bloed. Ik rook het ook. Het gat was te groot om met mijn handen dicht te houden. Er kwamen ingewanden naar buiten. Ik probeerde hem op te tillen, om hem te dragen.' Sebastian staarde naar me, maar zijn blik was afwezig, alsof hij me maar voor de helft zag. 'De Russen rukten weer op. Weer schieten. Weer geschreeuw. En Henrik was loodzwaar.' Hij hield in, er parelde zweet op zijn bovenlip, alsof de woorden hem van binnenuit lieten koken. 'Ik struikelde. Ik viel, met hem in mijn armen, boven op hem. Hij trilde over zijn hele lijf. Ik had de kracht niet om hem weer op te pakken en te gaan rennen. Ik kon de Russen naderbij horen komen. Hij zei dat ik hem moest doodmaken.' Hij liet zijn sigaret vallen en wreef hem uit onder zijn zool. 'Hoe kon ik hem in godsnaam doodschieten? Ik probeerde hem weer op te tillen. Maar hij huilde. Hij smeekte me.' Hij veegde zijn gezicht af met de rug van zijn hand. 'Ik hield zijn gezicht tussen mijn handen, en ik... ik...'

'Je hebt hem doodgeschoten?' Ik huiverde en voelde me misselijk worden. Starend naar de stenen muur voor me probeerde ik het beeld te verdrijven van Henrik in een plas bloed in de sneeuw.

Sebastian keerde zich naar de muur. Met gestrekte armen leunde hij tegen de stenen, met zijn hoofd omlaag tussen de schouders, zijn rug bijna horizontaal. Zijn armen begonnen te beven. Was hij aan het huilen? Was dit hoe mannen huilden? Ik wachtte tot hij zichzelf kon herpakken, maar zijn trillen werd schudden. Ik was doodsbang dat hij zou instorten want er gingen nu spasmes door zijn hele lichaam. Ik kwam dichterbij en sloeg mijn armen om zijn rug om te proberen hem tot bedaren te brengen. 'Sebastian.' Zijn naam brandde op mijn lippen. 'Het is voorbij. Het is voorbij.' Ik liet mijn hoofd op zijn rug rusten en hield me aan hem vast, tot het beven en de spanning in zijn lichaam afnamen en hij slapper werd, maar ik haalde mijn armen niet weg. Ik voelde dat hij diep inademde, en toen draaide hij zich om en greep me vast, als een drenkeling. Ik liet toe dat hij zich aan me vastklampte, zijn tranen nat en warm.

'Het spijt me, Elise.' De hete, raspende adem waarmee zijn woorden naar buiten kwamen, vibreerde door me heen. Ik voelde hoe ik oploste en mezelf kwijtraakte in hem. Alles kwijtraakte.

Ik had er al mijn wilskracht voor nodig, maar ik slaagde erin om een stap naar achteren te doen. Een bittere wind leek op te wervelen, tussen ons in, alsof we werden gescheiden. Ik zette nog een stap en toen waaide de wind door me heen, waarna ik koud en leeg achterbleef.

Voor me zag ik een tweesprong. Het moment dat alles zou veranderen. Ik pakte zijn hand, trok hem naar me toe. Geen ruimte meer tussen ons. En ik kuste hem. Ik kuste hem zolang ik adem had.

27

Parijs, mei 1944

Elise

Sebastian wist nu waar ik woonde, en dat vond ik zowel eng als opwindend. Elke dag als ik uit mijn werk kwam liep ik op hete kolen, aan de ene kant hopend dat hij langs zou komen, en dan weer biddend dat hij dat niet deed. Ik wist dat hij niet naar mijn huis zou komen, maar aan de andere kant, ik kende ook zijn impulsieve kant. Ik dacht terug aan hoe voorzichtig hij was geweest toen hij me naar dat restaurant had meegenomen, hoe hij had gezorgd dat niemand ons samen zag. Aan de andere kant had ik meegemaakt dat hij impulsief kon zijn: toen hij me had gered van Rue de la Pompe, zijn moed toen hij had toegezegd dat hij de kinderen zou helpen ontsnappen, en zijn kwetsbaarheid van een paar avonden geleden. Ik dacht aan onze wilde zoenpartij, alsof we de laatste twee mensen op de wereld waren.

De klingelende deurbel onderbrak mijn gedachten. Mijn hart schoot in mijn keel, hoewel ik wist dat hij het niet kon zijn. 'Ik ga wel,' riep ik. Ik greep mijn jasje en rende naar de voordeur.

Mijn maag verzakte. Er stond een vrouw met een pakket. 'Madame Chevalier?'

'Ik ben haar dochter,' antwoordde ik en nam het pakketje van haar over. Irrationele teleurstelling nam bezit van me terwijl ik terugliep naar de keuken om het aan Maman te geven zonder te wachten om te zien wat erin zat.

Er ging een week voorbij.

Nee, besloot ik, alles bij elkaar optellend, hij kwam niet.

Ik zou hem moeten vinden.

Ik had beloofd dat ik niet in de boekwinkel zou komen. Maar Isabelle kon er wel naartoe. Toch? Want voor haar was het niet gevaarlijk.

Ze hoefde niet eens iets te doen. Monsieur Le Bolzec zou zich realiseren waarom ik haar had gestuurd, en als er een boodschap voor me was, dan kon hij die doorgeven, bijvoorbeeld in een boek.

De volgende dag vroeg ik of ze naar de boekwinkel wilde gaan voor me, omdat ik een verhalenbundel zocht. Ze vond het enig om er op zaterdagmiddag alleen op uit te gaan en kwam daarna opgewonden thuis.

'Raad eens?' Ze liep de keuken in, met een in bruin papier gewikkeld pakket onder haar arm.

'Wat was er?' vroeg ik behoedzaam, opkijkend van de koolraap die ik stond te raspen.

'Er was een Boche in de winkel.'

Mijn nekspieren spanden zich en mijn hartslag schoot omhoog.

'Alsjeblieft, niet dat woord gebruiken, dat weet je.' Maman veegde haar handen aan haar schort af en draaide zich om naar Isabelle.

'Wat was hij aan het doen?' kon ik niet nalaten te vragen. Het kon iedereen zijn geweest, maar ik wist dat hij het was, Sebastian.

'Hij praatte met Monsieur Le Bolzec,' antwoordde Isabelle.

'Waarom praat hij nou met ze?' Maman zuchtte. 'Hij moet ze niet aanmoedigen om bij hem in de winkel te komen. Als de oorlog straks voorbij is, dan weten de mensen dat soort dingen nog.'

'Duitsers mogen boekwinkels in, Maman.' Ik beet op mijn onderlip, bang dat ik te veel zou zeggen. 'Niemand zou ooit denken dat Monsieur Le Bolzec een collabo was.'

Maman fronste. 'Je weet niet wat mensen gaan doen.'

Ik hoorde wat ze zei, maar mijn gedachten waren bij het pakketje dat Isabelle nog vasthad. 'Is dat voor mij?' vroeg ik.

Ze gaf het aan. 'Monsieur Le Bolzec zei dat je om dit boek had gevraagd.' Ze wachtte tot ik het had aangepakt. 'Wat is het?'

Ik haalde mijn schouders op, zogenaamd onverschillig, en bekeek het van de onderkant. Het was dichtgebonden met touw, en overduidelijk alleen voor mijn ogen bestemd. Maar kon ik wegglippen en het in mijn eentje openmaken? Nu al voelde ik Mamans ogen priemen. Ik ging aan de keukentafel zitten en probeerde rustig te blijven ademen terwijl ik het pakket voor me neerlegde en het touwtje losmaakte. Het bruine papier viel open. 'O ja,' zei ik. 'Ik weet het weer, ik had gevraagd of hij dit voor me apart wilde leggen.' Mijn hart ging sneller kloppen toen ik me herinnerde dat Sebastian dit boek kocht, de eerste keer dat ik hem zag.

'Wat is het?' Maman boog zich over mijn schouder heen.

'Poëzie.' Het woord voelde vals op mijn lippen.

'Poëzie?' Haar verbazing was duidelijk hoorbaar in de stijgende melodie van haar stem.

'Ja, ik dacht dat het wel aardig kon zijn om het een keer te proberen.'

Maman bleef boven me hangen, wachtend tot ik het zou openslaan.

'Was dat het?' Isabelle klonk teleurgesteld.

'Wat dacht je dan dat het zou zijn?' Ik zorgde dat het licht klonk, licht en luchtig.

'Ik weet niet. Iets wat leuker is dan poëzie.' Ze draaide een rondje op haar ene voet alsof ze verveeld was.

'Waarom lees je niet een gedichtje voor?' Ik bespeurde lichte ironie in Mamans toon.

Ik sloeg het boek open in het midden – dat leek me een veilige plek. Ik had het gevoel dat Sebastian deze pagina niet lang geleden had gelezen. Ik las voor.

'Est-ce à nous qu'il prête l'oreille? Est-ce aux anges? Est-ce aux démons?'

Ik hield op met lezen. Sebastian moest dit boek aan Monsieur Le Bolzec hebben gegeven om aan mij door te geven, en ergens moest een boodschap van hem staan, maar ik kon er niet naar zoeken met Maman die als een aasgier om me heen cirkelde. Ik sloeg het boek dicht en wilde niets liever dan zo snel mogelijk de beslotenheid van mijn slaapkamer opzoeken.

'Ga je niet verder?' Maman trok een wenkbrauw op. 'Ik vond het juist zo leuk.'

'Ik zal er wel een kiezen om vanavond te lezen, bij het eten.' Ik legde het boek neer en ging verder met het raspen van de koolraap.

Ik wachtte een vol uur voordat ik mezelf excuseerde en naar mijn kamer ging. Daar deed ik de deur dicht en ging op bed zitten. Eindelijk alleen. Dit keer sloeg ik de eerste pagina open. Daar stond een inscriptie.

Mijn lief, Lise,
Mijn leven begon met jou.
Voor altijd de jouwe,
S

Ik bracht het boek omhoog, tot tegen mijn gezicht, en ik snoof de geur van papier op, van de inkt, van een wereld die zich opende, in een poging om ook zijn geur op te vangen. Toen viel er een papiertje uit. Ik pakte het op: een geschetste kaart van het Bois de Vincennes, met pijlen bij de St. Mandé-kant van het bos, naast het kleine meertje, en tekst daaronder. *Volg de witte verf op de bomen. Zeven uur. Zaterdag en elke dag daarna totdat je komt.*

Mijn hart sprong op. De wereld voelde licht, en vol hoop. Met een blik op de klok zag ik dat het al bijna zeven uur was. Misschien was hij er nu wel, wachtend op mij. Ik barstte bijna uit elkaar. Morgen. Morgen zou ik erheen gaan.

De volgende avond, dat was een zondag, zei ik tegen Maman dat ik een afspraak had met een vriendin en dat ze niet op me hoefde te wachten met eten.

'Ik ben terug voor de avondklok,' beloofde ik.

'Dat weet ik, ja,' zei ze een beetje bits. 'Maar waar ga je zo gehaast heen?'

'Een afspraak met een vriendin.' Ik draaide me om en snelde weg voordat ze nog iets kon zeggen.

Ik nam een fietstaxi naar Châtelet, waarbij ik de pezige fietser vroeg om harder te trappen, en vervolgens nam ik de metro naar Vincennes. Eenmaal in het bos kon ik rustiger ademen. Ik hoorde de vogels die hun avondlied zongen terwijl ik langs het meer liep, naar de bomen.

Toen ik daar was, bekeek ik de boomstammen, op zoek naar een spoor van witte verf, maar ik zag niets. Met een zwaar gemoed keek ik om me heen, naar de honderden bomen, en vroeg me af hoe ik daartussen ooit zijn tekens zou vinden. Terwijl ik erdoorheen liep en de takken opzij duwde, zocht ik steeds wanhopiger naar iets wits. En opeens zag ik een vlek witte verf op de schors van een dikke boom. Ik liet mijn hand over het teken gaan, en voelde mijn hart in mijn keel. Hij was hier! Ik keek om me heen, zoekend naar het tweede teken. Het was twee bomen verder. En daarna was er nog een, vijf bomen verderop. Maar toen niets meer. Het leek alsof er niet veel mensen in de buurt waren, en ik moest mezelf ervan weerhouden zijn naam te roepen terwijl ik van boom naar boom ging, nog steeds lage takken en struiken opzij duwend. Toen ik opkeek zag ik een enkele witte roos. 'Sebastian,' fluisterde ik en pakte de bloem, voelde aan de delicate, zijdeachtige bloemblaadjes.

Ik hoorde wat ritselen. Ik verstijfde. Een hand greep de mijne en trok me door een nauw gat in de struiken, waarbij ik mijn armen en benen schaafde. Ik slikte een gil in en liet me door Sebastian leiden naar een kleine open plek, waar een bruine deken uitgespreid lag over de harde grond en de brandnetels, met een fles rode wijn en een hele camembert in het midden. Hij trok me naar zich toe, met zijn handen strak om mijn middel. Mijn ademhaling ging sneller en onze gezichten raakten elkaar bijna.

'Je bent er,' fluisterde hij. 'Ik dacht dat je nooit zou komen.'

Even verroerden we ons niet. Het leek niet echt, alsof we een geheime tuin hadden betreden. Hoe konden we zo dicht bij elkaar zijn dat ik hem kon horen ademen, zijn huid kon ruiken? Ik wilde hem aanraken. Ik hief mijn hand naar zijn gezicht. Hij pakte mijn vingers en bracht ze naar zijn lippen. Zijn andere hand vond mijn onderrug en hij duwde me tegen zich aan, waarbij ik zijn stoppels langs mijn wang voelde raspen.

Ik had geen woorden meer. In plaats daarvan streelde ik zijn lippen en bewoog ze zachtjes uit elkaar, wetend dat als we eenmaal kusten er geen weg terug meer was. Geen ervoor. En dus draalde ik, liet ik dit betoverende moment duren, voordat alles explodeerde in duizend stukjes die we nooit meer in elkaar zouden krijgen. Aan zijn adem merkte ik zijn begeerte, maar hij wachtte. Hij wachtte op mij.

Toen onze lippen elkaar raakten was het aftastend, ontdekkend, maar al snel werd onze zoen wanhopiger, wild. Er was niet genoeg Sebastian, en ik wilde zo veel mogelijk. Mocht ik nog een sprankje rationaliteit hebben gehad, dan was dat nu weg.

28

Parijs, juni 1944

Elise

De enige manier om een geheim te bewaren is het aan niemand te vertellen. Maar hoe moest ik de verliefdheid verbergen die door mijn aderen stroomde, die mijn ogen licht gaf en mijn wangen kleur? Ik oefende in de spiegel om er slecht uit te zien, ik probeerde dat licht weg te krijgen. Maar iedereen die me goed kende, kon erdoorheen prikken. Maman wist het, ik kon het zien in haar zijdelingse blikken en opeengeklemde lippen. Ze zag dat er iets in mij was veranderd, maar in plaats van dat ze er blij van werd, baarde het haar zorgen. Natuurlijk was dat zo. In tijden als deze waren sluikse glimlachjes en een licht gemoed verdacht.

Maar ze zei niets, die eerste avond toen ik terugkwam. Ook de keer erna niet, of de keer daarna. Maar ze wist dat ik iets verborg. Dat zag ze aan de manier waarop ik mijn ogen afwendde als ik thuiskwam nadat zij en Isabelle hadden gegeten, en ik geen trek had. Ik nam brood en kaas mee, en zelfs een keer aardbeien. Dat was een vergissing. Maman wilde ze niet aannemen, dus ik moest ze aan Isabelle geven, die ze zonder vragen verslond. Maman keek toe met haar armen over elkaar, bijtend op haar lippen, en ik stond erbij en vervloekte mezelf dat ik zo dom was geweest, dat ik het er zo dik bovenop had gelegd.

'Hoe heet-ie?' vroeg ze uiteindelijk, terwijl Isabelle ondertussen de kroontjes schoon zoog, met dichte ogen van genot.

Ik staarde naar Maman, en ik wist heel goed dat ik niet onder dit gesprek uit kon. 'Sebastian,' zei ik uiteindelijk.

'Sebastian hoe?'

Ik kon zijn achternaam niet zeggen. Hoe kon ik nou een Duitse naam dit huis in brengen? 'Hij is half Frans,' zei ik in plaats daarvan, met de woorden van Monsieur Le Bolzec in mijn achterhoofd toen die probeerde om Sebastian in een ander licht te stellen. En mijn antwoord was toen: *Wat maakt dat nou uit? Hij draagt een naziuniform!*

'Half Frans?' Ze zei het langzaam en met nadruk, en de onuitgesproken vraag lag tussen de woorden in.

'Zijn moeder is Frans. Zijn vader is... Duits.'

Isabelle keek op, en de lucht in de keuken zwol aan tot een dikke stilte, waarin het moeilijk was om te ademen. Ik plofte neer aan tafel, maar ik hield mijn hoofd opgeheven. Ik wilde hem verdedigen, maar hoe dan? Ik kon haar niet vertellen over de kinderen die hij had gered. Ik kon haar niet uitleggen dat hij anders was dan de anderen.

'Isabelle.' Maman rechtte haar rug. 'Naar bed jij.'

Isabelle voelde de situatie goed aan en was zo slim om er niet tegen in te gaan. Ze glipte de keuken uit, waarna ik alleen achterbleef met Maman.

'Wat voer je in je schild?' siste ze. 'Was je vader er maar. In godsnaam, waar ben je mee bezig?' De woorden stroomden eruit als in een wolkbreuk. 'Een Duitser? Ik dacht dat je hen haatte. Ben je gek geworden?'

'Het is niet zijn schuld dat hij Duits is.'

Ze staarde me ongelovig aan. 'En het is niet onze schuld dat we gevangenen zijn in ons eigen land. Het kan me niet schelen wiens schuld het is. Wat is er met je loyaliteit gebeurd? Hij is de vijand.'

'Hij is een man. Hij heeft deze oorlog net zomin als wij gewild.'

'Je bent gek geworden!' Ze duwde haar handen tegen haar slapen alsof het allemaal te veel was om te verwerken. 'Deze oorlog is binnenkort voorbij.' Ze zweeg even om adem te halen. 'En dan? Heb je daarover nagedacht? Dan heb je spijt. Wij allemaal. Heb je aan Isabelle gedacht? Heb je erbij stilgestaan wat het voor ons betekent? Wie weet wat er met mensen zal gebeuren, mensen die...?'

'Nee, Maman. Alsjeblieft, zo is het niet. Je kent hem niet.' Ik wilde zo graag vertellen wat Sebastian had gedaan om de kinderen te helpen, maar ik kon niet over deze zaken praten. Het was gewoon te gevaarlijk.

‘Hoe kan iemand zo naïef zijn? Zo dom?’

‘Maman, alsjeblieft. Niemand weet waar ik heen ga als ik hem ontmoet. En het is maar een half uur, nooit meer.’

Ze pakte een schaal uit het droogrek. Een moment lang dacht ik dat ze hem op de grond wilde gooien, maar ze liet hem in de spoelbak vallen. ‘Ik ben moe.’ Ze veegde met de rug van haar hand over haar ogen. ‘Ik heb er genoeg van om in angst te leven. Ik ben moe van de honger. Moe van dat ik moet proberen genoeg eten voor ons te vinden. En het enige waar jij aan denkt is aan die Duitser van je. Hoe kun je zo egoïstisch zijn?’

‘Hij is niet het enige waar ik aan denk. Niemand weet van zijn bestaan.’

‘Waarom moet je op dit moment nou zulke grote risico’s nemen, in godsnaam? De geallieerden zijn al geland op de stranden van Normandië. Troepenmachten zijn onderweg. We hoeven nog maar even vol te houden.’

‘Ik weet het, Maman. Ik weet het.’ Ik deed een stap naar voren en pakte haar hand. ‘Ik voel het ook, Maman. De bevrijding is nabij. Maar alsjeblieft, laat me deze tijd met Sebastian hebben.’ Ik kneep in haar hand. ‘Ik hou van hem.’

Ze trok haar hand terug en keek me boos aan. ‘Zeg dat nooit tegen je vader,’ zei ze op dreigende toon. En daarna stormde ze de keuken uit.

29

Parijs, 15 augustus 1944

Sebastian

Sebastian wist dat Elise nog sliep door de zachte regelmaat van haar ademhaling. Hun handen waren gevouwen onder de lakens. Hij haalde zijn vingers voorzichtig tussen de hare vandaan. Hij draaide zich op zijn zij en keek naar haar in de banen licht van de vroege ochtendzon die tussen de latten van de luiken door naar binnen vielen, en die haar gezicht, haar jukbeenderen accentueerden. Dit was de eerste keer dat ze de hele nacht was blijven slapen sinds ze vier maanden geleden verliefd op elkaar waren geworden. Ze namen een risico, en het betekende dat ze had moeten liegen tegen haar moeder. Maar het was de moeite waard geweest, elk moment onbetaalbaar.

Hij trok een lijn vanaf onder haar oor, over haar sleutelbeen, waarna zijn vingers tot rust kwamen in het kuiltje daaronder. Ze bewoog. 'Sssj, Lise,' fluisterde hij. 'Slaap maar lekker.' Dit stukje van haar voelde intiem, privé. Anderen konden het misschien wel zien, maar niemand anders zou haar daar aanraken. Had dit een naam? Zo niet, dan zou het wel moeten. Dit speciale plekje. Net als haar geheime ik. Ze had hem binnengelaten, hem volledig vertrouwd, en hij had zich aan haar laten zien, met al zijn fouten. Hij leunde voorover en raakte het warme kuiltje aan met zijn lippen, wetend dat hij dat vertrouwen nooit zou beschamen.

Hij streelde haar haren en hoopte dat ze zo opnieuw zou indutten. Hij wilde deze momenten opzuigen en in zijn geheugen griffen, tot en met het kleinste detail: hoe haar oogleden bewogen als ze droomde, hoe haar wangen roze gloeiden als ze opgewonden was, hoe ze naar hem reikte in haar slaap. Hij moest het allemaal opslaan voor wanneer ze van elkaar gescheiden waren, dan kon hij deze herinneringen weer terughalen. Deze momenten met haar waren vluchtig, en ze glipten hem door de vingers voordat hij ze kon vastpakken. Hij verlangde intens naar iets wat hij voor altijd kon vasthouden. Hij wilde gedichten schrijven over haar. Half voltooide woorden kwamen op in zijn gedachten, worstelend om te ontsnappen, onzeker over zichzelf. Hij was bang voor hun effect als ze eenmaal waren vrijgelaten. De kracht van woorden. Woorden logen. Woorden verraadden. Woorden doodden. Wat als ze er bang van werd? Wat als ze zich er gekooid door voelde? Op een bepaalde manier verantwoordelijk voor hem? Wat als de woorden de magie verpestten?

Elise bewoog weer, dit keer draaide ze haar heupen en kwam ze op haar zij te liggen, met haar gezicht naar hem toe, en zonder haar ogen te openen legde ze een hand in zijn nek en trok hem naar zich toe om met haar mond de zijne te zoeken.

Later, toen ze naast elkaar lagen, met klamme lichamen, streelde hij haar wang. Hij wachtte af – hij wist dat ze dieper wilde graven. Hem helemaal wilde kennen.

'Geloof jij in liefde op het eerste gezicht?' vroeg ze zacht.

Hij sloot zijn ogen en dacht een tel na. 'Nee.' Natuurlijk niet. Het was instinct, met als doel voortplanting. En je moest wel gek zijn om te vertrouwen op een dierlijk instinct.

'Ik ook niet. Ik heb niet eens naar je gekeken, die eerste keer dat ik je in de boekwinkel zag.'

'Je zag alleen een uniform.'

'Ja, en dat maakte me bang.'

'Nou, ik heb ook niet goed naar jou gekeken.'

Ze kneep zacht in zijn wang. 'Echt niet?'

'Ik wist dat je niet wilde dat er naar je gekeken werd. Vooral niet door mij. Maar je viel me wel op.' Hij speelde met haar vingers. 'Ik vond je intrigerend.'

'Ga door,' moedigde ze hem aan, en het raakte hem dat zij hem over haar wilde horen praten.

'En opstandig,' ging hij verder. 'Dapper. De eerste keer dat ik je zag, wist ik dat je bang was voor die agenten, maar je deed niet onderdanig.' Hij liet haar vingers los. 'Dat bewonderde ik.' Hij streek door haar haar. 'Maar ik dacht wel bij mezelf dat je jezelf in de nesten zou kunnen werken.'

'Dacht je toen dat je me zou gaan redden?'

'Nee.' Hij staarde haar aan. 'Ik wist dat jij mij zou redden.'

'Jou redden voor mezelf.' Ze kreeg kuiltjes in haar wangen toen ze lachte.

'Ik zal nooit meer aan iemand of iets anders toebehoren.' En op dat moment geloofde hij dat hij volledig vrij man was. Bevrijd van zijn land. Bevrijd van zijn familie. 'We horen bij elkaar,' prevelde hij. 'En wat er ook gebeurt, we hebben onze herinneringen.' Hij dacht aan de lengende lenteavonden waarop ze afspraken in het Bois de Vincennes, op de plek achter de bramen waar de brandnetels welig tierden, en hoe hij de deken op de grond legde en zijn laarzen, pet, jasje en hemd uitdeed. Vrij van bijna alles wat bepaalde wie hij was, kon hij zichzelf zijn. Hij had toen geweten dat die momenten beperkt waren en dus had hij elke keer gekoesterd, en echt geproefd, zoals je ook wijn van een goed jaar zou kunnen proeven. Maar dan een miljoen keer lekkerder.

'Weet je nog wat een zalige avonden we hadden?' Ze leek zijn gedachten te hebben gelezen. 'Je had overal aan gedacht. Ik was heel bang, de eerste keer. Ik vond het eng, maar ook spannend. En je had jezelf zo goed verstopt, dat het net was alsof we ons in een andere wereld bevonden.' Ze keek hem aandachtig aan. 'Met jou zou ik waar dan ook heen gaan. Ik voel me veilig bij jou.'

'Waar dan ook?'

'Als we maar samen zijn.' Ze zuchtte. 'Laten we ontsnappen. Ver weg.'

Hij wist waar dit gesprek heen ging, ze hadden het al vaker hierover gehad. 'Maar waar moeten we dan heen? Ik heb geen auto, en als ik er een had, geen brandstof.'

'We kunnen te paard.'

Hij lachte. Dat had ze tot nu toe nog niet voorgesteld. 'En wat zouden die dan eten?'

'Gras. Bladeren.'

'Ja. Maar het gras is droog. Het is een hete zomer geweest.' Hij gaf haar een kus op haar oor.

'We kunnen bij boerderijen stoppen. Die hebben vast wel hooi.'

'En waar moeten we dan heen, op die paarden?' Zijn stem klonk licht en plagerig.

'Naar het zuiden.' Ze streek met haar vinger over zijn dij. 'Ergens ver hiervandaan. Ergens in het midden van nergens.'

'Het midden van nergens bestaat niet. Ze zijn overal.' De geallieerden kwamen eraan, en de FFI, de Forces Françaises de l'Intérieur, en de Résistance waren bezig hun krachten te bundelen. Het zou niet lang duren voor de gevechten zouden beginnen en de Duitsers zouden worden verjaagd, linksom of rechtsom.

'Dan duiken we onder,' hield ze vol.

'Maar de Maquis dan, en de Résistance?' Voor hen was hij eerlijk gezegd banger dan voor de Britten en de Amerikanen.

'Je wilt gewoon niet met mij weglopen, of wel?' Ze kneep in zijn kin.

Hij pakte haar hand en drukte die tegen zijn lippen. Ongevormde woorden kwamen op in zijn keel en zonken weer terug. Zijn emoties waren te rauw, te oncontroleerbaar, te groots. Het enige wat hij wilde was dat ze zijn gevoelens voor haar zou opnemen. Hij sloot zijn handen om haar middel en hield haar stevig vast terwijl hij haar op haar mond kuste, en hij ademde zijn adem in haar mond, alsof hij zo zijn gedachten kon inblazen.

De volgende woorden die hij ging zeggen zouden geen lieve woordjes zijn. Ze zouden hard zijn, en hij moest ze van ver halen, van de plek in zijn hoofd waar hij zijn zorgen bewaarde. 'Lise, je hebt een risico genomen door hier te komen.'

'Niemand heeft me gezien, toch. Het was donker.'

'De muren hebben oren. Je weet hoe het is, we kunnen niemand vertrouwen. Ze mogen je hier niet aantreffen. Het duurt niet lang meer voor de Duitsers Parijs verliezen.' Hij maakte zich los en ging rechtop zitten tegen het hoofdbord. 'Het kan een kwestie van dagen zijn, en zodra de Fransen de overhand krijgen, zullen velen met hooivorken de straat op gaan, belust op wraak. Het wordt gewelddadig. Wie heeft gecollaboreerd of gesympathiseerd met de Duitsers zal ervoor moeten boeten.'

'Maar dat heb ik niet gedaan!'

'Denk je echt dat ze de tijd nemen om naar je te luisteren? Mensen hebben je met me zien praten in de boekwinkel. Die politieagenten, die zullen je nog kennen. Die gaan echt niet eerst vragen hoe het zit.' Een misselijk gevoel nam bezit van zijn maag toen hij bedacht wat er met haar kon gebeuren. 'Je mag hier niet gevonden worden. Je moet naar huis.' Hij liet een stilte vallen. 'Heb je je moeder verteld dat je hierheen ging?'

'Nee.'

'Wat heb je dan gezegd?'

'Ik heb gezegd dat ik bij een vriendin zou zijn, Françoise, van de bank. Ik heb gezegd dat we thuis moesten werken omdat de banken dicht zijn.' Ze draaide zich naar hem toe. 'Ik weet alleen niet of ze dat geloofde.'

'Ze weet dat je met mij omgaat.'

'Ja.'

'Je hebt niet verteld over het weeshuis?'

'Nee, natuurlijk niet. Ze weet alleen dat ik daar kleren bracht.'

Hij hield haar hoofd tegen zijn borst. 'Ze weet wel dat ze niets moet zeggen.'

Elise trok haar hoofd terug en keek hem aan. 'We hebben vandaag toch nog? Zeg me dat we vandaag nog hebben.'

'Ik weet niet hoe lang we nog hebben. We wachten op nieuwe orders, maar sommige mannen zijn al aan het vertrekken. Ze zijn banger voor de Fransen die wapens te pakken krijgen, en voor de geallieerden die komen, dan voor de krijgsraad.'

'Misschien moet jij ook weg.'

'Nee, ik wacht op orders.'

'Dan hebben we vandaag nog!'

'Ja, dat is zo. Ik wou dat ik je kon meenemen naar iets bijzonders.'

'Waar zou je me mee naartoe nemen dan?'

'Naar zee,' antwoordde hij. 'Dan zouden we zwemmen, en dan picknicken op het strand.'

'Ga door,' spoorde ze hem aan.

'We zouden op de fiets gaan,' ging hij verder. 'Nee,' verbeterde hij zichzelf. 'Op één fiets maar. Dan kon jij op de stang zitten, zodat ik mijn armen om je heen kon slaan.'

'En wat zouden we dan in onze mand hebben?'

'Een fles wijn. Rood. Brood, kaas en fruit, ja: appels en druiven.' Hij plantte een kus boven op haar hoofd.

'En chocola?'

'Natuurlijk. Hoe kan ik dat vergeten? Ook chocola.' Hij pakte haar hand. 'Lise, ik heb een idee.'

'Wat?'

'Laten we deze dag nemen, alleen voor ons.' Hij bracht haar hand naar zijn mond en keek haar aan terwijl hij zachtjes zei: 'Maar dan moet je naar huis.' Hij keek om te zien of ze akkoord ging. 'Ik kan naar buiten, wat te eten halen, en dan kunnen we hier in deze kamer een picknick houden. We kunnen bij het open raam zitten en net doen alsof...'

'Alsof we kinderen zijn,' onderbrak ze hem, 'die doen alsof ze volwassen zijn.'

'Als volwassenen.' Hij glimlachte. 'Die doen alsof ze kind zijn.'

Ze moest gniffelen. 'Is het veilig om naar buiten te gaan? Waar ga je dan eten halen? De schappen zijn leeg.'

'Lise, lieveling, ik heb connecties.' Met zijn wijsvinger raakte hij zijn neusbrug nadrukkelijk aan, dat aloude gebaar dat mensen maken als ze een geheim hebben, en hij glimlachte.

'Ga dan maar.' Ze kuste hem op zijn hand. 'Ga maar een feestmaal voor ons halen.'

Hij kuste haar op de wang en liet haar los. Hij trok zijn broek aan en een overhemd, maar geen jasje en pet, en verliet de kamer. Buiten bleef hij dicht tegen de gebouwen aan lopen, op weg naar de kleine passage waar hij wel eens eten kocht op de zwarte markt. Hij schrok van een drietonner die voorbij denderde. Toen hij hem nakeek, zag hij dat hij was beladen met een hoge stapel matrassen. Vlak daarachter reed een tank die was gecamoufleerd met bladeren en takken. De Duitsers vertrokken uit Parijs, en ze namen voorraden mee. Hij haastte zich om de picknick te kopen. Ze hadden niet veel tijd meer.

Tot zijn opluchting was het winkeltje open, en ze wilden hem nog bedienen. Hij kocht zo veel hij kon, want hij wilde Elise verwennen.

'Welkom terug.' Elise kuste hem op zijn wang toen hij terug was in de kamer, als een echtgenote die haar man verwelkomt. 'Wat heb je kunnen kopen?'

Hij keek naar de deken die voor het open raam op de grond lag en moest lachen. 'Wat een prachtige plek voor een picknick.' Hij pakte de fles wijn. 'Een petit bordeaux, Château Margaux. Ik denk dat je die lekker zult vinden.' Hij zette hem neer op de deken en haalde de hele camembert tevoorschijn.

'Waar heb je die in hemelsnaam vandaan?'

'Och, ik ken een paar afpersers.' Hij lachte en pakte iets wat in bruin papier was ingepakt, wat hij vervolgens tergend langzaam uitpakte, om haar te plagen.

'Chocolade!' Ze trok de reep uit zijn handen en drukte hem aan haar borst. 'Chocola heb ik al niet meer gezien sinds... Wat heb je daar nog meer?' Ze probeerde in de zak te kijken.

'Ha, wacht maar af.' Hij ging zitten op de deken, met zijn benen voor zich uit gestrekt. 'Wil je de wijn proeven?'

'Maar het is elf uur 's ochtends,' protesteerde ze.

'Dat is zo. Maar we hebben iets te vieren.' Hij pakte een kurkentrekker en trok de kurk eruit met een aangename plop, en schonk de wijn toen in twee bekertjes uit de badkamer.

Het had vreemd kunnen voelen, om vast te zitten in een hotelkamer op een prachtige zomerdag, nippend aan rode wijn uit badkamerbekertjes, maar op dat moment kon Sebastian geen plek bedenken waar hij liever zou zijn.

'Op de vrede.' Elise hief haar beker.

'Vrede.' Hij tikte zijn bekertje tegen het hare. 'Wat er vanaf nu ook gebeurt, lieve Lise,' zei Sebastian plechtig, 'deze dag zal ik altijd onthouden. Dank je wel.'

'Je hoeft mij niet te bedanken.'

'Jawel.' De woorden bleven steken in zijn keel.

Ze boog zich naar hem toe en kuste de rest van zijn zin weg. Toen veerde ze op. 'Ik rammel!'

Het geluid van artillerievuur in de verte deed ze opschrikken. 'Het is in orde.' Sebastian ging rechtop zitten. 'Het is ver weg.'

Elise legde haar hoofd tegen zijn borst. 'Waarom gaan we niet gewoon weg? Als de winter komt, is dit allemaal voorbij.' Hij bleef haar haar strelen maar zei niets. 'Dan zijn we veilig,' vervolgde ze. 'Ik weet het zeker. En dan zijn we samen.'

'Lise,' hij ging naast haar liggen, en pakte haar hand, 'we zijn voor elkaar bestemd. We vinden wel een manier.'

30

Parijs, 16 augustus 1944

Elise

Ik glipte mijn bed uit en raapte mijn ondergoed van de vloer. Ik had gisteren naar huis moeten gaan. Arme Maman, ze was niet gek, ze had vast geraden waar ik was en ze zou zich grote zorgen maken.

Sebastian zat rechtop en pakte het pakje Gitanes van het nachtkastje. Zonder iets te zeggen tikte hij er eentje uit en stak hem op. Hij rookte normaal niet in bed. Ik vroeg me af of hij aan hetzelfde dacht als ik. Verspilden we de weinige tijd die we nog hadden? Deden we hier goed aan? Mijn instinct zei me dat ik moest blijven, maar wie zou zijn instinct vertrouwen op een moment als dit, waarop onze levens op het spel stonden?

Als ik door die deur ging, dan kon het zijn dat we elkaar nooit meer zouden zien. Hoe konden we elkaar nu zo laten gaan? Ik wilde tot het laatste moment bij hem zijn, dat was het enige wat telde. De rest kon stikken. Ik draaide me om en kneep mijn vochtige ogen dicht. Mijn hart kromp in elkaar. Ik zette een stap van hem af, gewoon om te zien wat er zou gebeuren. Er gebeurde niets. Hij zei niets, bewoog niet. Ik bukte om mijn beha te pakken en ik deed hem aan, met mijn rug nog naar hem toe. Toen vond ik mijn blouse en trok die over mijn hoofd. Sebastian zei nog altijd niets en rookte door. Ik knoopte mijn blouse dicht, graaide mijn broek van de rug van de stoel en trok hem aan.

Ik voelde de ruimte tussen ons opensplijten, als een soort kloof waar ik in dreigde te vallen, terwijl hij op de rand bleef staan toekijken. Ik wilde niets liever dan mijn kleren uittrekken en mezelf in zijn armen werpen, naakt, lachend, en dapper. Dit waren de momenten waar ik voor leefde – de momenten samen met hem.

Toen mijn sandalen. Ik liet mijn voeten erin glijden en zette nog een stap, naar de deur. *Hou me tegen! Hou me tegen!* Ik smeekte het hem, in mijn hoofd. *Laat me niet gaan. Laat me nooit meer gaan.* Maar het bleef stil, en het enige geluid was het bonken van mijn hart. Een soort zelfdestructieve impuls weerhield me ervan om me om te draaien, terwijl ik mijn hand naar de deurkruk bracht.

'Lise. Niet zo weggaan.' Ik hield mijn hand stil in de lucht. Ik hoorde hem uit bed komen, naar me toe lopen, en toen voelde ik zijn hand op mijn schouder. Hij draaide me om zodat onze gezichten bij elkaar kwamen, en hij drukte zijn neus zachtjes tegen de mijne.

'Beloof me dat je niet doodgaat,' fluisterde ik.

Hij kuste mijn tranen weg en drukte toen zijn mond tegen mijn oor. 'Vertrouw op mij, Lise. We zullen samen zijn.'

Ik wilde hem geloven. Ik had het nodig om hem te geloven. Ik kon de gedachte niet verdragen dat we zo uit elkaar zouden gaan, met een vaarwel in zijn hotelkamer, met helemaal niets meer om me aan vast te houden. Ik ging met mijn handen naar mijn nek en maakte mijn ketting los, die mijn ouders me voor mijn achttiende verjaardag hadden gegeven, een robijnen roosje, aan een zilveren schakelkettinkje. Ik legde het in zijn hand. 'Deze moet je aan me teruggeven.' Ik kuste hem zacht op zijn dichte mond.

'Lise,' fluisterde hij. 'Ik beloof het. Administratief personeel zoals ik zal worden geëvacueerd voordat de geallieerden komen. Ik ben terug in Duitsland voordat de oorlog voorbij is. En als er niet meer wordt gevochten, dan kom ik terug bij jou. Het zal niet lang duren.'

Het klonk zo eenvoudig dat ik hem bijna geloofde.

'Het is veiliger dan proberen te ontsnappen,' zei hij. 'Ik wil je niet in nog meer gevaar brengen dan ik al heb gedaan.' Hij deed zijn ogen dicht en kuste me op mijn voorhoofd. 'Je moet gaan.'

Ik draaide me weer om naar de deur, en dit keer pakte ik de deurkruk vast. En ik trok de deur open.

Ik liep door de gang en toen de trap af, en bij elke stap brak mijn hart een stukje verder. Ik concentreerde me op mijn voetstappen, voet voor voet, en dwong mezelf zo in een soort verdoving, wetend dat als ik ook maar een enkele emotie door zou laten, ik rechtstreeks terug zou rennen.

Het was bijna een opluchting om de straat op te stappen. Het geluid van de auto's, vrachtwagens en mensen die schreeuwden trof me als een herinnering aan het feit dat ik me nog steeds in deze wereld bevond. De felle zon scheen in mijn ogen, en ik schermde ze af met mijn hand terwijl ik rondkeek. Een drietonner dreunde voorbij, helemaal volgepakt met Duitse soldaten, hun geweren en mitrailleurs gericht op de ramen van de appartementengebouwen. Ik drukte mezelf plat tegen de muur terwijl er meer auto's en vrachtwagens langs stroomden, toeterend, stoppend, inladend. Ik aarzelde, bang om me daartussen te begeven. Ik nam een teug adem en liep de straat weer op, naar de metro. Het verbaasde me niet dat die was afgesloten, en dus liep ik door. Een open vrachtwagen blokkeerde de weg, en toen ik erachterlangs liep, zag ik dat Duitse soldaten nachtkastjes inlaadden. Ik bleef staan en voelde mijn hart bonzen, zo boos was ik. Ze waren nog steeds aan het stelen van ons – ze namen nu zelfs onze meubels mee naar huis! Een van hen pauzeerde even en zette zijn tafel op de grond terwijl hij me aangaapte. Ik beantwoordde zijn blik. En hij knipoogde, alsof hij me medeplichtig wilde maken aan deze diefstal. Toen leunde hij tegen de tafel, haalde een sigaret uit zijn broekzak en stak hem op, terwijl hij naar me bleef kijken.

Met mijn kin omhoog keek ik terug en liep zonder iets te zeggen langs hem. Ik hoorde hem fluiten naar me, maar ik draaide me niet om. Het had een gigantische hoeveelheid moed gekost om bij Sebastian weg te lopen. Alles wat daarna kwam, was makkelijk.

31

Parijs, 16 augustus 1944

Elise

Ik nam een omweg naar huis en stak de brug over bij Île Saint-Louis. Een meisje van een jaar of tien stond midden op de brug, met een dienblad vol felgekleurde objecten om haar nek. Ze ving mijn blik en ik liep naar haar toe. ‘Wat verkoop je?’

‘Broches,’ antwoordde ze. ‘Rood, wit en blauw.’

Ik keek om me heen, bezorgd voor haar, maar er waren geen Duitse patrouilles te zien. ‘Wees voorzichtig,’ fluisterde ik desondanks, en groef in mijn zak naar kleingeld. ‘Ik neem er drie.’ Mijn hart ging tekeer toen ik ze aanpakte. Het was gevaarlijk, maar het voelde als een stap in de richting van de overwinning. Het was een kwestie van tijd.

Bij Odéon trok een affiche op de hoek mijn aandacht. *Front National* riep alle Parijzenaren op om zich aan te sluiten bij de FFI of patriottische milities om tegen de Duitsers te vechten. Mijn hart zwol op bij het idee dat ik gehoor zou geven aan de oproep, maar hoe kon ik dat nu doen? De gedachte aan Sebastian, helemaal alleen in zijn hotelkamer, maakte me ellendig van verlangen en wanhoop. Ik had geen energie meer over voor het gevecht.

Ik stond een minuutje op Place Saint-Sulpice, starend naar de kerk, om mijn moed bijeen te rapen om Maman onder ogen te komen. Toen sloeg ik de hoek om en ging naar huis.

Maman deed de voordeur open nog voordat ik hem kon aanraken. ‘Je was bij hem! Niet bij Françoise! Ze kwam hier naar je vragen. Ik heb maar gezegd dat ik niet wist waar je was. De schande!’ Ze stond daar, met haar armen over elkaar geslagen, als een barricade op mijn pad.

‘Het spijt me.’ Ik voelde me leeg en emotioneel uitgeput. Ik wilde alleen maar met rust gelaten worden. Maar dat zat er niet in. Ik volgde mijn moeder naar de keuken.

'Zitten.' Ze trok een stoel onder de tafel vandaan. Ik liet me zakken en bereidde me voor op een preek. Ze kwam naast me zitten en zweeg een hele tijd. Toen zei ze heel rustig: 'Ik weet wat je voor hem voelt.' Ik rekende op een reeks reprimandes, maar in plaats daarvan zei ze: 'Misschien heb ik een oplossing.' Ze blies lang uit, haar borst leek leeg te lopen. 'Ik heb nagedacht. Over jou en... Sebastian.' Dat was de eerste keer dat ze zijn naam uitsprak. 'Hij is half Frans, toch?'

Ik knikte.

'En hij spreekt Frans als een Fransman?'

'Ja.'

'Ik weet hoeveel hij voor je betekent, Elise.' Ze keek me onderzoekend aan, maar ik gaf geen krimp. 'Wie weet wat er gebeurt als de geallieerden hier eenmaal zijn. Dat wordt lelijk. Dan is hij hier veiliger af.'

'Wat bedoel je?'

'Je kunt hem hierheen halen. Dan doen we alsof hij een neef is.'

'Wat? En de buren dan?' Eerst wilde ze niet dat ik het over hem had, en nu bood ze haar hulp aan om hem te verbergen. Ik was eerder verward dan blij.

Maman zuchtte. 'Die neem ik wel voor mijn rekening. Ik heb liever dat je hier onder ons dak bent dan ergens daar buiten met hem.'

Ze wist niet dat ik voorgoed thuis was gekomen, dat ik Sebastian had achtergelaten. Dat vertelde ik haar ook bijna, maar de gedachte aan hem, hier met mij, was te verleidelijk. Was het echt mogelijk? Ik liet mezelf een tijdje fantaseren en voelde mijn hart warm worden, en weer afkoelen toen ik dacht aan de buren. 'Je hoeft maar de verkeerde kant op te ademen en dan heeft *madame la concierge* al het verkeerde idee. Ze is een klikspaan.'

'Maak je over haar maar geen zorgen.'

'Maar dan ziet ze hem toch binnenkomen? Ze zal vragen wie dat is.' Had ze alles wel goed overdacht?

'Ik haal hem buiten op en ga samen met hem naar binnen, terwijl jij haar afleidt met iets. Je zou haar wat aardappels kunnen geven die we van Georges hebben gehad. Dan kan ze alleen nog daaraan denken.'

'Weet je het zeker, Maman?' Ik wilde ons gezin niet in gevaar brengen. 'En Papa dan? Wat gebeurt er als hij weer thuiskomt?'

'Dat zien we dan wel. Je kunt hem je vaders kleren brengen. Een baret, een oude broek en een jasje. Dan ziet hij eruit als een doorsnee Fransman.'

Arme Maman. Het enige waar ze om had gegeven was mijn veiligheid, en nu was ze zelfs bereid om zo'n groot risico voor mij te lopen. Ik schaamde me enorm dat ik haar zo verkeerd had beoordeeld. Ik slikte de brok in mijn keel door en sloeg mijn armen om haar heen, maar ze hield zich stijf. Het was natuurlijk een moeilijke en gevaarlijke beslissing voor haar, en het moest zwaar zijn geweest om haar eigen zorgen terzijde te schuiven en zich te realiseren wat Sebastian voor me betekende. Even voelde ik me heel schuldig, toen ik dacht aan mijn moeder en Isabelle en wat ik ze hiermee zou aandoen. 'Dank je wel, Maman. Dank je wel! We zullen heel voorzichtig zijn, dat beloof ik.' Ik dacht aan de extra mond die we zouden moeten voeden. 'Ik kan vragen of hij wat eten meeneemt.'

'We redden ons wel.' Ze sloeg haar armen over elkaar en fronste. 'We hebben geen tijd te verliezen. Binnenkort zullen er op straat gevechten uitbreken.'

Zowel opgewonden als gespannen over de nieuwe situatie verliet ik de keuken en ging naar mijn slaapkamer om een schone blouse aan te trekken voordat ik de deur weer uit zou gaan.

'Elise,' klonk een fluisterstemmetje achter me. Ik draaide me om. Daar stond Isabelle in een vaalblauwe zomerjurk, met haar lange dunne armen langs haar zij.

'Waar was je?'

'Ik was met een speciale vriend.'

'Je vriendje.' Ze glimlachte geheimzinnig. 'Dat is die man, of niet? Uit de winkel. Die Boche.'

Hoe kon ze dat nou weten? Verdorie, Maman! Ze moest iets hebben gezegd. Ik fronste, en herinnerde mezelf eraan dat ze maar een kind was. Het was voor ons als volwassenen al moeilijk genoeg om overal chocola van te maken.

'Niet dat woord gebruiken, alsjeblieft. Hij is half Duits, half Frans.'

'Maar dan is het nog een Boche, toch?' drong ze aan.

Ik zuchtte en voelde de frustratie opkomen.

'De Boches zijn toch heel erg?' Ze ging van haar ene op haar andere been staan.

'Ik zei toch dat je dat woord niet moest gebruiken, Isabelle.'

'Boche? Dat zei jij zelf ook altijd.' Ze bleef me bekijken. 'Als De Gaulle hier komt, dan gaat-ie ze allemaal afmaken.'

'De nazi's. Hij gaat de nazi's verslaan.'

Ze fronste. 'Wat is het verschil?'

'Niet alle Duitsers zijn nazi's, Isabelle. Het zijn mensen, net als wij. Sommigen zijn goed, sommigen zijn slecht.' Ik deed mijn armen wijd en verwachtte dat ze naar me toe zou komen.

Maar ze kwam niet van haar plek. 'Waarom vind je hem eigenlijk leuk? Waarom kun je niet iemand leuk vinden die gewoon Frans is, net als wij?'

Ik deed mijn ogen dicht en zocht de juiste woorden. 'Je kunt niet kiezen op wie je verliefd wordt. Het gebeurt gewoon, en soms val je voor iemand voor wie je niet zou moeten vallen.'

Isabelle trok haar neus op alsof het een vies idee was. 'Ik ga nooit verliefd worden. Ik blijf hier met Maman.'

'Dat is omdat je op dit moment hier hoort. Kom, geef me een knuffel.' Ik deed mijn armen weer open. Voorzichtig kwam ze naar me toe en ik hield haar tegen me aan, en begroef mijn neus in het haar rond haar kruin, haar kindergeur opsnuivend – citroen en zonlicht. 'Later denk je er vast anders over,' fluisterde ik.

'Niet.' Ze ademde diep in. 'Als je kinderen krijgt, zijn die dan Duits?'

Ik leunde naar achteren en keek haar in haar ogen. 'Dan zijn dat gewoon kinderen, zoals alle andere kinderen.' Haar vraag baarde me zorgen. 'Isabelle,' zei ik zacht. 'Heb je met iemand gepraat over hem?'

Ze schudde haar hoofd, maar haar wangen werden rood, en ik wist dat ze het wel aan iemand had verteld. 'Ik weet het niet meer.' Ze ging op haar andere been staan.

'Isabelle,' zei ik streng. 'Ik moet weten of je iemand over Sebastian hebt verteld.'

'Ik weet het niet meer.'

'Isabelle.' Ik legde mijn handen op haar schouders, waardoor ze gedwongen werd op twee benen te staan. 'Aan wie heb je het verteld?'

'Alleen aan Marie. Ze is mijn beste vriendin.' Ze kronkelde onder mijn handen.

Ik liet haar los en moest de neiging om tegen haar te schreeuwen onderdrukken. Ze was nog maar een kind. Ze kon het niet helpen. Maman had het haar niet mogen vertellen. Kinderen kunnen niet onderscheiden welk geheim je wel of niet mag doorvertellen. Zweetpareltjes braken uit op mijn haargrens terwijl ik me voorstelde dat de buren over me praatten, en dat hun verdenkingen toenamen terwijl ze roddelden over wat ik allemaal had gedaan.

Maman stak haar hoofd om de deur en gaf me een zak met kleren aan. 'Ga maar, Elise. Ga hem maar halen.'

32

Parijs, 16 augustus 1944

Elise

De zon schroeide de stoeptegels en brandde onbarmhartig in mijn nek, terwijl warm straatstof om mijn enkels woei door de auto's en vrachtwagens die voorbijraasden. Mijn maag rammelde en deed me beseffen dat ik niet had gegeten. In het voorbijgaan keek ik naar binnen bij een open café, het zag er donker en koel uit. In een opwelling liep ik de hete, lawaaierige straat af en door de open deur naar binnen.

Een handvol mensen stond bij de glanzende zinken bar. Er draaiden wat hoofden om.

'Bonjour, madame. Serveert u ook maaltijden?' zei ik terwijl ik naar de bar liep.

De vrouw keek om en antwoordde: '*Baguette au jambon.*'

'Mag ik er daar een van, alstublieft? En een kop koffie met een glas water, alstublieft.'

Ze zette het glas water op de toog met een kleine koffie en draaide zich weer om, om de sandwich te maken. Ik hoorde aan het zagen van het broodmes dat ze alleen oud, hard brood had, waarschijnlijk gemaakt met zaagsel in het deeg. Het maakte me niet uit. Het was eten.

Een man die aan de bar zat vouwde zijn krant op en keek op. Hij ademde in en ik wist dat hij iets ging zeggen over wat hij net had gelezen. 'De Amerikanen hebben de kust gebombardeerd,' begon hij. 'Ten oosten van Toulon. Bretagne is bevrijd, Blois ook, en Orléans en Chartres. Wij zijn de volgende.'

Een oudere man die tegen de bar stond te leunen hoestte alsof hij onze aandacht wilde trekken. 'Als de Boches eenmaal Parijs kwijt zijn, dan is het over voor ze.' Hij zuchtte hardop. 'Maar ze gaan niet gewoon weglopen. *Mais non*. We zullen moeten vechten.'

Ik sloeg het water achterover en nam een slokje koffie. Het aroma trof me onmiddellijk: het was echte koffie! Niet dat smerige surrogaat dat ik gewend was. Dit voelde betekenisvoller dan welke krantenkop dan ook. We hoefden het niet meer af te staan aan de Duitsers.

De eerste man zwaaide met zijn krant. 'Jazeker! Het is tijd om de wapens op te pakken en te vechten. *Aux armes, citoyens.*' Hij neuriede de Marseillaise. *'Formez vos bataillons.'* Hij tikte op de krant met zijn wijsvinger. 'Ze roepen op tot een opstand.'

'L'Humanité!' De oude man griste de krant uit zijn hand. 'Hoe kom je aan die rode krant? Ik luister niet naar de communisten. Ik wacht op De Gaulle.'

'God weet wanneer hij komt.' De man stond op en keek de bar rond. 'Waarschijnlijk net op tijd voor de triomfparade.' Hij griste zijn krant terug.

De oudere man haalde zijn schouders op, met zijn handpalmen omhoog. 'Hij is onze echte president. En ik ga niets vieren totdat hij terug is.'

'Wat er ook gebeurt, je kunt maar beter klaar zijn om je wapens op te nemen tegen die rotzakken.'

Ik moest Sebastian bereiken voordat de gevechten daadwerkelijk uitbraken. Ik pakte mijn sandwich en keek naar de mannen. 'Au revoir, messieurs.' Ik haastte me het café uit en liep over de drukke hete straten in de richting van Sebastians hotel.

Terwijl ik voortmaakte, keek ik de hele tijd achter me, bedenkend waar de veiligste plek was om de rivier over te steken. Om de hoek zag ik twee Fransen met hamers en schroevendraaiers een verkeersbord met Duits gotisch opschrift demonteren. Ik keek om me heen, bang dat de mannen zouden worden neergeschoten, maar er reed maar één Duitse auto langs, zonder zelfs maar af te remmen. Ik liep snel door.

33

Parijs, 16 augustus 1944

Sebastian

Drie keer een harde klop op de deur joeg Sebastian de stuipen op het lijf. Hij greep zijn pistool van het nachtkastje en sprong van zijn bed om open te doen.

'*Wir werden evakuiert! Hôtel Majestic!*' De collega uit de kamer naast hem stond in uniform voor de deur.

'Geëvacueerd? Vandaag?' Sebastian haalde een hand door zijn haar. 'Oké, ik ga inpakken.'

Hij was bezig zijn rugzak in te pakken toen Elise zijn kamer instormde. Ze deed de deur achter zich dicht, sloeg haar armen om hem heen en zocht zijn mond met de hare, maar hij duwde haar van zich af. Wat deed ze hier in godsnaam? Het was de eerste keer al moeilijk genoeg geweest om afscheid te nemen.

'Elise, ze gaan ons evacueren. Vandaag! Je kunt hier niet zijn! Ik moet weg.'

Ze ging niet in op wat hij zei en pakte zijn hand. Hij trok hem terug, boos en verward tegelijk. 'Sebastian! Kom met me mee!' Haar ogen straalden van opwinding. 'Maman zegt dat je met me mee moet komen. Je kunt je aankleden als een Fransman. We kunnen je langs de conciërge laten glippen. We doen of jij een neef bent.' Haar woorden kwamen er in een wilde stroom uit.

'Wil je moeder dat ik meekom naar jullie appartement?'

Elise beet op haar onderlip en knikte plechtig.

'Maar Lise, van je moeder mocht je niet eens met me omgaan!'

'Ze was alleen bezorgd om me. Maar nu... nu wil ze helpen. Ze wil dat je vandaag komt. Straks wordt er gevochten. Het staat in de krant! De Amerikanen zijn onderweg. De Gaulle komt eraan!'

De Gaulle of de Amerikanen? Wie zou er als eerste zijn? Wie zou Parijs claimen? Zo makkelijk werd het misschien niet. Politiek was een riskante onderneming. Sebastian schoof naar het raam en keek door de kier tussen de luiken alsof ze al om de hoek waren. Hij draaide zich om naar Elise. 'Het is te gevaarlijk. Het is geen goed idee. Voor niemand.'

Hij voelde een steek van verlangen toen hij de teleurstelling in haar ogen zag. Hij wou dat hij haar gelukkig kon maken, dat hij al haar dromen kon laten uitkomen.

'Ik heb kleren bij me en een baret om je haar te verbergen.' Elise negeerde koppig zijn laatste opmerking. 'En als je bij ons bent dan kunnen we je haar verven.'

'Waarom is je moeder van gedachten veranderd over mij?' Hij was nieuwsgierig.

Elise legde de tas met kleren op het bed. 'Ze weet wat ik voor je voel. En ze wil liever jou onder haar dak dan mij ergens in Parijs samen met jou.'

'Maar je bent juist teruggegaan naar haar.'

'Dat wist zij niet.'

'Je familie mag niet zo'n groot risico nemen voor mij.' Sebastian vouwde zijn handen achter zijn hoofd en bleef naar haar kijken. 'Ik kan jullie gezin niet in gevaar brengen.' Wat hij er niet bij vertelde was dat hij niet als deserteur bestempeld wilde worden, een misdaad waarvoor hij de kogel zou krijgen.

Ze keek hem onverzettelijk aan. 'Het is het risico waard, en anders blijf ik hier bij jou als jij niet met mij wilt meekomen.' Ze plofte neer op het bed.

Hij slaakte een lange zucht en ging dicht bij haar zitten, maar zonder haar aan te raken. 'Lise,' fluisterde hij. 'Ik kan het niet. Je moet terug. Zonder mij.'

'Jamais!' Hij hoorde de vastberadenheid in haar stem. 'Kom met me mee naar huis,' fluisterde ze. 'Bij ons ben je veilig. Niemand zou ooit denken dat je Duits was. Niet als je eenmaal bij ons in huis bent.' Ze liet haar hoofd tegen het zijne rusten. 'Alsjeblieft. Ik heb je nodig.'

34

Parijs, 16 augustus 1944

Elise

Vanaf het bed keek ik toe hoe Sebastian papa's oude broek en grijze overhemd aantrok. Ze pasten perfect, en de pet verborg het grootste deel van zijn blonde haar. Als we wachtten tot de schemering, dan zou niemand ons opmerken. Bovendien was iedereen bezig zich voor te bereiden op vechten of vluchten. Het enige waar de meeste Duitsers zich druk om maakten was weg zien te komen, en de Fransen waren bezig wapens te verzamelen, biddend dat de geallieerden er snel zouden zijn. Niemand zou zich druk maken over een Frans stelletje dat haastig over straat liep.

We wachtten tot het ging schemeren en verlieten de kamer rond negen uur die avond. 'Fietsen,' zei Sebastian toen we de trap afliepen. 'Er staan wat fietsen op de binnenplaats.'

'*Mais oui*, laten we die nemen.' Dat was een goed idee. Op de fiets waren we minder kwetsbaar. Het zou makkelijker zijn om mensen snel te passeren voordat ze de tijd kregen om zich af te vragen wie we waren.

We vonden een fiets die niet op slot was tegen een muur alsof hij daar was achtergelaten. Sebastian tilde hem op en draaide aan het wiel. 'Die ziet er goed uit. En een is genoeg.' Hij nam hem aan de hand mee naar de straat en stak hem uit naar mij. 'Lukt het je om op de stang te zitten?'

Ik ging erop zitten, greep het stuur vast en tilde mijn voeten op terwijl hij op het zadel sprong en wegfietste. Ik probeerde niet te gillen toen we begonnen te wankelen. Mijn voeten raakten de grond even, maar daarna reden we weg en zoefden we door de lege straten. Ergens vond ik het jammer dat we al zo snel op de hoek van onze straat waren.

We stapten af zonder iets te zeggen. Er hing een vreemd soort stilte, en ik had het nare gevoel dat we werden bekeken. Ik stelde mezelf gerust dat het de zenuwen waren, meer niet.

'Wacht hier,' zei ik. 'Ik haal mijn moeder, en dan kun jij naar binnen volgens plan.'

Ik snelde langs de kamer van de conciërge en keek naar binnen. Niemand. Hopelijk lag ze al in bed. Thuis zat Maman in de keuken op me te wachten. Ze zag bleek, en ze keek me niet aan toen ze vroeg: 'Staat hij op de hoek, zoals we hebben afgesproken?'

'Ja.' Het viel me op dat ze zijn naam niet gebruikte.

'De conciërge ligt al in bed, dus we hoeven niemand af te leiden,' ging ze verder. 'Wacht jij hier maar.'

Voordat ik tijd had om te antwoorden was ze de keuken uit. Ik hield mijn adem in en keek om me heen in de lege ruimte. Het was onnatuurlijk stil. Normaal waren er allerlei soorten geluiden, hoewel ik niet precies wist wat voor geluiden, terwijl ik daar stond met mijn hart in mijn keel, en mijn adem die ik hoorde in mijn oren.

Toen was Maman opeens in de keuken met Sebastian bij zich. Godzijdank! Hij was binnen. Ik sloeg mijn armen om hem heen alsof we elkaar weken niet gezien hadden, in plaats van drie minuten.

'Ik ga naar bed,' zei Maman abrupt en ze draaide zich om.

Ik strekte mijn hand uit naar haar arm. 'Dank je wel, Maman.'

Ze mompelde iets maar keek me niet aan en verdween. Niet eens een nachtkus.

Sebastian keek naar me, met een opgetrokken wenkbrauw. 'Weet je zeker dat ze wilde dat ik kwam?'

Ik knikte. 'Het was haar idee.'

Met een luide zucht liet hij zich in een stoel zakken. 'Nou, ze lijkt er nu niet zo blij meer mee.'

'Ze is gewoon nerveus.' Ik ging naast hem zitten en nam zijn handen in de mijne. 'Het komt goed, ik beloof het je.' Hij antwoordde niet maar keek gespannen om zich heen en liep naar het raam, dat hij opendeed om de luiken te sluiten. 'Die doen we normaal nooit dicht, Sebastian.'

'Dan voel ik me veiliger.' Hij begon te ijsberen. 'Waar moet ik slapen?'

'In mijn kamer. Maman heeft een bed voor je opgemaakt op de grond.'

'Dat is heel aardig van haar.' Hij stopte met ijsberen en glimlachte naar me. 'Hoewel ik niet denk dat ik er gebruik van ga maken!'

Ik was opgelucht dat hij iets van zijn spanning leek te hebben afgelegd, maar toen begon hij weer te ijsberen. 'Heb je de haarverf hier?' Hij haalde een verfrommeld pakje Gitanes uit zijn borstzakje en stak er een op, met trillende vingers. Ik stak mijn hand uit, omdat ik er ook een wilde, hoewel ik eigenlijk niet rookte. Hij stak er eentje voor me op en ik inhaleerde de droge rook, waarna ik de rook die omhoog kringelde wegwuifde. Maman wilde vast niet dat haar keuken morgen rook als een asbak, dus ik deed de luiken open die hij net dicht had gedaan en toen het raam. Sebastian ging verder weg staan, met zijn rug tegen de kast. 'Laten we mijn haar vanavond doen, voor de zekerheid.'

'Ik weet niet zeker of we al verf hebben. Maman heeft er verder niets meer over gezegd.' Ik nam nog een trekje, mijn hand beefde. 'Je moet binnenblijven voorlopig. Maak je geen zorgen, er komt hier niemand.'

Hij drukte zijn sigaret uit in een leeg koffiekopje op het aanrecht. 'Doe dan de luiken maar weer dicht. Dat is veiliger.' Hij klonk vlak, en ik wist dat hij had verwacht dat we dit beter hadden gepland, maar Maman had het pas net bedacht, en haarverf was een van die dingen die lastig te krijgen waren.

'Laten we gaan slapen.' Hij pakte mijn hand en we liepen de keuken uit, beiden met een ongemakkelijk gevoel.

In stilte kleedden we ons uit en gingen liggen in mijn eenpersoonsbed. Hij hield me in zijn armen, en toen we onze ogen dicht hadden werd onze ademhaling langzaam rustiger en uiteindelijk synchroon. We zeiden niets en we vreeën niet, maar we dommelden weg. Soms bewogen we even, waarna we weer wegzakten. Ik lag de hele nacht in zijn armen. Dat voelde veilig, al was dat een illusie, wist ik. Het gevaar hing in de lucht. We ademden het in, de hele nacht.

Heel vroeg in de ochtend opende ik mijn ogen en zag zonnestralen door de kieren in de luiken komen. Sebastians adem was regelmatig en niet diep, waardoor ik wist dat hij sliep, dus deed ik ook mijn ogen weer dicht.

Ik werd wakker door hard geklop. Sebastian had ook meteen zijn ogen open. 'Waar komt dat vandaan?' fluisterde hij.

Het klonk als de voordeur. Ik greep hem vast. 'Niet bewegen.' Ik deed de lakens over zijn hoofd en sloeg mijn armen om hem heen, smekend dat er een andere reden was voor het dringende geklop.

Ze klopten opnieuw op de deur.

'J'arrive, j'arrive,' hoorde ik mijn moeder roepen.

Ik hield mijn adem in terwijl ik Sebastian vasthield, met tranen in mijn ogen. *Alsjeblieft, Maman, wimpel ze af.*

In de dodelijke stilte hoorde ik de voordeur opengaan. Zware voetstappen weerklonken in mijn oren, en toen riep een harde stem: *'Il est où?* Waar is-ie?'

Ik drukte Sebastians hoofd nog steviger tegen me aan. We konden nergens heen. Geen tijd om te ontsnappen. Ik drukte me strak tegen hem aan. *God, laat ze niet mijn slaapkamer in komen.*

Ik hoorde voetstappen in de gang. De deur vloog open. Daar stond een grote man.

'Hij is hier!' schreeuwde hij.

'Eruit! Kom eruit!' Een andere man rende de kamer in. Hij schopte tegen mijn bed.

Ik hield Sebastian steviger vast en de paniek spoot door me heen. Ik klampte me uit alle macht aan hem vast. Een mannenhand kwam voor mijn gezicht langs, die Sebastian greep en hem het bed uit trok. Ik deed de lakens strak om me heen. 'Alstublieft!' schreeuwde ik. 'Hij staat aan onze kant!'

Een andere man bracht zijn gezicht vlak voor het mijne. 'Bek houden, vieze hoer.' Zijn adem stonk naar zure wijn. Ik deinsde terug en hield het laken tegen mijn gezicht.

'Kleed je aan,' schreeuwde een van de mannen tegen Sebastian. *'Sale Boche!'* riep de ander.

'Deze Boche is er geweest.' De derde man klonk afschuwelijk koud en stellig. Ik was verlamd van angst. Bevend over mijn hele lichaam kneep ik het laken fijn, ik kon niets doen om Sebastian te helpen.

'Maman!' schreeuwde ik. 'Maman! Doe iets!' Maar ze stond daar maar alsof ze in steen was veranderd. 'Maman!' schreeuwde ik weer. 'Alsjeblieft!'

35

Parijs, 19 augustus 1944

Elise

Twee dagen later had ik nog steeds geen hap door mijn keel gekregen en amper geslapen, op een paar korte momenten na, als ik wegzakte van totale uitputting. Ik kon niet praten of helder denken. Het bleef maar malen door mijn hoofd. Hoe hadden ze in vredesnaam geweten dat Sebastian hier was? Iemand moest ze hebben ingeseind. Ze hadden ons op de hielen gezeten. Het was mijn fout. Ik had hem nooit moeten overhalen met me mee naar huis te komen. Het moest Isabelle zijn geweest, die het aan Marie had verteld.

Steeds opnieuw klonk de stem van die man in mijn hoofd. Elke keer dat ik mijn ogen dichtdeed kwam hij harder terug. Deze Boche is er geweest. De manier waarop hij het had gezegd, met zo veel overtuiging, deed me beven van angst en bezorgde me de meest vreselijke visioenen. Ik zag Sebastian die werd afgevoerd en meegenomen naar een achterafsteegje, op zijn knieën, zijn handen achter zijn hoofd. Een schot in zijn nek. Zijn lichaam dat daar op de grond bleef liggen totdat ze de straten gingen opruimen. Ik propte het laken in mijn mond om de schreeuw tegen te houden die vanuit het diepste van mijn ziel opsteeg. Hij kwam eruit als een gedempte uithaal, lang en laag. Het was mijn fout. Ik had hem hierheen gehaald, tegen al zijn bezwaren in. Wat een arrogantie! Wat een domheid! God, wat haatte ik mezelf.

Maman kwam op haar tenen mijn verduisterde kamer binnen en zette een blad met eten naast mijn bed. Ik deed net alsof ik sliep maar toen ze weer naar buiten schuifelde deed ik mijn ogen open en draaide op mijn zij, om te zien wat ze had neergezet. Weer schoot er een steek van schuldgevoel door me heen toen ik twee sneetjes dungesneden brood zag en een lepel pruimenjam op de rand van het bord. Die jam bewaarden we voor noodgevallen. Maar ik kon niet eten. Mijn lege maag draaide zich om van ellende. Ik rolde mezelf op tot de foetushouding en sloot mijn ogen, overmand door vermoeidheid.

De deur ging op een kier open. 'Elise,' fluisterde Isabelle. 'Slaap je?'

'Ja,' kreunde ik.

Ze kwam binnen en deed de deur achter zich dicht. 'Haat je mij?' Ik draaide me om en keek naar haar terwijl ze daar stond, een beetje onhandig, nog een kind, maar een kind dat probeerde om te gaan met volwassen problemen. Toch haatte ik haar op dat moment wel bijna. 'Het spijt me dat ik Marie over je vriendje heb verteld.' Ik zuchtte. Ik was nog niet klaar voor dit gesprek. Maar ik schoof opzij en maakte ruimte voor haar in bed. Ze kwam naast me liggen. 'Ik wilde het niet aan Marie vertellen. Het spijt me heel erg, Elise.'

'Heb je het aan iemand anders verteld?'

'Nee! Nee, ik zweer het, echt niet!' Haar stem brak en ik wist dat ze de waarheid sprak. 'Word je snel weer beter?' Ze ging met haar hand naar de mijne, onder de lakens.

Ik had het gevoel dat ik nooit beter zou worden. Denken aan Sebastian deed me fysiek pijn. Ik draaide me om en begroef mijn hoofd in het kussen. Isabelle sloeg haar dunne armen om me heen en legde haar hoofd tegen mijn gebogen rug. Ik voelde haar schokken en ik wist dat ze aan het huilen was. Ik moest mezelf herpakken en doen alsof ik in orde was, terwijl ik vanbinnen doodging. Diep ademend vanuit mijn buik negeerde ik mijn pijn terwijl ik terugrolde met mijn gezicht naar haar toe. Het lukte niet om wat te zeggen, maar ik hield haar stevig vast en liet haar huilen. Toen ze niet meer beefde, aaide ik haar natte gezicht.

'Het is mijn schuld. Het is allemaal mijn schuld. Elise, het spijt me.'

Het was waar. Het was waarschijnlijk haar schuld. Het kon zo zijn gegaan dat Marie het aan iemand had verteld en die iemand weer aan iemand anders, en Sebastian was waarschijnlijk gepromoveerd van Wehrmacht-soldaat tot ss'er tot wie weet zelfs Gestapo. 'Laten we maar opstaan, Isabelle.' Ik probeerde overtuigend over te komen, alsof ik de boel in de hand had. Dat was de rol die ik nu zou spelen. Maar het was pijnlijk om uit bed te komen.

Ik ging de badkamer in en waste mezelf met een koud washandje, om het branden in mijn lichaam te stelpen. Toen ging ik naar de keuken. Maman stond aan het aanrecht.

Ze draaide zich meteen om en keek me in mijn ogen. 'Hoe voel je je?' Ze zei het zacht en teder, maar ze keek snel weer weg, alsof ze alleen vroeg of mijn verkoudheid beter was.

Ik kon geen antwoord geven. In plaats daarvan pakte ik de koolraap die ze stond te wassen van haar over. 'Zal ik hem snijden?' Ik moest iets te doen hebben. Ik pakte de snijplank uit de kast, legde hem neer op de keukentafel met de koolraap erop. Toen nam ik een scherp mes uit het houten messenblok en drukte het hard in de dikke ronde knol. Hij ging vrij gemakkelijk doormidden en daarna ging ik door met snijden. De stukjes werden kleiner en kleiner.

'Dat is genoeg.' Maman raakte mijn elleboog aan. 'Stop maar Elise, stop!'

36

Parijs, 22 augustus 1944

Elise

Ik lag wakker en probeerde niet te denken aan wat ze met Sebastian konden hebben gedaan. Maar hoe kon ik daar niet aan denken? Hoe kon ik de beelden tegenhouden die steeds maar in me opkwamen? Zijn levenloze lichaam in een plas bloed. In plaats daarvan probeerde ik te denken aan hoe zijn ogen oplichtten zodra hij me zag, hoe ik deed alsof ik sliep als ik zijn ogen over mijn lijf voelde glijden, zijn impulsieve manier van lachen, als een kind, hoe hij huilde. Ik hield vast aan mijn herinneringen, wetend dat ze met de tijd zouden vervagen, en dat ze het enige waren wat ik had. Herinneringen.

Maman probeerde me te vertellen dat ze hem misschien zouden inzetten voor een gevangenenruil – een lid van de Résistance in ruil voor Sebastian – maar wat wist zij er nu van? Ik zou er alles voor hebben gegeven om erachter te komen, maar we hadden geen connecties, niemand aan wie we het konden vragen.

We moesten afwachten in niemandsland, zonder dat er voorraden aankwamen in Parijs, zonder te weten wanneer de geallieerden zouden arriveren. Sommigen zeiden dat de nazi's Parijs zouden vernietigen voordat ze vertrokken, dat ze tot dat soort barbarij in staat waren. Maar het enige wat ik kon denken was dat steden konden worden herbouwd. Mensen niet.

Zuchtend draaide ik me op mijn zij. Precies op dat moment klonk er een explosie en schokte het gebouw op zijn grondvesten.

'Maman! Maman!' gilde Isabelle.

Ik hield mijn adem in terwijl de ramen en deuren rammelden.

Maman kwam mijn kamer in, hand in hand met Isabelle. Ze trok me uit bed met haar andere hand, en met zijn drieën gingen we haar slaapkamer in, waar we dicht tegen elkaar aan op haar bed gingen liggen. Uiteindelijk stierven de explosies vroeg in de ochtend weg. We doezelden door totdat de zon fel door de luiken kwam zetten. Toen kleedden we ons aan en gingen naar buiten.

Het was een andere wereld.

Er kwam een vrouw voorbij, met een herenbroek aan, een geweer over haar schouder, een FFI-band om haar bovenarm. Terwijl we de straat uit liepen, zagen we posters die op de witte stenen muren waren geplakt die ons burgers opriepen de wapens op te nemen. Résistance-kranten werden openlijk verkocht. De atmosfeer was elektrisch geladen.

Onze buurvrouw Yvette werkte zich langs ons heen. 'We gaan naar de Champs-Élysées,' riep ze. 'Gaan jullie mee?'

Maman keek Yvette aan. 'Is het niet gevaarlijk?'

Yvette haalde haar schouders op. 'Niet zo erg meer. De Boches weten niet hoe snel ze moeten wegkomen.'

'Maar de explosies van vannacht, waren zij dat?'

'Dat moet haast wel. Er zitten er nog wat in Jardin du Luxembourg.' Ze gaapte me aan, maar ik kon haar gezicht niet lezen. 'Iedereen komt nu de straat op,' ging ze verder. 'De geallieerden kunnen hier nu elk moment zijn.'

'Alsjeblieft, Maman. Ik wil erheen.' Isabelles ogen glansden van opwinding.

Maman pakte mijn arm. 'We nemen Isabelle wel tussen ons in. Ze zullen niet schieten op twee vrouwen en een kind.'

Yvette pakte Mamans andere arm, en zo liepen we naar de Seine. Maman, Yvette en Isabelle hieven aan: *'Allons enfants de la Patrie, Le jour de gloire est arrivé...'* Ik probeerde mee te zingen, maar mijn keel zat dicht. De bevrijding was eindelijk dichtbij, na vier lange jaren, maar mijn hart voelde als een klomp lood. Daardoor voelde ik me ontrouw aan mijn eigen land. Ik voelde me onthecht. Verloren.

'Contre nous de la tyrannie,' zong Isabelle luid en duidelijk.

We liepen in de richting van Café de Flore, langs de gesloten cafés en dichtgetimmerde winkels, langs de barricades. Op straat deinde het van de zingende en schreeuwende mensen, en we werden meegevoerd door de menigte Pont Alexandre III op, naar Place de la Concorde.

Opeens klonk er een harde explosie. Er werd gegild. Toen probeerde iedereen weg te rennen, maar men botste alleen maar tegen elkaar op, lichamen hielden andere lichamen tegen. Ik greep Isabelle bij de hand. De mensenmassa stokte. Dikke grijze rook steeg in grote pluimen op vanaf het dak van het Grand Palais.

'Allez!' De menigte golfde weer voorwaarts, naar de brand, als motten die op licht afkomen. Ik keek naar Hôtel de Crillon. Grote Duitse tanks stonden voor het hotel. Gingen ze op ons schieten?

'Kom!' riep Yvette en ze duwde tegen mijn schouder. 'We gaan.'

'Nee! Kijk naar de tanks!'

Maar de menigte stroomde vooruit, waardoor we onmogelijk op onze plek konden blijven staan. We werden meegesleurd, en we strekten onze hals en keken vol afgrijzen naar de vlammen die uit het dak schoten, en de dikke pluimen donkere rook, vermengd met een vreemd soort roze. Het geluid van paarden die in doodsangst hinnikten deed me rillen van afschuw.

De circuspaarden moesten binnen vastgezeten hebben. Een groep brandweermannen rende het Palais in. Een paard kwam in volle vaart naar buiten. Duitse soldaten hieven hun geweren en schoten op de brandweermannen, maar raakten het paard. Het stortte tegen de grond en zakte in elkaar als een groteske marionet. Ik keek de andere kant op. Isabelle gilde.

'Het Grand Palais!' schreeuwde een vrouw. 'Hoe kunnen ze dat nou doen? Ik haat ze! Dat zijn geen mensen. Het zijn monsters, en ik zal ze haten tot in de eeuwigheid.'

'We moeten weg!' Maman gaf een rukje aan Isabelles andere hand.

Ik draaide me om en schrok van de aanblik van mensen op strandstoelen op de met gras begroeide rotonde aan het einde van de Champs-Élysées. Ze bekeken de scène alsof het theater was. Droomde ik dit? Waren dat spoken? Ik deed mijn ogen dicht, en om me heen hoorde ik geschreeuw en gegil weerklinken. *Sebastian! Sebastian!* Waarom ben je niet met mij samen weggerend? Waar ben je nu?

'Ik wil naar huis,' jammerde Isabelle.

Ik deed mijn ogen open, sloot haar in mijn armen en hield haar tengere lichaam vast, terwijl de hete tranen over mijn wangen stroomden. Door een waas zag ik een vaag beeld van mensen die om het gevallen paard heen dromden. Nee! Nee toch! Ik wendde me af en hield mijn hand voor Isabelles ogen. Mensen hakten met zakmessen en andere instrumenten op het paard in, er stukken vlees af trekkend die ze in hun tassen stopten. Dit was wat honger met een mens deed.

37

Parijs, 23 augustus 1944

Elise

Schaamte, angst en afschuw pompten door mijn aderen toen we terugliepen naar huis. Er waren mensen die genoeg honger hadden gehad om het vlees van een dood paard te scheuren. Wij hadden honger gehad, maar nooit zo erg als dat. Ineens vroeg ik me af hoe sommigen de laatste vier jaar hadden overleefd, mensen zonder connecties, zonder inkomen. Wij hadden tenminste mijn salaris van de bank.

Bij Place Saint-Michel kwamen we langs een groep mannen op straat met pikhouwelen in hun handen. Ze hakten in op de stoeptegels en werkten in een ketting: twee mensen verwijderden het stuk beton en gaven het dan aan de volgende, die het weer doorgaf enzovoort, totdat het de mannen bereikte die het op de barricade gooiden die ze bouwden.

'Willen jullie helpen?' riep een van de mannen.

Ik schudde mijn hoofd. De man keek teleurgesteld, en ik zag een paar vrouwen naar me kijken, waarmee er nog een schepje boven op de schaamte en ontrouw kwam die ik toch al voelde.

'Blijf jij maar hier om te helpen,' zei Maman. 'Ik ga naar huis met Isabelle.' Ik was uitgeput en had nog pijn, ik had steeds kramp in mijn maag. Ik wilde ook naar huis. Maar ze drong aan. 'Ga maar, Elise. Hier moet je zijn, meebouwen aan de barricades.' Ze zei het op assertieve toon, en ze had gelijk. Het was tijd dat ik liet zien aan welke kant ik stond.

Zonder nog een woord te zeggen liep ik naar de groep. 'Ik wil graag helpen,' zei ik tegen de man die me had geroepen. En zodra de zin mijn lippen had verlaten werd het ook waar. Ik wilde helpen. Ondanks mijn lege hart wilde ik hieraan meedoen. De groep maakte een plek vrij en liet me erbij. Ik voelde me onmiddellijk welkom, en deel van hun team.

'Salut. Ik ben Thérèse,' zei de vrouw links van me. Ze droeg wat leek op een korte broek voor mannen, opgehouden met een dikke leren riem, en zware bruine kistjes. Ik kon het niet helpen dat ik naar haar blote benen keek.

'Elise,' zei ik terwijl het volgende brok in haar handen terechtkwam. Ze gaf het aan mij. Ik schrok van het gewicht en voelde dat mijn knieën knikten, maar ik richtte me op en gaf het door. De zon brandde onbarmhartig en ik veegde een straaltje zweet weg van de zijkant van mijn gezicht. Toen keek ik haar aan. 'Heb je die rook gezien boven het Grand Palais?'

'Oui! Merde! De Boches zijn nog steeds hier! En ze hebben een aantal bolwerken, die chique hotels bij Concorde, waar ze verschanst zitten.' Ze keek naar me. 'Maar maak je geen zorgen. We hebben net gehoord dat er al Amerikaanse generaals bij het stadhuis zijn aangekomen. Het duurt niet lang meer en dan zijn hun legers en tanks hier. En dan lanceren we het offensief.'

Het offensief? Ik was onder de indruk van haar assertiviteit. Zouden vrouwen als zij na de oorlog gewoon weer terugkeren naar het leven als huisvrouw nu ze van dit soort actie hadden geproefd? Deze oorlog had sociale barrières geslecht, tussen mannen en vrouwen, tussen klassen. We zaten allemaal in hetzelfde schuitje.

'Je moet wel uitkijken,' ging ze verder. 'De Boches hebben sluipschutters op de daken. Gisteren zijn twee vrouwen doodgeschoten, en eergisteren was er een schietpartij op Boulevard Saint-Michel, naast de bioscoop.'

Het volgende brokstuk landde in mijn handen, en ik moest haar blik loslaten om te zien hoe ik het moest vastpakken.

De man die me had geroepen liep op ons af en gaf me een veldfles. 'Je zult wel dorst hebben. We nemen even pauze.'

'Bedankt.' Ik pakte hem aan en nam een paar grote slokken, me bewust van het feit dat hij naar me keek terwijl ik dronk.

Toen richtte hij zich tot Thérèse. 'Wist je dat die klootzakken een paar dagen terug nog een trein vanuit Drancy hebben laten vertrekken? We hadden het kamp moeten bestormen. Hadden we maar meer wapens gehad.' Hij zweeg even. 'Gelukkig hebben we wel onze politie terug.'

'Daar hebben ze wel de tijd voor genomen.' Thérèse zette haar handen op haar heupen en strekte haar rug.

'Beter laat dan nooit.' De man trok een wenkbrauw op.

'Denk je dat de Duitsers zich hevig zullen verzetten?' vroeg ik, terwijl ik rondkeek naar de mensen die even waren gestopt om uit te rusten. Ze leken meer op vrienden die samen een huis bouwden dan op soldaten die zich klaarmaakten om te doden. Of gedood te worden.

'Von Choltitz zal de stad verdedigen tot zijn laatste man. Het hangt er maar van af hoeveel mannen hij nog overheeft.'

'En ze kunnen mijnen plaatsen voordat ze zich terugtrekken,' voegde Thérèse toe.

'Ja. Dat valt niet uit te sluiten.'

'Ik hoop maar dat de geallieerden snel komen.' Thérèse veegde haar voorhoofd af.

'Als ze dan maar niet alles overnemen,' kwam een oudere vrouw aan mijn andere zijde ertussen. 'Ik vertrouw de Amerikanen net zomin als de *rosbifs*.'

'Ja. We moeten snel onze eigen regering vormen,' antwoordde de man. 'Anders vullen zij dat vacuüm. We kunnen ons geen machtsstrijd tussen De Gaulles Forces Françaises Libres en de communisten veroorloven.'

'We staan toch allemaal achter De Gaulle.' Ik had altijd aangenomen dat hij de leiding zou nemen als hij eenmaal hier was.

De oude vrouw haalde haar schouders op. 'De communisten hebben een groot deel van het vechten voor hun rekening genomen. De Gaulle heeft de strijd hier niet meegemaakt. Niet zoals wij.'

De manier waarop ze dat zei, 'niet zoals wij', deed me denken dat ze zelf misschien communist was, en ik merkte dat ik De Gaulle verdedigde. 'Hij was een van de weinige politici die bereid was te vechten voor Frankrijk. Hij had geen andere keuze dan dat vanuit Londen te doen.'

‘Als hij maar wel erkent hoe hard we hier hebben gevochten. En hoeveel mensen we hebben verloren.’ De man keek me recht aan, waardoor ik het gevoel kreeg dat hij waarschijnlijk een dierbare had verloren.

Ik knikte. Het was waar: de mannen en vrouwen die al die jaren ondergronds hadden gevochten, waarbij ze hun leven hadden geriskeerd en naasten hadden verloren, verdienden erkenning.

Na de pauze werkte ik door tot mijn armen en rug pijn deden van het eindeloze tillen. Ik had geen horloge om, maar ik voelde dat we al uren bezig waren terwijl de zon begon te zakken. Pas toen nam het tempo af en begonnen mensen weg te gaan.

‘Waar woon je eigenlijk?’ vroeg de man die me in het begin had geroepen, toen ik bijna weg wilde gaan.

‘Saint-Sulpice.’

‘Ik moet ook die kant op,’ reageerde hij. ‘Zullen we samen oplopen?’

Het bloed steeg naar mijn wangen. ‘Ik heb een afspraak,’ jokte ik.

‘Misschien tot morgen dan.’ Hij leek zich een beetje afgewezen te voelen.

Ik liep alleen naar huis. Hoewel ik uitgeput was, stopte ik bij de kerk op het plein en ging naar binnen om een kaars op te steken voor Sebastian.

38

Parijs, 24 augustus 1944

Elise

'Bonjour, les filles,' riep Maman toen ze thuiskwam en de keuken in liep. 'Ik ben wat te eten gaan halen.' Ze trok haar hoofddoek af en wapperde hem uit. 'Het regent pijpenstelen, en het enige wat ik kon krijgen was dit.' Daar stond ze, met twee aardappels in haar hand.

'Voor het ontbijt?' Isabelle trok haar neus op.

'Beter dan niks. Laten we ze koken.' Mijn maag was hol van de honger en ik voelde me duizelig en slap. 'Maar we hebben geen gas,' herinnerde Maman me. 'Rauw kunnen we ze niet eten.'

Ik moest bijna huilen van frustratie. Er moest toch iets zijn om te eten. Ik zou bijna wensen dat we ons gisteren over ons afgrijzen heen hadden gezet en wat van dat paardenvlees hadden meegenomen. Ik dacht aan de picknick die Sebastian en ik hadden gehad in zijn hotelkamer; de kaas, het brood, de chocolade, en ik had er alles voor overgehad als ik de klok had kunnen terugdraaien om daar nu te zijn. En om hem niet mee naar huis te nemen.

'Dan moeten we onze noodvoorraad maar opeten.' Maman deed het kastdeurtje open, waar we onze potten inmaak hadden staan. 'We hebben nog een pot witte bonen.'

Tegen de middag was het eindelijk gestopt met regenen, waarbij er een verstikkende, klamme hitte achterbleef, en ik keek uit het keukenraam, me afvragend waar de geallieerden bleven. De lange middag sleepte zich voorbij, en net toen het begon te schemeren klonk er hard gebonk op de voordeur waardoor we uit onze lethargie werden geschud. Maman ging opendoen.

Ik hoorde Nathalies stem, gillend van blijdschap: 'Onze soldaten zijn er! Ik heb ze gezien! In tanks. Franse soldaten!'

We renden het huis uit, op onze sandalen die we in de haast aanschoten zonder ze vast te gespen. Zodra we Rue de Seine op kwamen, hoorden we de menigtes al. Mensen zwermden naar de rivier, kinderen wipten op en neer op de schouders van volwassenen. Bij Place Saint-Michel hingen jonge mannen en vrouwen aan de vleugels van het standbeeld van de heilige, en ze schreeuwden: '*Notre jour de gloire est arrivé! Paris est libre!*'

Nathalie waren we in de mensenmassa kwijtgeraakt, maar dat deed er niet toe, want iedereen was op weg naar dezelfde plek: Hôtel de Ville. Een stoet tanks met Franse vlaggen erop trok traag aan ons voorbij. Bovenop, met hun benen in de luiken, zaten jonge FFI-strijders en vrouwen te zwaaien naar de mensen langs de kant. Andere vrouwen renden ernaast, met hun armen omhoog, in de hoop te worden opgetrokken om mee te rijden, terwijl de tanks langzaam voortkropen.

Ik hurkte neer. 'Kom maar op mijn schouders zitten, Isabelle.' Ze klauterde op mijn rug en sloeg haar dunne benen om mijn nek, en zo liepen we op naast de tanks. Sommige soldaten krabbelden wat op briefjes, rolden ze op en gooiden ze in het publiek. Een jonge soldaat boog opzij en reikte Isabelle een papiertje aan. Ze nam het aan en gaf het door aan mij. Ik las het onder het licht van een straatlantaarn. Het was maar één regel:

Ma chère Maman, Je suis rentré! Je t'embrasse très fort. Ton fils, Jean

Op de achterkant stond een adres in Parijs. Ik stopte het in mijn zak, vast van plan het morgen persoonlijk te bezorgen, om Jeans moeder het blijde nieuws te brengen dat hij weer thuis was.

We volgden de tanks naar Hôtel de Ville, waar ze zich voegden bij andere tanks die met hun achterkant naar het gebouw stonden, hun kanonnen gericht op het plein. Een stem galmde door een luidspreker. De massa werd stil.

'Open de weg naar Parijs voor geallieerde troepen, jaag de restanten van Duitse divisies op en vernietig ze.' De toespraak klonk luid door de avond. De spreker was kolonel Rol-Tanguy, een van de leiders van de Résistance en communist. 'Sluit u aan bij de Division Leclerc in een gemeenschappelijke overwinning.'

De klokken van de Notre-Dame, die tijdens de bezetting stil waren gelegd, luidden feestelijk. Kerkklokken volgden die oproep en klonken door heel Parijs – als Gods eigen lied dat me diep vanbinnen trof, met de boodschap dat ik de hoop niet mocht opgeven. Ik pakte de hand van mijn moeder. Was dit echt het eind van de bezetting? De tranen stroomden over mijn gezicht toen ik daar stond met mijn landgenoten, verenigd tegen de tirannie van de afgelopen vier jaar. Het maakte niet uit wie communist was, wie bij France Libre was gegaan en wie niets had gedaan behalve afwachten. We waren allemaal Frans, en op dat moment waren we één. Wat had ik Sebastian graag naast me gehad.

Overal op het plein was er licht. Onze stemmen voegden zich bij de duizenden stemmen die samen opstonden als een orkaan. In een schreeuw om vrijheid.

39

Parijs, 25 augustus 1944

Elise

De volgende ochtend sprong Isabelle bij me op bed, waarmee ze me wekte uit een droomloze slaap. 'Maman zegt dat je moet komen!' riep ze opgewonden. 'Ze heeft iets moois voor ons om aan te doen.'

Toen ik de huiskamer in kwam, stond Maman daar met een grote rol rood lint in haar handen. 'We gaan ons feestelijk aankleden. De Gaulle kan elk moment aankomen.'

Isabelles donkere ogen glansden van opwinding. Maman wond rood lint om het witte zomerjurkje dat ze aanhad, en zette haar toen een felblauwe baret op. Ze zag er prachtig uit, als de toekomst die stralend voor ons stond. Maman droeg een rode jurk, met een witte zakdoek om haar nek en aan haar voeten glimmende blauwe schoenen.

'Nu jij,' glimlachte Maman. 'Ga iets leuks uitzoeken.'

Ik stond als aan de grond genageld. Ik kon Sebastians stem nog als een echo om me heen horen, met zijn zachte ogen die naar me keken alsof ze wisten welke zorgen ik had, alsof zijn geest doorleefde in mij. En ik wist dat hij wilde dat ik dit moment zou vieren.

'Je donkerblauwe jurk misschien?' moedigde Maman me aan. 'Dan versieren we die hiermee.' Ze hield een breed rood lint op.

We bekeken onszelf in de staande spiegel, Maman in het midden, met een arm om ons heen. We waren zo mager, zagen zo bleek. Maar Isabelles lach was zo breed als haar gezicht, en ze straalde. Dit moment zou ze voor altijd onthouden, ze zou haar kinderen hierover vertellen. Wat we nu meemaakten was geschiedenis, we zaten er middenin.

Maman bukte om Isabelle op haar kruin te kussen, en toen gaf ze mij een kus op mijn wang. 'Jullie vader komt binnenkort thuis en dan zijn we weer samen. Dat is het enige wat telt.' Ik keek in haar ogen en begreep de onderliggende boodschap. Maar het was niet het enige wat telde. Niet voor mij. Dacht ze nu echt dat ik Sebastian gewoon zou vergeten?

Van de zenuwen en opwinding zouden we toch geen hap door onze keel hebben gekregen, en dus vonden we het niet erg dat er niets te ontbijten was. In plaats daarvan gingen we meteen de straat op. Iedereen was buiten, en er was nog twee keer zoveel lawaai als gisteren. Op Rue Saint-Jacques was er bijna geen doorkomen aan. Tanks bedekt met vlaggen en bossen bloemen waren tot stilstand gekomen, vrouwen klommen op de rupsbanden en staken hun armen uit om op de tank getrokken te worden door de Amerikaanse soldaten. Een soldaat sprong van de tank af en gooide zich in de menigte, waar meisjes zich op hem stortten en hem bedolven onder zoenen en kusjes.

We stopten op Pont de Alexandre III en staarden naar de Duitse tanks die nog bij Hôtel de Crillon stonden. Een ervan vuurde. Een kanonschot zó de Champs-Élysées op. De menigte deinsde terug en gilde van angst en paniek. Maman, Isabelle en ik kropen dicht tegen elkaar en hielden onze adem in, doodsbang voor nog een schot. 'Het is nog steeds gevaarlijk,' fluisterde Maman. 'Laten we maar naar huis gaan.'

'Nee!' Isabelle stapte weg bij ons. 'Ik wil hier blijven.' We wachtten nog een paar minuten. Er werd niet meer gevuurd, en de menigte durfde wat meer en begon de met bomen afgezette avenue op te lopen. De hakenkruisvlaggen waren verwijderd, en de Franse vlaggen wapperden in de wind. Ze gaven ons een beschermd gevoel naarmate we verder kwamen op de Champs-Élysées.

Het was gekkenwerk en gevaarlijk, maar ik begreep dat we hier allemaal bij moesten zijn. Ik stelde me voor dat dit was hoe soldaten zich konden voelen als ze het slagveld op kwamen rennen – onoverwinnelijk en waanzinnig dapper.

De rest van de dag werden er nog schoten gelost, maar mensen gingen door met zingen, dansen, zoenen. Ik ook, ik zong, ik glimlachte, ik lachte hardop. Ik deed het voor Isabelle. Ik deed het voor Frankrijk. Ik deed het voor alle mensen die hun leven hadden gegeven voor ons, voor de vrijheid.

Toen het nieuws ons bereikte dat De Gaulle bij Hôtel de Ville was, gingen we die kant op via Rue de Rivoli, en we waren net op tijd om hem de trap op te zien lopen en naar binnen te zien gaan. Luidsprekers schalden zijn rede over het plein.

'Parijs!' riep hij.

De menigte werd wild, iedereen joelde en schreeuwde. Parijs. Onze lieve stad. Mijn kapotte hart zwol op bij dat ene woord, uitgesproken door onze ware leider.

Toen de volgende zin klonk, werd het weer stil.

'Paris outragé! Paris brisé! Paris martyrisé!' Parijs, gekrenkt, gebroken, martelaar gemaakt.

'Mais Paris libéré.' Maar, Parijs bevrijd!

Onze harten klopten als één, van trots op ons vaderland. De Gaulle kwam naar buiten, op het balkon, en stond daar fier rechtop. De man die nooit de hoop had verloren, nooit aan Frankrijk had getwijfeld, zijn volk niet in de steek had gelaten, zich niet had overgegeven aan de tirannie, was hier, ons samenbrengend in triomf. Hij was onze held. De Gaulle wás Frankrijk.

Maman sloeg een arm om me heen en fluisterde in mijn oor. 'We hebben de oorlog gewonnen, Elise!'

De oorlog gewonnen? Waren er dan echt winnaars? Het kwam me voor dat we allemaal iets hadden verloren. Van nu af aan zou alles maar show zijn. Niemand mocht ooit weten wat ik echt voelde, diep in mijn hart.

40

Parijs, 26 augustus 1944

Elise

De volgende dag stond de zon aan een strakblauwe hemel. Toen ik met Isabelle vroeg in de ochtend op pad ging om brood te halen, voelde het als een nieuwe dageraad voor Frankrijk. Zelfs het licht was scherper: het witte steen van de Haussmann-appartementen straalde fel in de late zomerzon, en de bladeren van de grote kastanjebomen bewogen in een licht briesje, pronkend met hun variëteit aan groentinten.

Die avond, net voordat het donker werd, ging ik naar de binnenplaats om het vuil weg te gooien. Nathalie was er al, bezig wat papier in de al overvolle bakken te proppen. Ze lachte niet en ze begroette me niet, ze keek me alleen maar kil aan.

'Bonsoir, Nathalie,' zei ik, want ik wist dat beleefdheid de beste verdediging was. Ik haalde het deksel van een van de bakken. 'Elise,' antwoordde ze met een lage stem, 'ik moet je iets zeggen.'

'Ja?' Mijn hartslag steeg, en ik voelde de angst over me heen spoelen.

'Ik heb iets gehoord. Ik heb gehoord dat je naam op de lijst staat.'

'Welke lijst?' Mijn maag kromp ineen, want ik wist heel goed over welke lijst het ging.

'De lijst van vrouwen die...' Ze kon haar zin niet afmaken. 'Ze komen 's ochtends. Je hebt nog tijd om je te verstoppen.'

Verstoppen? Ik schudde mijn hoofd, nu uit woede, niet uit angst. Het idee dat ze naar ons huis zouden komen, mijn zusje en Maman de stuipen op het lijf zouden jagen, vervulde me met verontwaardiging. 'Hoe weet je dat?'

'Dat zei iemand.'

'Wie? Wie, Nathalie, wie!? Wie heeft het je verteld?'

Ze keek me aan met strakke lippen. 'Ik zeg het je alleen om je te helpen.'

Ik sloeg het deksel terug op de bak. 'Om me te helpen!? Vertel me van wie je het hebt.' Ze glipte weg en liet me daar staan, trillend van angst en woede. Ik had niemand kwaad gedaan. Ik had geen geheimen prijsgegeven.

Ik sloop weer terug het appartement in. Isabelle lag al in bed en Maman las de krant in de huiskamer. Ze keek op toen ik binnenkwam. 'Gaat het? Je ziet zo witjes.' Ze vouwde de krant dicht. 'Ik maak me zorgen om je. Je bent steeds niet lekker.'

Even overwoog ik te vertellen wat Nathalie had gezegd, maar ik kon het niet. Ik moest dit alleen aangaan. Die avond lag ik volledig aangekleed in bed. Bijna was ik opgestaan en weggelopen, maar de gedachte dat ze Isabelle uit bed zouden halen en van haar zouden willen weten waar ik was, beangstigde me meer dan al het andere.

Voordat de zon opkwam, wist ik wat ik zou doen. Met trillende benen glipte ik uit bed, en luisterde of ik wat hoorde, maar het enige geluid was mijn raspende adem die mijn doodsangst klank gaf. Ik liep door naar de badkamer en keek in de spiegel.

'Courage,' fluisterde ik tegen mijn spiegelbeeld, en ik streek over mijn zachte donkere haar. Ik opende het kastje onder de wasbak en pakte het mandje. De schaar stak uit van onder de borstel, ik trok hem eruit aan de vingergaten en maakte een knipbeweging. Ik keek weer in de spiegel en klemde de lok die over mijn voorhoofd viel tussen twee vingers. Met ingehouden adem bracht ik de open schaar naar de aanzet van mijn haar en knipte het snel af, waarna ik donkere strengen haar in de wasbak zag vallen. *Het is maar haar,* zei ik tegen mezelf terwijl de stille tranen over mijn wangen liepen. *Het is maar haar.* Zonder mijn blik nog van de spiegel af te halen ging ik door met knippen, over mijn hele hoofd, totdat al het haar eraf was. Mijn spiegelbeeld staarde terug, als een vreemdeling, een en al bot en been en holle grauwe wangen, donkere grote ogen.

Er werd een ruit ingeslagen. Ik liet de schaar vallen in de wasbak en greep naar mijn kale hoofd. *O, mijn god, daar had je ze!* Bloed stuwde door mijn aderen. De lucht in mijn longen stolde. Maman verscheen in de deuropening. 'Nee! Elise!' Ze stak haar handen naar me uit. 'Wat heb je gedaan!?'

Ik stapte achteruit, tegen de wasbak aan. Ik wilde niet dat ze me aanraakte. Ik probeerde te ademen. 'Ze komen me halen, Maman!' hijgde ik. 'Ze zijn hier!'

'Nee!' Ze deed een stap naar achteren, met haar handen tegen haar wangen. 'Nee!'

'*Salope! Salope! Salope de Boche!*' Het geschreeuw buiten werd fanatieker en harder. Ik glipte langs Maman, overmand door paniek.

Niet stoppen. Niet denken. Gewoon gaan. Ik liep naar de huiskamer, waar het geschreeuw en het gegil vandaan kwam.

Isabelle stond in het halfdonker aan het einde van de gang. Ze zag er zo klein uit, zo fragiel. 'Het spijt me, Elise, het spijt me heel erg,' jammerde ze tussen haar tranen door.

Ik kon ze niet laten inbreken. Ik rende terug naar de huiskamer en gooide de deur open. Daar stonden ze, zo'n twaalf mannen, onder de ijzeren balustrade voor het raam, met gebroken glas op de grond. '*Putain des Boches!* Duitse hoer!'

Ze wilden bloed zien. Het mijne. Ik had het zo koud, zo ijskoud. Met mijn armen stevig om mezelf heen geslagen probeerde ik het hevige schokken tegen te gaan waaraan ik ten prooi was.

Er stak een mannenhoofd uit boven de andere, de haat droop van zijn gezicht. Ze hadden hem opgetild zodat hij over de balustrade kon klimmen.

'Elise!' Maman rende de kamer in en pakte me bij mijn arm, om me weg te trekken van het raam.

'Nee!' Ik trok mijn arm terug. Vanuit mijn ooghoek zag ik Isabelle, met grote donkere ogen vol angst, haar ribben zichtbaar onder haar dunne roze nachtjapon. 'Maman,' fluisterde ik, 'haal haar weg.'

Maman ging naar haar toe en schermde haar af.

Ik ging dichter bij het raam staan. *Courage. Niet denken. Niet kijken.* Ik nam twee grote stappen. Ik stond voor de opgetilde man.

'De hoer heeft zelf haar haar afgeknipt!' Hij spuugde naar me door het kapotte raam.

Ik legde mijn vingers om de ovale draaiknop van het raam dat nog heel was, en draaide hem langzaam om. Een wesp zat vast tussen het kanten gordijn en het raam, en zoemde boos. Hij vloog weg toen ik het raam opentrok. Niet naar ze kijken! Ik keek hoe de wesp wegvloog in de lucht. En ik hief een been op en gooide dat over de balustrade.

Er werden handen uitgestoken, die me grepen en omlaagtrokken. Met een misselijkmakende bonk kwam ik terecht op het harde beton. De pijn schoot door mijn elleboog. Armen rukten me overeind, vingers groeven in mijn vlees. Iemand pakte mijn gezicht tussen duim en vingers, mijn wangen werden geplet. Ik kreeg een fluim spuug op mijn neus. *'Salope! Sale pute!'* Woeste handen trokken aan mijn blouse en scheurden hem open.

Ik gilde. Mijn knieën knikten. Ik gleed naar beneden. Handen trokken me weer overeind en ik bleef hangen, met mijn voeten los van de grond. Ik was een lappenpop. Door een klap in mijn gezicht sloeg ik achterover. Mijn hoofd tolde. Ik had het niet meer.

Ze sleurden me naar een open drietonner en gooiden me in de laadbak. Er zaten al andere vrouwen, op elkaar gepakt. Sommigen huilden, of schreeuwden. Anderen zwegen. Ik werd door elkaar geschud toen de vrachtwagen door de straten raasde, en kwam daardoor tot mezelf. Waar brachten ze ons naartoe? De wagen stopte abrupt. Ik werd hard tegen een stang gesmeten, maar geen van ons gaf een kik.

Buiten kwam er een menigte samen op een plein. Ze joelden en riepen: 'Putain des Boches!' Ik zag het plein door een waas en wist niet waar ik was.

Ze trokken ons uit de laadbak en duwden ons naar een houten plankier dat tussen twee stapels bakstenen hing, waar ze ons op een rij lieten zitten. Een grote man trok de eerste vrouw weg. Maar ik keek niet. Ik keek niet naar het podium dat ze hadden opgericht, of naar de mensen die waren komen kijken. Ik deed mijn ogen dicht en bad: *alstublieft God, laat het snel voorbij zijn.*

Toen was het mijn beurt. Ruwe handen grepen me, sleurden me via het trappetje het houten platform op. Een lang glimmend lemmet schitterde me toe. De man die het vasthield lachte. 'Wat dacht je, ik doe het zelf wel even?' Hij duwde mijn hoofd omlaag, met zijn klauw in mijn nek. Toen greep hij me onder mijn kin en dwong me om voor me te kijken, naar de mensen. Ik staarde in het niets toen hij het koude metaal over mijn schedel trok. Ik probeerde niet terug te trekken toen het mes in mijn huid sneed, waardoor ik ging bloeden. In plaats daarvan stelde ik me Sebastian voor, die in zijn kamer zat en naar me keek. Dat plaatje hield ik vast toen ze de kwast pakten en een hakenkruis op mijn voorhoofd verfden. Gemerkt als een hoer en als landverrader.

Daar stopten ze niet. Ze duwden ons op een houten paardenkar en voerden ons in ons ondergoed met onze kale hoofden door de straten van Parijs.

41

Parijs, 27 augustus 1944

Elise

Vaag was ik me ervan bewust dat de kar stopte, en dat Maman me een sjaal om mijn hoofd wikkelde en me overeind hielp. Op haar steunend liep ik naar huis, en het gejoel van de mensen op de stoep ketste van me af. Ik was verdoofd. Onbereikbaar. Zelfs voor mezelf.

Toen we thuiskwamen stond Isabelle in de deuropening te huilen. 'Het spijt me,' snikte ze. 'Het spijt me zo, Elise.'

Ik kon haar niet aankijken. Ik wilde niemand aankijken. Maman liet het bad vollopen terwijl ik er zwijgend bij stond, starend in het niets. Ze hielp me voorzichtig uit mijn ondergoed en liet me in het water stappen, terwijl er stille tranen over haar wangen liepen. Het was koud, maar het maakte me niet uit. Ik wilde gewoon alles eraf spoelen. Maman waste me met een zachte spons, en schrobde toen het hakenkruis af met een schuursponsje met zeep. Ze zei niets en ik ook niet. Isabelle zat in de gang te huilen.

Toen ze klaar was, wikkelde Maman me in een grote badhanddoek en hield me stevig vast, alsof ik een kind was. 'Het spijt me, Elise. Het spijt me zo.'

Ik kon niet praten. Ik schudde mijn hoofd, want ik wilde niet dat ze nog meer zou zeggen, ik wilde alleen maar met rust gelaten worden, in stilte. Ik liet haar staan en liep door de gang naar mijn slaapkamer, waar ik op mijn bed ging liggen in mijn natte handdoek, in de foetushouding. Op dat moment wilde ik het allemaal achter me laten. Ik wilde dood.

De dagen erna kwam ik mijn bed niet uit. Maar ik kon ook niet slapen. Elke keer dat ik mijn ogen dichtdeed kwam het beeld op van de man met zijn lange scherpe scheermes. Overdag sliep ik af en toe even, maar ik bleef mijn kale hoofdhuid maar aanraken, ik bleef er maar aan denken. Hoe konden ze dit nu met me doen? Mensen die me niet kenden. Mensen die niet wisten wat Sebastian en ik hadden gedaan.

Isabelle en Maman gingen wat eten halen, maar ik at niet. Maman probeerde met me te praten, maar haar stem maakte me ziek. Elke beweging, elk geluid, elke geur herinnerde me eraan dat ik nog leefde. Ik was één grote open wond.

Op de derde dag kwam Maman mijn kamer in met een brief. 'Hij is van je vader,' zei ze. 'Hij vraagt of we sokken en een wollen muts kunnen sturen. Ik neem aan dat de brieven worden gecensureerd en dat hij niet kan zeggen wat hij wil, maar ik weet zeker dat hij nadenkt over zijn reis naar huis.'

De gedachte aan Papa's terugkeer vervulde me met angst in plaats van vreugde.

'Elise, kom iets eten, alsjeblieft.'

Ik volgde Maman naar de keuken. Isabelle zat aan tafel met haar poppen te spelen. Ik dacht dat ik op haar leeftijd niet meer met poppen speelde, maar ik kon het me niet goed herinneren. Met haar magere lijf en lange dunne ledematen zag ze er niet uit als de elf jaar die ze was. Het voelde alsof we allemaal in onszelf verdwenen. Ik had niet eens de moeite genomen om mijn werk te bellen. Ze wisten het. Iedereen wist het. Ik zat naast haar, maar ze ging op in haar poppen, in haar eigen fantasiewereldje, en ze keek amper naar me.

Maman zette een bord en een mok voor me neer. Ik nam een slok koffie, maar het brandde in mijn keel. Ik duwde de mok opzij en nam een hap van het stokbrood. Het smaakte naar stof.

Maman pakte een krant op. 'De Gaulle heeft afgekondigd dat collaboratie nu een officieel misdrijf is. Hij noemt het "*indignité nationale*". Hij beweert dat het is om willekeurige aanvallen tegen te gaan. Nu komen er strafzaken. Ze hebben de operazangeres Germaine Lubin gearresteerd omdat ze Wagner heeft opgevoerd voor de Wehrmacht. Ze hebben haar naar Drancy gestuurd!'

Ik staarde naar het brood op mijn bord en wou dat ze haar mond hield.

Maar ze ging door. 'En Arletty. Je weet wel, de filmster. Ze had een affaire met Hans-Jürgen Soehring. Ook haar sturen ze naar Drancy! Weet je wat ze heeft gezegd? Je moet haar wel bewonderen om haar lef.'

Ik wachtte.

'"*Mon coeur est français mais mon cul, lui est international.*"'

'Mijn hart is Frans, maar mijn kont is internationaal,' herhaalde Isabelle. *'Mon cul! International!'* Ze lachte, een geluid dat ik al lang niet had gehoord.

Ik sloot mijn ogen en voelde een enorme koppijn opstijgen vanuit mijn nek. Ik stond op, waarbij mijn stoel een vreselijk krassend geluid maakte. Ik moest het appartement uit. 'Ik ga naar buiten.'

Mamans ogen werden groot van schrik. 'Nee, Elise! Je kunt niet naar buiten.'

'Ik doe wel een sjaal om.'

'Nee! Mensen zullen je zien. Dan kan het heel vervelend worden.'

'Het is al vervelend.'

'Geef het wat tijd, Elise, alsjeblieft. Wacht tot je haar weer is aangegroeid.'

Ik keek haar vol ongeloof aan. 'Ik kan toch niet al die tijd binnen blijven?' Ik liep de gang in.

Maman sprong op en versperde me de weg. Ik duwde haar opzij, maar ze greep me bij mijn armen. Ik probeerde haar handen van me af te trekken. 'Elise! Je kunt niet naar buiten!'

'Hou daarmee op!' Isabelle stond daar terwijl de tranen over haar gezicht liepen. En toen brak er iets in me. Een scherpe pijn schoot door mijn borst. Ik kon niet ademen. Mijn knieën knikten, en ik viel.

Maman ving me op. Ze hield me vast, greep me in mijn bovenarmen, kneep erin. 'Elise. Elise, alsjeblieft.' Maar ik was te zwaar voor haar. Ze probeerde me overeind te houden, maar ik voelde dat ik weggleed. Ik was me er vagelijk van bewust dat Isabelle nog huilde, maar ik voelde dat ik wegraakte en het bewustzijn verloor. Toen ging er ineens een vlaag lucht door me heen en zogen mijn longen zich vol met lucht. Ik duwde Mamans armen weg en stortte in, met een luide jammerkreet.

Ik voelde mijn moeders lichaam boven op me, om me heen, ze hield me stevig vast terwijl er onbedaarlijke snikken door mijn lichaam trokken. Toen het iets minder werd leidde Maman me terug naar de woonkamer waar ze me neerlegde op de bank. 'Pak even een deken,' fluisterde ze tegen Isabelle.

42

Parijs, november 1944

Elise

Ik rende opnieuw naar de badkamer en bereikte de pot net op tijd om te braken. Het zweet stroomde over mijn gezicht. Ik ging rechtop staan, met wiebelige benen, en hield me staande met mijn handen tegen de muur. Het kwam door de geur van gebakken eieren. Maman wilde ons verwennen met eindelijk weer eens een echt ontbijt, maar ik kon niet tegen dingen met een sterke geur, en van de gedachte aan eten draaide mijn maag zich al om. Ik had nog meer gewicht verloren en had al vier maanden niet gemenstrueerd, vanaf juli al niet meer. Dat was niet ongebruikelijk voor mij, mijn cyclus was al onregelmatig sinds het begin van de bezetting. Maar het overgeven was wel nieuw.

Ik kwam de keuken in en keek hoe Maman aan de gootsteen met een borstel vieze kleren stond te schrobben. Ze kon me niet hebben gehoord want ze draaide zich niet om. Ik bleef een tijdje staan kijken, en merkte haar magere gebogen schouders op. Wat was er van ons geworden? Parijs was bevrijd, maar ons gezin was uit elkaar aan het vallen. Veel vrienden hadden we niet, onze buren keken de andere kant op als ze ons zagen – en dat viel zwaarder dan de strenge rantsoenering en constante honger. Ik voelde Mamans eenzaamheid en zorgen, boven op die van mijzelf. Het besef dat ik dit mijn familie had aangedaan vervulde me met schuldgevoel, en toch kon ik geen spijt krijgen van Sebastian. Wel had ik gewild dat ik hem geheim had gehouden voor iedereen, inclusief mijn moeder. Ik had voorzichtiger moeten zijn. Ik had voorzichtiger moeten zijn met wel meer dingen.

Opeens draaide Maman zich om, veegde haar handen af aan haar schort en zette ze toen in haar zij. 'Je hebt weer overgegeven,' zei ze. 'Elise, ik ben vaak genoeg zwanger geweest om te weten wat de tekens zijn.'

Ik keek weg en dacht verdrietig aan alle miskramen die ze had gehad. Instinctief legde ik mijn hand op mijn buik. 'Sorry.' Ik wist niet wat ik moest zeggen.

Ze schudde haar hoofd. 'Sorry voor wat? Voor jou? Voor ons? Voor de baby?' Ze liet haar handen van haar heupen glijden en leunde tegen het aanrecht alsof het gewicht van haar verouderende lichaam haar te veel werd. 'Hoe heb je dit kunnen laten gebeuren?'

Onder haar blik vol teleurstelling en berouw sloeg ik mijn ogen neer. 'Ik dacht dat ik niet zwanger zou worden.' Ik tilde mijn hoofd weer op, om haar aan te kijken. 'Mijn menstruaties waren zo onregelmatig.'

Ze schudde haar hoofd. 'Hoe kon je zo stom zijn? En hij dan, je vriend? Hij had ook beter moeten weten.'

'Mijn vriend?' Ze kreeg zijn naam niet eens over haar lippen? Ik had tegen Sebastian gezegd dat ik niet zwanger kon worden, dat ik niet meer menstrueerde. Hij had verbaasd gekeken maar ging er niet tegenin, want wat wist hij er nu van?

Ze stapte naar me toe en legde een hand op mijn schouder. 'We kunnen misschien wel een dokter vinden die kan helpen.'

'Nee! Dat kan ik niet doen!' Ik deed een stap achteruit. Hoe kon ze zich ook maar een minuut voorstellen dat ik van deze baby af wilde? Nog maar een jaar geleden, onder Pétain, was een vrouw veroordeeld tot de guillotine voor het uitvoeren van abortussen. En dan was dit haar voorstel?

Ze slaakte een diepe zucht. 'Elise, je kunt het niet houden.' Ze kwam een stap dichterbij en ik voelde haar bevende hand op mijn hoofd die mijn korte stoppelhaar aanraakte. 'Waarom denk je dat ze dit met je hebben gedaan?' Haar stem brak. 'We worden al doodgezwegen door onze buren. Het duurt jaren voordat we hun vertrouwen weer terug hebben, en nu dit.' Ze zei even niets. 'De nonnen nemen het wel.'

Ze had gelijk. Een kind van de vijand zou alleen maar dienen als herinnering aan hoe we ons hadden overgegeven, hoe we waren gaan liggen en het over ons heen hadden laten komen. *La honte.* De schaamte zat diep en was verwoestend.

Maar dit was mijn kind. En het enige wat ik nog had van Sebastian. 'Nee!' Ik legde mijn hand weer op mijn buik, en ik voelde de liefde en beschermdrang voor mijn ongeboren baby al groeien.

'Je kunt het niet houden! Denk aan je vader, die al drie jaar in Duitsland gevangenzit. Hoe denk je dat hij zich zal voelen als hij thuiskomt en hier een Duitse baby aantreft, in zijn eigen huis? En je kunt nog steeds gearresteerd worden. De processen zijn nog niet voorbij, sommige vrouwen krijgen wel een vol jaar cel.'

'Ik kan voor mezelf pleiten.'

Maman rolde met haar ogen. 'Doe niet zo naïef. Denk je echt dat ze uitgerekend naar jou zouden luisteren, van alle meisjes die in dezelfde situatie zitten? Na wat ze met je gedaan hebben, hoe denk je dan in godsnaam dat...'

'Je weet niet alles over Sebastian! Hij was een goede man. Een dappere man.'

Maman stak haar hand op om mijn woorden een halt toe te roepen. 'Niet doen, Elise! Hij hoorde bij de bezetter. Onze vijand.'

'Waarom dan? Waarom wilde je dan dat hij hier kwam?' Mijn hartslag schoot omhoog en mijn stem trilde. 'Je wilde hem helemaal niet helpen, of wel?'

Ze beet op haar lippen en schudde haar hoofd.

Toen vertelde ik haar datgene wat ik beloofd had nooit te vertellen. 'Sebastian heeft geholpen. Hij heeft me geholpen de kinderen weg te krijgen.'

'Wat bedoel je?' Ze keek me boos aan.

'Ik kon het je niet eerder vertellen. Het was te gevaarlijk.' Ik ademde diep in. 'Ik hielp kinderen weg te smokkelen uit het weeshuis.'

'Elise, waar heb je het over?' Ze drukte haar hand tegen haar wang.

'Het UGIF-centrum, de kinderen daar. Soms nam ik er een of twee mee naar een passeur, die ze meenam naar het zuiden, de grens over.'

Ze staarde me aan, met grote ogen, sprakeloos. Toen veegde ze haar handen af aan haar schort. 'Elise! Ben je gek? Je hebt ons allemaal in gevaar gebracht! En Isabelle dan? Heb je ook maar even aan haar gedacht?'

'Ja, natuurlijk!'

'Het had onze dood kunnen worden!'

'Maar dat is niet gebeurd, of wel? En we hebben levens gered. Ik kon het je niet vertellen. Dat was nu eenmaal zo. Maar toen kwam Sebastian erachter dat ze het weeshuis in de gaten hielden. Het was te gevaarlijk om de kinderen naar de passeur te brengen, dus daarom deed hij het. Hij heeft zes kinderen opgehaald. Ze zouden naar Drancy worden gestuurd, en toen...'

Maman draaide zich van me af, begroef haar hoofd in haar handen, en haar schouders begonnen te schokken. Ik legde mijn arm om haar heen, maar ze trok zich los, alsof mijn aanraking haar brandde. 'Waarom heb je het me niet verteld?' schreeuwde ze. Ze keek me aan. 'Je had het me moeten vertellen!'

'Je hoefde het niet te weten. Ik kon het je niet vertellen.'

'Jawel! Ik had het moeten weten! Ik ben je moeder, verdorie.'

Ze was mijn moeder, maar ze voelde als een vreemde. Ze zou niet hebben willen weten waar ik mee bezig was. En als ze het had geweten, dan zou ze me hebben tegengehouden. Ik had het haar niet kunnen vertellen.

43

Parijs, november 1944

Elise

In één ding had Maman gelijk: Papa zou de gedachte dat zijn dochter met een Duitser had geslapen nooit kunnen accepteren, laat staan dat ze een baby van hem zou krijgen. We wisten niet wanneer de oorlog officieel voorbij zou zijn, en ook niet wanneer hij thuis zou komen, maar ik besefte dat ik voor die tijd weg moest. Het was de enige manier. En er was maar één iemand die me zou kunnen helpen. Monsieur Le Bolzec. Hij was er vanaf het begin bij geweest, toen ik Sebastian voor het eerst had ontmoet.

Ik glipte het appartement uit, met een sjaal over mijn stekelhaar. De winkelbel ging toen ik binnenkwam, wat herinneringen terugbracht aan de keren dat ik Sebastian daar aantrof. Zijn afwezigheid sneed als een mes door me heen.

'Elise!' Monsieur Le Bolzec keek naar mijn bedekte hoofd voordat hij me in zijn armen nam en stevig omhelsde. 'Ik wilde net sluiten,' fluisterde hij. 'Ik heb nu minder klanten dan voor de bevrijding.'

Om me heen kijkend zag ik dat de winkel leeg was. Toch wachtte ik tot hij het bordje GESLOTEN had omgedraaid voordat ik mijn sjaal van mijn hoofd haalde. Ik wachtte op zijn reactie op mijn stoppelhoofd, maar hij vertrok geen spier. In plaats daarvan zette hij een kruk voor me neer. 'Ga zitten. Ik heb me zo'n zorgen gemaakt om je. Ik ben langsgekomen nadat… je moeder heeft me alles verteld.'

'Ik wilde niemand zien.'

'Nee, natuurlijk niet.' Hij liet een stilte vallen. 'Wraakaanvallen.' Hij pakte mijn hand. 'Ik wou dat ik iets had kunnen doen.'

'Er was niets wat u had kunnen doen.'

'Nee, waarschijnlijk niet. Dat zou vragen zijn geweest om nog meer gedoe.'

'Wat bedoelt u, meer gedoe?'

'Och, niks ergs. Gewoon van die opmerkingen, je kent het wel. "Waar is die Duitse vriend van u, vandaag?"'

'Wat? Zeggen mensen dat?'

'Ja, nou, Sebastian was hier best vaak. Mensen gaan natuurlijk kletsen. De meesten zullen wel weten dat ik geen collaborateur was. Maar anderen… je weet hoe mensen kunnen zijn.' Zijn wangen werden rood. 'Sorry, ik wil niet bagatelliseren wat er met jou is gebeurd, niet na alles wat je hebt meegemaakt.'

'En die politieagenten? Zijn ze teruggekomen?'

'Nee. Ze zijn waarschijnlijk verstandiger dan dat. Ik denk dat ze zich nu even rustig houden. Je zal niet de enige zijn die ze hebben geprobeerd te intimideren.'

'Weet u iets over Sebastian? Over die avond dat ze hem kwamen halen?' vroeg ik in een impuls.

'Nee.' Hij schudde zijn hoofd.

'Iemand moet hem hebben aangegeven.'

Hij trok een wenkbrauw op. 'Heb je een idee?'

'Isabelle heeft tegen een vriendinnetje gezegd dat ik een Duitse vriend had.'

'Arme Isabelle, die zal zich zo schuldig voelen.'

'Ja, klopt. Maar ik weet niet zeker of dat het was.' Ik schoof heen en weer op mijn kruk. 'Ik moet weg.'

Hij kneep in mijn hand en keek me diep in mijn ogen. 'Die mannen die je hebben aangevallen hadden het recht niet. Ze voelden zich machteloos – ontmand, omdat ze vier jaar onder de vijand hadden geleefd. Ze waren eerder razend op zichzelf. Ik wil het niet vergoelijken. Het is niet goed te praten. Onvergeeflijk. En ons onwaardig.' Hij liet een stilte vallen. 'Je hoeft niet weg. Het wordt wel rustiger.' Hij krabbelde aan zijn bakkebaarden.

'Ik moet nog steeds weg, ver weg. Voordat Papa terugkomt.' Ik keek naar mijn buik. 'Ik ben zwanger.' Ik keek op, op zoek naar zijn blik.

Zijn pupillen werden groot terwijl hij dit nieuws op zich liet inwerken. 'Mon dieu!' Hij zoog een flinke hap lucht naar binnen en haalde een hand over zijn achterhoofd en nek. 'Weet je het zeker?'

Ik stond op, deed mijn jas open en haalde een hand over mijn buik, terwijl ik naar hem keek. 'Ik toon nog niet, maar ja, ik weet het zeker.'

'Hoeveel maanden?

'Vier, denk ik.' Ik liet een stilte vallen. 'Heeft u misschien wijn?' vroeg ik zonder nadenken.

Zonder iets te zeggen reikte hij in het kastje onder zijn kassa en haalde een fles rood tevoorschijn. Hij ontkurkte hem en schonk in, in twee viezige glaasjes.

'Dank u wel.' Een deel van de spanning verliet mijn lichaam en ik slaakte een diepe zucht. 'Ik wil het houden,' zei ik toen.

Zijn adamsappel ging op en neer. 'Weet je moeder het?'

'Ja. Maar ik kan niet hier in Parijs blijven. Wat gebeurt er straks, als mijn vader thuiskomt?'

Hij greep mijn hand. 'Ik snap het.'

'Kunt u me helpen?' Ik keek in zijn ogen. 'Alstublieft.'

'Als je het echt wilt houden, dan vinden we wel een manier.'

'Hoe dan?'

Hij had een diepe frons in zijn voorhoofd terwijl hij me een minuut lang bestudeerde, alsof hij een som uitrekende. 'Mijn zus, Soizic,' zei hij uiteindelijk. 'Ze woont in Trégastel, in Bretagne. Daar zijn ze net voor Parijs bevrijd. Misschien kan zij je opvangen. Ze heeft een boerderijtje, wat koeien en een stuk land. Ik weet dat ze wat hulp kan gebruiken sinds... sinds haar man aan het begin van de oorlog is gesneuveld.' Hij keek omlaag, in zijn glas. 'En haar dochter.'

'Haar dochter?'

Hij knikte zonder me aan te kijken. 'Het wordt wel hard werken.'

'En denkt u dat ze me zou willen opnemen?' Ik nam het laatste slokje.

'Misschien wel. Ik denk dat het haar zou kunnen helpen.'

'Hoe bedoelt u?'

Hij glimlachte droef. 'Een baby kan helpen.' Hij aarzelde. 'Ze wil niet over haar dochter praten. Het is het beste om niet over haar te beginnen.' Hij pakte mijn hand. 'En je kunt ook niet over Sebastian praten.'

‘Maar hij is de vader. Hoe kan ik nu niet over hem praten?’

Monsieur Le Bolzec schudde zijn hoofd. ‘Nee, Elise. We moeten een ander verhaal verzinnen.’

‘Maar hij heeft ons geholpen! Hij heeft de kinderen helpen ontsnappen. Ik kan niet net doen alsof hij nooit heeft bestaan.’ Ik staarde hem aan. ‘Dat kunt u niet van me vragen.’

‘Elise, luister alsjeblieft. Mensen zitten vol vooroordelen, die willen je verhaal niet horen. Iedereen heeft verhalen, maar zij horen alleen het woord “Boche”.’ Hij kneep in mijn hand. ‘Als Soizic je korte koppie ziet en je buik, dan zal ze het wel snappen, maar we moeten haar een leugen voeren waar ze mee kan leven. Als we de waarheid vertelden zou ze je weg moeten sturen.’

Ik staarde naar mijn lege glas. Een gevoel van diepe droefenis nam bezit van me, nu ik dacht aan alle geheimen die we voor elkaar moesten bewaren. ‘Weet u zeker dat ze me in huis wil nemen?’

‘Wel als ik het aan haar vraag.’ Hij schonk me bij. ‘En Bretagne is een goede optie. Veel mensen hebben daar blauwe ogen, en er zijn mensen met blond haar.’

Ik knikte plechtig, want ik zag ook geen andere weg. ‘Ik zal blij zijn als ik Parijs kan verlaten.’

Hij gaf opnieuw een kneepje in mijn hand. ‘Ik weet het. Een frisse start zal je goeddoen.’

44

Parijs, december 1944

Elise

We hadden onze stad terug, en binnenkort zouden we ook de rest van ons land terugkrijgen. We waren bijna vrij. Maar waarom voelde het dan nog altijd alsof we gevangen zaten? Ik liep weg bij het kapotte raam, dat bijeen werd gehouden met bruin plakband.

Ik had Maman niet horen binnenkomen. Ik had pas door dat ze er was toen ik haar hoorde hoesten.

Ik draaide me om, om haar aan te kijken. Ze zag eruit als een geest, in het zwakke schemerlicht. 'We moeten maar wat gaan regelen voor het eten.' Het klonk futloos. 'Er zijn nog wat aardappels. Het wordt al donker.'

Soms is het makkelijker om te praten in het halfduister. 'Maman,' begon ik. 'Ik ga weg.'

Ik zag een flits van opluchting in haar ogen. 'Wat? Waar ga je heen, dan?'

'Monsieur Le Bolzec heeft een zus in Bretagne, Soizic Le Calvez. Zij wil me wel opvangen.'

'Bretagne,' zei ze me na, starend door het gebroken raam. 'Ja.' Ze draaide zich weer naar me toe en kneep haar ogen tot spleetjes. 'Weet die vrouw hoe het zit met de vader?'

'Nee.' Het woord voelde wreed en hard op mijn lippen. Maar dit was deel van de afspraak.

'Welk verhaal heeft hij haar dan verteld?'

'Dat Frederick de vader was, dat hij is gesneuveld bij de bevrijding.' De woorden kwamen er in één ruk uit, alsof ik door ze zo snel te zeggen zou worden bevrijd van de leugenachtigheid ervan.

'Ja, dat zou kunnen werken. Misschien moet je een foto van hem meenemen, voor de geloofwaardigheid. Maar zolang je haar niet aangegroeid is en de baby nog niet geboren, moet je je nog niet laten zien.' Mamans schouders zakten in. 'Wat moet ik tegen je vader zeggen?' Zonder op antwoord te wachten ging ze door. 'Hij komt erachter. Hij hoort het van een van de buren. Of van de conciërge. En dan heb je Isabelle nog, ze kan geen geheimen bewaren.' Ze liet haar hoofd in haar handen zakken. 'O, mijn god, hij gaat me vermoorden.'

Opeens drong het vreselijke besef zich aan me op dat ze misschien wel hoopte dat hij niet terug zou komen. Hij was de reden dat ik weg moest. Maar zij was zijn vrouw, natuurlijk wilde ze hem terug.

45

Bretagne, januari 1945

Elise

Een maand later stond ik op het perron in Rennes, met mijn armen om mezelf heen geslagen en pas op de plaats makend om warm te worden. Er was geen wachtruimte en mijn aansluiting was te laat. Een gezin van vijf personen stond ook te wachten, maar ik benaderde ze niet, en zij mij evenmin. Ze wierpen me alleen af en toe een schuine blik toe. Ik had een baret op, maar er kwam geen haar onderuit. Ik wist dat ze zich afvroegen of ik een *tondue* was – zo'n geschoren kop.

De stationschef struinde over het perron, en ik deinsde terug in de schaduw. Maar hij had me al gezien. Hij hield zijn pas in, keek me aan en prevelde: 'Je moet je schamen.'

Ik ging nog verder naar achteren. Maar waar was dan mijn waardigheid? Ik schaamde me voor mijn eigen schaamte. Ik stapte weer naar voren en keek hem recht in de ogen. 'Bonjour, monsieur. Hoe laat gaat de trein naar Lannion?'

Hij aarzelde even voordat hij antwoordde: 'Kwart over drie, mademoiselle.'

'Merci, monsieur.' Ik keek hem na toen hij doorliep en voelde mijn waardigheid terugkeren. Ik zou niet gedwongen worden om in de schaduw te leven. En mijn kind ook niet.

Toen de trein binnenreed en stilstond stapte ik in, opgelucht om beschermd te zijn tegen de koude wind, maar de lege wagon was niet verwarmd. Ik trok de wollen sjaal strak om mijn nek en nestelde me diep in de stoel. Ik was dankbaar voor de thermosfles koffie die Monsieur Le Bolzec voor me had klaargemaakt, en ik schonk een beker in. Ik ademde de warme damp in voordat ik een slok nam en vroeg me af wat voor welkom ik zou krijgen als ik eenmaal in Trégastel was.

Toen de trein eindelijk aankwam op het station van Lannion was het al avond, en het perron werd verlicht door een enkele straatlantaarn. Ik stond daar, kijkend hoe mensen werden opgehaald, omhelsd, gekust. Maar het zag er niet naar uit dat er iemand was voor mij. De knoop in mijn maag nam toe, ik was helemaal alleen, op een nieuwe plek. Ik voelde me alleen, eenzaam, en ik miste Sebastian met een fysieke pijn die maakte dat ik me leeg voelde. Hij had hier bij me moeten zijn, we hadden samen in verwachting moeten zijn van ons eerste kind.

Ik pakte mijn koffer op, sloeg mijn andere arm om mijn middel om warm te blijven en liep de straat op. Een paard-en-wagen kwam langs. Was zij dat? Ik had aangenomen dat ze met de auto zou komen, stom van me, eigenlijk. Aarzelend liep ik naar waar de kar stilstond. De menner draaide het hoofd naar me toe. Het was een vrouw. 'Madame Le Calvez?' waagde ik.

'Oui. *Montez*. Stap in.' Ze bekeek me kort en richtte haar blik toen weer voor zich, met de teugels in haar handen.

Ik liep haastig naar de andere kant en klom de twee treden op om naast haar te gaan zitten, waarbij ik mijn koffer optrok. Maar voordat ik haar fatsoenlijk kon begroeten had ze het paard al laten omkeren en draafden we weg. Ik bestudeerde haar profiel in het donker, ze had een puntige neus en een kleine ronde kin. Ze fronste. 'Dank u wel, Madame Le Calvez, dat u me wilde ophalen, en voor...'

'Je hoeft me niet te bedanken,' zei ze voordat ik mijn zin kon afmaken. 'Ik doe het voor Yannick.'

'Yannick? Monsieur Le Bolzec?'

Ze keek me zijdelings aan, en gaf me zo de kans om de kilte in haar blik te zien. 'Ja. Hij zei dat je nergens anders heen kon.'

Ik keek naar de zachte schaduwen van de hoge bomen en huiverde, de lege holte in mij werd nog groter. 'Het is heel aardig dat u me wilt opvangen.'

'Hmm.' Ze kuchte en negeerde mijn opmerkingen. 'Je zult hard moeten werken. Iemand moet voor de koeien zorgen.'

'De koeien?'

'Ja, de koeien,' herhaalde ze alsof ik debiel was. 'Ik leg je wel uit hoe je ze moet melken.'

'Ja, natuurlijk.' Dat vond ik helemaal geen gek idee.

'Wanneer komt de baby?'

'In april.'

'Drie maanden nog. En toon je al?'

'Niet echt, nog.'

'Er is vast nog steeds niet genoeg eten, nu in Parijs.'

'Nee, er is nog niet veel.'

'Wie is de vader?' Ze vuurde de vraag op me af op dezelfde koude toon als de andere vragen.

'Frederick,' loog ik. 'Hij is doodgeschoten door een Duitse sluipschutter, bij de bevrijding.' De leugen die Monsieur Le Bolzec en ik hadden besproken kwam er ongemakkelijk uit, en ik verkrampte toen de woorden van mijn lippen kwamen. Het voelde als ontrouw jegens Sebastian, en ik walgde van mezelf. Ze reageerde er niet op, en we reden verder in stilte, in de ijskoude wind die dwars door mijn dunne jas sneed.

Ik bekeek haar weer van opzij, in het zwakke maanlicht stak haar smalle puntige neus af bij de rest van haar gezicht. Ze zag eruit als een trotse vrouw, en ik kon me niet voorstellen dat we een hartelijke relatie zouden krijgen. Ik begroef mijn gezicht in mijn sjaal en verzette me tegen een verlammende eenzaamheid.

'Hoe was hij?' vroeg ze uit het niets.

Haar vraag overrompelde me, en ik aarzelde, want ik wist niet of ik nu Sebastian of Frederick moest beschrijven. Ik moest dicht bij de leugen blijven. 'Hij had bruin haar, bruine ogen. Het was een lieve man.' Een ongemakkelijke stilte hing zwaar om ons heen. Ik huiverde en zakte met mijn gezicht nog dieper weg in mijn sjaal. Het voelde alsof de kou in mijn botten trok en ik werd bevangen door angst. 'Heeft u tegen iemand gezegd dat ik zou komen?' Opeens was ik bezorgd dat ze niet eens aan mijn kant stond.

'Ik ga met weinig mensen om, alleen mijn oude buurman en de vrouwen die de *maison de la presse* hebben. Die heb ik over je verteld.'

'Wat heeft u verteld?'

'Wat Yannick tegen me zei. Wat had je dan verwacht?' Ze klikte hard met haar tong toen we de bocht om reden. Het paard draafde flink door toen we weer op een rechte weg waren. Ik zette mezelf schrap tegen de ijzige wind.

We kwamen bij een oprit en stonden stil bij een klein stenen chalet. Madame Le Calvez pakte een zaklamp en scheen om zich heen terwijl we uit het rijtuig stapten, waardoor de lege akkers om het huis heen licht vingen. 'Ga maar naar binnen. Ik zet het paard even op stal.'

'Kan ik helpen?' bood ik aan, hoewel ik het ijskoud had en het liefst naar binnen wilde.

'Nee,' zei ze. 'Ga maar naar binnen en zorg dat je warm wordt.'

Dankbaar pakte ik mijn koffer en deed de deur open. De warmte in de keuken wikkelde zich meteen om me heen. Het kwam van een groot fornuis waar twee pannetjes op stonden. Ik werd ernaartoe getrokken, en ik trok mijn handschoenen uit en hield mijn handen boven de warmte van het fornuis. Langzaam stroomde het bloed terug naar mijn vingers.

Ze kwam binnen en klapte hard in haar handen. '*Ma Doué!*'

Het waren vreemde woorden voor me, het moest wel Bretons zijn.

'Het is koud vanavond,' ging ze verder in het Frans, onderwijl lagen kleding verwijderend, die ze aan haken op de achterkant van de deur ophing, en toen keek ze naar mij terwijl ik daar stond in mijn dunne jas.

'Ik heb soep gemaakt.' Ze liep naar het fornuis, en pakte de grotere pan op. 'Doe je jas uit en ga zitten.'

'Kan ik iets doen?'

'Nee. Alleen je handen wassen en gaan zitten.'

Ik deed wat ze zei en hing mijn jas op dezelfde kapstok als zij, waste mijn handen bij de gootsteen en droogde ze af aan een handdoek die bij het fornuis hing. Ik keek om me heen, maar de muren waren kaal en boden geen aanwijzigingen over deze vrouw.

Ik nam plaats aan de lange smalle tafel, gemaakt van dik donker hout en bedekt met brandplekken van vroegere schotels – grote kringen en wat kleinere ovalen. Ze zette de pan in het midden, en ik dacht bij mezelf dat het een lelijke plek zou achterlaten. Waarom gebruikte ze geen onderzetter?

Ze schepte de soep op, en mijn maag begon te rammelen toen de geur van kruiden, zwarte peper en kip mijn neus in kringelde. Toen onze kommen vol waren, zei ik vriendelijk: 'Bon appétit.'

'Heer, zegen deze spijze.' Ze negeerde mijn lege 'bon appétit', maar sloeg in plaats daarvan het kruisteken, terwijl ze haar ogen op het tafelblad voor haar gericht hield. Ik volgde haar voorbeeld.

In stilte namen we onze eerste hap.

'Het is erg lekker, Madame Le Calvez. Dank u wel.'

Ze knikte en reikte me een stuk baguette aan. Het was keihard, maar in de soep gedoopt werd het zacht, en het nam alle smaak van de kip op. We aten in stilte. 'Hoe ver zijn we van de zee?' probeerde ik een gesprek te beginnen.

'Vijf minuten.' Ze slurpte van haar soep.

'Ik heb de zee al in geen vijf jaar meer gezien.'

'Je kunt er morgen heen wandelen. Maar dan moet je je goed aankleden. De wind jaagt hier over de kust. En je moet je baret vastbinden met een sjaal.' Ze legde haar handen op tafel. 'Maar misschien moet je helemaal niet naar buiten. Tot je bevalling.'

Ik liet de lepel in mijn kom vallen. 'Dat is nog drie maanden!'

'Dat weet ik.' Ze leunde voorover op haar handen en keek me met koude ogen aan. 'Zo, meid. En ga je me nu de waarheid vertellen over de vader?'

Ik voelde mijn wangen gloeien en ik kon haar niet aankijken. Het bleef oorverdovend stil. Toen zuchtte ze hardop. 'Denkt Yannick soms dat ik gek ben?' Haar stem sneed door me heen. 'Zodra ik de brief kreeg, wist ik het. Waarom zou je anders hierheen moeten komen?' Ze bestudeerde me. 'Was hij blond?' vroeg ze abrupt. 'Blauwe ogen?'

Ik slikte voordat ik antwoord gaf. Ik deed mijn best om mijn stem vast en kalm te laten klinken. 'Ja, hij had blond haar. En blauwe ogen, hemelsblauw.'

'Hemelsblauw, ja hoor!' Ze snoof. 'Yannick wist dat ik je niet in huis zou nemen als ik wist dat de vader een Boche was. En dat klopt. Dat zou ik inderdaad niet hebben gedaan.' Ze zuchtte. 'En hij heeft het me gesmeekt, als je het weten wilt. Hij weet altijd precies op welke knopjes hij moet drukken. Hij wist dat ik je er niet uit zou zetten, als je eenmaal binnen was.' Ze draaide haar gezicht weg, en ik zag haar mondhoeken trekken.

'We zullen ons best doen om dit leugentje te laten werken. Maar ik wil nooit iets horen over je Boche. Nooit. Hoor je? Wat mij betreft heeft hij nooit bestaan.'

Ik knikte, maar in mijn hart hield ik vast aan Sebastian en ik beloofde hem in stilte: ik zal je nooit laten gaan.

Ze pakte de soepkommen op en bracht ze naar de gootsteen.

Ik stond op. 'Ik zal ze even afwassen.'

'Nee. Dat kun je morgen doen. Ik zal je je kamer laten zien.'

Ik pakte mijn koffer en volgde haar een smalle houten trap op. Net boven de keuken was een kleine slaapkamer, met ongelijke en versleten vloerplanken, met kieren ertussen waardoor je de keuken beneden kon zien. Een donker houten bed met hoge ronde uiteindes stond onder een klein raam in het schuine dak. Op het tafeltje naast het bed stond het lampje. Ik vond troost in het feit dat ze het bed voor me had opgemaakt.

'De badkamer is beneden, naast de keuken,' zei ze.

'Dank u wel, het is mooi.'

'Alors, bonsoir.' Ze draaide zich om en vertrok.

Ik ging op het bed zitten en voelde me eenzamer dan ik me ooit in mijn leven had gevoeld. Toen legde ik mijn hand op mijn bollende buik, voelde mijn baby – onze baby – en een gevoel van liefde en dankbaarheid golfde door me heen. Het eenzame gevoel maakte plaats voor hoop.

46

Bretagne, 14 februari 1945

Elise

Ik werd steeds vroeger wakker, altijd in het donker. Maar we gingen ook elke avond voor negen uur al naar bed. Er viel verder niet veel te doen en omdat ik al zeven maanden zwanger was, was ik aan het einde van de dag altijd doodop, en blij dat ik naar mijn kleine bed kon onder de spanten. De baby die in mijn buik groeide was echt geworden, ik wist wanneer hij of zij sliep of wakker was. Ik had het gevoel dat het een meisje was, en ik sprak met haar in mijn hoofd, vertelde haar alles over haar vader. Ik voelde zijn afwezigheid als een gapend gat in mijn ziel, maar ik troostte mezelf met de gedachte dat ik nu snel een deel van hem zou hebben, en iemand om volledig van te houden.

Madame Le Calvez had onze routine zo geregeld dat we minimaal contact hoefden te hebben, want voor daglicht moest ik de koeien melken, en zodra de zon op was moest ik ze naar de wei brengen, zodat we niet eens samen konden ontbijten.

Ik klikte het lampje aan dat naast mijn bed stond en keek op mijn horloge: vijf uur. Ik glipte uit bed en ging naar beneden, naar de keuken.

Ze stond er al, ze was bezig koffie te zetten. Ik kon wel zien dat ik haar ochtendroutine had verstoord door de kille blik en strakke lippen waarmee ze me aankeek. 'Ik ben er vandaag niet,' zei ze, nog voordat ik goedemorgen kon zeggen. Ze vulde een zilverkleurige thermosfles met koffie. 'Kun jij de eieren rapen en het brood maken vanochtend?'

'Ja, natuurlijk.' Ik wilde vragen waar ze naartoe ging, maar durfde niet.

'Ik ben terug voor het donker. Je moet de koeien later ook weer op stal zetten.'

Ergens vond ik toch de moed. 'Mag ik vragen waar u heen gaat?'

Ze staarde me vlak aan en schudde haar hoofd. Zonder verder nog iets te zeggen stopte ze de thermosfles en wat brood in een mand en vertrok. Wie ging er nu weg voor daglicht? Waar ging ze heen?

Ergens was het een opluchting om alleen in huis te zijn. Ik gooide de grote wollen jas over mijn schouders en trok mijn rubberlaarzen aan. Als ik snel klaar was met het melken, dan zou ik meer tijd hebben om te genieten van het feit dat ik het huis voor mezelf alleen had, voordat ze terugkwam. Hoewel ik door schade en schande had geleerd dat het geen zin had om het melken haastig te willen doen. De koeien wilden graag zachtjes worden overgehaald hun melk af te geven, en het kon vaak wel twee uur duren om ze alle zes te doen, soms zelfs langer. Deze ochtend begon ik met mijn lievelingskoe, Jessie. Ze drukte zachtjes met haar snuit tegen me aan toen ik in de stal kwam, met stoom die uit haar neusgaten kwam. Ik aaide haar natte neus, en sprak haar zachtjes toe terwijl ik haar fluweelachtige hals aaide. Ik drukte mijn neus tegen haar aan en snoof haar geur op. Het was troostend om in de stille aanwezigheid van de koe te zijn en hoewel het een raar idee was, had ik het gevoel dat Jessie mijn emoties kon lezen. Soms blij, soms melancholisch, soms gespannen. Altijd eenzaam. Ik tikte op mijn buik, blij dat we over een paar maanden met zijn tweetjes zouden zijn.

Ik trok het krukje naar me toe en ging zitten, blazend op mijn handen om ze te verwarmen voordat ik haar spenen pakte, en ik neuriede zachtjes terwijl de melk begon te komen. Toen ik ze alle zes had gedaan, droeg ik de zware bussen melk naar de keuken, klaar om later in flessen gedaan te worden. Vervolgens ging ik terug en leidde de koeien het weiland in.

Toen ik eindelijk weer in de warme keuken was, zette ik water op voor mijn eerste kop koffie van de dag. Ik schrok op toen er op de deur werd geklopt. Voorzichtig deed ik open. Er stond een oudere vrouw, die me van top tot teen bekeek. 'Bonjour.' Ik aarzelde, niet wetend of ik haar binnen moest vragen of niet.

'Jij bent Elise.' Ze zei het alsof het een beschuldiging was. Toen liep ze gewoon naar binnen. 'Madame Le Calvez is niet thuis, dus?'

'Nee. Ik weet niet hoe laat ze thuiskomt. Ik denk pas vanavond.'

Ze sloot de deur achter zich en kwam een stap naar voren. '14 februari. Ik wist wel dat ze er niet zou zijn.'

'Valentijnsdag?' Misschien had ze een geheime *amant*, ergens.

'Niks te maken met Valentijn.' Ze keek me koud aan. 'Krijg ik geen koffie van je?' Ze ging zitten, en ik snapte wel dat ik hier vrij weinig over te zeggen had, dus pakte ik twee kommetjes uit de kast achter me.

'Hoe heet u?' probeerde ik.

'Geef me een beker, niet een ontbijtkom.' Ze schudde haar hoofd alsof ze zich doodergerde.

Ik deed wat koffiebonen in de koffiemolen en draaide aan de hendel, terwijl ik wachtte tot ze me zou zeggen wie ze was. Maar ze zat daar maar, en keek naar wat ik deed, en ik voelde haar blik in mijn rug branden als ik me omdraaide. Uiteindelijk zei ze weer wat. 'Zei ze waar ze heen ging?'

'Nee.' Ik draaide me om en keek haar aan. 'Dat heeft ze niet gezegd.'

'Hmm. Dan heeft ze je niet veel verteld.'

'Nee. We hebben hard gewerkt.'

Daar ging ze niet op in, en ze bleef me maar aangapen door haar wimpers. 'Ik weet wel van jou.'

Ik voelde dat ik rood werd en keerde me naar het fornuis om het steelpannetje van het vuur te halen. Ik schonk koffie voor haar in en was vastbesloten om niets te zeggen.

'Ze moest je in huis nemen,' ging ze verder. 'Om haar broer.' Ik zette de beker voor haar neer. 'Hij heeft geprobeerd haar dochter te redden. Wist je dat?' Ze wachtte niet op een antwoord. 'Ja. Hij is helemaal hierheen gekomen. Had uiteindelijk niet veel zin, maar ja.'

'Wat is er met haar dochter gebeurd?'

'De Gestapo heeft haar opgepakt.' Ze nam een slok koffie, met getuite lippen aan de rand van de beker.

Ik verstijfde en mijn maag verkrampte. Ik trok een stoel van tafel en liet mezelf erin zakken, ademloos. 'Wat is er gebeurd?'

'Ik zag haar die ochtend, op Valentijnsdag, ze fietste langs de kerk.

Diezelfde middag hoorde ik dat ze was gearresteerd, iets met dat ze persoonsbewijzen vervalste, of ze bij zich had.' Ze keek me onbewogen aan. 'Ze zat bij het verzet, moet je weten.'

Ik deed mijn ogen dicht om het beeld van de Gestapo die haar wegvoerde weg te duwen.

'Yannick Le Bolzec kwam drie dagen later. Hij is direct naar het politiebureau gegaan.' Ze aarzelde. 'Maar het was te laat.'

Ik kneep mijn ogen dicht en hield mijn buik vast terwijl ik me misselijk voelde worden.

'Ze ligt begraven op het kerkhof van Perros-Guirec. Dat is waar Madame Le Calvez nu zal zijn.' Ze nam nog een slok van haar koffie en bleef over de rand naar me kijken. 'Ja, het is moeilijk voor haar, om jou hier te hebben. Heel moeilijk. Ze is een heilige, echt waar.'

Ik probeerde alleen maar niet over te geven en ademde naar mijn buik, naar mijn ongeboren kind toe.

'Ze vertelde me dat lulverhaal over die zogenaamde verloofde van je. Ik heb niets gezegd, gewoon gedaan alsof ik haar geloofde. Ze weet heus wel dat dat niet zo is. Maar goed, dat is het punt niet. Waar het om gaat is wat alle anderen geloven. Dus, meisje.' Ze hield even in, voor maximaal effect. 'Jij gaat je gedragen. De geruchtenmachine is al op gang. Waarschijnlijk zitten ze niet ver van de waarheid, maar we zullen het in de kiem smoren.'

Ik knikte. Ik zou overal mee instemmen, als we maar veilig waren. Wij allemaal.

'Soizic is door een hel gegaan,' vervolgde ze. 'Heeft eerst haar man en toen haar dochter aan de moffen verloren. Ze heeft goede vrienden hier. Trouwe vrienden. Wij zullen haar ondersteunen. En niemand zal raden dat ze na wat ze heeft meegemaakt jou en jouw...' Ze zuchtte hard. 'Als dat arme kind is geboren, dan is Soizic degene die het mee naar buiten neemt en laat zien. Dat is de enige manier waarop de mensen het zullen accepteren.' Ze stond op. 'Mensen willen zien dat je een harde werkster bent, dat Madame Le Calvez blij is met je, dat je weet hoe je je uit de nesten moet houden.' Ze kneep haar ogen bijna dicht en keek me aan. 'Hoor je wat ik zeg?'

Ik knikte nogmaals.

'We zijn geen ingewikkelde mensen, en we zullen niet meer vragen dan dat.' Ze zette haar borst op. 'Nou, dat is wat ik kwam zeggen. Gedraag je. We zullen dat verhaal over die verloofde van je een draai geven, en de mensen zullen het geloven of niet. Maar we zullen zorgen dat ze je kind netjes behandelen. Voor Soizic.' Ze stond op en zette een stap in de richting van de deur. En toen deed ze zonder gedag te zeggen de deur open en was ze weg.

47

Bretagne, 14 april 1945

Elise

De ochtenden werden lichter naarmate de lente de winter verdrong, en ik stond niet langer op in het donker. Ik genoot van de kalmte en rust van het melken van de koeien voordat de dag was aangebroken. Maar deze ochtend was Jessie rusteloos en wilde ze niet stilstaan voor me. Er ging een scheut door mijn buik toen ik opstond van de kruk. De emmer was nog maar een kwart vol. Ik droeg hem mee naar het huis, net op tijd om de postbode weg te zien fietsen, waarschijnlijk met een brief van Maman of Isabelle, misschien nieuws over Papa.

Maar toen ik de keuken in liep, zag ik dat dat het niet was. Madame Le Calvez zat aan tafel, over een telegram gebogen. Ze zat roerloos stil en de lucht om haar heen voelde zwaar. Ik bleef even staan, hopend dat ze op zou kijken, maar ze bewoog niet.

In een instinctieve reactie ging ik naast haar zitten en bekeek de regel die op het bruine papier stond. Een rilling liep over mijn rug. Ik verstijfde en kon niet geloven wat ik net had gelezen.

Yannick Le Bolzec is afgelopen maandag overleden. Een enkel schot in zijn nek.

'Wie?' prevelde ik. 'Wie heeft hem doodgemaakt?'

'Ze dachten dat hij een collabo was,' zei ze vlak en monotoon. Ik kreeg het opeens ijskoud. Ik begreep het niet. En tegelijk wel. Ik begreep het. 'Wie? Wie dacht dat hij een collabo was?'

'Weet ik niet. Een van de partijen die wil afrekenen. Hoe moet ik het weten? Het zal wel zijn door die Boche die altijd in de winkel kwam. Jouw Boche!' Ze spuugde het laatste woord uit.

Ik had een pijnscheut in mijn zij. Ik hapte naar adem en legde mijn hand op mijn bonzende borst. Lieve, wijze Monsieur Le Bolzec. Vermoord. Zijn woorden weerklonken in mijn oren. *Ons onwaardig.* Het was onvoorstelbaar. Ondenkbaar. Barbaars. Ik dacht aan die lieve oude man die daar lag, met een plas donker bloed onder zijn hoofd. En opeens zag ik ook heel helder voor me dat ze dit ook met Sebastian hadden gedaan. Koude stille tranen liepen over mijn wangen, en ik liet ze vallen.

'Alsjeblieft,' zei Madame Le Calvez. 'Ik wil alleen zijn.'

Ik wou dat we elkaar hadden kunnen troosten, maar ze had een dikke muur tussen ons opgetrokken. Ik stond op en ging terug naar de koeienstal, waar ik mijn gezicht begroef in Jessies warme flank en huilde om Yannick Le Bolzec, om Sebastian, om mezelf en om mijn ongeboren kind. Toen mijn tranen op waren ging ik op het stro liggen, uitgeput, leeg. Ik was bang om het huis te betreden, en als ik ergens anders heen had kunnen gaan, dan was ik vertrokken. De rest van de dag zeiden we niets, en die avond ging ik nog eerder naar bed dan normaal en stortte in op mijn bed.

Midden in de nacht werd ik wakker met een koud en nat gevoel. Ik ging rechtop zitten, sloeg de dekens weg en reikte naar het bedlampje. Het onderlaken was doorweekt. Meteen voelde ik mijn hart bonken. Het was zover. De baby kwam eraan. Ik haalde het laken af en spoelde het uit in de badkamer, waarna ik het over de rug van de stoel in mijn slaapkamer uithing. Ik maakte een bed op de grond, met een deken onder me. Ik ging liggen en starend naar het plafond met een hand op mijn buik, waar ik mijn baby voelde, fluisterde ik: 'Kom alsjeblieft veilig.'

Ik moet zijn weggedoezeld want het volgende wat ik meemaakte is dat Madame Le Calvez de gordijnen opendeed. 'Wat doe je op de grond? Het is al zeven uur.'

Meteen vloog mijn hand naar mijn buik. 'Vannacht is mijn water gebroken.'

Ze draaide zich om. 'Zijn de weeën begonnen?'

'Nee, ik denk van niet. Ik heb geen pijn.' Ik ging zitten en zette me af met mijn handen op de grond om moeizaam op te staan.

Madame Le Calvez keek naar me op een afstandelijke manier, alsof ze bezig was iets te beredeneren. 'De weeën moeten op gang komen. Je moet bewegen. Je water is gebroken, dan kunnen er infecties naar binnen.'

'Wat moet ik doen?' Ik probeerde geen paniek te laten doorklinken.

'Opstaan en je taken doen. Het komt als het er klaar voor is.' Ze draaide zich om naar de deur. 'Kom naar beneden. Laten we doen wat we altijd doen.'

Ik volgde haar naar beneden en probeerde ondertussen mijn hijgende ademhaling rustig te krijgen.

'Niet gaan zitten,' zei ze zodra ik de keuken in kwam. 'Dan rem je het af.'

Mijn baarmoeder voelde zwaar, mijn banden werden opgerekt, en ik hield mijn handen eronder om het gewicht te ondersteunen terwijl ik naar buiten liep op weg naar de stal, trillend van de kou en van angst. Ik trok de melkkruk naar me toe, ging bij Jessie zitten en warmde mijn handen op voordat ik haar uiers aanraakte. Mijn vingers zochten haar spenen. Ze loeide, laag en zwaar, en trapte met haar achterpoot. Ik trok mijn handen terug.

Ik stond op, inademend naar mijn buik en baby. De koe duwde me met haar brede platte kop achteruit, waarmee ze me duidelijk maakte dat ze me daar vandaag niet wilde. Ik verliet de stal en liep terug naar de keuken.

Madame Le Calvez was bij het fornuis bezig koffie te zetten. Ik snoof het aangename aroma op, en keek naar haar gekromde schouders terwijl ze de kommetjes uit de kast pakte. 'Ik kan vandaag niet melken,' zei ik tegen haar rug.

Ze draaide zich om en keek me koud aan. 'Hoe bedoel je?'

'Ze werken niet mee.'

Ze zette de kommen op tafel. 'Werken ze niet mee? Dan zal ik het moeten doen.' Ze zuchtte. 'Alsof ik niet genoeg te doen heb.'

'Moeten we de vroedvrouw bellen?' Ik had iemand nodig die me vertelde dat alles goed zou komen.

'Nee.' Ze schonk de koffie in. 'We hoeven haar nog niet te storen. Ze zou je zeggen dat je in beweging moet blijven. Je lichaam moet wakker worden.'

De rest van de dag hield ze me bezig. Ik moest het kippenhok uitmesten, de eieren rapen, de koeien naar de wei brengen. Zelfs na de lunch mocht ik niet uitrusten, maar liet ze mij brooddeeg maken en boter karnen. Toen we die avond eindelijk aan tafel gingen om te eten was ik uitgeput.

'Kun je het nog voelen bewegen?' vroeg ze, terwijl ze een stuk baguette afbrak.

'Ik weet het niet. Nee, ik geloof van niet.' Ik legde mijn hand op mijn harde buik en voelde de ronding op de plek waar de bips zat, biddend dat het kindje zich snel zou omdraaien en de weg naar buiten zou vinden.

'We geven het vierentwintig uur. Als er morgenochtend nog niets is gebeurd, dan kunnen we de vroedvrouw bellen.'

'Kunnen we niet nu al bellen?'

'Nog niet. Soms duurt het even voor de weeën beginnen.'

Na het eten stak ze, hoewel het niet erg koud was, het vuur aan in de kleine huiskamer en zaten we samen op de versleten bank. Ik deed net of ik een boek las en zij deed alsof ze de krant las. Ik begreep niet waarom ze de vroedvrouw niet wilde bellen, gewoon om me even te onderzoeken. De meest vreselijke gedachten gingen door mijn hoofd. Wat als ze niet wilde dat deze baby ter wereld kwam? Wat als ze wilde dat we allebei stierven? Sinds het bericht over Monsieur Le Bolzecs dood, gisteren, was ze nog afstandelijker geworden en keek ze naar me alsof ik een of ander smerig beest was waar ze vanaf wilde.

'Yannick was mijn vriend,' zei ik in een opwelling.

Ze keek verbaasd. 'En hij was mijn broer.'

'Hij zag altijd het beste in iedereen.' Ik keek in haar harde ogen. 'Maar ik wou dat hij me niet hierheen had gestuurd. Het was te veel gevraagd van u.' Zo, dat was eruit. Haar hart was niet zo vergevingsgezind en aardig als haar broer had gedacht.

Ze vouwde haar krant dicht en keek me aan. Ik hoopte dat ze misschien iets zou zeggen, maar haar lippen bleven op elkaar. Toen zei ze: 'Misschien moeten we wonderolie proberen. Ik geloof dat ik wel wat heb.'

'Waarom bellen we niet gewoon de vroedvrouw?'

Ze keek naar me vanuit haar ooghoek. 'Ik heb dit vaker gedaan, weet je.'

Ik wist niet zeker of ze refereerde aan haar eigen bevalling, of dat ze vaker bij bevallingen had geholpen. 'Wat bedoelt u?' vroeg ik.

Ze staarde naar me alsof ze mijlen ver weg was. Toen zei ze heel zacht: 'Ik had ook een kind.' Het klonk breekbaar. 'Een meisje,' fluisterde ze. 'Ze deed er heel lang over om te komen.'

Eindelijk vertelde ze me over de dochter die ze had verloren. Ik knikte, want ik wilde haar niet onderbreken, en wachtte tot ze verderging. Starend naar de vlammen vervolgde ze op lage en monotone toon, alsof het niet over haar ging: 'Haar vingers waren gerimpeld toen ze er eindelijk uit kwam, alsof ze te lang in bad had gezeten.' Ze pakte een pook en pookte in het vuur. Ik wachtte op meer, maar ze zweeg, verdwaald als ze was in haar herinneringen. 'Ze was pas zeventien,' ging ze ten slotte verder. 'Toen haar vader stierf. Zijn dood was een enorme klap voor haar. Ze begon vaak uit te gaan, op rare tijden ook, en dan verdween ze dagen achter elkaar. Ik dacht dat ze ergens een minnaar had. Ze wilde niet met me praten. We hadden vaak ruzie.' Ze keek in het vuur en zei lange tijd niets. 'Maar het was geen minnaar. Was dat het maar. Nee, ze was betrokken bij het verzet, ze was koerierster. Daar kwam ik pas achter toen het al te laat was.'

Ik keek toe terwijl ze met het vuur speelde en herinnerde me wat de oude vrouw had gezegd. Ik was bang voor wat ze hierna zou zeggen. Maar Madame Le Calvez stond ineens op en haar stem werd weer de harde praktische stem die ze normaal bij mij gebruikte. 'Om de bevalling in gang te zetten, nam ik wonderolie. Dat hielp.' Ze verliet de kamer en kwam terug met een klein bruin flesje en een eetlepel. 'Twee lepels is genoeg.' Ze pakte het flesje en schonk een lepel vol met de doorzichtige vloeistof. Ze gaf hem aan mij en ik nam hem aan, waarbij ik mijn best moest doen om mijn hand niet te laten beven terwijl ik hem naar mijn mond bracht. Ik slikte de vieze dikke olie door.

Die avond voordat ik in slaap viel, bad ik dat mijn baby snel zou komen. En veilig. Ik sliep niet goed, ik droomde van Sebastian en ik dacht aan hem, droom en werkelijkheid door elkaar. Op een gegeven moment zag ik hem met onze baby in zijn armen. Droomde ik het? Of verbeeldde ik het me? Ik verlangde zo erg naar hem dat ik me verscheurd voelde.

48

Bretagne, april 1945

Elise

Ik schrok wakker van enorme pijnscheuten in mijn buik. Dit keer was het geen droom. Dit was echt. Godzijdank waren de weeën begonnen. Ik kwam uit bed en ging naar beneden om koffie te maken. Maar op de trap werd ik bevangen door een nog heftiger aanval. De pijn benam me de adem en ik moest stilstaan en me vasthouden aan de muur. Met ingehouden adem wachtte ik tot het overging. Het lukte me om de keuken in te lopen, waar ik een steelpan pakte en die liet vollopen met water. Er kwam opnieuw een pijngolf over me heen. Ik hijgde en hield me vast aan het aanrecht. Toen de aanval voorbij was ging ik zitten, en veegde het zweet van mijn voorhoofd en de tranen van mijn gezicht. Ik was nu overgeleverd aan mijn lichaam, en ik zou me er niet zo tegen moeten verzetten. Wat ik moest doen was mee-ademen. Ik bereidde mezelf voor op de volgende reeks weeën.

Madame Le Calvez verscheen in de deuropening. 'Is het zover?'

'Ja.' Ik keek naar haar door een waas van traanvocht.

Ze sloeg een kruis. 'Een kind is een geschenk van God. Dat mogen we nooit vergeten.' Ze sloeg me een tijdje gade. 'Kom maar mee naar mijn slaapkamer. Dat is comfortabeler.'

Met mijn armen om mijn buik liep ik achter haar aan naar de slaapkamer. In de hoek stond een stoel met armleuningen.

'Wil je zitten of liggen?'

Voor ik kon antwoorden werd ik gegrepen door opnieuw een wee. Ik hield me vast aan de leuning van de stoel en deed mijn best om mee te puffen. Maar de pijn benam me de adem en ik kreunde van ellende.

Madame Le Calvez pakte haar horloge van het nachtkastje. 'Het is pas vier uur. Ik wil de vroedvrouw nog niet bellen, zo vroeg in de ochtend. We zullen zien of we kunnen wachten.'

We? wilde ik roepen. *Ik ben hier degene die moet bevallen!* Ik draaide me om en staarde haar aan, terwijl ik de pijn voelde wegebben. 'Is het niet veiliger om haar wel te bellen? Ze is eraan gewend om gewekt te worden.'

'Ze zit maar op twintig minuten hiervandaan. Laten we de weeën eerst timen. Het kan nog uren duren voordat je echt gaat bevallen.'

'Wat?'

'Ik ga het bed even afdekken. Ik wil niet dat het helemaal onder komt te zitten.' Ze haalde de sprei en de dekens eraf en spreidde een dik katoenen laken over het bed. 'Wacht, ik haal ook wat handdoeken.'

Ik voelde de volgende wee aankomen. Ik greep me vast aan de stoel en zwoer niet te zullen toegeven aan de pijn, maar het kostte al mijn energie, en toen het voorbij was stortte ik buiten adem en uitgeput in over de stoel. Er kwamen allerlei ongewenste gedachten in me op, verhalen over vrouwen van wie de bevalling dagen duurde, vrouwen die stierven in het kraambed. Blauw aangelopen baby's.

Madame Le Calvez kwam terug met een stapel bordeauxrode handdoeken die ze op het bed uitspreidde. 'Ga maar liggen.'

Moeizaam manoeuvreerde ik mijn logge lichaam op het bed, waar ik tegen het hoofdbord ging zitten. Ik keek rond in de kamer en zag een foto van een jong meisje met lang donker haar, dat lachend naar de camera keek, zelfverzekerd en gelukkig. Haar dochter, veronderstelde ik.

Madame Le Calvez gaf me een kop thee. 'Kamille.'

Ik schudde nee. Ik kon hem niet aanpakken. De volgende wee kwam eraan.

Ze zette de kop neer naast mijn bed en gaf me haar hand. Ik kneep erin met al mijn kracht. Ik zag dat ze ineenkromp maar ik kon niet loslaten. Ik had haar nodig. Toen de pijn voorbij was keek ze op haar horloge. 'Ik ga de tijd opnemen.' Ze gaf me de thee en ik nam een slok, en probeerde niet te verkrampen in afwachting van mijn volgende wee. Toen die bezit van me nam stond ze op en keek op haar horloge. 'Twee minuten.'

'Is dat goed?' zei ik hijgend. Ik wilde haar hand weer pakken, maar ze stond te ver van me vandaan.

'Er zit nog flink wat tijd tussen de weeën, het kan nog wel even duren. Ik moet aan de slag. Denk niet dat je me vandaag nog kunt helpen. Ik zal zelf de boter moeten karnen.'

Ik wilde lachen om het feit dat ze zelfs maar had overwogen of ik vandaag zou kunnen werken. En ik wilde ook jammeren dat ze me niet alleen mocht laten. Maar ik wist dat me dat geen goed zou doen, dus hield ik me in.

Na een paar uur kwam de zon op, maar ik was helemaal kapot. Ik voelde een aanwezigheid in de kamer en toen ik opkeek zag ik Madame Le Calvez in de deurpost naar me staan kijken, met een uitdrukking die ik niet kon ontcijferen. 'Er zit nog steeds twee minuten tussen de weeën. Die baby van jou heeft geen haast om eruit te komen.'

'Hij weet waarschijnlijk dat-ie niet welkom is hier,' zei ik snel, wetend dat er weer een wee aan kwam. Deze was zo heftig dat ik met mijn rug loskwam van het hoofdbord, gillend van de pijn.

Ze kwam naast me staan. 'Verzet je er niet tegen.'

'Alstublieft! Haal de vroedvrouw!'

Ze legde haar koele hand op mijn gloeiende voorhoofd. 'Het komt wel goed. Baren is pijn lijden.'

Nieuwe tranen sprongen in mijn ogen. Ze ging mij en mijn baby hier laten sterven.

'Ik ga even kijken.' Ze liep om naar het voeteneind en legde een hand op mijn onderbuik, de andere stak ze tussen mijn benen. Ze kwam overeind en keek me aan. 'Je hebt amper ontsluiting.'

Ik liet mijn hoofd achterover zakken, op het kussen, verstikt door tranen. Ik wist niet hoe lang ik dit nog zou volhouden. Mijn hoofd tolde, ik was misselijk van de pijn. Ze liep de kamer weer uit.

Alles draaide om me heen in een waas van ellende en pijn. Ik wist niet hoeveel tijd er voorbij was gegaan, maar het voelde als uren. Opeens werd ik bevangen door paniek en ik schreeuwde het uit. 'Alstublieft! Laat de vroedvrouw komen!'

Ik voelde een koude natte doek op mijn hoofd. 'Ssst, stil maar. Laat me nog even kijken.'

Ik probeerde mezelf te kalmeren terwijl zij zich bukte om voor de tweede keer tussen mijn benen te kijken. Ze kwam overeind. 'Ik ga nu bellen.'

'Is het hoofdje zichtbaar?' vroeg ik wanhopig.

Maar ze was al weg. Ik liet me achterover zakken, dankbaar dat ze eindelijk ging bellen. Alles zou goed komen als de vroedvrouw er eenmaal was. Zij zou wel weten wat ze moest doen.

Madame Le Calvez kwam een paar minuten later terug met een vochtig washandje dat ik tussen mijn tanden kon houden. Ik zoog het vocht eruit terwijl een nieuwe wee door me heen scheurde. Dit keer ging ze niet weg maar ze bleef om mijn bezwete voorhoofd te deppen. Ik deed mijn ogen dicht en raapte mijn moed bijeen.

Er werd aangeklopt en dat geluid klonk als muziek in mijn oren. Madame Le Calvez ging de kamer uit en kwam terug met een man. Toen ik hem zag schrok ik me dood. Waarom had ze de vroedvrouw niet gebeld? Waarom had ik een dokter nodig?'

Hij keek me aan en zei meteen: *'On va vous aider, madame.'* Ik was me er bewust van dat hij zijn tas met instrumenten openmaakte. Ik sloot mijn ogen en deed een schietgebed.

'Persen!' riep hij. 'Persen maar!'

Met mijn laatste restjes kracht perste ik uit alle macht, tot mijn oogballen uit elkaar leken te knappen. Een brandende kramp nam bezit van me, en weer moest ik schreeuwen.

'Doorgaan!' riep hij. 'Persen, persen!'

Ik was pijn. Het had me volledig overgenomen. Maar ik perste.

En toen, als een golf die over me heen sloeg, was het weg. Ik liet me achterovervallen op het bed.

Toen hoorde ik een kreetje. Mijn baby leefde! Tranen van pijn werden tranen van geluk.

'Het is een meisje,' hoorde ik Madame Le Calvez zeggen.

'Mag ik haar vasthouden?' kreunde ik.

'Ik zal haar even schoonmaken.' Dat was de dokter.

'Nee!' gilde ik. 'Geef haar aan mij.' Ik moest haar zien. Ik moest zien dat ze echt was.

Hij legde mijn kindje in mijn armen, en ik duwde mijn gezicht tegen haar warme lijfje en liet mijn tranen met haar versmelten. 'Ik zal heel goed voor je zorgen,' beloofde ik.

DEEL DRIE

1963

49

Parijs, mei 1963

Josephine

Als Josephine wakker wordt, kijkt ze om zich heen in het appartement van Isabelle en Eric en vraagt zich af of ze hier, in Parijs, gelukkig zou kunnen zijn. Een frisse start zou kunnen helpen. Ze zou zichzelf kunnen heruitvinden als een chique Parisienne in plaats van de boerentrien die ze zich voelt.

'Croissants!' Eric komt binnen met een papieren zak. 'Er is niets zo lekker als verse croissants als ontbijt, of wel?'

Isabelle heeft haar kamerjas aan. 'Wat lekker.' Ze kust Eric op zijn wang en neemt de zak over van hem. 'Ik ga koffiezetten.'

Josephine rekt zich uit. 'Ik ga eerst even mezelf wassen.'

Als Josephine terugkomt uit de badkamer heeft Isabelle de tafel gedekt met een pot koffie, croissants en aardbeienjam. Josephine gaat zitten, en Isabelle schenkt koffie voor haar in. 'Ik heb gisteravond iets besloten,' kondigt Josephine aan en kijkt van Isabelle naar Eric. 'Ik ga geen werktuigbouwkunde studeren, zoals Maman wil. Ik ga letteren studeren.'

Isabelle glimlacht. 'Wat spannend! Ik weet zeker dat je het fantastisch gaat vinden. Dan ben je de eerste in de familie die naar de universiteit gaat.'

'Is dat zo?' Het woord 'familie' lijkt plotseling andere connotaties te hebben gekregen sinds ze erachter is gekomen wie haar echte vader is. 'Dat kunnen we niet zeker weten. Misschien is mijn vader wel naar de universiteit geweest, of iemand uit zijn familie.' Ze bijt op haar lip, denkend aan de familie die ze nooit heeft ontmoet, zoals haar grootvader hier in Parijs. Waarschijnlijk haat hij haar, alleen al om het feit dat ze een Duitse vader heeft. Ze heeft het niet echt gemist dat ze geen opa en oma had, want ze had Soizic. Het is ook niet echt dat ze eenzaam is geweest, maar ze kan er niets aan doen dat ze zich afvraagt hoe hij zou zijn, de enige man in de familie, afgezien van Eric, die trouwens geen bloedverwant is. Zou ze durven vragen of ze hem kan zien? Wat kan dat voor kwaad? Hij kan hooguit nee zeggen.

'Denk je dat ik mijn opa kan opzoeken?' Haar woorden komen er helder en krachtig uit, het lukt haar de spanning die erachter zit te verbergen.

Eric snuift. 'Die ouwe bok? Ik kan het je niet aanraden.'

'Eric!' Isabelle werpt hem een boze blik toe.

'Hij heeft ze niet meer op een rijtje. Maar eigenlijk is-ie daar wel leuker door geworden.' Eric smeert jam op de onderkant van zijn croissant. 'Hij gaat niet meer zo tekeer als voorheen, of hij vergeet waar hij over tekeer wilde gaan.'

'Hij is soms een beetje in de war.' Isabelle verdedigt hem.

'Heeft hij het wel eens over mij?' vraagt Josephine.

Eric en Isabelle kijken naar haar. 'Nee,' antwoordt Isabelle uiteindelijk. 'Nee, dat niet. Ik weet niet zeker of hij nog weet dat hij een kleindochter heeft. En hij heeft het nooit over je moeder.'

'Misschien weet hij dan niet wie ik ben.'

'Dat is waar.' Isabelle lijkt het idee te overwegen. 'Ik kan het aan je oma vragen – zien wat ze zegt.'

'Wat hebben jullie vandaag nog meer op de planning staan?' Eric verandert van onderwerp terwijl hij de stukjes bladerdeeg van zijn mondhoeken veegt.

'De Eiffeltoren, het Louvre, lunch. En daarna winkelen.' Isabelle lacht naar Eric.

'Ga maar iets leuks halen.' Eric staat op en bukt zich om Isabelle een kus op haar kruin te geven. 'Vergeet niet dat ik jullie meiden vanavond mee uit eten neem.' Hij spoelt zijn handen af in de keuken en trekt een jasje aan. 'Tot een uur of zeven.'

'*Au revoir, chéri,*' roept Isabelle hem na terwijl hij de deur uit gaat.

Zodra hij weg is, richt Isabelle zich weer tot Josephine. 'Als je je opa wilt gaan opzoeken, dan waarschuw ik je wel dat hij nogal humeurig kan zijn. En hij schreeuwt veel, hij is zo doof als een kwartel.'

'Ik wil hem toch graag leren kennen.'

'Natuurlijk.' Isabelle schenkt koffie bij en kijkt Josephine aan. 'Het spijt me dat we niet echt familie voor je zijn geweest. Ik hoop dat we dat kunnen goedmaken. Ik ga Maman bellen.'

Isabelle doet de keukendeur achter zich dicht om met de telefoon in de gang te bellen.

Josephine breekt een vettige croissant doormidden en terwijl ze kijkt hoe het deeg uitrekt vraagt ze zich af of hij het goed zal vinden dat ze wil komen. Ze stelt zich voor hoe Isabelle aan de telefoon probeert haar grootmoeder te overtuigen, en ze heeft al het gevoel dat ze afgewezen gaat worden. Ze wil bijna opstaan om te zeggen dat Isabelle geen moeite hoeft te doen. Ze kan het niet verdragen om te horen dat hij haar niet wil zien, vanwege haar vader. Het is zo onrechtvaardig dat ze bijna woest wordt. Ze weet niet eens meer zeker of ze hem nog wel wil zien.

'Het is in orde.' Isabelle komt weer binnen. 'We kunnen er vanochtend naartoe. Je oma zegt dat hij waarschijnlijk niet beseft wie je bent, maar dan kun je hem tenminste wel leren kennen. We zullen je voorstellen als Josephine, en dan zien we wel hoe hij reageert. Hij is niet echt geïnteresseerd in mensen.'

Josephine doet een lepel jam op haar croissant en neemt een hap terwijl ze nadenkt.

'Hij is erg achteruitgegaan,' vervolgt Isabelle. 'Hij is in alles afhankelijk van je oma.'

Josephine slikt het hapje croissant door. 'Wat heeft het voor zin als hij toch niet weet wie ik ben?'

'Jij mag het zeggen, Josephine. Ik dacht dat je hem wilde zien.'

'Oké.' Ze slikt haar bezwaren in en bedenkt dat oma het sowieso leuk zal vinden om haar te zien, zoals Isabelle heeft gezegd.

Een uur later lopen ze door Jardin du Luxembourg naar het appartement van haar grootouders. Isabelle pakt Josephines hand. 'Wat een prachtige dag. Ik kan niet wachten om je Parijs te laten zien.'

'Uit!' roept iemand, en Josephine schrikt ervan. Dan klinkt het geluid van een racket tegen een tennisbal weer. Ze lopen over de paden met kastanjebomen erlangs, en stoppen even bij een clubje mannen met alpinopetten die *pétanque* spelen. Het is zo vredig, en het past goed bij haar stille, contemplatieve stemming. Als ze langs het meer lopen voor het grote landhuis, zien ze stelletjes tegenover elkaar op ijzeren stoelen zitten, met een schaakspel tussen hen in.

'Gaat het?' Isabelle knijpt in de hand van haar nicht.

Niet echt, zou het eerlijke antwoord zijn, maar Josephine zegt: 'Ja, het gaat wel, dank je.'

Ze lopen het park uit en Place Saint-Sulpice op, waar het kletterende geluid van het water in de fontein klinkt. Isabelle wijst in de richting van een straatje aan de overkant, en ze lopen weg van de fontein naar de verre hoek. Josephine voelt zich buiten adem terwijl ze Isabelle volgt over het plein en vervolgens de zijstraat in. Dan stoppen ze voor een grote bordeauxrode houten deur, en Isabelle drukt op de kleine bel, die het slot automatisch opent zodat ze kunnen doorlopen naar de entree. Daar drukt ze op de bel naast de naam Chevalier. Josephines naam. Haar grootmoeder doet de deur open, met open armen. Haar donkerbruine ogen zijn warm en er zitten kuiltjes in haar gerimpelde wangen. 'Bonjour, Josephine. *Bienvenue.*' Ze geeft haar drie kussen. 'Ik ben zo blij dat je eindelijk naar Parijs bent gekomen.'

Josephine is opgelucht dat ze blij lijkt om haar te zien en haar angstige gevoel neemt af. Ze kust haar oma's zachte wang en geniet van het gevoel welkom te zijn.

Ze volgen haar naar de keuken. 'Ik zet koffie,' stelt ze voor. 'Ga lekker zitten. Hoe was je reis, Josephine?' vraagt ze. 'Het is een eind, vanaf Trégastel.'

'Goed, dank u wel. Ik ben dol op de trein.' Maar eigenlijk wil ze het over haar vader hebben.

'Isabelle zei dat je het weet, van je vader.'

Haar oma lijkt haar gedachten te hebben gelezen, en Josephine voelt zich te kijk staan, alsof al haar verwarring en hartzeer op haar voorhoofd staan gedrukt.

'Het zal een enorme schok voor je zijn geweest.'

'Ja, dat is zo.' Josephine heeft nog niet kunnen uitleggen dat haar moeder niet weet dat zij het weet, en zelfs niet dat ze hier is. Nu is het nog moeilijker geworden om de onbedoelde leugen recht te zetten.

Haar oma knijpt in haar hand. 'Ik ben blij dat je het weet. Ik ben het er nooit mee eens geweest dat de waarheid bij je weg werd gehouden.'

Isabelle zucht, alsof ze zich stoort aan haar moeder, en ze staat op. 'Zullen we naar de huiskamer gaan, zodat Josephine haar opa kan ontmoeten?'

'Natuurlijk.' Haar oma pakt Josephine bij de hand. 'Maar hou er wel rekening mee dat hij in de war kan zijn.' Ze leidt ze naar de huiskamer, waar een oude man in een fauteuil zit, met een krant op zijn schoot. Hij kijkt op met grote bruine ogen.

Josephines oma buigt zich tot vlak bij zijn oor en zegt hard: 'Isabelle is hier.'

Hij knikt, en Isabelle bukt zich om hem op de vlekkerige wang te kussen. Dan gaat ze opzij. 'Ik heb iemand voor je meegenomen.' Zijn ogen gaan naar Josephine, hij stelt zijn focus scherp en kijkt haar aan met een staalharde blik. 'Dit is Josephine.' Isabelle glimlacht geforceerd. 'Je kleindochter.'

Josephine had niet verwacht dat ze dat meteen zou zeggen. Ze kijkt naar de grond, onzeker onder zijn priemende blik, en vraagt zich af of hij misschien denkt dat ze Isabelles dochter is. Hij probeert op te staan, maar zijn benen zijn zo dun dat ze hem amper lijken te kunnen houden. Haar oma zet een stap en pakt hem bij een arm, terwijl Isabelle de andere arm pakt, en zo helpen ze hem op te staan.

'Kom hier!' roept hij. 'Laat me je bekijken.'

Aarzelend komt Josephine dichterbij, bang voor zijn grote ogen, die in geen verhouding lijken te staan tot zijn kleine lichaam. Het maakt dat ze zich onhandig voelt en niet op haar gemak. Zijn adem piept in zijn borst terwijl hij haar bestudeert. 'Dus dit is mijn kleindochter, hè?' Hij kijkt naar zijn vrouw. 'Ik heb maar één kleinkind, toch?'

'Ja.'

'Hoe heet ze ook weer?'

'Josephine.' Zijn vrouw zegt het kalmpjes.

'Elise,' mompelt hij. 'Ja. Je lijkt op haar.' Hij strekt een bevende hand uit alsof hij haar wil aanraken, maar hij haalt het net niet. 'Je hebt dezelfde...' Hij maakt zijn zin niet af, maar hoest in een katoenen zakdoek. Dan houdt hij abrupt op en kijkt naar haar, met wakkere ogen. 'Ik hoop dat je een beter verstand hebt dan zij. Ze was altijd zo... koppig. Daarmee heeft ze zich wel in de nesten gewerkt. Ik wist wel dat het zo zou gaan.' Door zijn wimpers kijkt hij haar in de ogen. 'Maar je hebt je vaders ogen. Die ben ik nooit vergeten.'

'Je hebt hem nooit ontmoet, Papa.' Isabelle komt naar hem toe en legt een hand op zijn schouder.

De verwarring is zichtbaar in zijn blik, hij fronst. Dan verdwijnt de frons en moet hij lachen. Hij laat zich in zijn stoel vallen en begint te lachen, wat overgaat in gepiep.

Isabelle verdwijnt en komt terug met een glas water. Ze geeft het aan hem, en de losse huid op de rug van zijn handen trilt als hij het glas aanneemt, terwijl een ongemakkelijke stilte de kamer vult en hij een slok neemt. Hij slikt hoorbaar, je kunt de uitgezakte huid om de adamsappel zien meebewegen. 'Het was lang geleden.' Hij praat nu wat harder. 'Maar ik ben het nooit vergeten.'

'Wat, Papa?' Isabelle knijpt in zijn schouder.

'Weet je nog?' Hij verheft zijn stem, en kijkt naar zijn vrouw. 'Toen ik terugkwam?'

'Ja,' antwoordt ze. 'Ik weet het nog. Je was zo uitgemergeld en zo uitgeput, dat ik je amper herkende.'

'Ja! Die vuile Boches hebben me geprobeerd te vermoorden.'

Hij draait zich weer naar Josephine en kijkt haar weer aan. 'Hij had dezelfde blauwe ogen. Net als die van jou.'

Josephines oma doet een stap naar voren. 'Wie?' vraagt ze streng. 'Wie had dezelfde blauwe ogen?'

Hij schrikt merkbaar van de scherpte in haar stem. 'Wie?' Hij klinkt onzeker, alsof hij de draad van zijn gedachten kwijt is. Dan lichten zijn ogen plotseling op. 'Haar vader.' Hij prikt Josephine in haar borstbeen. 'Haar vader.'

50

Josephine

Josephine legt haar hand op haar borst, waar de oude man haar heeft geprikt. Het voelt net alsof hij recht naar binnen is gegaan en daar zijn koude verschrompelde vingers om haar hart heeft geklemd.

'Mais c'est pas possible!' zegt haar oma, half fluisterend. 'Je kunt hem niet hebben gezien!'

'Ik heb hem ontmoet!' roept hij en draait zijn gezicht weer naar zijn vrouw. 'Hij is hier geweest!'

'Hij kan hier niet zijn geweest!' roept ze. 'Hij was dood!'

Josephine voelt haar wereld wegglijden. Ze snapt niet hoe hij haar vader kan hebben ontmoet. Niemand snapt het. 'Wanneer dan?' vraagt Josephine. 'Wanneer is hij hier geweest?'

'Laat me even nadenken.' Er verschijnt een diepe rimpel tussen zijn wenkbrauwen. 'Het was winter, net na Kerstmis. Jij was weg.' Hij keek zijn vrouw aan. 'In Bretagne. Hij kwam hier, op zoek naar Elise.'

'Waar heb je het over?' Haar oma's stem kraakt.

De oude man maakt een gebaar alsof hij haar woorden wil wegwimpelen. 'Jij luistert nooit naar me.' Hij zakt achterover in zijn stoel alsof hij geen puf meer heeft.

Josephine leunt voorover en kijkt hem in de ogen. 'Weet u nog in welk jaar?'

'Na de oorlog. Twee jaar.' Hij denkt na. 'Of misschien drie. Het was lang geleden. Ik weet het niet precies.'

Josephines oma strompelt naar achteren en steekt haar armen uit alsof ze zich wil vasthouden om niet te vallen. Isabelle slaat haar armen om haar moeder heen.

De oude man kijkt hen aan. 'In godsnaam, wat is er mis met jullie?'

Hij zucht en wendt zich weer tot Josephine. 'Hij had van die lichtblauwe ogen. *Putain de Boche*. Ik heb gezegd dat-ie weg moest wezen. Hij had geluk dat ik hem niet heb vermoord.'

Josephine slikt en staart haar opa aan. 'Dat was mijn vader.' Hij was niet dood! Hij was toen dus nog in leven. Hij zou misschien nog in leven kunnen zijn. Deze gedachte stuurt een schokgolf door haar ruggengraat, die zich verspreidt over de rest van haar lichaam alsof iemand haar net heeft opgetild, door elkaar geschud en terug op de grond gezet – een ander mens.

'Ja! Jouw vader! De Boche! Ik heb gezegd dat Elise was doodgeschoten! Net goed voor die rotzak. Daarna is-ie weggegaan. Nooit meer teruggezien.'

Isabelle draait zich naar hem om. 'Hoe kon je dat doen?' roept ze. 'Weet je wel wat je hebt gedaan?'

Josephines oma maakt zich los uit Isabelles armen en komt dichter bij haar man staan. Ze trilt en haar gezicht is rood. 'Heb je hem gezegd dat Elise dood was?'

'Ja!' roept hij. 'En toen hielden al die stomme brieven ook op.'

'Brieven? Welke brieven?' zegt zijn vrouw luid.

Zijn schouders zakken en hij leunt achterover in zijn stoel alsof dit gesprek hem volledig heeft uitgeput.

'Welke brieven?' herhaalt Josephine de vraag.

De oude man schudt zijn hoofd. 'Geen brieven. Ik haal alles door elkaar.'

Josephines oma ploft neer op de bank. 'Wat heb je gedaan? Wat heb je gedaan?'

Hij schudt zijn hoofd, en het uitgezakte vel van zijn wangen trilt mee. 'Vrouwen!' roept hij. 'Wat is er mis met jullie? Jullie maken altijd van een mug een olifant. Je had erbij moeten zijn! Jullie hadden moeten zien wat ze ons hebben aangedaan.' Hij sluit zijn ogen alsof het hem allemaal te veel wordt.

Isabelle wendt zich tot Josephine. 'Hij kan nog leven!' Ze grijpt Josephine bij de arm. 'Twee jaar na de oorlog. Misschien leeft hij nog.'

Het bloed bonkt in Josephines oren. Haar vader zou gewoon ergens rond kunnen lopen. Ergens daar buiten. 'Over welke brieven heeft hij het?'

'Ik weet het niet.' Isabelle knijpt in Josephines arm. 'Laat hem maar even. Hij is moe.'

Josephine kijkt hoe de borst van de oude man op en neer gaat, alsof ademen hem te veel moeite kost. Zijn ogen zijn dicht en het ziet eruit alsof hij in slaap is gevallen. Maar ze is ongeduldig. 'Mijn vader moet brieven hebben geschreven.' Josephine kijkt Isabelle aan. 'Hij moet Maman hebben geschreven.'

Isabelle knikt maar ze zegt niets.

Josephine slikt, moeizaam. Als ze de brieven kunnen vinden, dan komen ze achter zijn verhaal.

51

Parijs, mei 1963

Josephine

'We hebben zijn naam. Het Rode Kruis zal hem kunnen vinden.' Josephine denkt dat ze hem kan opsporen zonder de brieven, en een zindering van opwinding trekt langs haar nek naar beneden. Ze aarzelt, waarom heeft haar moeder niet geprobeerd hem te vinden? 'Waarom heeft Maman hem na de oorlog niet gezocht?' Haar eigen stem klinkt haar kleintjes en ver weg in de oren, timide, alsof ze dit soort vragen niet zou mogen stellen, alsof ze daar geen recht op heeft.

Haar oma schudt haar hoofd. 'We dachten dat hij gedood was. We wisten het zeker. Toen ze hem kwamen halen... met zo veel geweld. Het was angstaanjagend. En ze heeft nooit meer iets van hem gehoord.'

Scherp, hard gehoest komt uit de huiskamer de keuken in. 'Blijf maar hier,' zegt Josephines oma. 'Ik ga wel.'

Zo veel geweld. Josephine wil achter de waarheid komen, maar tegelijkertijd is ze ontzettend bang. Wat kan haar vader hebben gedaan? Wat heeft hij ondergaan? Maar haar honger om het te weten is sterker dan wat dan ook, en nu ze zo dichtbij is, groeit haar ongeduld. Ze staat op, loopt naar de huiskamer en gluurt van achter de deur. Haar oma geeft opa een glas water en vouwt zijn vingers om het glas. Josephine is verbaasd door de tederheid van dat gebaar. 'Je was even ingedommeld,' hoort ze haar zeggen. 'Je was net aan het vertellen over die brieven.'

'Brieven?' Hij grijpt haar hand vast. 'Heb ik daarover verteld?'

'Ja, je hebt erover verteld.' Ze aait over zijn kale hoofd. 'De brieven van Josephines vader. Waar zei je dat je ze had bewaard?'

'Bewaard?' herhaalt hij, schuddend met zijn hoofd. Josephine stopt met ademhalen, doodsbang dat hij niet meer weet waar ze zijn, of het niet wil zeggen. Of nog erger, dat hij ze heeft vernietigd. 'Ja,' zegt hij, zo zacht dat ze het maar net hoort. 'Ik heb ze weggedaan.'

'Dat zei je, ja,' liegt haar oma. 'Waar heb je ze gelaten?'

Hij fronst, steekt een van zijn leerachtige handen onder zijn hemd en haalt een sleutel aan een koord tevoorschijn. Hij staart naar de sleutel. 'Ik moest ze verstoppen.' Hij houdt de sleutel in zijn vuist. 'Ik moest wel, anders zou jij ze aan haar hebben gegeven.'

'Ja,' zegt ze vleiend. 'Je wilde je gezin beschermen.'

Hij knikt. 'Ja. Ja, inderdaad.' Maar zelfs Josephine kan de twijfel en de verwarring in zijn stem horen.

Zachtjes pakt oma de sleutel uit zijn hand en tilt het koord over zijn hoofd. 'Is dit de sleutel van je kastje, naast het bed?'

Hij knikt en laat zich weer achterover zakken, met een diepe zucht, alsof hij is verlost van een zware last.

Josephines oma loopt naar de deur. Josephine stapt naar achteren en laat haar erdoor. 'Heb je geluisterd?'

'Ja.' Josephines hart bonkt als een gek, als de vleugels van een vogel die vastzit. Ze loopt achter haar oma aan de slaapkamer in. Met trillende vingers steekt haar grootmoeder de sleutel in het slot, draait hem een kwartslag en trekt dan het houten laatje open. Josephine houdt haar adem in. Lichtblauwe enveloppen liggen door elkaar heen. Op alle postzegels staat het hoofd van de koning van Engeland. Josephine bukt zich en laat haar hand over de brieven gaan, wetend dat hier het verhaal van haar vader ligt. Ze streelt ze alsof ze iets heel kostbaars heeft ontdekt.

Haar grootvaders raspende ademhaling doorbreekt de stilte. Ze draait zich naar hem om en ziet zijn lichaam schudden. Hij kijkt haar aan met niet-begrijpende ogen, alsof hij zich niet kan herinneren wie ze is en wat ze daar doet.

'Elise.' Hij staart Josephine aan. 'Ik heb ze verstopt voor je eigen bestwil.' Hij fronst, er vormen zich diepe rimpels in zijn voorhoofd, en dan schudt hij zijn hoofd. 'Ik wou geen Boche in de familie.'

52

Parijs, mei 1963

Josephine

Haar opa's haat tegen alles wat Duits was moest wel allesoverheersend zijn geweest, en alles wat in het kielzog daarvan sneuvelde, was nevenschade. Josephine zelf is nevenschade. Haar moeder ook.

Die nacht ligt ze wakker, denkend aan al die brieven, die al die jaren verstopt waren, brieven die haar vader hadden kunnen vinden, die haar moeder met hem hadden kunnen verenigen. Wat zou erin staan? Ze zitten in een grote bruine envelop onder in haar koffer, klaar om mee naar huis te nemen, naar haar moeder. Maar wat als ze er eentje zou openen? De laatste. Daar zou een adres bij kunnen zitten, een aanwijzing of haar vader nog leeft, of zelfs waar hij nu is. Ze verdient het toch om dat te weten? Dat is toch haar goed recht?

Ze duwt de lakens van zich af, staat op van de bank en tast in het donker langs de muur naar de lichtschakelaar. Zodra de kamer baadt in het licht, loopt ze naar de koffer toe. Ze doet hem open, steekt snel haar handen erin en trekt de grote envelop eruit. Ze keert hem om en schudt de dunne blauwe enveloppen op haar bed, controleert de poststempels en legt ze in chronologische volgorde. De eerste heeft als datum 14 mei 1945, een maand na haar geboorte, zes dagen na de capitulatie van de Duitsers. En de laatste is van 15 januari 1948. Bijna drie jaar aan brieven. Honderden in totaal. Elke brief is een enkel vel uiterst dun papier, dat twee keer gevouwen moest worden om er een envelop van te maken, zo licht mogelijk voor luchtpost. Ze kan er niet eentje openmaken en weer dichtdoen zonder hem te scheuren. Ze maakt er een stapel van en stopt ze terug in de envelop.

Als Josephine de volgende ochtend wakker wordt, zit Isabelle in de leunstoel, met een beker koffie. Ze staat op en geeft Josephine een kus. 'Koffie?'

Josephine strekt haar armen hoog boven zich uit en gaapt. 'Ja, graag.' Ze volgt Isabelle de keuken in.

'Vandaag dacht ik je mee te nemen naar de Tuilerieën. We kunnen door de tuinen lopen naar het Louvre.' Isabelle schenkt koffie in. 'Wil je de *Mona Lisa* zien?'

'De *Mona Lisa*?' Dat interesseert Josephine op dit moment echt niet meer. 'Ik ben niet echt in de stemming voor een toeristische toer. Ik wil naar huis, om de brieven aan Maman te geven.' Josephine moet weten wat erin staat.

'Maar je hebt nog amper iets van Parijs gezien!' Isabelle kijkt sip. 'Je kunt niet nu al weg. Die brieven kunnen nog wel een dag of twee wachten. Je moeder komt toch pas zaterdag thuis.'

'Ik moet dit gaan uitzoeken.' Josephine vindt het niet leuk om haar tante teleur te stellen, maar ze denkt de hele tijd aan wat er in die brieven zou kunnen staan. Aan de andere kant mag ze ze pas in het weekend openmaken. 'Opa is compleet gestoord, of niet? En wreed. Hij heeft ze achtergehouden.'

'Hij heeft geleden. En hij was boos. Je moet niet vergeten wat hij heeft meegemaakt. Hij heeft drie jaar gevangen gezeten. Dat heeft hem geen goed gedaan.' Ze draait zich om naar het aanrecht om warme melk bij Josephines koffie te schenken. Josephine neemt de kop koffie van haar aan, en ze gaan terug naar de huiskamer, waar ze in de leunstoelen gaan zitten, hun voeten opgetrokken. Het beeld van haar grootvader staat Josephine levendig voor ogen, zijn grote, wazige ogen, zijn diepe frons, de verwarring, het geschreeuw. Om zo te liegen, te doen alsof zijn eigen dochter dood was. Hoe kon hij dat doen?

'Ga nog niet terug, Josephine. Je moet hier blijven, genieten van de stad, en je geen zorgen maken over wat er vroeger allemaal gebeurd is. Dat is achter de rug.' Isabelle kijkt Josephine medelijdend aan. 'Ik weet dat je alles te weten wilt komen over je vader, maar daar heb je straks ook nog alle tijd voor.'

'Ik moet weten of hij nog leeft.'

'Dit klinkt misschien hard, maar dat is te laat, of niet soms? Hij was er niet toen jij opgroeide.'

'Nee! Het is niet te laat.' Onverwachts lopen haar ogen vol tranen. Het lijkt wel of niemand begrijpt hoe ze zich voelt.

'Sorry, lieverd.' Isabelle zet haar koffie op de salontafel en pakt die van Josephine en zet die ook neer. Daarna slaat ze een arm om Josephines schouder en drukt haar stevig tegen zich aan. 'Wat ongevoelig van me. Natuurlijk heeft dit alles op zijn kop gezet. Als je naar huis wilt, dan gaan we een trein voor je zoeken. Parijs kan wachten.'

'Dank je wel,' fluistert Josephine, terwijl ze zichzelf herpakt en haar tranen wegveegt. Ze maakt zich los van Isabelle. 'Ik kan vrijdag teruggaan.'

Isabelle glimlacht en geeft haar een kus op haar wang. 'Ja, dat is veel beter. Dan hoef je niet meteen weg terwijl je er pas net bent.'

'Niemand heeft het over wat er allemaal is gebeurd, hè? In de oorlog.' Josephine wil er nog steeds over praten, ze kan zich nauwelijks voorstellen hoe het geweest moet zijn, en hoe het mensen moet hebben beïnvloed.

Isabelle zucht alsof dit niet het gesprek is dat ze wilde hebben. 'Er was te veel dat we wilden vergeten. En dit is een nieuw tijdperk. We hebben zo veel vrijheid. Je kunt je niet voorstellen hoe het toen was.' Ze gaat zachter praten. 'We werden gereduceerd tot tweederangsburgers. Minder nog dan tweederangs. We hadden geen rechten. We hadden altijd honger, maar het ergste was de angst. Je kon voor niets gearresteerd worden, of enkel vanwege een vermoeden. We waren dankbaar dat we niet Joods waren.' Ze denkt na. 'Heb je je moeder wel eens gevraagd wat ze tijdens de oorlog heeft gedaan?'

'Naast slapen met de vijand?'

'Je hebt het niet met haar besproken, of wel?'

'Ze wilde er nooit over praten.'

'Vraag het haar. Vraag het als je terug bent.'

53

Bretagne, juni 1963

Elise

Ik schrik wakker. Het is weer die terugkerende droom. Die ene waarin ik Josephine nergens kan vinden. Ik ren over de rotsen, steeds maar weer, en zoek haar, wanhopig, maar elke keer dat ik denk haar te hebben gevonden, is het niet meer dan een donkere lege plek in de schaduw van een rots. Ik roep haar naam, maar die gaat op in de wind. Het is de schreeuw die me terug in de echte wereld brengt, en ik word wakker met haar naam die me op de lippen besterft.

Natuurlijk ben ik doodsbang om haar te verliezen. Het is een diepgewortelde angst die zijn oorsprong vindt in toen ze nog maar een baby was en ik haar elke week moest achterlaten. Ze moest al heel jong leren om het zonder me te doen. Misschien is ze daar wel te goed in geworden. Ik wou dat ze me meer nodig had. Ze betekent alles voor me. Ze is mijn hele wereld.

De meeuwen maken een enorme herrie, en ik weet dat ik niet meer in slaap zal vallen, daarom glip ik mijn bed uit en loop naar de keuken. Monsieur Beaufort is al wakker en hij maakt toast. 'Zaterdag,' zegt hij, alsof ik dat niet wist. 'Ik kan je om twaalf uur een lift geven naar het station. '

Als ik aankom in Lannion staat Soizic te wachten op de gebruikelijke plek bij het station. Ik open het portier en ga naast haar zitten.

'Elise,' zegt ze voordat ze de motor start. Een ijskoude angst beklemt me door de nadruk waarmee ze mijn naam zegt. 'Er is iets gebeurd deze week.'

'Wat?' De angst neemt toe.

'Josephine heeft haar geboorteakte gevonden.'

‘Wat?’ De angst stolt tot een harde klomp op de bodem van mijn maag. ‘Hoe dan?’ Och jezus, hoe kon ik zo stom zijn geweest, dat ik dit niet zag aankomen.

‘Ze is ernaar op zoek gegaan. Je had hem beter moeten verstoppen.’

‘Ze heeft de naam van haar vader gezien.’ Golven van schuldgevoel en angst spoelen door me heen terwijl ik probeer me haar schrik voor te stellen. ‘Is ze in orde? Wat zei ze?’

‘Ze is overstuur.’

‘Ze zal me haten!’ Wat een stomkop ben ik geweest. Dat ik de waarheid zo lang verborgen heb gehouden.

‘Ik heb gezegd dat je het haar wilde vertellen – maar dat ik je ervan heb weerhouden.’ Ze wacht, haar vingers hebben de sleutel vast, maar nog start ze niet. ‘En er is meer, Elise. Ze is naar Parijs gegaan. Ze is bij Isabelle geweest. Ze is al terug.’

Parijs? En al terug? Hoe kan dit allemaal in vijf dagen gebeurd zijn? ‘Heb je haar naar Parijs laten gaan?’ Het klinkt als een beschuldiging, en dat is het ook.

‘Ik kon haar niet tegenhouden. Je weet hoe ze is.’

‘Ik had het haar eeuwen geleden moeten vertellen.’ Ik bijt hard op mijn onderlip. ‘Ik had nooit naar je moeten luisteren.’

‘Het was onmogelijk.’ Soizic schudt haar hoofd alsof ze zichzelf wil overtuigen. ‘We hebben gedaan wat goed was. Jij zou zijn buitengesloten, en Josephine… Kijk hoe ze dat arme kind, die Albert hebben behandeld. Zelfs de leraren lieten hem links liggen, of ze gaven hem straf om niks. De schande zou ondraaglijk zijn geweest.’

Daar had je het weer, dat woord voor wat ze me lieten voelen. *La honte.* De schaamte die me vanuit Parijs heeft achtervolgd naar hier. De schaamte waardoor ik tegen mijn dochter heb gelogen, die zorgde dat ik haar haar vader heb onthouden. Ik haat mezelf dat ik eraan heb toegegeven, dat ik het mijn leven heb laten verpesten.

‘En wat zou het voor zin hebben gehad?’ gaat Soizic verder. ‘Hij is nooit teruggekomen, of wel? Je moest alles zelf maar zien op te lossen.’

‘Dat was niet zijn schuld!’

'Hij had voorzichtiger moeten zijn. Hij had veel beter voor je moeten zorgen.'

'Nee! Ik had veel beter voor hem moeten zorgen. Het was mijn schuld. Alles is mijn schuld geweest. Ik heb alles verprutst, en nu ben ik bang om mijn dochter kwijt te raken.'

Soizic kijkt me lang aan. 'Je moet jezelf vergeven, Elise.'

'Wat?' Hoe kan ze het nu hebben over vergiffenis? 'Kom, laten we gaan,' dring ik aan. 'Ik moet haar zien.' Ik verlang er zo erg naar om haar vast te houden, dat het bijna pijn doet.

Soizic start de motor en trekt op. Mijn handen heb ik strak gevouwen op mijn schoot, met witte knokkels die naar me kijken. Mijn verlangen om bij Josephine te zijn is urgent, maar Soizic rijdt met een slakkengang, alsof ze niet naar huis wil. Een beladen stilte vult de kleine ruimte, en de bal van angst in mijn maag groeit.

'Is er nog iets anders wat je me wilde vertellen, Soizic?' vraag ik.

'Josephine heeft haar grootvader gezien.'

'*Quoi!* Waarom in godsnaam?' Ik zie hem nu voor me, terwijl hij allerlei lelijke dingen tegen haar schreeuwt. Isabelle had beter moeten weten dan haar daarnaartoe mee te nemen.

'Ze wilde hem ontmoeten.' Ze kijkt opzij naar me. 'Ik moet het Josephine laten vertellen.'

'Wat vertellen? Wat is er gebeurd?'

Soizic kijkt weer op de weg en staart resoluut vooruit. 'Laten we wachten tot we thuis zijn.'

'Alsjeblieft, vertel het me gewoon.'

'Bien, misschien is het ook beter als je voorbereid bent.'

Die zin geeft me de rillingen. 'Voorbereid op wat?'

'Josephine heeft een aantal brieven ontdekt.'

'Wat voor brieven?'

Met een diepe zucht schakelt ze terug om de bocht te nemen. 'Brieven van... van haar vader. Aan jou.'

'Sebastian? Waar heb je het over? Er zijn helemaal geen brieven. Hij heeft nooit geschreven.'

'Wel waar.' Ze zegt het simpel, met haar blik nog steeds op de weg.

Mijn hart gaat tekeer, de woorden verdringen zich in mijn keel en verstikken me.

'Hij heeft naar je geschreven, maar je vader heeft de brieven onderschept voordat iemand ze zag. Hij heeft ze verstopt.'

'En ik dacht dat hij dood was!' Mijn stem klinkt hoog en paniekerig. Ik probeer adem te krijgen. 'Stop de auto!' roep ik. Ik wil eruit springen. Ik wil rennen.

'Rustig. Ik stop wel even.'

Ik probeer mijn gevoel uit te schakelen terwijl zij een plek zoekt waar ze kan stoppen. Ze rijdt een soort karrenspoor op, dat naar een boerderij leidt. Zodra we stilstaan, gooi ik de deur open en spring naar buiten, happend naar adem. 'Ik dacht dat hij dood was!' roep ik.

Ik ben me bewust van Soizic die bij me staat. Ze raakt mijn schouder aan maar ik sla haar hand weg. 'Is hij niet dood?' schreeuw ik naar haar.

'We weten het niet. We hebben de brieven nog niet opengemaakt. Ze zijn aan jou gericht. Josephine heeft ze.' Soizic praat in korte zinnen, alsof deze dingen niets met elkaar te maken hebben.

'Leeft hij nog?' vraag ik, meer aan mezelf dan aan haar. 'Is hij in leven?' Een brandend verlangen om het te weten vervult me en neemt het over van al mijn angst, al mijn woede. 'Ik moet de brieven zien,' zeg ik terwijl ik terugloop naar de auto. 'Nu meteen.'

De volgende minuten rijden we in stilte, terwijl ik het probeer te bevatten. Als hij brieven heeft geschreven, dan is hij niet omgebracht. 'Heeft mijn vader de brieven verstopt?' Kan dat echt waar zijn?

Soizic legt een hand op mijn knie, haar blik is op de weg gericht. 'Het spijt me, ik had het je niet moeten vertellen. Ik had moeten wachten tot we thuis waren.'

De tranen stromen over mijn gezicht. 'Ik heb hem niet gezocht! Ik ben hem niet gaan zoeken,' herhaal ik, meer tegen mezelf dan tegen haar. Schuld en verdriet slaan over me heen als een stroming die me onder water trekt. Ik kan amper ademen als ik eraan denk. Ik sla dubbel en verberg mijn hoofd in mijn schoot.

54

Bretagne, juni 1963

Elise

'Elise.' In Soizics stem klinkt zorg door. 'We zijn er bijna.'

Ik til mijn hoofd op. Hoe ga ik mezelf bij elkaar houden?

We rijden de oprit op. Daar staat Josephine, de wind slaat om haar heen en blaast haar blonde haar uit haar gezicht. Ze ziet er zo bleekjes en fragiel uit zoals ze daar staat in een vaal geworden zomerjurk. In haar hand heeft ze een grote bruine envelop. Daar zitten de brieven in. Dat weet ik.

Met bonzend hart open ik het portier en stap uit. 'Het spijt me, Josephine.' Mijn hand zweeft in de ruimte tussen ons, want ik wil haar aanraken, haar vasthouden, ik wil zien wat er in de envelop zit. Maar ze deinst terug met een woeste blik in haar ogen.

'Waarom heb je het me niet verteld?' Het komt er bits uit, maar ik voel de pijn erachter.

'Ik wilde het wel! Ik wilde het je vertellen, Josephine.' De woorden komen er tussen mijn happen naar adem uit. Ze zeggen niet wat ik wil zeggen, hoe wanhopig graag ik de waarheid had willen zeggen, hoe het verbergen ervan aan me vrat.

'Dat had je moeten doen.' Ze stelt het zo simpel, alsof het ook simpel zou zijn geweest. Ze kan niet begrijpen hoe het was voor mij, voor ons allemaal.

Mijn blik gaat van haar gezicht naar de envelop in haar hand.

Ze houdt hem omhoog maar geeft hem me niet. 'Heeft Soizic verteld over de brieven?'

Ik bijt op mijn onderlip en knik, alsof onze rollen zijn omgedraaid en ik nu het kind ben.

'Dat dacht ik al.' Ze geeft me de envelop. Dan stapt ze achteruit, krabt aan haar voorhoofd met haar pink, net als toen ze klein was en iets niet begreep. 'Het ziet ernaar uit dat deze familie nog meer geheimen heeft.' Haar blik glijdt over de envelop.

Ik draai hem om. Ik voel het leven erin vibreren, de antwoorden op de vragen die ik mezelf stel sinds die avond dat ze Sebastian hebben weggehaald. Ik kijk weer naar Josephine, maar ze staart mat voor zich uit. Ik wil de envelop zo graag openmaken, maar tegelijk ben ik doodsbang.

'Elise,' zegt Soizic die achter me staat. 'Laten we naar binnen gaan, dan kun je ze boven openmaken.'

'Ja, waarom niet,' zegt Josephine. 'Dan kun je ze boven openmaken. Want ik heb er toch niets mee te maken.'

Haar pijn is hoorbaar. 'Kom met me mee, Josephine. Dan maken we ze samen open.' Ik druk de envelop met één hand tegen mijn borst, en met de andere pak ik Josephines hand. Die is stijf en ik voel weerstand, maar ze trekt hem niet weg. 'Deze brieven zijn aan mij gericht, maar ze zijn van ons allebei. En het is niet alleen mijn verhaal. Het is ook jouw verhaal.' Ik voel haar hand zachter worden. Er moeten geen geheimen meer zijn tussen ons, en ik wil dat we dit samen doen, dat we samen achter de waarheid komen. We lopen het chalet in, en Soizic komt achter ons aan.

'Ik ga de lunch klaarmaken.' Soizic blijft in de keuken, terwijl Josephine en ik naar de huiskamer gaan. Ik laat haar hand vallen en maak de grote bruine envelop open, stort hem leeg op de koffietafel. Dunne blauwe enveloppen vallen eruit. Het moeten er wel meer dan honderd zijn.

Ik deins naar achteren, met mijn handen voor mijn gezicht geslagen, en een jammerklacht stijgt op vanuit mijn buik. Ik druk mijn lippen dicht met een vinger en slik het geluid in. Er ontsnapt me een snik.

Gelukkig blijft Josephine op haar plaats staan. Als ze me zelfs maar zou aanraken, dan verlies ik de controle. Ik val op mijn knieën voor het tafeltje, maar ik durf de kwetsbare stukjes papier niet aan te raken, bang dat als ik dat doe ze zullen verdwijnen, dat ze op een of andere manier niet echt zijn, dat dit allemaal een droom is. Ik staar naar het tafeltje en voel de tijd verschuiven. De wereld kantelt en ik glijd achteruit. Ik focus op Josephine, op het feit dat ze hier bij mij is, en ik probeer me vast te houden. Ik steek mijn trillende hand naar haar uit en wil zo graag dat ze hem vastpakt.

En dat doet ze. En ik word teruggebracht. Ik houd haar hand stevig vast en dwing de woorden uit mijn dichte keel. 'Hoeveel?'

'Honderdeen. Ik zal ze op volgorde leggen.' Ze verplaatst ze behendig op de tafel, waarbij ze sommige op de grond legt om ze later weer te pakken en op de juiste plek te leggen. Het enige geluid komt van mijn adem die ik hoor ruisen in mijn oren, maar haar langzame afgemeten bewegingen hebben een kalmerend effect, en ik merk dat ik weer regelmatig begin te ademen.

'Dit is de eerste,' Josephine houdt hem op. 'Die is van 14 mei 1945.'

'Een maand na jouw geboorte,' mompel ik.

Ze kijkt me aandachtig aan. 'Hierin zal staan waar hij naartoe is gegaan, wat er met hem is gebeurd na de oorlog.'

Knikkend pak ik de brief van haar aan en draai hem om in mijn handen. Hij zit strak dicht, en ik moet een hoekje inscheuren zodat ik mijn vinger erin kan steken om hem open te ritsen. Mijn ogen vliegen eroverheen, zo graag willen ze het weten. Waar is hij heen gegaan?

Lise, mijn lief,

Verder kom ik niet. Ik doe mijn ogen dicht en hoor zijn stem die in mijn oor fluistert: *Lise.* Mijn lichaam krimpt ineen alsof de kern eruit is gevallen, en ik zijg op mijn knieën.

Wat staat er, Maman?' Josephines stem bereikt me. Ik kijk op naar haar, dan weer naar de brief, en wil zijn woorden wel en niet lezen, wetend dat mijn hart helemaal opnieuw zal breken. Ik begin te lezen, eerst in mijn hoofd, en dan hardop voor Josephine.

De oorlog is voorbij! We hebben vrede, en ik zal zorgen dat ik mijn weg weer vind naar jou. Ik ben nu in Engeland. Krijgsgevangene, maar ik ben gezond, en veilig. Ma chérie, zeg me dat het goed met je gaat. Zeg me dat ze je geen pijn hebben gedaan.

Instinctief vliegen mijn handen naar mijn hoofd, dankbaar dat hij niet wist wat ze met me hadden gedaan. Ik ga door met lezen.

Ik ben krijgsgevangene sinds september, maar ik word binnenkort vrijgelaten, en dan zit ik op de eerste boot terug naar Frankrijk. Terug naar jou.

Is hij echt teruggekomen voor mij? Een traan ontsnapt uit mijn ooghoek en biggelt naar mijn mond. Ik veeg hem weg met een vinger. Ik had op hem moeten wachten in Parijs. Bittere tranen van spijt en verlies glijden langzaam van mijn gezicht op het dunne papier en vlekken de zwarte inkt. Door de tranen heen lees ik verder.

Jij zit achter elke gedachte die ik heb. Alles wat ik doe. Ik droom van hoe ik je terugvind, hoe we in vrijheid onze liefde kunnen delen. Dat is waarom ik wil leven.

'Maar waar is hij nu?' Josephine wil de feiten. Ze moet weten of ze een vader heeft. Ze geeft me nog een envelop. 'Lees deze, Maman. Dit is de laatste.'

Ik pak de brief aan en rits hem open.

DEEL VIER

1944

55

Parijs, 17 augustus 1944

Sebastian

De mannen grepen Sebastian en sleurden hem Elises appartement uit. Om haar te sparen had hij geen geluid gemaakt toen ze hem tegen zijn nieren trapten en hem in zijn gezicht stompten. Hij liet het over zich heen komen en probeerde geen kik te geven terwijl ze hem wegsleepten, een verlaten steeg in. Ze gingen hem neerschieten op een plek waar ze geen getuigen zouden hebben. Hij kneep zijn ogen dicht toen ze hem op de grond gooiden, en hij bad: *Alstublieft God, hou Elise veilig.* Direct daarop kwam de klap tegen zijn hoofd. Hij voelde zijn bewustzijn wegvloeien.

Hij werd wakker op een keiharde betonnen vloer. Hij wist niet hoe lang hij daar al lang, maar het voelde als eeuwig. Zijn ribben straalden pijn uit en zijn ogen zaten dicht van de zwelling. Hij deed geen moeite om ze open te krijgen. Zijn handen waren achter zijn rug vastgebonden en zijn benen bij de enkels.

Op zijn zij liggend trok hij zijn knieën op tegen zijn borst. Hij voelde de kou in zijn hele lichaam, tot op zijn pijnlijke botten, en hij begon oncontroleerbaar te rillen. De smaak van ijzer in zijn mond deed hem kokhalzen. Een deur klikte open. Of ging hij dicht? Hij hoorde voetstappen naast zijn hoofd en hij bereidde zich voor op een nieuwe reeks trappen, maar in plaats daarvan kreeg hij iets koels tegen zijn lippen. Water sijpelde zijn mond in en hij probeerde het door te slikken, maar zijn keel was gezwollen. Hij sputterde en verslikte zich. Hij werd door een aantal armen opgetrokken. Het lukte hem om te slikken, en iets van het koele water bereikte de achterkant van zijn keel. Hij probeerde een oog open te doen, om te zien wie er naast hem stond, maar het enige wat hij kon zien was een pluk bruin haar. Al het andere was vaag en wazig. Handen duwden zijn hoofd terug op de harde grond, en hij voelde dat hij weer buiten bewustzijn raakte.

Toen hij weer bij bewustzijn kwam, was hij alleen. Zijn schouders waren stijf en hij probeerde zijn polsen los te wrikken uit het touw, maar hoe meer hij bewoog, hoe strakker ze kwamen te zitten.

Ineens zwaaide de deur open en hij kreeg hem in zijn gezicht. Hij hoorde een man lachen. Toen kwam er licht de cel in, wat pijn deed aan zijn ogen. Sterke armen hesen hem overeind. Zijn ribben klopten van de pijn en zijn hoofd voelde alsof het was doorkliefd met een bijl.

'Hij ziet er niet uit. We moeten hem wassen.' Iemand duwde hem in een stoel, maar hij kon niet rechtop zitten. 'Ze hadden hem niet zo erg in elkaar moeten slaan.'

'Het had erger kunnen zijn. Hij leeft tenminste nog.'

'Ja, we kunnen hem nog gebruiken. Pascal wil een gevangenenruil doen.'

Sebastians hoofd tolde, de mannenstemmen zweefden om hem heen alsof ze uit een andere wereld kwamen. Hij voelde dat hij ging omvallen. Handen vingen hem op en hij werd rechtop gehouden terwijl iemand touw om zijn bovenlichaam wikkelde, waarmee hij aan de stoel werd gebonden. Zijn ribben deden vreselijk veel pijn, ze voelden gekneusd, en hij maakte zich op voor de eerste klap in zijn gezicht.

Maar er kwam geen klap. In plaats daarvan voelde hij een natte doek op zijn gezicht, en hij hoorde dezelfde stem als daarvoor.

'Ze heeft je verklikt, want ze dacht dat we haar hoerendochter dan zouden sparen.' Hij lachte, het was een gemene, smerige lach. 'Waarom zouden we ons aan een afspraak hoeven houden met een vieze collabo?'

Elises moeder had hem aangegeven! Golven van woede en diepe droefenis sloegen over hem heen. Dat ze dat zou doen om haar dochter te beschermen. Hij had haar kunnen vertellen dat deze deals nooit werden gerespecteerd. Wat zou er nu met Elise gebeuren? Hij sloot zijn ogen en probeerde de beelden van wat ze met haar konden doen buiten te sluiten. Wat er met hemzelf gebeurde maakte hem niet meer uit. Het ging hem alleen om Elise. *Doe haar alsjeblieft geen kwaad,* smeekte hij in zijn hoofd. *Alles, maar dat niet.*

Ze maakten hem los en lieten hem achter in de kelder met alleen een kom water, een halve harde baguette en een emmer voor zijn behoeften. Twee dagen later namen ze hem mee door de straten, met een vuurwapen tegen zijn achterhoofd. Zijn ribben deden vreselijk pijn, en ook zijn zij voelde alsof er een mes in stak. Bij elke stap verkrampte hij en hij probeerde zich alleen te richten op de grond onder zijn voeten, niet op de mensen op straat. Fransen waren bezig stoeptegels te lichten en barricades op te werpen, maar ze hielden op toen ze hem langs zagen lopen. '*Sale Boche! Putain de Nazi!*' riepen ze.

Ze brachten hem via een zijdeur binnen in Hôtel de Ville, waar ze hem in een kamer gooiden samen met andere Duitse soldaten. Ze lieten hem daar zonder eten of water, terwijl er buiten geweerschoten klonken en het vechten doorging zonder hen, in de straten van Parijs. De stank van oud zweet, pis en smerige adem drong zijn neusgaten binnen, waardoor hij weer braakneigingen kreeg. Hij begroef zijn neus in zijn elleboog, om het tegen te gaan, en riep Elises beeltenis op in zijn hoofd. Hij zag haar in mannenpantalon, een brede bruine riem, hemd losjes in de broek, terwijl ze met haar pink aan haar voorhoofd krabbelde, en een lachje om haar lippen, alsof hij door dit zo voor zich te zien het ook echt kon laten gebeuren. Hij bande andere gedachten uit en bad dat ze haar geen pijn zouden doen nu ze hem hadden.

Hij moest geslapen hebben. Hij wist niet hoe lang, of hoeveel dagen er voorbij waren gegaan. Het volgende moment kwamen er vijf FFI-mannen binnen, met flessen in hun handen en zwaaiend met geweren.

Een van hen zette de fles aan zijn mond. '*Vive la France!*'

Een ander toostte met zijn fles, 'Vive la France!' Ze joelden naar de gevangenen. 'Putains de Nazis!' Ze sloegen de armen om elkaars schouders en zongen de Marseillaise. '*Formez vos bataillons, Marchons, marchons!*'

De Duitse gevangenen hielden hun mond uit angst dat ze de wraak van de dronken Fransen over zich zouden afroepen. Sebastian liet de dronkenmanspraat over zich heen komen, en zijn gezwollen oogleden gingen weer dicht. Net toen hij bijna wegzakte deed een explosie het gebouw op zijn grondvesten schudden. De dronken FFI-mannen verstomden en wierpen zich op de grond. Sebastian, die al op de grond lag, probeerde door de spleetjes van zijn ogen door het raam te kijken. Vlammen kleurden de donkere avondlucht met strepen rood, alsof de hemel zelf bloedde.

'Vieze vuile rotzakken!' riep een Franse stem. 'Ze bombarderen ons! Ze bombarderen Parijs!'

Een laars kwam keihard in Sebastians maag terecht. Hij rolde op zijn andere kant, rekening houdend met meer schoppen. Maar in plaats daarvan hoorde hij dat de mannen weggingen, dat de deur achter hen werd dichtgesmeten en het slot werd omgedraaid.

Even bewoog niemand in de kamer, toen stond een SS-officier op. 'Het is nog niet voorbij!' Hij stak zijn kin omhoog en zijn stem klonk luid en duidelijk. 'We hebben nog steeds onze soldaten in heel Parijs.' De angst sloeg Sebastian om het hart. Hij was steeds bang geweest dat de nazi's mijnen zouden plaatsen, en hij wist maar al te goed dat ze ertoe in staat waren.

'Het is te laat,' mompelde een van de mannen die op de grond zat. 'Het heeft geen zin. We moeten ons overgeven.'

De SS-officier kwam op de man af en torende boven hem uit. 'Verrader! Ik sleep je voor de krijgsraad als je nog een keer zo'n woord zegt.'

De man lachte luid en cynisch. 'Krijgsraad? Snap je het dan niet? Je bent een krijgsgevangene! We zijn hier allemaal gevangenen. Het is voorbij! We hebben verloren!'

De SS-officier haalde zijn voet naar achteren, met de bedoeling om hem in de maag te trappen. Maar de man was sneller en greep zijn laars vast. De officier viel op de grond met een enorme doffe klap. De man sprong boven op de officier, pakte het gezicht van de man tussen zijn handen en schreeuwde: 'We hebben verloren! We hebben godverdomme verloren!'

De andere mannen keken toe – te moe en te hongerig om ergens aan mee te doen. Sebastian wendde zich af.

Plotseling vloog de deur open. Twee FFI-mannen liepen naar binnen. De man maakte dat hij van de officier af kwam.

'Nog tien gevangenen!' Een van hen zwaaide rond met zijn geweer. 'Alleen SS dit keer!' De andere FFI-mannen liepen tussen de gevangenen door, hun kragen controlerend om te zien of daar SS-insignes op zaten: twee geknakte zwarte lijnen, als bliksemflitsen.

'Waar brengen jullie ons heen?' vroeg een van de officieren.

'Gevangenenruil.' De FFI-man lachte een gemene, vieze lach. 'Als je geluk hebt.'

De dagen erop kregen de overgebleven gevangenen geen nieuws. Sebastian hield zich afzijdig van de andere mannen. Hij probeerde goed te zijn voor zijn gebroken lichaam, en de pijn en honger te overwinnen die hem in hevige golven aanvielen. Ze kregen water en brood, maar Sebastian had de energie en de kracht niet om te vechten voor zijn deel. Een van de gevangenen merkte het op en bracht hem wat water. 'Drink,' zei hij. 'Anders ga je dood.'

Sebastian moest terug naar Elise. Hij kon niet sterven, en daarom dronk hij wat. 'Dank je wel,' prevelde hij. De volgende avond kon Sebastian zelfs door de dikke stenen muren van Hôtel de Ville horen dat de menigte buiten wild werd. Toen een luide stem begon te spreken werden ze stil. Hij kon de woorden niet horen, maar hij gokte dat het De Gaulle was. Sebastian keek om zich heen naar zijn medegevangenen, naar hun groezelige, afgematte gezichten, velen met hun ogen al dicht. Hij zag Elise voor zich, daar buiten, feestvierend, en hij bad dat het waar was.

De menigte begon weer te juichen. De toespraak zou wel afgelopen zijn. Sebastians oogleden lagen gezwollen en zwaar over zijn ogen, en hij liet zich door de slaap overmannen.

Twee dagen later kwamen er vijf mannen met geweren binnen. '*C'est l'heure!* Jullie gaan op transport.' De kleinste staarde ze koud aan. 'Zo noemden jullie dat toch?' Hij ging met zijn gezicht vlak voor een van de gevangenen staan en lachte hem uit. 'Toen jullie al die duizenden naar die kampen stuurden?' De Fransman prikte de loop van zijn geweer onder de kin van de gevangene. 'O wee als we onze mensen niet terugkrijgen!'

'Allez, we gaan!' Een andere Fransman stak zijn geweerkolf in Sebastians rug en duwde hem naar de deur. De andere Fransen duwden de groep voort, en ze schuifelden de kamer uit, de trap af, het daglicht in. Met hun handen op hun hoofd werden ze door de straten gejaagd, en ze konden zich niet verdedigen tegen de toeschouwers die hen bespuugden en uitscholden. Een van hen kwam naar Sebastian toe met zijn gezicht vlak voor het zijne, zo dichtbij dat hij de giftige haat in zijn adem kon ruiken. 'Sale Boche!' siste de man en spuugde hem in zijn gezicht, recht op Sebastians neus. Hij deed geen poging om het weg te vegen. Toen kwam er een vrouw die hem hard in zijn gezicht sloeg. Zijn keel was droog, hij was verzwakt door de honger en de hete zon brandde op zijn huid, maar hij keek van onder zijn gezwollen oogleden of hij Elise zag. Kon hij haar maar zien. Kon hij maar weten dat ze ongedeerd was.

Ze werden door de straten gevoerd tot ze bij het Vélodrome d'Hiver kwamen, het enorme wielerstadion waar duizenden Joodse gevangenen tijdens de grote razzia van '42 waren vastgehouden. Het leek passend dat de Duitse krijgsgevangenen nu hierheen werden gebracht. De grote groep werd nog stiller toen ze het stadion werden ingeleid, waar ze omvielen of gingen zitten waar ze ook maar terechtkwamen, hun uniformen gehavend en smerig. Er was weinig over van de goed uitziende, trotse soldaten die vier jaar geleden over de Champs-Élysées hadden gemarcheerd. Ze waren gereduceerd tot een bibberende, angstige massa zwakke en uitgeputte gevangenen.

Sebastians keel brandde van de dorst en hij probeerde tevergeefs te slikken. Hij moest water hebben. Hij kwam moeizaam overeind en probeerde het tollen van zijn hoofd te stabiliseren terwijl hij een voet voor de andere zette, zich ervan bewust dat hij meer strompelde dan liep. Hij keek uit naar een emmer water, of beter nog, een kraan. Maar toen zijn ogen het grote Vélodrome afspeurden was het enige wat hij zag duizenden wanhopige, verslagen mannen.

Vier dagen later werden Sebastian en de andere Duitse krijgsgevangenen het Vélodrome uit gejaagd en in bussen geladen die hen Parijs uit voerden. Sebastian werd als een van de laatsten in een bus gepropt, toen er geen zitplaatsen meer waren. Hij stond dicht tegen de andere gevangenen aan gedrukt en de geur van oud zweet leek de hele bus te vullen.

'Wat denk je?' zei een officier schor tegen niemand in het bijzonder. 'Rusland, Groot-Brittannië, Frankrijk of Amerika?'

'Je kunt maar beter hopen dat het niet Rusland is,' antwoordde een vermoeide stem terwijl de bus begon te rijden, waardoor iedereen naar voren schoot.

'Of Groot-Brittannië,' zei iemand anders.

'Op dat verrotte eiland gaan we waarschijnlijk dood,' kreunde een ander. 'Die hebben geen eten. Ze laten ons daar verhongeren.'

'Of ze laten ons werken tot we er dood aan gaan,' voegde de officier toe.

'Godverdomme!' riep iemand. 'Het is nog niet gedaan. Dit is alleen Parijs nog maar! De rest van Frankrijk hebben we nog!'

Sebastian deed zijn ogen dicht om zich te distantiëren van dit domme gesprek. Geleidelijk werd het stil in de bus, onderweg naar God weet waar. Sommigen vielen staande in slaap. Ze waren zo uitgeput en hadden zo veel honger en dorst, dat slaap de enige manier was om eraan te ontkomen.

Uiteindelijk stopte de bus in de haven van Le Havre, en ze werden in een van de Liberty-schepen geladen. Sebastian voelde zich klein en onbelangrijk toen hij naar het enorme vrachtschip staarde. Hij liep de loopplank op met zware benen, wetend dat elke stap die hij zette hem verder verwijderde van Elise. Hij bleef staan en draaide zich om voor een laatste blik op Frankrijk. 'Ik kom terug, Lise. Ik beloof het.'

56

Engeland, september 1944

Sebastian

Na drie uur in de rij staan waren Sebastians knieën stijf en pijnlijk. Hij schudde zijn benen uit terwijl hij uitkeek over de eindeloze rijen Duitse krijgsgevangenen op een racebaan genaamd Kempton Park. Kapotte, vieze uniformen omhulden de lijven van de uitgeputte mannen. Sommigen hadden plunjebalen, anderen kartonnen dozen met een touw eromheen. Sebastian kon zich niet voorstellen hoe het ze was gelukt om hun bezittingen bij zich te houden te midden van al die chaos van de laatste weken. Ze zaten allemaal door elkaar heen: officieren, Wehrmacht, ss. Velen keken naar hun voeten, anderen naar elkaar, hopend dat ze een gezicht vonden dat ze kenden, officieren die elkaar opzochten, ss'ers die zochten naar andere ss'ers. Sebastian staarde blanco voor zich uit, contact ging hij uit de weg. De smerige, zurige stank van vieze kleren en ongewassen lichamen hing zwaar om ze heen. De ochtend sleepte zich voort en op de racebaan hing een akelige stilte. Slechts een handvol gefluisterde woorden bereikte zijn oren, en de atmosfeer was drukkend en zwaar, met alleen een lichte motregen. Sebastian voorzag het eindeloze wachten dat hij voor de boeg had. Hoe lang zou het duren voordat hij nieuws kon verwachten van Elise? Hoe kon hij met haar in contact komen?

Hij staarde naar de grote geïmproviseerde tent waar hij naartoe schuifelde. Daarna moest hij nog meer wachten in de rij voor een lange houten tafel waar Brits legerpersoneel persoonsgegevens noteerde.

'Naam?' De militair keek niet op toen Sebastian voor de tafel stond.

'Kleinhaus, Sebastian.'

'Geboortedatum?'

'24 juni 1920.'

'Hitlerjugend dus.' Het was meer een constatering dan een vraag, en Sebastian knikte. 'Wat zeg je?'

'Ja, meneer.'

Sebastian verliet de tent en ging in de rij staan voor de volgende, waar ze zich moesten uitkleden en douchen. Sebastian kon het niet helpen dat hij naar de ss-tatoeage keek die sommige mannen op hun onderarm hadden. Een ervan zag hem kijken. Hij kwam een stap naar Sebastian toe en stak zijn natte arm uit. 'Ja. ss!' fluisterde hij dreigend in Sebastians oor. 'Het is nog niet voorbij.'

Sebastian keek hem in de ogen en weigerde zich geïntimideerd te voelen. 'Maar het kan niet lang meer duren,' antwoordde hij zonder zijn blik af te wenden.

Hij zag woede oplaaien in de blik van de ss'er. 'We hebben deze slag verloren. Niet de oorlog!' Hij prikte een vinger in Sebastians borst. 'En als ik jou was zou ik maar eens laten zien aan welke kant je staat.'

Sebastian zette een stap achteruit en draaide zich om. Het had geen zin met idioten te discussiëren.

Nog altijd naakt kregen ze een medische controle, waarna ze met DDT en gentiaanviolet werden besprenkeld, tegen de luizen. Bruine krijgsgevangenenuniformen met op de achterkant van de jasjes en de broekspijpen gele ruiten gestikt werden in hun armen gesmeten. Sebastian had nu het ene uniform voor het andere ingeruild en het gaf hem het gevoel dat hij maar een radertje in de machine was. Wanneer zou hij eindelijk vrij man zijn?

De vijf dagen daarop dacht hij alleen maar aan Elise terwijl hij van rij naar rij gestuurd werd, met pijn in zijn botten van uitputting en bezorgdheid. Hij wou dat hij een foto had gehad, maar het enige wat hij had, waren zijn herinneringen. Elise die hem aankeek en uitdaagde om te praten. Elise, met grote ogen van angst terwijl ze hem het Gestapo-hoofdkwartier uit volgde. Elise die in zijn bed lag, met haar hoofd op zijn borst, en haar vingers die hem zachtjes over zijn ribben streelden. Elise die hem smeekte om met haar mee naar huis te komen. Daar hielden zijn gedachten altijd op, op dat fatale moment.

Op de vijfde dag werd hij op een trein naar Northwich gezet, waar dat ook was. Hij staarde uit het raam naar de smalle rijtjeshuizen met kleine tuintjes, pal aan het spoor, bijna geen boom te zien. Het zag er allemaal oud en grauw uit. Naarmate de trein het platteland in reed werd de horizon ruimer, en hij zag enorme velden die van elkaar werden gescheiden door dikke hagen, zonnestralen die door de dikke wolken vielen en stroken groen deden oplichten. Sommige mannen hadden al groepjes gevormd. Of ze nu wilden of niet, ze hadden elkaar nodig, maar daar was Sebastian nog niet klaar voor. Hij wilde met rust gelaten worden.

Toen de trein eindelijk tot stilstand kwam, werden de gevangenen het station uit geleid naar een klaarstaande vrachtwagen. Een groep lokale jongelui siste en schreeuwde ze toe: '*Bloody Krauts!* Jullie verdiende loon!' Weer kwam er een fluim terecht op Sebastians wang, en terwijl hij die wegveegde, zag hij een jongetje op de arm van zijn moeder, zwaaiend met een Brits vlaggetje.

De vrachtwagen reed ze naar een landhuis op een groot terrein, waar betonnen hutten met metalen golfplaten daken waren neergezet. Een Britse officier in keurig uniform sprak de gevangenen aan, en naast hem stond een tolk die alles in het Duits vertaalde. 'Welkom in Marbury Hall,' zei de tolk luid en duidelijk. De gevangenen stonden er zwijgend bij, en Sebastian wachtte tot de officier bevelen tegen hen zou gaan schreeuwen, maar in plaats daarvan sloeg hij een andere toon aan, meer als een hoofdmeester dan als een commandant. 'Mannen, jullie hebben alleen dictatuur gekend. En ik heb medelijden met jullie. Maar hier, in Groot-Brittannië, zullen jullie leren over democratie.'

Sommige gevangenen keken elkaar aan met een cynische frons. Sebastian staarde in het niets, wetend dat als deze toespraak voorbij was en de mannen weer onder elkaar waren, het de nazi's waren waarvoor hij moest uitkijken.

Na de toespraak werden ze toegewezen aan hun kamp. Sebastians ergste vrees werd bewaarheid: het westelijke kamp. Voor de pro-nazi's. Waarschijnlijk omdat hij lid was geweest van de Hitlerjugend.

Zodra de mannen vrij rond mochten lopen in het kamp slenterden sommigen naar de prikkeldraadversperring en begroetten kameraden met de Hitlergroet. Sebastian deed zijn ogen dicht, bang voor wat er zou gebeuren als een ss-officier hem zou begroeten. Hij wou dat hij de commandant had kunnen vertellen dat ze hem in het verkeerde kamp hadden gestopt. Het was gekkenwerk om alle nazi's bij elkaar te zetten. Verdomme! Hoe moest hij dit overleven?

Die avond werden ze in hutten van vijftig man geplaatst, met veldbedden in twee rijen, met achterin vijf tafels met banken. Toen ze gingen zitten voor het avondeten, werden twee van hen naar de keuken gestuurd om het eten te halen, met een grote pot thee. Zich pijnlijk bewust van het feit dat hij omringd was door nazi's staarde Sebastian naar de tafel, in een poging om zich onzichtbaar te maken. Die nacht deed hij bijna geen oog dicht en hoorde hij gefluisterde gesprekken om zich heen. Er werden al geheime groepjes gevormd.

De volgende dag werd iedereen tewerkgesteld aan het bouwen van meer hutten. Het was een opluchting om bezig te zijn, en terwijl hij cement mengde met een andere gevangene haalde hij diep adem en keek om zich heen.

'Het regent weer,' zei zijn medegevangene, starend naar de grijze lucht.

Sebastian bestudeerde hem. Hij zag er niet gemeen uit, misschien kon hij wel met hem praten. 'Ziet er wel zo uit. Hoe lang ben je al hier?'

'Twee weken. Ze hebben me in Oostende opgepikt. Ik was gevlucht.' Hij leunde tegen de cementmolen. 'Ergens was het wel een opluchting. Ik was uitgehongerd. Maar dit had ik niet verwacht.' Hij keek om zich heen. 'Dit is allemaal echt heel eng.'

Sebastian was verbaasd dat hij zo openlijk toegaf dat hij bang was.

'Je moet voorzichtiger zijn,' zei de man. 'Je doet niet mee. Je bent afstandelijk. Daar houden ze niet van. Ik zou maar uitkijken als ik jou was of anders verschijn je straks voor een van hun tribunalen. Mensen zoals jij hangen ze op.'

'Maar de bewakers dan?'

'Die bestempelen het dan als zelfmoord. Het kan ze niet schelen. Een nazi minder.' Hij schudde zijn hoofd. 'We zijn de lul.'

Een andere gevangene kwam op ze af. 'Heil Hitler!' Hij stak zijn arm omhoog. Sebastians nieuwe vriend stak ook zijn arm uit.

Maar Sebastian bleef staan en keek naar de nazi. Hij kon het niet meer. Hij kon het fysiek niet. Zelfs niet om in leven te blijven voor Elise. Een minuut lang staarden ze elkaar aan, in een soort wedstrijd wie het eerst weg zou kijken. Sebastian voelde zijn hart bonken.

In een flits greep de nazi de andere gevangene bij de arm en draaide die op zijn rug, waarna hij hem in de houdgreep hield. 'Kijk maar goed en let op!' riep hij boven het geschreeuw van de man uit. 'De volgende ben jij.'

De man ging harder schreeuwen, het ging door merg en been. Dit was typische nazi-intimidatie, iemand anders te grazen nemen en jou laten toekijken. Woede en haat pompten door Sebastians aderen, adrenaline raasde door zijn hart. Hij greep de schep uit de cementmolen. Met één rappe beweging zwaaide hij hem tot achter zijn hoofd en haalde uit om de nazi vol in zijn gezicht te slaan. De nazi, die het niet had zien aankomen, greep naar zijn hoofd en viel om, terwijl het bloed uit een grote wond op zijn jukbeen stroomde.

'Shit! Shit! Wat doe jij nou?' riep de andere gevangene.

Sebastian tilde de schep weer op, om zich heen kijkend, klaar om zichzelf te verdedigen. Nu zou de rest achter hem aan komen.

Hij had gelijk. Een groep van ongeveer tien gevangenen kwam op hem afrennen, met gezichten die rood waren aangelopen van razernij. Hij deed een stap naar achteren en hield de schep voor zijn gezicht. Maar de eerste stoot was in zijn maag, en de tweede tegen zijn nieren. Hij deed zijn ogen dicht en zakte op de grond.

Er kwamen bewakers op hen af, die schreeuwden en sloegen met hun wapenstokken. Ze duwden de gevangenen op de grond en drukten hun knieën in hun rug. Zo sloegen ze hen in de handboeien. Sebastian verwachtte dat ze hem in isolatie zouden zetten, maar in plaats daarvan werd hij een kantoor in gesleept.

'Je hebt een medegevangene geslagen.' De officier aan de andere kant van het bureau sprak hem aan in het Duits.

Sebastian stond dubbelgeklapt van de pijn na de trap tegen zijn nieren en hij kon amper praten. 'Hij is een nazi… sir.'

'Dat weet ik! Daarom zit hij hier. En daarom zit jij hier ook!'

'Ik niet.' Sebastian probeerde rechtop te staan.

'Wat niet?'

'Ik ben geen nazi, sir.'

De officier tikte met zijn pen tegen zijn voorhoofd. 'Maar dat was je wel, of niet?'

'De Hitlergroet was verplicht, sir.'

'En nu wil je zeker dat ik geloof dat je er niet langer bij hoort, is dat het?'

Sebastian haalde adem, wat pijn deed. 'Ik heb het nooit gewild.'

De officier haalde zijn schouders op.

'Ze gaan me afmaken, sir, als u me hier houdt.'

De officier bestudeerde hem. 'En waarom zou ik dat erg vinden?'

'De commandant zei dat hij ons iets wilde leren over democratie.' Sebastian had zijn ademhaling weer onder controle. 'Hij zei dat we alleen maar een wrede dictatuur hadden gekend. Ik wil leren, sir.' Het was de waarheid. Hij wilde het echt leren. En hij wilde in leven blijven en terugkeren naar Elise.

De officier zuchtte. 'We hebben jullie nazi's bij elkaar gezet zodat jullie het onderling konden uitvechten.' Hij zweeg, zette zijn handen op tafel en leunde voorover, waarbij hij Sebastian koeltjes in de ogen keek. 'Maar we zouden kunnen overwegen om je naar een ander kamp over te plaatsen.'

'Graag, sir.'

'We kunnen niet een hele hoop nazi's terugsturen naar Duitsland. Want dan begint alles van voren af aan. We hebben een heropvoedingstraject opgezet.'

'Dank u wel, sir. Dank u wel.'

'Dus je voelt wel wat voor heropvoeding?'

'Jawel, sir.'

'Goed dan. Ashton-in-Makerfield.'

'Sir?'

'Ja?'

'Gaat u die andere gevangene ook overplaatsen?'

De officier fronst. 'Wie, Hans?'

'Ik ken zijn naam niet. Die andere man. Ze gaan hem ook vermoorden als u hem niet overplaatst.'

De officier slaakte een diepe zucht. 'Verrekte nazi's. Die weten niet wanneer ze moeten stoppen.'

57

Ashton-in-Makerfield, april 1945

Sebastian

In Ashton-in-Makerfield kregen Sebastian en Hans de broodnodige tijd om te genezen. En om na te denken, zoals gold voor veel van de mannen daar. Ze kregen taallessen en ze werden aangespoord om Engelse boeken te lezen. Sebastian was blij dat hij zich ergens op kon concentreren en hij had plezier in het leren, maar Hans vond het moeilijk. Allebei waren ze ingekwartierd op de boerderij van de familie Jones, waar ze de hele dag werkten, zes dagen per week. Het harde lichamelijke werk was een goed elixer, en er ontstond iets van een routine, met voetbal op zondag.

Ze waren er ongeveer acht maanden toen ze op een zondag aan het ontbijt gingen en er een officier binnenkwam. 'Iedereen naar de filmzaal. Nu!'

De gevangenen keken op. Ze waren het niet gewend dat er tegen ze werd geschreeuwd.

'Ik zei nu!' De officier beende naar de tafels. 'Haal dat zitvlak van die stoel en gaan!'

De gevangenen sprongen op en in een rij liepen ze de hut uit, de lange nauwe zaal in waar ze films en documentaires keken. De zaal was al vol met mannen uit de andere hutten, en ze zaten in stilte, met bewakers aan het einde van elke rij, die de gevangenen aankeken met koude, strenge gezichten. De atmosfeer was gespannen, en Sebastian gokte dat een of meerdere van hen iets verkeerds hadden gedaan. Hij vroeg zich af of er misschien een ontsnappingspoging was geweest.

De film begon met zijn gebruikelijke geratel, maar het was geen bewegende film dit keer. Hij zag een zwart-witfoto. Sebastians eerste indruk was dat het schedels met donkere holle oogkassen waren. Toen zag hij vieze, grijs gestreepte jassen en broeken die aan geraamtes hingen. 'Dit zijn de Joodse gevangenen die jullie naar de kampen hebben gestuurd.' Een hoofdbewaker tikte met een aanwijsstok op het projectiescherm.

Er werd collectief naar adem gehapt. Hoe was het mogelijk dat mensen zo dun waren, en toch nog in leven? Sebastian wreef in zijn ogen, alsof hij het beeld op die manier kon uitwissen. Een harde tik van de wapenstok van de bewaker aan het einde van de rij deed hem weer opkijken.

'Blijven kijken!' riep een andere bewaker.

Sebastian voelde zich angstig worden. Er kwam nog meer aan. De hele zaal was doodstil geworden, het geluid van hun ademhaling klonk al te hard. Ze hadden allemaal geweten wat Hitler vond van de Joden: gespuis, ratten, een smet op het arische ras. Iedereen had de biologielessen bijgewoond over de superioriteit van hun eigen ras en hoe het werd vervuild door de Joden. 'Terwijl er Joods bloed van het mes druipt', zo ging een van de liedjes van de Hitlerjugend. Waarom waren ze dan gechoqueerd nu ze zagen hoe de Joodse gevangenen waren behandeld? En toch waren ze gechoqueerd.

Sebastian voelde Hans naar hem kijken, maar hij hield zijn blik op het scherm gericht, met ingehouden adem. Toen de volgende foto in beeld verscheen, zag hij een grote kuil gevuld met skeletten. Duizenden skeletten. Sebastian hoorde dat er om hem heen naar adem werd gehapt. Hij keek naar de gezichten van de andere mannen. Sommigen hadden hun lippen stijf op elkaar geperst, anderen veegden over hun ogen en hij dacht dat sommigen huilden.

'Wat is dit in godsnaam?' mompelde Hans, terwijl hij hoorbaar slikte.

De bewaker tikte weer op het scherm. 'Toen de geallieerden de kampen bevrijdden, was dit wat ze aantroffen. Honderdduizenden lichamen zoals deze, in massagraven.'

De derde foto liet iets zien wat leek op grote doucheruimtes.

'Wat is dat nu weer?' fluisterde Hans.

Sebastian werd bekropen door een vreselijk voorgevoel. Het volgende plaatje liet opnieuw een doucheblok zien, dit keer gevuld met naakte dode lichamen in een berg boven op elkaar. 'Dit is Auschwitz!' bulderde de bewaker. 'Een vernietigingskamp! Bij aankomst in dit kamp werden veel gevangenen rechtstreeks naar de gaskamers gestuurd. Hier zie je er een. Uit deze leidingen kwam gifgas.' Hij wees op iets wat eruitzag als douchekoppen. 'De hele ruimte werd luchtdicht afgesloten, en dan lieten ze het gas naar binnen stromen tot alle gevangenen dood waren.' Hij pauzeerde even en staarde naar de mannen die netjes in hun rijen zaten. Toen tikte hij op de muur met zijn stok. 'Dit noemen we genocide. Wat de nazi's de *Endlösung* noemden.'

Sebastian verborg zijn gezicht in zijn handen en wreef met zijn vuisten in zijn ogen tot ze pijn deden. Hij had liever fysieke pijn dan de pijn die hem nu doorboorde. Wat was het verschil tussen een nazi en hij? Hij herinnerde zich de 'actiedagen' waarop de Gestapo en SS de straat op gingen. '*Rein!* Naar binnen! Doe de luiken dicht!' Iedereen snelde dan naar huis, doodsbang, en deed snel de deur achter zich dicht terwijl de Joden uit hun huizen werden gesleurd, de klaarstaande vrachtwagens in. Op een dag had Sebastian staan kijken door de gordijnen toen hij zag hoe ze de oude meneer Baumeister aan zijn baard naar buiten trokken, de man die hem altijd geld gaf om brood voor hem te kopen, de man die tegen hem had gezegd dat hij op een dag een heel goede atleet zou worden. Hij had meneer Baumeister nooit meer gezien, en toen hij naar hem vroeg, zei zijn vader dat hij zijn kop moest houden. Als Joodse kinderen uit zijn klas verdwenen, waar dacht hij dan dat ze naartoe gingen? Dat was iets waar veel van hen liever niet aan hadden gedacht. Ze waren per slot van rekening machteloos ten opzichte van de nazimachine.

De foto's veranderden het leven in het kamp. De bewakers waren niet meer zo vriendelijk, keken de gevangenen niet meer aan, hielden hun lippen stijf op elkaar en gingen geen gesprekken meer met hen aan. En een week later, toen ze naar de boerderij werden gereden waar ze werkten, slingerden mensen op straat beledigingen naar hun hoofd. De vrouw van de boer, mevrouw Jones, gaf ze 's middags geen thee meer. Een collectief schuldgevoel verspreidde zich over de meeste gevangenen, zelfs de jonge gasten, die pas achttien of negentien waren en alleen dictatuur kenden, en oorlog. Sebastians verlangen naar Elise werd heviger dan ooit. De gedachte dat zij in haar eentje moest horen over de verschrikkingen die hadden plaatsgevonden, en dat ze zich vervolgens zou voorstellen dat hij was omgekomen of naar Rusland was gestuurd, maakte hem enorm bezorgd. Hij moest hier snel weg zien te komen, hij moest haar vinden.

58

Ashton-in-Makerfield, september 1945

Sebastian

Duitsland gaf zich uiteindelijk over op 8 mei. En nu was het september. Maar Sebastian was nog steeds een gevangene. Hij had gedacht dat krijgsgevangenen vrijgelaten moesten worden zodra de vijandelijkheden voorbij waren. Hij moest vrijgelaten worden. Hij moest naar Frankrijk, naar Elise. Hij had haar elke week geschreven, deze laatste vier maanden, maar hij had nooit antwoord gekregen. Hij had ook Yannick Le Bolzec geprobeerd, maar ook van hem had hij geen antwoord gehad. Hij moest achterhalen wat er gebeurd was.

'Ga je mee voetballen?' Hans porde hem.

'Straks. Eerst de bibliotheek. Ik ga de krant lezen. Je moet eigenlijk ook mee.'

'Prima.' Hans verraste hem. 'Waarom niet?' Hij sloeg zijn thee achterover. 'God, wat bitter.'

'Er moet suiker in. Doe er tenminste wat melk bij.'

'Ik ga er nooit aan wennen.' Hans stond op. 'Kom op dan, laten we gaan. We hebben een half uur voordat deze mannen in beweging komen.'

De andere mannen zaten nog steeds over hun ontbijtkom gebogen, langzaam hun flauwe pap weg te werken. Sebastian pakte zijn lege kom en beker en bracht ze naar de keuken. Hans volgde hem.

'Zie je straks bij de wedstrijd,' zei Hans tegen zijn vriend, die afwascorvee had.

'Als ik klaar ben met jullie troep opruimen.'

Sebastian en Hans liepen naar buiten, de zon in, naar de kleine bibliotheek aan het einde van de Britse barakken. Eigenlijk waren het maar drie boekenplanken vol tweedehandsboeken die waren gedoneerd door de lokale bevolking, met een paar vale platte kussens op de grond. Maar de krant was er wel. Sebastian nam de *Punch* ter hand, een van zijn favoriete bladen met zijn kleurrijke, geestige tekeningen die alles bespotten. In Duitsland werd je voor minder neergeschoten. Hij ging zitten op een plat kussen, trok zijn knieën op tot zijn borst en sloeg de krant open. 'Kijk hier.' Sebastian wachtte tot Hans ging zitten. 'Het is ongelooflijk.'

'Wat?' Hans sloeg zijn benen over elkaar en spreidde de *Telegraph* uit op de betonnen vloer.

'Ze uiten kritiek op hun eigen premier.'

'Ja, dat kan hier.' Afgeleid sloeg Hans de pagina van zijn krant om. 'Wat zeggen ze dan?'

'Dat ze de krijgsgevangenen moeten laten gaan. Dat staat in de Geneefse Conventie.' Sebastian las voor. 'Krijgsgevangenen moeten terug naar huis worden gestuurd zodra de vijandelijkheden zijn gestopt.'

Hans zuchtte diep. 'Die zijn toch al maanden geleden gestopt?'

Sebastian las verder. 'Maar de premier, Attlee, zegt dat het geen wet is, het is meer een... hoe zeggen we dat? Advies, een richtlijn.' Hij fronste. 'Klopt dat? Zijn de afspraken in de Geneefse Conventie slechts richtlijnen?'

'Ik weet het niet.' Hans haalde zijn schouders op. 'Ik denk het. Als dat is wat daar staat.'

'Attlee zegt dat landen die hebben geleden door de nazi's recht hebben op compensatie, op herstelbetaling. En krijgsgevangenenarbeid is compensatie.' Sebastian sloeg de krant dicht.

'Wat? Dus nu zijn we compensatie?' Hans lachte een bitter lachje. 'We werken te hard. Dat is ons probleem. We zijn te goed in het uitvoeren van bevelen.' Hij wierp een blik op Sebastian. 'Maar weet je wat, ik weet zeker dat het eten hier beter is dan wat we in Duitsland zouden krijgen.'

'Hoe lang kunnen ze ons nog hier houden?' Sebastian hoorde de wanhoop in zijn eigen stem. In godsnaam, hij wist niet eens of Elise dood was of nog leefde. Er ging geen dag voorbij dat hij niet aan haar dacht, niet bezorgd was om haar.

'Hans.' Sebastian stond op. 'Ga jij maar alvast. Ik wil de commandant nog wat vragen.'

'Ik hoop maar dat je niet gaan citeren uit de Geneefse Conventie.'

'Tot straks, Hans.' Sebastian verliet de bibliotheek en liep over het gemaaide gras naar de Britse barakken, waar hij op de deur klopte bij de commandant.

'Ja?'

Sebastian liep het kantoor in, met een ferme knik. 'Goedemorgen, sir.'

De commandant leunde achterover in zijn stoel en keek Sebastian aan boven zijn leesbril. 'Wat kan ik voor u doen?'

'Sir, ik heb een vraag. Alstublieft.'

'Ja?'

'Wanneer worden we vrijgelaten, sir?' hij vuurde de vraag af voordat hij het niet meer zou durven.

Stilte vulde de kamer terwijl de commandant koeltjes naar Sebastian keek. Uiteindelijk sprak hij. 'Ik heb geen instructies gehad over uw vrijlating.'

Sebastian raapte zijn moed bijeen. 'Maar sir, de vijandelijkheden zijn maanden geleden al gestopt.'

'Daarvan ben ik mij bewust,' kapte hij hem af. 'Maar zoals ik al zei, ik heb geen informatie gekregen met betrekking tot jullie vrijlating. Dat was het?'

'Heeft u enig idee, sir?'

'Nee, dat heb ik niet.' De commandant stond op en liep om het bureau heen. Hij opende de deur en maakte duidelijk dat het tijd was dat Sebastian vertrok.

'Dank u wel, sir.' Sebastian keek hem nog een keer aan voordat hij wegliep. Zin om te voetballen had hij niet meer. Wat hij voelde was frustratie en machteloosheid, want hij was overgeleverd aan de Britse overheid, en hoe billijk en vriendelijk ze ook leken, hij was nog steeds hun gevangene. Zijn frustratie veranderde in woede, en hij begon te denken als een gevangene. Hij begon te denken aan ontsnappen.

Als ze op de boerderij van Jones werkten, werd er niet de hele tijd op hen gelet. Alleen Hans en Sebastian waren daar ingekwartierd omdat het een kleine boerderij was, en meneer Jones werkte samen met hen, maar soms moest hij de stad in voor een boodschap. Dan was er nog wel mevrouw Jones, die weer was begonnen om ze 's middags een kopje thee te brengen. En ze hadden drie dochters. Die waren vaak buiten, dan hingen ze de was op of ze liepen door de velden. Soms renden ze elkaar achterna, of ze duwden de jongste op een schommel die aan een grote eikenboom hing. Ze keken vaak naar Sebastian en Hans, eerst verlegen, maar een van de oudere twee was begonnen haar hand op te steken om ze te groeten, waardoor haar zussen moesten lachen. Nee, het zou niet goed zijn om te ontsnappen bij daglicht, ze werden te goed in de gaten gehouden. Het zou beter zijn om het 's avonds te doen, in het donker.

59

Ashton-in-Makerfield, december 1945

Sebastian

Sebastian had de afgelopen weken steeds een kleine metalen vork in zijn achterzak meegedragen. Als hij ook maar even de kans had, had hij langs de omheining van het kamp gelopen, zoekend naar een plekje dat buiten het zicht was, waar het mogelijk zou zijn om een gat onder het prikkeldraadhek te graven. Hij had een plek gezien achter een van de hutten. Elke keer dat hij voorbij wandelde, deed hij net of hij zijn veters vastmaakte en groef hij een paar halen met de vork. De aarde was niet zo compact, en hij dacht dat hij die wel kon weggraven en dan het prikkeldraad losmaken. Als hij 's avonds zou vertrekken als niemand keek, dan gaf hem dat de hele nacht om te ontsnappen. Hij kon ongeveer dertig kilometer afleggen in die tijd. Hij moest een ander dorp zien te bereiken, zijn kleren wisselen en een bus of een trein naar het zuiden nemen, naar de havens. Hij had wat shillings gespaard van het kleine beetje geld dat ze kregen voor hun werk, en hij gokte dat dat genoeg zou zijn om hem te voorzien van wat eten, misschien zelfs een kaartje voor de bus.

Hij dacht dat Kerstmis het ideale moment zou zijn. De nachten waren lang, en de bewakers zouden in een beter humeur zijn, minder waakzaam als ze een of twee glaasjes hadden gedronken en zich opmaakten om te genieten van de feestelijkheden. Hij had geleerd van de vorige Kerstmis hoe belangrijk dit feest voor de Engelsen was. Hij moest het erop wagen.

En zo wachtte hij op kerstavond het juiste moment af. Na het eten, toen de bewakers samen een glaasje hadden gedronken, keek hij naar de deur. De bewaker die daar normaal altijd zat, stond bij een tafel gebogen over een groep gevangenen, het leek of hij bezig was hun 'Stille Nacht' in het Engels te leren. Sebastian keek om zich heen. Niemand keek. Heel onopvallend liep hij naar de deur.

'Waar ga je heen?' De bewaker die leek op te gaan in het zingen, sprong op.

Sebastian stak zijn hand in zijn zak en haalde er wat shillings uit. 'Ik moet even roken,' zei hij. 'Heeft u misschien een sigaret?'

'Tuurlijk.' De bewaker bood hem zijn open pakje aan. 'Het is kerst. Pak er maar een.'

'Bedankt.' Sebastian pakte er eentje en liep naar buiten. Hij stak zijn sigaret op en vroeg zich af of de bewaker zou wachten tot hij weer binnenkwam. Hij gokte van wel, want dat was nu eenmaal zijn werk. En dus liep hij een paar minuten rond, om te zien wie er eventueel kon toekijken. De zoeklichten bleven de hele nacht aan, maar ze werden niet bemand. Ze verwachtten niet dat er iemand zou ontsnappen. Dat kon hij gebruiken in zijn voordeel, maar het betekende dat hij moest weglopen met niets dan de kleren die hij aanhad en het beetje geld in zijn zak. Hij woog het risico af en kwam al snel tot de conclusie dat hij het moest doen, als hij Elise weer wilde zien.

Hij ging weer naar binnen en zag tot zijn verbazing dat de bewaker er niet was. Hij keek om zich heen en besefte dat de man er niet eens bij na zou denken dat Sebastian niet terug was gekomen. Hij was hem blind vergeten. Bliksemsnel ging hij weer naar buiten. Hij rende niet. Als iemand hem zou aanhouden, dan zou hij net doen of hij een luchtje wilde scheppen. Maar niemand hield hem tegen en hij was al snel bij het prikkeldraad. Met de vork probeerde hij te graven, een armzalig idee eigenlijk, want de grond was hard bevroren. Maar het draad zat niet diep in de grond, en het lukte hem om het uit de aarde te trekken. En toen kroop hij er op zijn buik onderdoor.

Toen hij aan de andere kant van het hek was stond hij op en keek om zich heen. Hij rilde en begon te rennen. Hij zou de hele nacht moeten doorlopen, om zo ver mogelijk te komen en niet dood te vriezen. Hij rende door het bos en hield een flink tempo aan, in zuidelijke richting. Als hij deze koers kon aanhouden, zou hij voor het daglicht zo ver mogelijk komen. Al snel kwam hij bij een open plek met sporen van een tractor. Hij rende over het modderige spoor en dacht dat hij misschien wel veertig kilometer kon rennen voor zonsopkomst.

Na ongeveer twee uur zag hij wat kleine lichtjes in de verte. Het moest een klein dorp zijn. Misschien kon hij een paar eieren uit een kippenhok pakken. Hij ging langzamer lopen terwijl hij de huizen van achteren naderde. Toen hoorde hij een deur opengaan en stroomden er lachende mensen via een zijdeur het huis uit. Hij ging op de grond liggen en keek toe hoe de deur dichtging en het weer donker werd. Hij had het gevoel dat de mensen hier hun deur niet op slot deden. Hij besloot om nog even te blijven, gewoon om daarachter te komen.

Het duurde niet lang voordat hij twee mensen uit een cottage zag komen en de weg oversteken. Vanuit zijn schuilplaats achter een boom zag hij ze een ander huis binnengaan. Er verschenen meer mensen, die bij hetzelfde huis naar binnen gingen. Was het een feestje? Hij wachtte een paar minuten. Dit was zijn kans. Heel zachtjes sloop hij door het gras tot hij naast het huis stond dat zojuist was verlaten. Hij keek om zich heen en snelde door de voortuin naar de voordeur. Hij legde zijn hand op de deurkruk en duwde. De deur ging open. Hij glipte naar binnen en sloot hem heel zacht achter zich. Het was aardedonker in het huis, dus bewoog hij zich tastend langs de wand. Hij zou een kamer aan de achterkant zoeken waar hij een lampje aan kon doen zonder dat het te zien zou zijn op straat. Al snel kwam hij bij een halfopen deur. Hij glipte erdoor en deed hem voorzichtig dicht voordat hij probeerde het lichtknopje te vinden. Opeens was de kamer fel verlicht en hij knipperde totdat zijn ogen eraan gewend waren. Toen dat zo was, zag hij dat hij in de keuken was. Hij deed een kastje open op zoek naar iets te eten.

Opeens hoorde hij iets achter zich en hij verstijfde.

'Wat moet dat, verdomme?' Er stond een man naar hem te kijken.

Sebastians maag zat in zijn keel. 'Ik wil u geen kwaad doen.' Hij stak zijn handen in de lucht.

'Hé!' schreeuwde de man. 'Kom eens hier, Jeff!' Sebastian draaide zich om en rende weg. Door een klap op zijn rug werd hij tegen de grond gesmeten. Een grote man besprong hem en hield hem in bedwang. 'Het is een mof!' Hij trok Sebastians hoofd aan zijn haar omhoog. Vanuit zijn ooghoek zag Sebastian nog meer mannen aankomen.

Er kwam een voet terecht bij zijn mond. 'Die is voor mijn vader!'

Ze rolden hem op zijn rug en trapten hem in zijn ribben. 'Die heeft een moffenbom op zijn hoofd gehad!'

Sebastian probeerde zich op te rollen tot een bal, om zijn lichaam te beschermen. Maar de klappen bleven maar komen. Zijn hoofd tolde van de pijn. Hij kon zijn ogen niet openen. Hij voelde dat hij bezig was het bewustzijn te verliezen.

'Oké, zo is het genoeg,' zei een van hen. 'Laten we de politie bellen. Dan mogen zij hem terugbrengen naar dat kamp.'

60

Ashton-in-Makerfield, december 1946

Sebastian

'Het is bijna Kerstmis.' Hans probeerde wat te kletsen terwijl de vrachtwagen optrok om naar de boerderij van de familie Jones te rijden. 'Ik wou dat ze ons lieten gaan, voor kerst,' ging hij verder toen Sebastian niet antwoordde. 'Ik zou graag mijn moeders gezicht zien als ik opeens voor de deur stond op kerstavond.'

'Misschien volgende Kerstmis.' Sebastian zuchtte. Hij had nog steeds geen bericht gehad van Elise. Hij ging er langzaam kapot aan.

'Dat is een grap, zeker? Het zal nu niet lang meer duren.'

Sebastian gaf geen antwoord, want hij dacht aan de vorige Kerstmis en zijn mislukte ontsnapping, waarna hij al zijn privileges was kwijtgeraakt. Het had hem verbaasd dat hij niet zwaarder was gestraft, maar de leidinggevend officier zei dat hij zijn lesje wel had geleerd door zijn verwondingen en verblijf in het ziekenhuis.

Hans gaf Sebastian een por. 'Kijk niet zo sip. Ik weet zeker dat we in het nieuwe jaar naar huis mogen.'

Naar huis. Sebastian vond het ontroerend dat Hans München nog als zijn thuis zag. Hijzelf was alle gevoel van thuis kwijt. Het enige waar hij aan kon denken, was Lise. Waar zij was, dat was zijn thuis. Misschien was thuis helemaal geen plek, maar de mensen bij wie je wilde zijn.

De vrachtwagen stopte voor de boerderij, waarmee zijn gedachten werden onderbroken. Hans en Sebastian sprongen uit de laadbak en liepen direct naar de koeienstal waar ze hun werkdag altijd begonnen.

'Sebastian! Hans!' Meneer Jones riep ze toe. 'Hebben jullie een minuutje?'

Een minuutje? Sebastian was nu lang genoeg in Engeland om te begrijpen dat een minuutje betekende dat het om een gesprek ging dat heel wat langer zou duren dan dat, en dat het waarschijnlijk ging over iets wat ze verkeerd hadden gedaan. Ze keerden om en liepen naar het woonhuis.

'Goedemorgen, Sebastian, Hans.' Meneer Jones' stem klonk fris en opgewekt. 'Kom binnen. We willen jullie wat vragen.'

Hans trok een wenkbrauw op. Ze waren nog nooit binnengevraagd. Dat was niet toegestaan.

Hij moest hun aarzeling hebben opgemerkt, want hij voegde haastig toe: 'Het is in orde. Ze hebben het verbod op omgang opgeheven, op tijd voor Kerstmis. Kom binnen. Mijn vrouw heeft thee gezet.'

Hans glimlachte. 'Dank u wel, meneer Jones.'

Ze liepen hem achterna via de achterdeur naar de keuken. Het was er licht en warm, en de geur van brood in de oven verwelkomde hen. Mevrouw Jones deed een theemuts over een grote theepot. 'Willen jullie thee voordat jullie beginnen?' zei ze met een glimlach.

'Graag, dank u wel,' mompelden ze tegelijk.

'Jongens.' Meneer Jones zette de twee mokken voor ze neer. 'We willen jullie graag uitnodigen voor het kerstdiner. Iedere familie in het dorp mag twee gasten uit het kamp ontvangen, en we zouden het leuk vinden als jullie bij ons kwamen.' Hij keek ze verwachtingsvol aan.

'Dank u wel, meneer,' zei Hans snel.

'Ja, dank u wel, meneer,' voegde Sebastian toe. 'Dat is heel aardig van u.'

'Nee, hoor. Jullie hebben me heel erg geholpen. Ik had de oogst nooit afgekregen zonder jullie harde werk. Ik waardeer het zeer.'

'Het zou een eer zijn.' Hans sprak zijn beste Engels. Sebastian was even heel trots op hem, want hij wist dat het voor Hans veel moeilijker was geweest om Engels te leren dan voor hem. Doordat hij tweetalig was, had hij een zekere handigheid in het leren van een derde taal.

Meneer Jones glimlachte. 'Dat is dan afgesproken. Drink jullie thee op en dan kunnen we gaan melken.'

Toen Sebastian en Hans die avond terugkwamen in het kamp, hoorden ze dat er de hele dag een gestage stroom van dorpsbewoners was geweest, die krijgsgevangenen uitnodigden om kerst bij hen en hun families door te brengen. Het was heel aardig van hen, maar het was niet wat Sebastian wilde. Hij wilde vrijgelaten worden, vrij zijn om Elise te zoeken.

Hans opperde om een cadeau mee te nemen voor de familie. Een aantal mannen had mooi houtsnijwerk gemaakt van stukken oud hout. Een had zelfs een hobbelpaardje gemaakt voor een peuter, maar noch Sebastian noch Hans was zo handig. Hans suggereerde dat ze iets konden kopen van een van de creatieve medegevangenen, maar Sebastian wilde zijn geld in zijn zak houden. 'Het moet toch lukken om wat in elkaar te flansen,' drong hij aan.

Hans leek te twijfelen, maar toen lichtten zijn ogen op. 'Een fotolijst. Dat is makkelijk zat, we hoeven alleen maar wat rechte stukken hout te vinden, of we kunnen het zagen. Laten we gaan kijken wat ze in de werkplaats hebben.'

Toen ze daar kwamen was het al een drukte van belang, met mannen die op hun beurt stonden te wachten om de zaag of de draaibank te gebruiken. In een hoek lag een stapel afvalhout. Hans ging er snel doorheen en haalde er een gebogen en gebroken houten lijst uit. 'Perfect!' Hij hield het op voor Sebastian.

'Ja, daar kunnen we er wel twee uit halen.' Sebastian knikte.

En zo stonden ze op de ochtend van de vijfentwintigste allemaal in de rij voor de douches, want iedereen wilde er schoon en netjes uitzien voor hun eerste sociale afspraak in Engeland. Rond het middaguur vertrokken de gevangenen allemaal tegelijk, twee aan twee wandelend naar de huizen van hun gastgezinnen. Sebastian vroeg zich af hoe ze hen moesten begroeten, waarschijnlijk zouden ze elkaar een hand geven. Op een of andere manier wist hij dat een dame op de wang kussen, zoals in Frankrijk, hier niet zou passen, en ze wilden geen slechte start maken.

Hij deed het hekje open en ze liepen het korte tuinpad op, maar voordat ze de kans kregen om op de deur te kloppen werd die geopend door meneer Jones, die zijn hand al had uitgestoken ter begroeting. 'Hallo, jongens. Kom binnen, kom binnen.'

Sebastian bood hem de fles zelfgemaakte vlierbessenwijn die ze in de kampwinkel hadden gekocht en de ingepakte fotolijstjes aan. 'Zalig Kerstmis.'

Meneer Jones nam de fles in ontvangst. 'Dank jullie wel. Dat wordt zeer gewaardeerd.'

Mevrouw Jones kwam erbij, ze pakte het geschenk aan nadat ze haar handen had afgeveegd aan haar schort. 'Dat hadden jullie niet hoeven doen!' Ze ging hun voor naar de zitkamer. Drie dochters stonden op een rijtje naar hen te kijken, in een soort cocon van onaantastbaarheid, maar wel met een glimlach op hun gezicht. Sebastian had ze tot dan toe alleen van een afstand gezien, en hij vond het een beetje eng om zo dicht bij hen te zijn, alsof ze hiervoor alleen in zijn verbeelding hadden bestaan. Hij keek om zich heen en vond het er heel anders uitzien dan een Duits huis. Op het dressoir stonden lijstjes met foto's van het gezin en beeldjes van porselein, en aan de muur hingen kerstkaarten aan linten. Er stond geen kerstboom, er stonden alleen twee kaarsen op de schouw naast een takje hulst. Een papieren slinger in vrolijke kleuren hing vanaf de schouw tot de gordijnroede, en in de hoeken van het plafond hingen een paar ballonnen. Het zag er kinderachtig en gezellig uit en het maakte in Sebastian een verlangen los naar een eigen gezin, een thuis, en een schrijnend verlangen naar Elise.

'Ga zitten.' Meneer Jones ontkurkte de fles terwijl Hans en Sebastian op de bank gingen zitten. 'Vrolijk kerstfeest.' Hij gaf iedereen een glas wijn.

'Vrolijk kerstfeest.' Ze hieven de glazen, en Sebastian zag dat Hans' ogen op de oudste dochter waren gericht. Hij wilde zijn vriend een por geven en zeggen dat hij het niet zo opvallend moest doen.

'Neem me niet kwalijk, ik moet even naar het eten kijken.' Mevrouw Jones liep de kamer uit.

Er viel een ongemakkelijke stilte. Maar daarna spraken ze over het weer en over het eten in het kamp. De geur van eten stroomde de kamer in, wat geen onverdeeld genoegen was, het rook een beetje scherp en zuur, zoiets als opgewarmde azijn.

Meneer Jones keek zijn gasten aan. 'Ik had graag een paar kalkoenen voor de boerderij willen kopen. Maar ze waren niet te krijgen dit jaar, echt in geen velden of wegen!'

'Dat is echt niet erg.' Sebastian vond het vervelend voor hem. 'We vinden het een eer om hier te mogen zijn.'

Toen mevrouw Jones hen naar de eetkamer riep, ging meneer Jones aan het hoofd zitten en wees de anderen hun plaats aan.

Mevrouw Jones verontschuldigde zich. 'Het spijt me dat we jullie geen echt kerstdiner kunnen voorzetten. Het komt door de rantsoenering. Ik kon alleen pens krijgen.'

'Dit is fantastisch.' Hans lachte breed. 'Het ziet er heerlijk uit.'

'We wilden jullie een echte huiselijke maaltijd geven, voordat jullie vertrekken.' Meneer Jones sneed een stukje pens af. 'Dat zou nu niet lang meer moeten duren.'

Meneer Jones had gelijk. Want slechts een paar weken later had Sebastian zijn ontslagpapieren in zijn hand, met maar één gedachte in zijn hoofd: Elise vinden. Met tranen in zijn ogen omhelsde hij Hans.

Maar Hans was bleek en stil geworden. Sebastian liet zijn voorhoofd tegen dat van Hans rusten. 'Hans, het is voorbij! We gaan naar huis!'

'Naar huis?' Hij keek Sebastian aan met waterige ogen. 'Daar ben ik juist bang voor.'

'Kom nou. Je kon niet wachten om terug naar München te gaan.'

Hans trok zich terug en veegde zijn ogen af. 'Ik ben bang voor wat ik aantref.' Hij zuchtte diep. 'En jij?'

'Ik ga niet terug naar Dresden.' Ze wisten allemaal dat Dresden met de grond gelijk was gemaakt, maar dat was niet waarom Sebastian niet terug wilde. 'Ik moet naar Frankrijk. Kom, we gaan hier weg.' Ze gingen snel terug naar hun barak. Sebastian wilde maar één ding: inpakken en wegwezen.

'Kom op zijn minst mee wat drinken,' smeekte Hans terwijl hij zijn plunjebaal vulde met zijn weinige bezittingen. 'We moeten dit vieren. Je kunt niet als een dief in de nacht ertussenuit glippen.'

Sebastian hield even op met inpakken. 'Eentje dan.'

Hans sloeg een arm om zijn schouders en zo liepen ze samen naar de pub. Het was al vrij rumoerig toen ze binnenkwamen, en ze troffen er meneer Jones aan, die aan de bar zat op een hoge kruk. Hij stond op om ze te begroeten en gaf ze een hartelijke handdruk. 'Wat willen jullie drinken, jongens?' Zonder op antwoord te wachten bestelde meneer Jones een rondje pinten. Toen die waren getapt en over de rand schuimend werden neergezet, hief meneer Jones het glas. 'Op onwaarschijnlijke vriendschappen.'

'Op u en uw prachtige land.' Sebastian tilde zijn glas op.

'Ja. Het is verdomme maar goed dat we jullie Krauts het niet hebben laten inpikken!'

Ze moesten allemaal lachen, zonder enig ongemak, op die geestige Britse manier die Sebastian zo was gaan waarderen. Ze sloegen hun pint in één keer achterover.

'Goed zo, jongens.' Meneer Jones draaide zich om en bestelde nog een rondje.

Vijf pinten later sloeg de boer een arm om Sebastians nek. 'Jij bent echt een prima vent. Waarom zou je niet gewoon hier blijven?'

'Wat?'

'Ik zou je goed betalen.'

'Dat is heel aardig van u, meneer.'

'Als ik een goede kracht zie, dan houd ik die het liefst bij me. Niet iedereen is gemaakt voor het boerenbedrijf. Maar jij wel. Wat zeg je ervan?'

'U bent heel goed voor ons geweest.' Sebastian nam een flinke teug bier. 'Maar er is iets wat voorrang heeft. Ik moet iemand zien te vinden.'

'Iemand?'

'Ik heb beloofd dat ik haar zou vinden.' Het lag vast aan het bier dat hij er zo openlijk over praatte.

'Liefdesbeloftes.' Meneer Jones tikte zijn glas tegen dat van Sebastian. 'Niets zoeter dan dat. Veel geluk, mijn jongen. Maar als het niets wordt, dan weet je waar je ons kunt vinden, nietwaar?'

61

Frankrijk, januari 1948

Sebastian

Sebastian had burgerkleding aan. Niemand wist wie hij was, hij was gewoon een man die naar Frankrijk reisde. Voor het eerst in zijn leven was hij vrij, maar toen hij de loopplank van het schip in de haven van Portsmouth opliep, vroeg hij zich af wat zijn vrijheid waard was als hij niet vrij was om van Elise te houden. De twijfel overviel hem als hij dacht aan wat er met haar kon zijn gebeurd, en de mogelijke redenen waarom ze nooit had teruggeschreven. Eenmaal aan boord volgde hij niet de andere voetpassagiers naar de restaurants of de hutten, maar nam in plaats daarvan de trap naar het dek. Hoewel het koud en donker was liep hij naar de boeg en leunde over de reling, waar hij over de zee uitkeek naar Frankrijk. Hij blies zijn adem langzaam uit, terwijl hij keek naar mannen die touwen zo dik als een mannennek van de bolders afhaalden. De scheepstoeter ging en na enige tijd voeren ze weg van Engeland.

Toen de lichten van Engeland uit beeld waren verdwenen ging hij naar binnen, waar hij in het bargedeelte probeerde onderuit te zakken in een stoel, maar hij was te opgewonden en te gespannen om echt te slapen. Hij doezelde wat, en toen ze om zes uur 's ochtends de haven van Le Havre invoeren, voelde het alsof hij helemaal niet had geslapen. De boulangeries en cafés gingen net open toen ze van de boot afkwamen. Hij liep naar binnen bij het eerste het beste café en bestelde daar een koffie met een sandwich aan de bar, waar het goedkoper was. Niemand lette op hem, en hij nam de tijd om van zijn echte koffie en echte baguette te genieten. Hij had nooit kunnen wennen aan de liters melkige thee die ze in Engeland dronken.

Toen hij het op had, liep hij naar het treinstation en kocht een kaartje voor Parijs. Hij vond een plaatsje bij het raam en liet zijn hoofd tegen de ruit rusten. Maar hij viel niet in slaap. In plaats daarvan herhaalde hij in zijn hoofd elk gesprek dat hij ooit had gehad met Elise. 'Geloof jij in liefde op het eerste gezicht?' had ze een keer aan hem gevraagd, en hij had nee gezegd, sufferd die hij was. Maar hij geloofde er wel in. Hij had van haar gehouden vanaf het eerste moment dat hij haar had gezien in de boekwinkel, en hij wist dat hij nooit meer hetzelfde zou voelen voor iemand anders. Maar had ze het geweten? Had ze echt geweten wat hij voelde voor haar? Nu er al jaren voorbij waren was hij gaan betwijfelen of hij het haar wel echt had verteld. Sommige woorden waren te moeilijk om uit te spreken, en hij wist niet zeker of ze ooit van zijn hoofd naar haar oren waren gegaan. Maar toen had hij de moed gevonden om ze op te schrijven en ze naar haar te sturen. Had hij haar daarmee weggejaagd, waren zijn woorden te intens? Woorden. Woorden. Dat was wat er overbleef als al het andere was verdwenen. 'Je wilt gewoon niet met mij weglopen, of wel?' had ze gezegd, en hij dacht dat ze een grap maakte, maar wat als ze het gemeend had? Wat als ze echt had gedacht dat hij dat niet wilde? Terwijl hij dat juist het liefste wilde in de hele wereld.

Terwijl de trein door het platteland reed, op weg naar Parijs, werd hij in gelijke mate zenuwachtig en opgewonden. Hij stelde zich voor dat wat Elise te verduren had gehad de laatste jaren, zou verdampen zodra hij haar in zijn armen nam. Ze zouden opnieuw beginnen. Ze zouden trouwen. Zo snel mogelijk.

Een ring. Hij moest een ring hebben.

Hij stapte uit op station Saint-Lazare en hij liep de hoek om naar het warenhuis, Printemps. De juweliersafdeling was vlak bij de ingang, op de begane grond, alsof die hem uitnodigde. Hij keek door de glazen vitrines naar de gouden en zilveren ringen, ingelegd met fonkelende steentjes.

'Bonjour, monsieur. Kan ik u helpen?' vroeg de dame achter de toonbank.

'Bonjour, madame. Ik zoek een ring. Een trouwring, graag vrij simpel.'

'Oui, monsieur.' Ze haalde een laatje bekleed met donkerblauw fluweel tevoorschijn waar een selectie gouden ringen op lag.

Hij wees naar de dunste, 'Mag ik deze even bekijken, alstublieft?'

Ze pakte de ring van het fluweel en gaf hem aan. Hij was zo licht dat hij hem amper voelde en toen hij hem ronddraaide zag hij het discrete prijskaartje. Tweehonderd franc. Hij had maar driehonderd franc. Twee derde van zijn vermogen aan een ring besteden was eigenlijk absurd. Toch wilde hij dat dit zijn eerste aanschaf als vrij man zou zijn.

'Ik neem hem.' Hij haalde zijn portemonnee tevoorschijn. 'Wilt u hem in een doosje doen?'

'Natuurlijk, monsieur.'

Ze legde het prachtig ingepakte doosje op zijn handpalm, en terwijl hij het even in zijn vuist hield, bedacht hij dat dit de eerste stap was op weg naar het leven dat hij wilde leiden.

Hij besloot om het geld voor een metrokaartje uit te sparen en naar Saint-Sulpice te lopen. Terwijl hij door de straten van Parijs liep, herkende hij de stad waar hij als zestienjarige verliefd op was geworden – tien jaar geleden. Vrouwen op modieuze pumps en met sjaaltjes om hun hals liepen hem gehaast voorbij. Je hoorde auto's toeteren, en op de Seine voeren binnenschepen en boten heen en weer. De stad van het licht was weer tot leven gekomen. Zelfs de lucht rook anders. Hij snoof hem op, genietend van de geur van versgebakken brood, een vleug sigarenrook vermengd met het aroma van bloemen in grote emmers op de stoep voor de *fleuristes*. Zo rook vrijheid, dat je kon eten wat je wilde, je eigen leven kon kiezen, en belangrijker nog: dat je kon kiezen van wie je hield. Hij bleef staan om geroosterde kastanjes te kopen bij een straatverkoper met een metalen vat met gloeiende kooltjes. De man gooide de kastanjes op een roostertje. Sebastian stelde zich voor hoe hij zijn arm om Elise sloeg, en dat ze samen warme kastanjes uit een puntzak van krantenpapier zouden eten.

Toen hij bij Place Saint-Sulpice was, ging hij langzamer lopen, en hij voelde een angstige spanning die zijn bloed sneller deed stromen. Hij haastte zich naar Rue Henry de Jouvenel. De grote bordeauxrode voordeur staarde hem aan, imposant en niet echt uitnodigend. Hij negeerde zijn angstige gevoel en drukte op de zilveren knop naast de deur en tegelijk met zijn andere hand op de deur, die open klikte. In de hal liep hij de namen af op zoek naar Chevalier. Daar stond het. Met zijn hart in zijn keel drukte hij op de bel. Toen wachtte hij. Een minuut later deed een magere, al iets oudere man de deur van het appartement open. Hij keek Sebastian door zijn wimpers aan.

'Bonjour, monsieur,' begon Sebastian. 'Ik kom voor Elise. Elise Chevalier.'

De man hoestte, het klonk droog en pijnlijk, en toen haalde hij een zakdoek uit zijn mouw. Hij wreef ermee over zijn neus. 'Wie bent u?'

Sebastian stak zijn hand uit. 'Bonjour, monsieur. Ik ben Sebastian.' Hij wilde zijn achternaam niet zeggen, hij wilde geen Duits woord het gesprek in brengen. Deze man was waarschijnlijk Elises vader, en hij negeerde Sebastians hand. 'Alstublieft, meneer, ik zou graag met Elise willen praten.'

De man schudde zijn hoofd en hoestte nogmaals.

'Ik ben uit Engeland gekomen,' ging Sebastian verder. Hij wilde niet te veel vertellen.

'Pas possible.' De man staarde hem aan.

'Neemt u me niet kwalijk. Wat bedoelt u?'

'Pas possible!' Hij verhief zijn stem.

Sebastian moest langs deze poortwachter zien te komen. Hij moest haar zien, of tenminste uitvinden waar ze was. 'Alstublieft,' begon hij. 'Kunt u me vertellen hoe het met haar gaat? Gaat alles goed met haar?'

De man kreeg een diepe frons in zijn voorhoofd. 'Alles goed?' herhaalde hij, alsof het woord een belediging was wegens zijn oppervlakkigheid. 'Alles goed? *Non!*' Sebastian voelde het bloed uit zijn gezicht trekken, en hij was bang voor wat er komen zou. 'Het verzet heeft haar te pakken genomen.'

'Wat bedoelt u?' Sebastian wankelde achteruit naar de postbussen.

'Ze zijn haar komen halen. Ze hebben haar door het raam getrokken.' Zijn ogen waren koud en uitdrukkingsloos toen hij naar Sebastian keek. 'Wraakaanvallen.'

'Waar is ze?' Eigenlijk hoopte hij maar één ding: dat ze nog leefde.

'Les résistants de la dernière heure,' vervolgde hij alsof Sebastian niets had gezegd. 'Iedereen werd opeens een résistant. Het was allemaal achter de rug tegen de tijd dat ik terugkwam uit Duitsland. De Gaulle nam de leiding over het land. En hij bracht de rechtsorde weer terug.' Hij hield zijn mond om op adem te komen, alsof deze zinnen al zijn kracht hadden gevergd.

'Waar is ze?' herhaalde Sebastian wanhopig.

'Maar voor Elise was het te laat. Ze hebben haar meegenomen.' Hij wachtte even. 'Ze is doodgeschoten.'

Sebastian struikelde, zijn knieën begaven het, zijn spieren verslapten. Hij zakte op de grond en drukte zijn vuisten in zijn ogen totdat alles de kleur kreeg van donker bloed. Nee! Dit was onmogelijk. Dan zou hij het hebben geweten.

De man lachte kakelend, een lelijk droog geluid. Hij rechtte zijn kromme rug en keek Sebastian aan. 'Ik zou maar gaan.'

Sebastian begroef zijn gezicht in zijn handen. Hij kon niet opstaan. Lise, Lise! Alles waar hij in deze wereld om gaf, was hij kwijt. Niets had nog zin. Het beeld van haar dode lichaam ontplofte in zijn hoofd, er kwam bloed onder haar hoofd vandaan, het stolde in haar haren. Zijn Lise.

Haar vader draaide zich om en liep zijn huis weer in, de deur deed hij met een scherpe klik achter zich dicht.

Sebastian wist niet hoe lang hij daar als een hoopje ellende had gelegen, maar hij was zich vagelijk bewust van een tussendeur die openging. 'U kunt hier niet blijven.' Het was de conciërge, die op hem neerkeek met een afkeurende blik.

Hij zette zijn handen op de vloer en duwde zichzelf omhoog. Zijn hart ging sneller kloppen van de inspanning. Toen hij weer overeind stond, kon hij niet praten. Verdoofd liep hij de voordeur uit, een andere man als die hier een kwartier geleden was binnengelopen.

Sebastian strompelde door de straten van Parijs. Hij had geen bestemming. Geen wil. Hij was leeg. Hij liep en liep maar door. De koude wind en de honger waren niets vergeleken met de pijn en het verlies dat hij vanbinnen voelde. Hij vond zichzelf weer terug in het Vijfde Arrondissement, bij het Panthéon. Bij de boekwinkel. Maar hij kon zich er niet toe brengen om naar binnen te gaan. De vertrouwdheid van de winkelbel die zou klinken, en Monsieur Le Bolzec weer zien: hij zou er kapot aan gaan.

Hij bleef lopen terwijl de bleke zon achter de Haussmann-gebouwen zakte, en toen bevond hij zich opeens op de trappen naar de Sacré-Coeur. Hij liep de kerk in. Hij was zo uitgeput dat hij niet goed meer kon zien en hij was zich slechts vagelijk bewust van een paar mensen die geknield zaten, in gebed. Hij zakte neer op een van de kerkbanken, overmand door vermoeidheid. Toen herinnerde hij zich de ring. Hij haalde het doosje uit zijn jaszak, opende het en bekeek de simpele gouden trouwring. Hij ging ermee naar het beeld van Saint-Pierre, waar hij een kaars aanstak, maar hij zei geen gebed op. Hij kuste de ring en liet hem in het offerblok vallen waar mensen geld in gooiden voor de kaarsen. Toen ging hij terug naar de banken en liet zich achterover zakken. Hij staarde naar het gewelfde plafond. Dit keer leek Jezus met medelijden op hem neer te kijken.

DEEL VIJF

1963

62

Bretagne, juni 1963

Elise

Waar ben je, Lise, mijn lief? Waarom heb je me niet teruggeschreven? Ik bid tot God dat je niets is overkomen. Ik ben zo gruwelijk bang dat er iets met je is gebeurd. Waar ben je? Waar ben je? Binnenkort zal ik vrijkomen. Ze kunnen ons niet veel langer vasthouden.

Ik ga naar voren zitten, met de laatste brief vochtig en kreukelig in mijn handen. 'Ik snap het niet. Is hij teruggekomen naar Parijs?' Mijn hart gaat tekeer, nu ik voor me zie hoe hij terugkomt naar Parijs en mij daar niet aantreft. Maar hij had me hiernaartoe kunnen volgen. Maman zou hem mijn adres hebben gegeven. Toch? Waarom is hij niet gekomen? Waarom heeft hij ons niet opgezocht?

'Josephine, wat is er met hem gebeurd? Waar is hij toen heen gegaan? Waarom heeft hij ons niet gezocht?' Mijn stem klinkt schel en panisch.

'Hij is wel naar Parijs gekomen,' zegt ze, alsof het niks is.

Ik gaap haar aan en slik een brok door. 'Hoe weet jij dat?'

'Je vader heeft hem gezien.' Ze bijt op haar onderlip, en dan weet ik dat ze iets verzwijgt.

'Mijn vader?' Ik ben opeens heel erg in de war.

'Ja, Sebastian is naar jullie huis gegaan.' Ze aarzelt opnieuw. 'Je vader heeft hem verteld dat je dood was. Doodgeschoten.'

'Dood!' Ik schud mijn hoofd. 'Hij heeft tegen Sebastian gezegd dat ik dood was?' Ik snap het niet. En dan snap ik het opeens. Natuurlijk. Hij zou er alles aan hebben gedaan om een Boche buiten de familie te houden. Alles.

Er verschijnt een kleine frons tussen Josephines wenkbrauwen. 'Je zou niet verwachten dat een vader over zoiets zou liegen, of wel?'

Ik blijf zitten, als versteend. Mijn eigen vader! Hij heeft alles van ons gestolen. Het leven dat we hadden kunnen leiden. Ik voel woede opwellen in mijn binnenste, en mijn woede verandert al snel in haat. Ik walg van die man, met alles wat ik in me heb.

'Sebastian kan nog in leven zijn,' mompelt Josephine, en dat brengt me in een klap terug naar het hier en nu, naar de kamer waarin we zitten, naar mijn dochter, naar de brieven.

Sebastian zou nog in leven kunnen zijn? Ik durf het niet te geloven. Josephine moet nu niet van alles gaan hopen, en ik wil me niet het onmogelijke voorstellen. Er kan wel van alles gebeurd zijn sinds die laatste brief van Sebastian, vijftien jaar geleden. 'Nee,' zeg ik. 'Dat denk ik niet.'

Josephine komt naar voren en kijkt me in mijn ogen. 'Ik wil hem zoeken.'

'Hem zoeken?' zeg ik haar na, alsof ik het niet heb verstaan.

'Er staat een adres op de brief die je vasthebt. Ik kan daar een brief naar sturen en vragen of hij nog leeft, of ze weten waar hij heen is.'

Ze laat het zo simpel klinken, alsof het alleen een kwestie is van een adres achterhalen. Ik durf mijn angsten niet uit te spreken. Wat als hij inmiddels een gezin heeft, een vrouw? 'Josephine,' zeg ik zacht. 'We weten niet wat er sinds deze laatste brief is gebeurd.'

'Wat er ook is gebeurd, hij is wel mijn vader.'

'Ja, ja, natuurlijk, dat is zo.'

'Ik wil hem vinden.' Ze klinkt vastberaden.

'Laten we nog even wachten.' Ik ben niet klaar. De gedachte aan contact leggen maakt me doodsbang. 'Eerst moet je je eindexamen doen.'

'Maak je geen zorgen over mijn examen.' Haar stem is koud, alsof het mijn zaken niet zijn. 'Ik kan naar het laatste adres schrijven. Dat kost me niet heel veel tijd.'

'Oké, dan schrijven we naar het laatste adres. Dat kunnen we doen.' Ik concentreer me op de praktische zaken. Al het overige is te moeilijk.

Het laatste adres is een boerderij in Ashton-in-Makerfield, waar dat ook moge zijn. Josephine schrijft de brief zelf, met behulp van haar Engels-Franse woordenboek.

Bijna twee weken later, als haar examens voorbij zijn en ik terug ben voor het weekend, staat Josephine me thuis op te wachten. Ze heeft een brief in haar hand, en blosjes van opwinding. 'Maman,' zegt ze zodra ik de auto uitstap. 'Deze brief is van meneer Jones.'

Ik word opeens ijskoud over mijn hele lichaam. Ik wil het weten. En ik wil het niet weten. 'Laten we eerst naar binnen gaan.'

'Hij woont in een stad die Coventry heet,' vertelt Josephine me nog voordat we zijn gaan zitten. 'Het adres staat hierin.'

Een adres. Hoe bestaat het? Al die tijd heb ik om hem gerouwd, maar hij was helemaal niet dood.

'Meneer Jones zegt dat hij daarheen is gegaan toen hij uit Frankrijk kwam in 1948,' vertelt ze opgewonden verder.

'Hoe weet hij dat hij daar nog is?' We moeten het goed overdenken.

'Hij zegt dat hij daar is.'

'Ik zal hem schrijven.' Ik stel me de brief voor, waarin ik alles uitleg en hem vertel dat hij een dochter heeft.

'Nee!' gilt ze. Vervolgens, zachter: 'Je moet hem niet schrijven, alsjeblieft.'

'Maar Josephine, ma chérie...' Ik moet hem schrijven.

'Nee, Maman. Misschien wil hij me niet ontmoeten.'

'Hoe bedoel je? Natuurlijk wil hij je ontmoeten.'

Josephine schudt haar hoofd en kijkt verdrietig. 'Wie weet heeft hij een heel ander leven nu. Misschien wil hij ons wel helemaal niet zien.'

'Nee. Hij springt een gat in de lucht als hij erachter komt dat hij een dochter heeft.'

'Niet! Dat weet je niet!' Josephine staart me aan. 'Straks jaag je hem de stuipen op het lijf.'

'Wat?' zeg ik, half lachend. Het idee alleen al. 'Zo is hij niet. Hij zal ons willen zien.'

'Dat weet je toch niet. De laatste keer dat je hem zag was hij vierentwintig. Nu is hij drieënveertig.'

‘Josephine, wat er ook is gebeurd, hij zal ons willen zien.’

‘Jij weet helemaal niets! Mijn hele leven heb je hem verborgen, en nu wil je hem schrijven en dan jaag je hem weg. Wat als hij getrouwd is? Wat als zijn vrouw hem verbiedt om ons te zien?’

Verward en in tweestrijd staar ik mijn dochter aan. ‘Je wilt niet dat ik hem schrijf?’

‘Nee. Ik wil erheen.’

Ik snap het niet. ‘Je wilt dat we er gewoon heen gaan, zonder eerst te schrijven?’

‘Nee. Ik wil erheen, alleen.’ Ze kijkt naar me met kille ogen. ‘Ik wil niet dat je meegaat. Hij is mijn vader, en ik wil dit alleen doen. Ik ben geen kind meer. Je kunt me niet overal tegen beschermen.’

Mijn opwinding over het terugvinden van Sebastian verdampt, en ik blijf achter met een leeg rotgevoel. *Ze wil me er niet bij.* Mijn eigen dochter. *Ze wil niet dat ik hier deel van uitmaak.* Zo gekwetst is ze. En boos.

Sebastian leeft nog. Maar ik voel dat mijn wereld onder me vandaan zakt.

‘Ik heb mijn paspoort al,’ zegt ze. Mijn hart draait zich om bij dit nieuwe bewijs voor het feit dat ze me niet meer nodig heeft.

63

Engeland, 23 juni 1963

Josephine

Soizic rijdt Josephine naar Roscoff, waar ze de nachtboot naar Plymouth zal nemen. Als hij de haven uitvaart loopt ze het dek op en staart in het donker naar de lichtjes van Frankrijk die langzaam uit het zicht verdwijnen. Ze heeft een kleine hut voor zichzelf, en als ze eenmaal in haar kleine bed ligt, laat ze zich in slaap wiegen op de deining van de zee.

De volgende ochtend wordt ze om half zes abrupt gewekt door een hard geklop op de deur. '*On est arrivé!*' schreeuwt een stem. '*C'est l'heure de se lever!*'

Josephine sleept zichzelf uit bed en trekt snel haar jurk aan. Als ze de hut verlaat, ziet ze de andere passagiers ook al rondlopen en zich verzamelen in de zitruimte. Ze vraagt zich af of er verder nog iemand naar Londen gaat en of ze een lift zou kunnen krijgen, maar ze is te beschaamd om haar schoolmeisjes-Engels op ze uit te proberen. De voetpassagiers worden naar beneden geleid, naar het autodek, en dan over het asfalt een vierkant gebouw in, waar ze door de douane gaan en langs de paspoortcontrole. Als Josephine haar nieuwe paspoort overhandigt, glimlacht de dame. 'Eerste keer in Engeland?'

'Ja, madame.'

'Veel plezier dan maar. En trouwens, we zeggen hier geen madame.' Ze glimlacht.

Josephine gaat naar buiten, waar de zon net boven de grijze gebouwen uitsteekt. Een rij taxi's staat te wachten. Josephine spreekt een van de chauffeurs aan. 'Hallo. Naar het treinstation alstublieft.' Dit is de eerste hele zin die ze heeft uitgesproken tegen een Engelsman of -vrouw en ze is opgelucht als de man knikt en met haar wegrijdt zonder te vragen of ze haar vraag kan herhalen.

Het volgende obstakel is het kopen van een kaartje. Dat is lastiger, omdat de vrouw die de kaartjes verkoopt veel te snel praat, iets over overstappen.

'Kunt u dat opschrijven, alstublieft?' Josephine zet haar liefste glimlach op.

De dame schrijft het reisschema voor haar op een briefje, en daarna zit Josephine al snel in een trein en ziet ze het Engelse landschap voorbijvliegen. Na haar vroege opstaan is ze moe en heeft ze trek. Ze kijkt in haar tas en haalt de croissants eruit die Soizic heeft ingepakt. Terwijl ze die eet, kijkt ze op het papiertje dat de dame haar heeft gegeven. Paddington, 11:10. Euston, 12:15. Ze heeft ruim een uur om over te stappen.

Als ze in Paddington uitstapt krioelt het van de forensen, en ze blijft even staan om te kijken naar al die mannen in grijze pakken die voorbijrennen. Ze volgt de bordjes TAXI en komt al snel bij een rij zwarte taxi's. Het is allemaal zo anders dan in haar kleine kustdorpje, maar ze geniet van het avontuur. Ze laat de taxichauffeur haar briefje zien, hij knikt en neemt haar bagage aan, die hij vervolgens achter in de taxi zet. Ze gaat op de grote leren bank zitten, kijkt haar ogen uit naar de hoge rechthoekige gebouwen en voelt zich een koningin. Soizic heeft haar wat extra geld meegegeven voor het geval ze een hotel zou moeten nemen. *Een hotel! Voor haar alleen! In het buitenland!* Ze voelt zich erg volwassen.

De taxi parkeert voor een station en ze betaalt de chauffeur. Ze loopt naar de loketten waar ze kan vragen naar de trein naar Coventry.

'Perron twaalf,' zegt de mevrouw achter het loket. 'Vertrekt over vijf minuten.'

Vijf minuten! Ze moet rennen. Ze draait zich om en laat haar ogen door de hal schieten. Ze ziet perron nummer tien en rent erheen, terwijl ze ondertussen om zich heen kijkt waar twaalf dan kan zijn. Daar! Ze rent door het hekje, net voor de chef op zijn fluitje blaast, en springt de eerste wagon in, met een zucht van verlichting. Er zitten vier mannen op twee banken tegenover elkaar. De jongere man glimlacht naar haar. 'Dat was op het nippertje,' zegt hij als de trein wegrijdt.

Josephine begrijpt niet letterlijk wat hij zegt, maar ze voelt het wel aan en knikt naar hem terwijl ze gaat zitten, met de koffer tussen haar knieën.

'Zal ik even helpen?' De man staat op en wijst op haar koffer.

'Dank u.'

Hij tilt de koffer in het rek boven hun hoofd. 'Verre reis voor de boeg?' vraagt hij terwijl hij weer gaat zitten.

Dat moet een vraag zijn over waar ze heen gaat. 'Coventry.'

Een rimpeltje verschijnt op zijn voorhoofd. 'Waar kom je vandaan?'

Die vraag herkent ze van Engelse les. 'Frankrijk.'

Hij gromt en slaat zijn krant open, waarna hij erachter verdwijnt. Het lijkt alsof ze hem heeft teleurgesteld. Misschien is het haar accent, of heeft ze iets verkeerd begrepen?

Ze voelt zich heel ongemakkelijk. Ze pakt het boek uit haar handtas – *Le Gloire de mon Père*, het boek waar ze toevallig in bezig was toen ze erachter kwam hoe het zat met haar vader. Wel grappig. Ze doet net alsof ze leest, maar haar geest is veel te rusteloos om zich te kunnen concentreren. Haar maag rammelt en ze legt haar hand op haar buik. De jongeman kijkt op van zijn krant en Josephine wordt rood.

Ze heeft een sandwich ham-kaas in haar tas, maar ze schaamt zich om die te pakken en hem waar iedereen bij is op te eten. Tegen de tijd dat ze in Coventry aankomen heeft ze nog steeds honger, maar ze is te gespannen om te kunnen eten, nu ze zo dichtbij is. Ze stapt opnieuw in een taxi en laat het adres zien. De taxichauffeur probeert een gesprekje aan te knopen. 'Het spijt me, ik spreek maar een beetje Engels,' antwoordt ze, met het zinnetje dat ze op school heeft geleerd.

Vrij snel wordt ze afgezet bij een hek dat toegang biedt aan een huis met twee verdiepingen dat vastzit aan een ander huis. Het is niet een klein chalet, zoals hun huis in Bretagne, maar het is ook geen kast. Het is het soort huis waar een gezin in kan wonen, en Josephine blijft even buiten staan aarzelen en probeert rustig te ademen terwijl ze moed bijeenraapt. Dat ze honger had, is ze vergeten. Ze duwt het hek open en loopt het korte tuinpad af. Een bronzen klopper in de vorm van een schapenkop staart haar aan met uitdrukkingsloze ogen, en een rilling van spanning loopt over haar rug. Ze zet zichzelf schrap, pakt hem beet en klopt twee keer.

Een oude dame doet open. 'Hallo.'

'Hallo,' antwoordt Josephine. 'Ik zoek Sebastian Kleinhaus.'

'Sebastian?' herhaalt ze. 'Die woont hier niet.'

'*Zut.*' Josephine voelt zich opeens leeg en afgemat. 'Waar woont hij dan?'

'Drie deuren verder.'

Josephine fronst. 'Pardon?'

'Ik loop wel even met je mee.' De vrouw pakt een jasje van een haak bij de deur, trekt het aan en steekt haar voeten in instappers. Dan loopt ze het tuinpad af, met Josephine achter zich aan. Haar hartslag stijgt, nu ze beseft dat deze vrouw haar naar haar vader leidt.

'Hoe ken je meneer Kleinhaus?' vraagt de dame, terwijl ze na het hekje naar rechts gaan.

'Hij… hij…' Ze kan het toch niet zomaar zeggen? 'Mijn moeder kent hem van voor de oorlog.'

Josephine voelt de ogen van de vrouw op zich, en ze is opgelucht als ze een pad oplopen. Zonder te kloppen doet de vrouw de deur open. 'Maggie!' roept ze. 'Judy hier. Ik heb bezoek voor je.'

Een vrouw met een baby in haar arm komt de trap af. 'Hallo.' Ze kijkt naar Josephine.

'Deze jongedame is op zoek naar Sebastian.'

Josephine steekt haar hand uit, om de vrouw de hand te schudden. Maar het duurt een paar tellen voordat ze een hand van onder de baby vandaan heeft. Dan geeft ze Josephine een slap handje. Kan dit de vrouw zijn van haar vader? Ze is bleekjes en glimlacht een beetje zuinig. 'Hallo,' zegt ze, terwijl ze haar hand weer onder de baby doet. Zou dat Josephines halfbroertje zijn?

'Ik wil met Sebastian Kleinhaus praten.' Haar Engels klinkt klungelig en kortaf. Ze weet zeker dat er een beleefdere manier is om het te vragen maar ze kent de taal niet goed genoeg.

'Hij is op zijn werk. Hij komt vanavond pas thuis. Je mag om half acht terugkomen.' Ze ziet Josephines koffer en fronst.

'Dank u wel.' Josephine pakt haar koffer en draait zich om. Het is nu drie uur. Vierenhalf uur. Ze hoeft maar vierenhalf uur te wachten, maar op dit moment voelt dat als een eeuwigheid.

64

Coventry, 24 juni 1963

Sebastian

Sebastian rijdt om half zeven de oprit op. Margaret staat in de keuken en is bezig met het eten, met de baby op haar heup. Haar lippen zijn op elkaar geperst, en hij weet dat ze zich zorgen maakt om de piepende hoest van de baby. Hij gaat zitten om zijn schoenen uit te trekken, loopt dan naar haar toe en slaat zijn arm om haar middel. 'Hoe gaat het met onze kleine man?'

Maggie draait zich om, ontspant haar mond en glimlacht. 'Hij kan al wat beter ademen. Maar ik laat hem wel zo veel mogelijk rechtop zitten.' Ze geeft hem een kus op zijn wang. 'Gefeliciteerd met je verjaardag, schat.'

'Dank je wel.' Sebastian neemt Luke van haar over en houdt hem tegen zijn borst, strelend over zijn ruggetje. Hij snuift zijn frisse, schone geur op. De baby kronkelt maar geeft geen kik.

'Vandaag kwam er iemand voor je.' Maggie kijkt hem in de ogen.

Sebastian speelt met Lukes vingertjes, hij houdt ze vast en laat los, waarna hij kijkt hoe ze weer opkrullen. 'Wie dan?' vraagt hij als ze niet verder praat.

'Een jonge vrouw.' Ze kijkt hem vorsend aan. 'Een Franse vrouw.'

Sebastian voelt zijn hartslag omhooggaan en zijn keel voelt dik. Hij slikt. 'Wie dan?'

'Ze heeft geen naam gegeven. Ik ben vergeten het te vragen. Ik was druk met de baby.'

'Wat zei ze dan?' Hij hoort zelf ook de trilling in zijn stem.

'Haar Engels was niet zo goed. Ik heb gezegd dat ze om half acht terug kon komen.'

Luke hoest, zachtjes, en Sebastian voelt zijn kleine lichaampje verslappen, alsof de hoestbui zijn laatste restje energie heeft gevergd. Hij gaat nu oppervlakkiger ademen.

Maggie steekt haar armen uit om hem weer aan te nemen. 'Ik ga hem nog wat hoestsiroop geven. Wil jij Philip naar bed brengen?'

'Dada,' brabbelt Philip, die in pyjama de kamer in waggelt, met een speelgoedautootje dat hij naar zijn vader uitsteekt.

Sebastian bukt en neemt het autootje van hem aan. 'Is dat voor mij? Dank je wel.' Hij tilt zijn zoon op en brengt hem naar boven.

Als hij iets later weer naar beneden komt kijkt hij op zijn horloge: zeven uur. Maggie heeft de tafel al gedekt en ze beginnen te eten, maar er hangt een gespannen sfeer, en Sebastian heeft geen eetlust. Hij kijkt steeds weer op de keukenklok, wachtend tot het zover is.

Precies om half acht gaat de deurbel. Hij haalt diep adem en loopt naar de voordeur.

Daar staat een jonge vrouw. Het geluid van auto's, buren die naar elkaar roepen: alles verdwijnt naar de achtergrond, en de klok draait ineens jaren terug en voert hem helemaal terug naar Parijs. Hij voelt zich licht in het hoofd, alsof hij droomt. De vrouw op zijn stoep is Elise. Maar niet Elise. Haar haar lijkt niet op dat van Elise. Het is blond en er zit slag in, en haar ogen zijn niet groen zoals die van Elise. De kleuren kloppen niet, maar het is haar gezicht. En het is opvallend. Ze is nog niet helemaal een vrouw, meer een meisje nog. Ze moet wel op een of andere manier familie zijn van Elise, maar hij kan zich niet voorstellen hoe. Hij legt zijn hand op zijn bonzende hart en stapt achteruit. 'Hallo?' zegt hij en hij laat het klinken als een vraag.

'Bonjour,' antwoordt ze. Dan krabt ze aan haar voorhoofd met haar pink, een gebaar waardoor hij in een keer terugvliegt in de tijd, naar Elise. 'Kan ik met u praten?' vraagt ze in het Frans.

Hij zet de deur wijder open. Hij wil dat ze binnenkomt zodat hij de deur achter haar kan sluiten. Zodat hij kan gaan zitten, om de puzzelstukjes in elkaar te passen. Een moment lang vraagt hij zich af of zij Elises jongere zus Isabelle zou kunnen zijn, die nu volwassen is geworden. Maar Isabelle was tien in 1944, dus zij zou nu bijna dertig moeten zijn. En het meisje op zijn deurmat is bij lange na geen dertig.

Ze stapt over de drempel, zijn huis in, en hij gaat haar voor naar de huiskamer. Een moment lang staan ze wat onhandig tegenover elkaar, en hij ziet dat ze alles in zich opneemt, de familiefoto's op de schouw, de kleine porseleinen hondjes achter het glas in de kast. Hij ziet het allemaal door haar ogen. Zijn familie.

'S'il te plaît, assieds-toi.' Hij nodigt haar uit om te gaan zitten, en gebruikt automatisch al de jij-vorm.

Ze strijkt de achterkant van haar rok glad en gaat op het randje van de bank zitten, als een vogel op een tak, klaar om op te vliegen bij de minste verstoring. Hij wil haar geruststellen, maar hij weet niet hoe. Hij wou dat hij had gevraagd of hij haar zomerjasje kon aannemen. 'Mijn vrouw zei dat je vanmiddag al aan de deur was.' Hij probeert zo warm en ontspannen mogelijk te klinken, en de trilling in zijn stem te verbergen.

Ze kijkt hem aan.

'Wil je een kop thee?' vraagt hij.

Ze schudt haar hoofd, haar felblauwe ogen worden een tint donkerder, en hij kan zien dat ze ergens op wacht. 'Je lijkt op iemand die ik goed heb gekend,' zegt hij. Haar ogen laten nu iets meer licht binnen. 'Elise,' gaat hij verder. 'Zij...' Hij weet niet hoe hij het moet zeggen. Hoe hij moet zeggen dat ze dood is. Sommige woorden laten zich niet uitspreken.

Hij wou dat ze hem hielp, maar haar ogen verraden niets. 'Zij en ik waren erg close.' God, dat klinkt zwak. Hij besluit dat hij het over een andere boeg moet gooien. 'Wat kan ik voor je doen?' Wat is er mis met hem? Nu klinkt hij als een verkoper.

'U was in Parijs tijdens de oorlog, hè?'

Sebastian knikt, maar in zijn hoofd is het een chaos. Hij is in geen vijftien jaar meer in Frankrijk geweest.

Ze fronst, een delicaat lijntje vormt zich tussen haar wenkbrauwen. 'U bent terug geweest na de oorlog?' Het is een constatering, maar ze laat haar zin hoog eindigen, waarmee het een vraag wordt.

Sebastian bestudeert haar. Er is iets met de vorm van haar gezicht, en haar ogen. 'Ja, ik ben terug geweest, nadat ik vrij was gekomen.' Hij staart uit het raam, zijn geest dwaalt terug in de tijd. Hij gaat verzitten, leunt naar voren en laat zijn hoofd in zijn handen rusten. 'Hoe heet je?'

'Josephine,' antwoordt ze.

'Josephine,' herhaalt hij alsof hij de naam uitprobeert. 'Wie ben je, Josephine?'

Ze antwoordt met een vraag. 'Toen u zei dat u terugging naar Parijs na de oorlog, wat is er toen gebeurd?'

'Er was niets meer voor me, daar. En toen ben ik hierheen gekomen.' Sebastian kijkt haar in de ogen en het is net alsof hij in Elises ogen kijkt, zo veel jaren terug.

'U weet niet wie ik ben, of wel?'

Het is niet helemaal waar. Hij weet het wel. Hij weet het en hij weet het niet, want het is onmogelijk. 'Ben je familie van Elise?'

'Ze is mijn moeder.' Ze zucht en kijkt weg. 'Haar vader heeft tegen u gelogen,' zegt ze zachtjes. 'Maman was niet dood. Ze is in april van mij bevallen, acht maanden nadat u uit Parijs was vertrokken.'

En opeens daalt het besef in, met een klap. Hij springt op, zijn adem stokt in zijn keel. Dan stroomt de lucht met kracht terug in zijn longen, zo krachtig dat het pijn doet. Ze is zijn kind. Elises kind. Hun kind.

'Is Elise nog in leven?' vraagt hij wanhopig.

Ze knikt.

Sebastian legt zijn trillende handen tegen zijn gezicht. Zijn hele leven flitst aan hem voorbij. Het leven dat hij had kunnen hebben. Het leven met Elise en hun kind. 'Maar ik heb haar geschreven! Ik heb geschreven!'

'Ze heeft uw brieven nooit gehad. Haar vader heeft ze verstopt.'

Sebastian legt zijn hand op zijn borst, op zijn bonzende, brekende hart. Hij doet zijn ogen dicht, het is te veel om te bevatten. Dan doet hij zijn ogen weer open. Josephine staart naar hem. Hij richt zijn blik op de foto's op de schouw, zijn gezin, zijn gezin dat hem aankijkt. Dan kijkt hij weer naar Josephine. Hij kan de twee dingen niet combineren.

Josephine volgt zijn blik naar de schouw. 'Waarom heeft u niet beter gezocht?' Ze staat op en gaat voor hem staan. 'Waarom heeft u ons niet gevonden?'

'Ik geloofde hem. Ik geloofde die gek. Ik dacht dat ze haar hadden doodgeschoten.' Zijn hoofd voelt draaierig van de verwarring. Hij begrijpt niet hoe hij haar vader op zijn woord heeft kunnen geloven. En hij snapt niet hoe het zo lang kan hebben geduurd voordat de waarheid aan het licht is gekomen. 'Hoe heb je mij gevonden?' stottert hij.

'De brieven. Ik heb de brieven vorige maand gevonden toen ik naar Parijs ging, toen ik mijn grootvader voor de eerste keer heb ontmoet. Maman moest erom huilen.'

'Waar is ze? Waarom is ze niet met je meegekomen?'

Josephines blik dwaalt af naar de foto's op de schouw. 'Ik wilde alleen komen.' Ze laat een stilte vallen. 'Ik wilde niet dat ze er was als...'

'Als wat?'

'Als zou blijken dat u een nieuw gezin had.'

Sebastian sluit zijn ogen weer en stelt zich de pijn voor die Elise zal voelen als ze hoort dat hij verder is gegaan met zijn leven. 'Ik ben haar nooit vergeten,' zegt hij zacht. Hij wil zijn dochter vasthouden. Hij wil haar vertellen dat hij haar al die jaren met heel zijn wezen heeft gemist, dat zijn leven zonder haar niet compleet was. Zonder Elise.

De deur gaat piepend open. Daar staat Maggie. Ze ziet er uitgeput uit. 'Ik heb een bed opgemaakt in Lukes kamer.' Ze kijkt van Sebastian naar Josephine. 'Voor onze gast.'

'Dank je wel, Maggie.' Sebastian schakelt over naar het Engels. Hij ziet aan haar blik dat ze al weet wie dit meisje is. Ze zal het hebben gezien zodra ze haar zag.

'Blijf je logeren?' vraagt hij in het Frans aan Josephine.

'Merci, graag.' Ze bloost en Sebastian vraagt zich af of ze plannen had om ergens anders te overnachten.

Sebastian en Josephine blijven achter, ze staan tegenover elkaar. Even zegt geen van beiden iets. Ze is zo stil en rustig, ze doet hem denken aan hoe Elise tegen hem deed toen ze elkaar voor het eerst zagen. Hij zal het voorzichtig moeten aanpakken.

'Wil je iets eten?' Hij voelt zich prettiger als het over iets tastbaars kan gaan.

'Merci,' zegt ze weer.

Ze volgt hem de keuken in, en daar staan ze een paar tellen onhandig bij elkaar. 'Ik kan bijvoorbeeld toast maken.' Hij haalt een brood uit de broodtrommel, zet de oven op de grilstand en legt er twee boterhammen onder.

'Wat heeft u gedaan in de oorlog?' Haar vraag komt uit het niets, net als hij zoekt naar de botervloot. Hij verstijft en haalt diep adem. Dan keert hij zich om naar haar en beseft dat ze zich dit al die tijd al moet hebben afgevraagd.

'Ik zat bij de Hitlerjugend toen de oorlog begon.' Hij moet bij het begin beginnen. 'Weet je wat dat was?'

'Niet echt,' geeft ze toe.

'Dat was een opleidingsprogramma voor kinderen onder de achttien. Hitlers manier om een jong, trouw leger te produceren. Ik was zestien toen het verplicht werd om lid te worden.' Hij heeft het gevoel dat hij zichzelf probeert vrij te pleiten, en dat wil hij niet. 'Sommige tieners deden er niet aan mee. Zij vormden andere groepen, zoals de Leipziger Meuten of de Edelweiss Piraten. Ze weigerden zich te conformeren en droegen andere kleren, luisterden naar jazz en lieten zelfs hun haar lang groeien.' Hij stopt even met vertellen en denkt terug aan hoe zij de gevangenis in verdwenen, en daar waarschijnlijk stierven. Hij draait het brood om. 'Maar ik ben niet bij een van die groepen gegaan. Ik was een conformist. Dat waren we in mijn familie allemaal.' Met een schok beseft hij dat hij het ook over haar familie heeft, haar grootouders. 'En toen ben ik naar Parijs gestuurd, als tolk-vertaler. En dat is waar ik je moeder heb ontmoet.'

'Ja, dat heeft ze verteld. Wat moest u vertalen?'

'Brieven, voornamelijk. Brieven waarin mensen anderen aangaven.' Ze kijkt hem aan alsof ze meer verwacht, maar hij kan zichzelf niet verdedigen. 'Josephine.' Hij kan haar niet dwingen om hem aardig te vinden, ze moet haar eigen mening vormen. 'Ik ga niet net doen alsof ik een dappere kerel was. Ik was gewoon een schaap net als alle andere schapen, en ik was doodsbang van mijn zestiende tot het moment dat ik je moeder ontmoette. Dat is een lange periode om in constante angst te moeten leven, en ik ben er niet trots op. Ik denk dat veel mensen dingen hebben gedaan waar ze nu spijt van hebben. Ik probeer het niet te vergoelijken.'

Hij kijkt Josephine aan. 'Ik was geen held.' Hij blijft haar aankijken. 'Het spijt me.' De woorden blijven steken in zijn keel. Hij heeft nog nooit zijn excuses aangeboden, nooit iemand om vergiffenis gevraagd. Hij veegt zijn ogen af en slikt. 'Het spijt me,' zegt hij nog eens.

'Ik weet niet veel over de oorlog. Mensen praten er niet over. Maman heeft me nooit verteld dat u mijn vader bent.'

Sebastian laat de toast vallen die hij net heeft gepakt. 'Wat?'

'Ze deed alsof mijn vader een of andere Fransman was, ene Frederick. Ik ben er pas een maand geleden achter gekomen, toen ik mijn geboorteakte vond.'

'Vorige maand?'

Josephine knikt. 'Ja, eerst had ik een Franse held als vader en toen ineens een B... Duitser. Het leek haar beter dat ik het niet wist. Dat niemand het wist.'

Elise had zijn bestaan dus ontkend. Hoe kon ze hem op deze manier hebben afgeschreven? Wat heeft ze dan gedaan met al haar herinneringen aan hem? Is het haar gelukt om hem helemaal uit te wissen? Hij kan er met zijn hoofd niet bij hoe dat zou kunnen. Zelf had hij elke herinnering gekoesterd, teruggespeeld, zelfs ook nog nadat hij Maggie had ontmoet. Hij zou Elise nooit op die wijze hebben kunnen laten gaan. Een intens gevoel van gekwetstheid en verraad brandt zich een weg door Sebastian.

65

Sebastian

Maggie heeft het bedlampje aangelaten en ze heeft Lukes wieg bij het voeteneind neergezet. Sebastian kijkt naar zijn slapende zoon en legt een hand op zijn kleine borstkas, waar hij het regelmatige ritme van zijn hartslag voelt.

Hij gaat naar zijn kant van het bed en trekt zijn kleren uit. Hij legt ze over de stoelleuning en trekt zijn pyjama aan. Dan stapt hij voorzichtig in bed en klikt het lampje uit.

Maggie rolt op haar zij om hem te kunnen zien. 'Dat duurde lang,' fluistert ze.

'Ik heb toast gemaakt. Josephine had nog trek.'

'Wil je me over haar vertellen?'

Hij is erg moe, hij wou dat hij het niet deze avond hoefde uit te leggen. Maar dit is niet iets wat tot de ochtend kan wachten. 'Maggie,' begint hij, 'Elise is niet dood.' Maggie weet van Elise, althans, ze weet datgene wat Sebastian over haar heeft verteld. Alleen de naakte feiten. Zelfs als hij het had gewild, dan nog zou hij haar niet hebben kunnen vertellen wat hij voelde voor Elise. 'Haar vader heeft tegen me gelogen. Ze is niet doodgeschoten.'

'Ze leeft nog?'

'Ja.' Hij slaakt een lange zucht en vermant zichzelf voordat hij zegt: 'Ze heeft een dochter gekregen, Josephine. Mijn dochter.'

'Ik wist het,' fluistert Maggie in het donker. 'Zodra ik haar zag.'

'Elise heeft haar nooit over mij verteld. Josephine heeft altijd gedacht dat iemand anders haar vader was.' De woorden gaan hem door merg en been. Hoe kon ze hem nu zo uit hun leven hebben gewist? 'Ze weet het pas sinds een maand.'

Maggie gaat op haar rug liggen en pakt zijn hand onder de dekens. Maar Sebastian beweegt zich niet. Hij ligt met zijn ogen open in het donker, denkend aan hoeveel hij van Elise in Josephine ziet, in de manier waarop ze haar kin in haar handen legt als ze nadenkt, haar ogen waarin je zo diep kunt kijken en die recht door je heen kijken. De manier waarop ze lacht met haar mond dicht, de kleine kuiltjes die dan verschijnen in haar wangen. Haar gezichtsuitdrukking toont hoe ze zich voelt, net als bij Elise. Sebastian ontdekte in de loop der tijd hoe Elise het ene kon zeggen terwijl ze het andere dacht, hoe ze haar angsten en onzekerheden probeerde te verhullen en zich zelfverzekerd voordeed terwijl ze vanbinnen trilde. Hij ziet hoe Josephine hetzelfde heeft gedaan door deze reis naar Engeland te maken, hoe bang ze moet zijn geweest toen ze bij hem voor de deur stond, niet wetend wat ze moest verwachten. Terwijl zijn gedachten naar Elise uitgaan voelt hij zich steeds gekwetster. Was ze hem gaan haten? Hij vraagt zich af wat Elise dan aan Josephine heeft verteld. Heeft ze hem verteld over de keer dat ze het verbodsbordje voor Joden had omgeschopt? Hoe hij haar had gered uit het Gestapo-hoofdkwartier? Of over de picknick in de hotelkamer toen ze droomden van een leven samen? Hij vraagt zich af of Josephine blij is met wat ze heeft gevonden, of dat ze misschien iets anders hoopte.

'Denk je aan haar?' Maggies vraag brengt hem terug naar het heden.

'Ja,' geeft hij toe. 'Ik dacht aan hen twee.'

'Lijkt ze op haar moeder?'

'Ja.'

'Ze heeft jouw ogen. Net als Philip.' Ze aarzelt. 'Is Elise ooit getrouwd?'

'Ik weet het niet. Ik heb het niet gevraagd.' Maar op een of andere manier weet hij het wel. Hij weet dat ze niet getrouwd is. En hij weet welke vraag Maggie wil stellen maar niet durft.

'Dit verandert niets voor ons.' Sebastian probeert haar gerust te stellen. 'Het is verleden tijd. Ik heb al om haar gerouwd.' Hij knijpt in Maggies hand, maar hij draait zich niet naar haar toe. Hij blijft in het donker naar het plafond kijken.

66

Josephine

Als Josephine wakker wordt, denkt ze de eerste paar tellen dat ze thuis is, in Trégastel, maar dan komt het langzaam weer terug. Ze is in Engeland, en haar vader is hier in dit huis. Deze gedachte jaagt een zindering door haar heen, maar op hetzelfde moment voelt ze een steek van heimwee naar haar vertrouwde kleine chalet, en naar Maman en Soizic. Ze hoort geluiden beneden, een kind dat brabbelt, borden die worden neergezet, haar vaders stem.

Toen hij gisteravond de deur opendeed in een donker pak en een donkerblauwe stropdas, had ze gedacht hoe strak en goedverzorgd hij eruitzag. Hij zag er niet uit als het soort man dat boos wordt of schreeuwt of vloekt. En toen had hij toast voor haar gemaakt in de keuken, nog steeds in pak. Maar ze voelde een vorm van kilte bij zijn vrouw Maggie. Ze hoopt maar dat ze niet de hele dag alleen hoeft te zijn met haar en de kinderen. Met alleen Josephines schoolengels zal de communicatie beperkt zijn, ze herkent de woorden amper van de les op school. Ze staat op en loopt naar de badkamer waar ze zich wast en dan dezelfde jurk als gisteren aantrekt. Ze gaat de smalle trap af, zachtjes lopend omdat ze niet wil storen.

'Bonjour, Josephine,' zegt haar vader als ze de keuken in komt. 'Toast?'

Ze kent dit woord nu en glimlacht. *'Oui, s'il te plaît.'* Automatisch gebruikt ze de informele *tu*-vorm in plaats van het formele *vous*. Zijn glimlach zegt haar dat hij het heeft opgemerkt.

'Ga zitten,' gaat hij verder in het Frans. 'Je kunt naast Philip gaan zitten.'

Thuis zou ze Soizic en haar moeder in de ochtend begroeten met een kus op beide wangen. Maar ze voelt instinctief aan dat dit hier niet verwacht wordt, en dus zegt ze alleen 'hallo' tegen Philip en gaat op de kruk naast hem zitten aan het keukenblad. Hij zit in een kinderstoel en zwaait met een stukje slappe toast naar haar, alsof hij haar zo wil begroeten. Zijn wangen zitten onder de plakkerige jam en broodkruimels.

'Thee?' vraagt haar vader.

Meestal drinkt ze 's ochtends een kom Ricoré, een mix van cichorei en koffie, maar ze denkt dat ze dat hier niet zullen hebben. 'Ja, graag, alsjeblieft.'

Hij zet de ketel op en zodra het water kookt giet hij het in een theepot, waarna hij er een soort wollen jasje overheen laat glijden. Het is allemaal zo anders dan thuis.

'Ik heb een dag vrij genomen.' Haar vader draait zich om en kijkt haar aan. 'Dan kunnen we de dag samen doorbrengen.' Hij zegt het zo eenvoudig, zo warm, alsof tijd doorbrengen met haar de normaalste zaak van de wereld is. Josephine kijkt naar zijn handen terwijl hij thee voor haar inschenkt. Hij heeft lange vingers en er zit een bruine moedervlek in de vorm van een wassende maan tussen zijn wijsvinger en middelvinger. Ze tilt haar eigen hand op en kijkt naar het bruine vlekje beneden bij haar wijsvinger. Het is hetzelfde. Haar vingers zijn hetzelfde. Er prikken tranen in haar ogen. Ze knippert ze snel weg en kijkt opzij naar Philip, die in haar arm prikt met een lepel.

'Ik neem aan dat dit je eerste bezoek aan Engeland is,' zegt haar vader.

'Ja.'

'Ik wil je straks meenemen Coventry in. Dan kun je zien hoe een moderne Engelse stad eruitziet.'

'Dank je wel.' Ze voelt opwinding bij de gedachte dat ze deze nieuwe plek zal gaan ontdekken.

Hij draait zich om en knijpt Philip in zijn plakkerige wangetje. 'Zullen we die kleine man meenemen?'

Philip grijnst alsof hij het begrijpt.

'Hoe oud is hij?' vraagt Josephine.

'Vorige week is hij twee geworden. Je kunt Frans tegen hem praten. Dat doe ik soms. Hij lijkt het net zo goed te begrijpen als Engels.'

'En Duits?' vraagt Josephine in een opwelling. 'Spreek je ook Duits met hem?'

'Nee,' antwoordt hij. 'Twee talen lijkt me genoeg voor een klein jongetje. Jou niet?' Hij kijkt haar vragend aan.

'Ja, dat denk ik ook.'

'We hebben veel te bespreken, Josephine.' Hij legt zijn hand op haar schouder. 'Ik verheug me op vandaag.'

En weer laat hij haar weten hoe graag hij haar wil leren kennen. Ze kan het niet helpen dat ze een warme gloed voelt in haar binnenste.

67

Bretagne, 1 juli 1963

Elise

Het duurt een hele week voordat er een brief van Josephine komt. Ik ben niet bezorgd geweest, het is een verstandige meid. Het is meer dat ze toen ze vertrok nog boos op me was, dus ik wilde echt heel graag iets van haar horen – gewoon om te weten dat alles oké is.

De envelop is geadresseerd aan Soizic en mij, maar als ik hem openmaak vind ik er nog twee enveloppen in, eentje met alleen mijn naam erop. Die schuif ik in mijn borstzak en de andere maak ik open. Ik lees hem hardop voor aan Soizic.

Chère Maman, Soizic,

Het voelt alsof mijn wereld op zijn kop staat, alsof ik niet degene ben die ik dacht te zijn. Er zit een heel andere kant aan mij waarvan ik het bestaan niet eens kende. Het is net alsof ik ben opgegroeid met maar één aanwezige helft. Ik zou hier graag blijven. Mijn vader heeft een vrouw en twee kinderen. Ik wil ze graag beter leren kennen.

Ik voel mijn hart ineenkrimpen. Ik word misselijk. Een vrouw! Twee kinderen! Hoe kan ze me nu vertellen dat Sebastian een gezin heeft, alsof het de normaalste zaak van de wereld is? De woorden worden eerst vaag en beginnen dan te bewegen. Ik grijp me vast aan de rand van de tafel. Ik dwing mezelf om dit bericht te laten indalen en het in perspectief te zetten. Sebastian is verdergegaan met zijn leven. Hij heeft me losgelaten.

Met die mogelijkheid had ik natuurlijk wel rekening gehouden.

Maar ik zou het nooit hebben geloofd. En toch… daar staat het, zwart-op-wit. Hoe kan hij met iemand anders zijn getrouwd? Met iemand anders kinderen hebben genomen? Dat zouden wij doen, wij twee.

Ik kijk Soizic aan en zie het in haar ogen. Medelijden. Ik moet weg bij haar.

Maar nog voordat ik de deur open heb, legt ze een hand op mijn schouder. 'Josephine komt vast snel thuis. Ze heeft alleen wat tijd nodig.'

'Tijd!' bijt ik van me af. 'Dat is wat jij van ons hebt afgepakt!'

Ze laat haar hand wegglijden en haar ogen zijn opeens koud. 'Ik heb je een thuis gegeven toen niemand anders dat deed.'

'Ja! Maar tegen welke prijs?' Ik staar haar aan. 'Je hebt me ervoor laten boeten!'

Het bloed trekt weg uit Soizics gezicht. Er verschijnt een verbeten trek om haar mond.

'Je hebt me tegen haar laten liegen!'

Ze draait zich om alsof ik haar een klap in het gezicht heb gegeven. Dan, vrijwel meteen, draait ze zich weer om en kijkt me aan. 'Het was niet veel gevraagd! Ze is opgegroeid zonder de last van het verleden. En ze leeft. Ze leeft!' De laatste woorden komen er snikkend uit, en ik weet dat ze denkt aan haar eigen dochter. De dochter die als een spook boven ons leven heeft gehangen, wier graf Josephine en ik nooit mochten bezoeken.

Soizic recht haar schouders en er komt weer kleur op haar gezicht. 'Het was nog oorlog toen je bij mij op de stoep stond. We moesten onszelf beschermen, en haar. Dat was de enige manier.'

Ik kan er nu niet over praten. Ik duw Soizic opzij en loop snel het huis uit, naar de zee. Het is eb, dus de branding is ver weg, en de wind blaast mijn haar uit mijn gezicht. Ik wandel over het strand naar Île aux Lapins, dat nu weer toegankelijk is. Nadat ik mijn schoenen heb uitgetrokken loop ik over het brede pad van kiezelstenen en gebroken schelpen, en ik klim op het grootste rotsblok op de verste punt van het eiland, waarbij ik mijn voeten tegen de afgeronde gaten en randen duw en mezelf met mijn handen optrek. Uiteindelijk bereik ik het hoogste punt en daar ga ik zitten, uitkijkend over zee. De gedachten komen vanzelf. Ik bedenk hoe ik mijn dochter haar vader heb ontzegd door te doen alsof hij niet bestond. Hoe ik hem heb ingeruild voor een thuis. Ruw veeg ik de tranen van zelfmedelijden weg en ik vervloek mezelf om het feit dat ik naar Soizic heb geluisterd. Ik had er zo naar verlangd om Josephine de waarheid over haar vader te kunnen vertellen, maar ik had mijn gevoelens gerationaliseerd en mezelf wijsgemaakt dat het voor iedereen het beste was als Josephine het niet wist, nog niet, dat het beter was om te wachten tot ze oud genoeg was om het te begrijpen. Maar nu voelt het alsof de wind dwars door de muren waait die ik om ons heen heb gebouwd, waarmee jaren van puin in mijn gezicht worden geblazen, zodat ik stik. Waarom heb ik niet gewoon naar mijn hart geluisterd?

Ik denk aan Sebastian. Wat staat er in zijn brief? Ik neem het hem niet kwalijk dat hij verder is gegaan met zijn leven, alleen wou ik dat ik dat ook had gekund. Maar ik leefde alsof ik een schaduw was van mezelf. Ik werd doodsbang voor mannen, en daarna ging ik ze verafschuwen. De enige man die ik dichtbij zou hebben gelaten was Sebastian, maar aangezien ik dacht dat hij dood was, heb ik dat deel van mezelf afgesloten. Josephine was het enige wat ik belangrijk vond, en haar zien opgroeien in veiligheid was het enige wat ik wilde.

Het geluid van spelende kinderen maakt dat ik me omdraai. Ik zie een vrouw die achter twee kleine meisjes aan rent achter een rots. Ze gillen van plezier als hun moeder hen te pakken krijgt. Ik kwam hier vroeger ook met Josephine. Dan bouwden we zandkastelen in het vochtige zand, vingen krabben in de poeltjes in de rotsen, die we dan later weer vrijlieten waarbij we keken hoe ze zijwaarts terugkrabbelden naar het water. Ik vraag me af of ze zich die momenten nog zal herinneren, of ze zich de taarten zal herinneren die ik voor haar verjaardagen heb gebakken, alle verhaaltjes die ik haar in bed heb verteld. Of zal ze zich alleen herinneren dat ik tegen haar heb gelogen? Soizic zegt dat ze tijd nodig heeft, maar ik weet dat tijd veel kwaad kan doen. Tijd kan je geliefden zo ver meenemen dat er geen weg terug meer is. Ben ik mijn dochter kwijtgeraakt nu ze haar andere familie heeft gevonden? De familie die nooit iets voor haar geheim heeft gehouden.

'Les filles, tijd om te gaan!' hoor ik de moeder roepen. 'Het wordt vloed.'

De meisjes rennen naar haar toe en ze pakken allebei een hand van haar. Ik kijk hoe ze weglopen, over het kiezelpad dat het eiland met het strand verbindt. De golven spatten op en komen steeds dichterbij. Ik zie hoe het smaller en smaller wordt.

Chère Elise,

Hij noemde me altijd Lise. Elise schept afstand tussen ons, en ik kan het bijna niet opbrengen om de woorden die hierna komen te lezen.

Je leeft! En we hebben een prachtige dochter! Dit vult mijn hart met blijdschap. Maar ook met verdriet, omdat we elkaar nooit meer hebben gevonden. Ik ben nooit gestopt met aan je te denken, en ik ben nooit gestopt met van je te houden.

Waarom moet hij dát zeggen? Hij moet wel gestopt zijn met van me te houden. Hij is met iemand anders getrouwd.

Ik ben zo stom geweest. Stom om je vader te geloven toen hij zei dat je was doodgeschoten. Ik was overmand door verdriet en ik kon de waarheid niet zien. Vergeef me alsjeblieft.

De tekst wordt wazig nu mijn ogen zich vullen met tranen. Ik kijk weg, knipper een paar keer en lees dan verder.

Ik kon me niet voorstellen dat ik ooit voor iemand hetzelfde zou voelen als ik voor jou voelde, maar er is iemand in mijn leven gekomen.

Ik kan niet verder lezen. Door een waas kijk ik op, het is vloed geworden en het pad is verdwenen. De moeder en haar dochters lopen het strand af, zwaaiend met hun ineengeslagen handen, alsof ze zich nergens zorgen over maken.

Ik moet terug nu er nog maar een paar centimeter water op het pad staat, maar ik kan me niet bewegen. Ik ben verstijfd. Ik zit op de rots, de brief verfrommeld in mijn handen, en ik staar uit over de zee, denkend aan niets. Ik voel hoe ik verdwijn. Oplos in het niets. Loskom van de tijd. Ik hoef nergens te zijn, ik wil nergens heen. Ik luister naar de golfslag, die steeds sterker wordt, en nog kan ik me niet bewegen. De wind fluit door de rotsen, langs hun scherpe randen. De paar plukjes helmgras buigen om, alsof ze weten dat het tij wisselt. Dezelfde wind aait mijn haar, fluistert naar me, en ik besef dat ik niet bang meer ben. Ik hoef nergens meer bang voor te zijn. De waarheid is nu bekend. Ik luister naar het tijdloze ritme van de golven die tegen de rotsen slaan, zich weer terugtrekken en dan weer komen opzetten. Ik voel me gewichtloos, alsof ik zou kunnen wegdrijven. Ik doe mijn ogen dicht en stem mijn ademhaling af op het geluid van de zee.

68

Coventry, 4 juli 1963

Sebastian

Josephine is inmiddels tien dagen bij hen als hun nieuwe ochtendroutine wordt doorbroken door een klop op de deur. Het is de postbode, met een bruin papier. 'Telegram,' deelt hij mee en geeft het aan Sebastian.

Sebastian neemt het aan. Het is zo kort, zijn ogen hebben het al gelezen voordat zijn geest kan bijbenen dat het niet aan hem is gericht. Het is gericht aan Josephine.

Je moeder heeft een ongeluk gehad. Opgenomen in het ziekenhuis. Kom naar huis.

Elise! Elise ligt in het ziekenhuis! Hij doet de voordeur dicht, zijn hart gaat als een gek tekeer. Wat kan er zijn gebeurd? Heeft ze een vreselijk auto-ongeluk gehad? Hoe moet hij het aan Josephine vertellen?

Hij loopt de keuken in, met het telegram in zijn hand. Met trillende hand steekt hij het uit. 'Josephine. Er is iets met je moeder.'

Zonder iets te zeggen pakt Josephine het briefje van hem aan. Ze leest het en laat het vallen. 'Wat betekent het?' Haar ogen zijn groot van de schrik.

Maggie bukt om het op te pakken. Ze kijkt van Sebastian naar Josephine en weer terug. De stilte die neerdaalt in de keuken voelt dik en zwaar.

Philip schreeuwt: 'Tata!' alsof hij iedereen weer terug wil halen.

Dan komt Sebastian weer in actie en slaat een arm om zijn dochter, in een poging haar gerust te stellen. 'Ze ligt in het ziekenhuis. Ze zullen voor haar zorgen. Het komt vast goed.' Wat klinkt dat pathetisch. Hij haat zichzelf dat hij het heeft gezegd, en dat hij Josephine zo egoïstisch hier heeft gehouden terwijl ze eigenlijk naar huis had moeten gaan.

'Ligt Elise in het ziekenhuis?' vraagt Maggie.

'Ja,' antwoordt Sebastian. 'Josephine moet erheen.'

'Je kunt de telefoon van de buren gebruiken,' oppert Maggie. 'Om het ziekenhuis te bellen.' Ze heeft gelijk, dat kan hij doen.

'Weet je de naam van het dichtstbijzijnde ziekenhuis?' Hij keert zich om naar Josephine en is blij dat hij iets praktisch kan doen.

'Ja, dat is in Lannion.'

'Ik ga wel even naar hiernaast en dan bel ik ze.'

'Kan ik mee?' vraagt Josephine met een dun stemmetje.

Hij knikt, en ze lopen samen de deur uit.

De buren zitten aan het ontbijt en als ze de paniek op het gezicht van Sebastian zien, zeggen ze dat hij natuurlijk mag bellen, zelfs al is het naar Frankrijk. Sebastian belt eerst de centrale en vraagt het nummer van het ziekenhuis op. Dan draait hij het nummer, en zijn wijsvinger beeft terwijl hij die in de nul steekt en de draaischijf naar rechts beweegt tot hij niet verder kan, waarna hij zijn vingertop in het volgende cijfer stopt. Het duurt heel lang, en bij elke draai lijkt zijn hart harder te kloppen.

'L'hôpital,' antwoordt een vrouwenstem.

'Bonjour, madame,' zegt Sebastian. 'Ik heb net een telegram ontvangen met het bericht dat Elise Chevalier is opgenomen. Kunt u me vertellen of ze bij u is?'

'Wie is dit?'

Tja. Wat is hij van haar? Hij aarzelt. 'Ik bel namens haar dochter die hier bij me is. Josephine Chevalier.'

'Ja. Elise Chevalier is hier.'

'Kunt u me vertellen hoe het met haar gaat?'

'Ze is nog in coma.'

'Coma?' Hij knijpt in de hoorn en het zweet breekt hem uit, op zijn voorhoofd en in zijn handpalmen.

'Ja. Het spijt me heel erg. Wist u er niet van?'

'Nee. Wat is er gebeurd?'

'Ze is gevonden in zee, bij het Île aux Lapins. De strandwacht heeft haar gebracht.'

In zee! Hij wil vragen wat ze daar deed. In plaats daarvan zegt hij: 'We komen morgen.' Zijn hart beukt tegen zijn ribben. Hij veegt de hoorn af aan zijn broek voordat hij hem op de haak legt en zich tot Josephine wendt.

'Coma?' fluistert ze, met een doodsbleek gezicht.

'We gaan vandaag weg, Josephine.' Hij neemt haar in zijn armen en drukt haar stevig tegen zich aan. Ze geeft geen kik en ze voelt hard als steen.

69

Sebastian

Hij moet Josephine naar huis brengen, naar haar moeder. Heel stiekem had hij deze reis graag met zijn dochter willen maken, maar niet op deze manier, niet in deze staat van paniek en doodsangst.

Hij pakt snel zijn tas in en aarzelt als hij in de sokkenlade kijkt. Hij weet niet hoe lang hij weg zal blijven. Hij voelt Maggies blik in zijn rug branden en hij draait zich om. 'Ik...' Maar hij weet niet wat hij moet zeggen. 'Ik kom terug zo gauw ik kan.' Hij weet niet eens wat dat betekent. Betekent het: wanneer Elise uit coma komt? Maar als ze er niet uit komt? Betekent het: wanneer hij er klaar voor is? En wat nu als dat moment niet aanbreekt? Als hij niet weer kan vertrekken?

Dit is belachelijk, zegt hij tegen zichzelf. Het was een ander leven, een andere tijd. Hij houdt nu van Maggie. Hij doet dit voor Josephine, en als zij weer veilig thuis is, dan komt hij terug. Hij was er niet bij toen ze opgroeide, maar hij kan er nu wel voor haar zijn. Dit moet hij doen. Hij heeft geen keuze.

'Sebastian.' Maggie loopt verder de kamer in zodat ze vlak naast hem staat. Ze laat haar hoofd op zijn schouder rusten. 'Ik hoop dat het goed met haar komt.' Hij weet niet zeker of ze het over Elise heeft of over Josephine.

Die middag rijdt Maggie ze naar het treinstation. Josephine achterin, Philip op haar schoot, terwijl Luke gewikkeld in zijn dekentje slaapt op de achterbank. De hele rit houdt Sebastian zijn hand op Maggies knie, alsof hij haar zo wil laten weten dat zijn hart nog van haar is, maar het lijkt zo'n armzalig gebaar. Waarom kan hij het haar niet gewoon zeggen? Hij heeft het geprobeerd, maar de woorden wilden niet komen.

Maggie parkeert de auto en ze stappen allemaal uit. Allemaal behalve Luke, die diep in slaap is. Sebastian buigt zich naar Maggie en kust haar kort op de mond. 'Ik hou van je,' fluistert hij in haar oor, waarna hij weer terugveert.

Hij voelt dat Josephine verstijft en snel de andere kant op kijkt. Dan wendt hij zich tot Philip, die Josephines hand vasthoudt, al kijkt hij een beetje mokkend. Hij tilt hem op en knuffelt hem. Dit is de eerste keer dat hij een nacht weg is bij zijn gezin, en het voelt verkeerd dat hij nu zo gedag moet zeggen.

'Tot ziens, Josephine.' Maggie pakt haar bij de schouders. 'Ik hoop dat je moeder snel beter wordt.' Josephine kust haar op haar wang, en zij en Sebastian lopen het station in. Sebastian kijkt over zijn schouder, maar Maggie is al bezig Philip weer in de auto te zetten.

Josephine en Sebastian zitten tegenover elkaar in de trein. Josephine staart naar het voorbijflitsende platteland. Het doet hem denken aan zijn eerste treinreis in dit land, toen hij zo bang en eenzaam was, toen hij niet wist hoe de Engelsen hem zouden behandelen.

'Denk je dat het goed komt met haar?' vraag Josephine opeens, zonder hem aan te kijken.

'Ja, dat denk ik.' Maar hij heeft natuurlijk geen idee, en Josephine weet dat. Ze vraagt om troost en geruststelling, en Sebastian doet wat vaders doen: hij troost zijn dochter.

'Ze is zo'n goede zwemster.' Josephine zegt het voor de zoveelste keer. 'De stroming moet heel sterk zijn geweest.'

'Ja, er zijn stromingen in zee die je mee naar onder kunnen trekken. Daar is een naam voor, maar ik kan er niet op komen.'

Ze draait zich om en kijkt hem vragend aan, alsof ze zich afvraagt hoe hij dat kan weten. Dan staart ze weer uit het raam. 'Het is zo netjes allemaal, niet?' zegt ze met een afwezige stem.

Hij volgt haar blik en neemt de groene velden in zich op, verdeeld in lappen, door hagen en stenen muren.

'Vind je het leuk hier?' mompelt ze zonder haar ogen van het voorbijglijdende landschap af te halen.

'Ja. Dit is nu mijn thuis.'

'En hoe zit het met Duitsland?'

Hij heeft al verteld over zijn ouders – haar grootouders – en zijn geliefde grootmoeder, die zijn omgekomen bij het bombardement van Dresden. 'Daar heb ik niemand meer.'

'Wil je me erover vertellen? Over de oorlog. Over alles.' Josephine slikt. 'En over Maman. Wil je me vertellen hoe ze was?'

Sebastian glimlacht. 'Ik zie veel van haar in jou. Je hebt haar ogen. En dezelfde manier van de waarheid willen achterhalen, ze trok altijd alles in twijfel, net als jij. Ze kon naar me kijken... alsof...' Hij voelt zich een beetje belachelijk, maar hij zegt het toch. 'Alsof ze zo in mijn binnenste kon kijken.'

'Ik weet wat je bedoelt,' zegt Josephine tot zijn verbazing.

70

Plymouth, 5 juli 1963

Sebastian

Sebastian heeft twee hutten geboekt voor de overtocht, ook al kost het hem het dubbele. Hij kan niet opeens de vader zijn die ze nooit heeft gehad, en hij is bang dat hij haar wegjaagt als hij te opdringerig, te familiair is. Soms betrapt hij haar erop dat ze hem nieuwsgierig zit te bekijken alsof ze probeert uit te vogelen wie hij nu precies is. Hij vindt het heerlijk om naar haar te ijken, maar vaak kijkt hij toch een andere kant op, terwijl hij alleen maar wil genieten van haar aanwezigheid.

Hij vraagt zich af hoe ze was toen ze leerde lopen en praten. Wat voor vragen stelde ze? Wat voor nachtmerries had ze? Wat waren haar passies? Haar onzekerheden? Wat was haar eerste woordje? Hij heeft die vormende jaren gemist. Hij ziet de jonge vrouw die ze is, maar hij zal nooit het kind dat daaronder verborgen ligt kennen. Hij stelt zich voor dat ze heel enthousiast en nieuwsgierig was, altijd vol vragen, en hij ziet haar voor zich, rennend met dunne beentjes over het strand, lang blond haar dat achter haar aan wappert. Het vervult hem met melancholie en een intens verlangen naar meer. Hij wil zijn dochter kennen op een manier die buiten zijn bereik ligt.

Ze zijn allebei moe, maar ze gaan toch het dek op en kijken hoe de bemanning aan boord de dikke zware trossen losgooit, en hoe die worden ingetrokken door de mannen op de kade. De scheepstoeter gaat, en de stuurman zet de motoren op volle kracht als hij uitvaart. Ze staan vlak naast elkaar en hij kan voelen dat Josephine rilt. Hij wil zijn arm om haar heen slaan en zeggen dat alles goed komt, maar dat zou aanmatigend en oppervlakkig zijn, alsof hij het zou kunnen weten. Hij weet het niet. En dat beangstigt hem.

Als alle lichtjes aan land zijn weggestorven, gaan ze naar binnen, ieder naar zijn eigen hut. Sebastian gaat liggen en laat zich door de golfslag in slaap deinen. Maar al snel wordt hij wakker, helemaal alert, bezorgd over Elise en wat ze in het ziekenhuis zullen aantreffen. Wat betekent het om in coma te liggen? Is het zoiets als een diepe slaap, waarbij je lichaam tijd krijgt om te herstellen? Ze moet herstellen. Zijn gedachten gaan uit naar Maggie, hij vond het vervelend om haar achter te laten met de kinderen, vooral nu Luke ziek is. Het is een opluchting dat haar moeder komt om te helpen. De hele nacht ligt hij te woelen, denkend aan Elise, aan Maggie, aan Josephine, en weer aan Elise.

De volgende ochtend vroeg kondigt een harde toeter hun aankomst in de haven van Roscoff aan. Sebastian kleedt zich snel aan en stapt zijn hut uit. Josephine zit al op een van de stoelen in de zitruimte. Ze ziet er nerveus en moe uit maar ze heeft een schone blauwe jurk aan, met een lichtbruin zijden sjaaltje los om haar hals gebonden. Hij blijft haar een paar tellen observeren voordat haar oog op hem valt, dan draait ze zich om en begroet hem met een droeve glimlach.

Hij gaat naast haar zitten. 'Hoe heb je geslapen?' vraagt hij.

'Gaat wel.' Haar vermoeide ogen vertellen iets anders, maar hij zegt er niets van. Hij pakt haar hand en houdt hem vast terwijl ze wachten tot ze van boord kunnen.

In stilte schuifelen ze de ferry af en gaan ze door de paspoortcontrole.

Als ze buiten komen wijst Josephine naar een oude groene Renault 4CV, waar een vrouw met grijs haar tegen de motorkap leunt. Een jongere vrouw staat naast haar, met donker haar tot over haar schouders. De gelijkenis met Elise is opmerkelijk. Een steek van verlangen schiet door Sebastian heen als hij denkt aan al die jaren die hij heeft gemist met Elise, toen ze eind twintig was, begin dertig, eind dertig.

'Daar heb je Soizic, en Isabelle.' Josephine loopt snel naar hen toe, en als ze bij hen is slaat de oudere vrouw haar armen om haar heen en houdt haar vast. Sebastian volgt en ziet dat zijn dochter staat te snikken.

Isabelle glimlacht naar hem en zet een stap in zijn richting, waarna hij instinctief weet dat hij haar op de wang kan kussen in plaats van een formele handdruk te geven. Hij is dankbaar voor dit kleine gebaar dat zo veel zegt.

Maar als Soizic Josephine loslaat, steekt ze haar hand uit, zonder echt oogcontact te maken. 'Bonjour, monsieur.' Ze klinkt koeltjes. Ze draait zich om om het portier open te maken en stapt naar achteren zodat Josephine kan instappen. Dan loopt ze om en duwt daar haar zitting naar voren zodat hij achter in kan stappen met Isabelle.

'We gaan rechtstreeks naar het ziekenhuis,' kondigt Soizic aan als ze over de bochtige wegen rijden.

'Dank u wel.' Sebastian probeert zich niet geïntimideerd te voelen door het afstandelijke gedrag van deze vrouw. 'We hebben ons zo veel zorgen gemaakt.'

'Ze is ingesloten geraakt door de opkomende vloed,' zegt Soizic. 'Ik snap niet waarom ze het zover heeft laten komen en niet eerder is weggegaan. Ze moet in de zon in slaap zijn gevallen.'

'Maman slaapt nooit overdag.' Josephine draait haar raampje omlaag en de lucht stroomt naar binnen.

Sebastian is in de war. Soizic zegt dat Elise in slaap moet zijn gevallen, en Josephine zegt dat dat niet kan. Wat is er dan gebeurd? Is ze in slaap gevallen? Of is ze expres niet op tijd weggegaan van het eiland? Waarom zou ze zichzelf zo in gevaar brengen?

'Ik ben gekomen zo snel ik kon,' zegt Isabelle dan. 'Maman zou zijn meegegaan, maar Papa is erg ziek.'

Er loopt een rilling over zijn rug als hij over Elises vader hoort. Josephine vraagt niet naar hem, en hij ook niet.

In het ziekenhuis worden ze te woord gestaan door een zuster die ze meeneemt door een lange gang zonder ramen. Het ruikt er naar desinfectiemiddel, chloor en gekookte kool, wat Sebastian probeert te negeren terwijl ze naar kamer 32 lopen, waar Elise ligt.

71

Bretagne, 6 juli 1963

Sebastian

Elise. Zijn Lise. Ze ziet er zo vredig uit, alsof ze gewoon slaapt. De jaren vallen weg, en hij herinnert zich hoe hij naar haar keek toen ze voor het laatst in zijn bed lag te slapen, in die hotelkamer. Hij houdt zijn adem in en kijkt naar haar donkere haar dat over haar kussen gespreid ligt. Het is langer dan destijds, en haar ivoorkleurige huid is nog altijd glad en zacht. Lange zijdeachtige wimpers krullen op de huid van haar wang, de enige donkere kleur op haar verder bleke gezicht.

Zijn vingers tintelen van verlangen om haar aan te raken, maar dat durft hij niet. Hij beseft dat hij al die tijd zijn adem heeft ingehouden en daarmee komt de ademhaling op gang, ruisend in zijn oren. Josephine buigt over haar moeder heen, legt haar hand op haar gezicht en aait haar voorhoofd. Ze fluistert iets in haar oor.

Soizic tikt Sebastian op de schouder. 'We laten ze even alleen.'

Sebastian negeert het. Hij is hier net, en hij wil niet weg.

'Komt u mee,' dringt Soizic aan. 'Isabelle blijft bij haar.'

Hij draait zich om naar Soizic en begrijpt dat ze hem op zijn plaats wijst. Schoorvoetend haalt hij zijn blik los van Elise en volgt Soizic de kamer uit en de gang in, waar ze gaan zitten op plastic stoelen. Hij haalt een pakje sigaretten uit zijn jasje en biedt haar er een aan.

'Het lijkt mij dat je hier beter niet kan roken,' zegt ze kortaf.

Hij staat op. 'Dan ga ik wel naar buiten.' Zonder op antwoord te wachten loopt hij dezelfde deur door waardoor ze zijn binnengekomen. Hij is blij dat hij even weg kan bij de oude vrouw, ze doet er weinig aan om haar afkeer van hem te verbergen. Hij kan het bijna fysiek voelen. Hij loopt naar een perkje en steekt een sigaret op, en zuigt de rook zijn longen in terwijl hij naar de strakblauwe lucht kijkt.

Lise. Lise. Hij is teruggekomen. Achttien jaar te laat. Godverdomme! Godverdomme. Hij schopt een steentje weg, en er gaat van alles door hem heen. Spijt. Schuldgevoel. Boosheid. Angst. Hij is doodsbang dat Elise niet meer wakker wordt, dat hij haar niet meer kan spreken, dat hij het niet kan uitleggen.

Hij denkt aan de trouwring die hij voor haar heeft gekocht, die ene die hij in het offerblok heeft achtergelaten. Hij denkt aan de kaars die hij voor haar heeft aangestoken. En hij vraagt zich af waarom hij niet harder heeft gezocht. Waarom, waarom, waarom heeft hij toen geloofd wat haar vader zei? Waarom heeft hij niet op zijn minst gevraagd of hij het graf kon zien? Hij richt zijn blik op de grond, zijn schouders hangen naar beneden. Waarom heeft hij het zo snel opgegeven?

Hij verlangt er zo naar om met haar te kunnen praten. Hij móét haar vertellen dat hij heeft geprobeerd iets van zijn leven te maken, maar dat hij haar altijd in zijn hart heeft gehouden en dat hij haar nooit is vergeten. Hij steekt nog een sigaret op en probeert de spanning die door zijn hart pompt te kalmeren. Ondertussen ijsbeert hij rond het perkje.

'Monsieur Kleinhaus,' hoort hij achter zich. 'U kunt naar Elise.' Soizic kan hem amper aankijken, maar ze is hem tenminste komen halen.

'Dank u wel.' Hij gooit zijn peuk op de grond, drukt hem uit onder zijn schoenzool en volgt haar terug het ziekenhuis in. De ader in zijn slaap klopt hard, bijna pijnlijk, en hij voelt migraine opkomen.

Isabelle is er niet meer, en Josephine zit op een stoel naast het bed. Ze draait zich om als hij binnenkomt, en hij ziet dat haar gezicht rood en vlekkerig is en dat haar ogen dik zijn. Hij legt een hand op haar schouder. Dan kijkt hij naar Elise.

Josephine staat op. 'Ik ga naar buiten,' fluistert ze.

Zonder zijn blik van Elise los te maken gaat Sebastian in de stoel zitten waar Josephine zojuist zat. Hij strijkt het haar weg van Elises gezicht en buigt zich over haar heen om een kus op haar voorhoofd te geven, zoals hij vroeger altijd deed. Hij houdt zijn lippen daar, terwijl hij alles wat hij haar wilde zeggen door zijn pijnlijke hoofd laat gaan, en zo blijft hij even zitten. Zijn ogen zijn dicht en hij voelt zijn ademhaling veranderen. Terwijl hij inademt, lijkt zijn adem dieper te reiken, door zijn hele lichaam en tot achter in zijn hoofd, elke cel wordt gevuld met zuurstof. Het lijkt alsof er minuten voorbijgaan voordat hij eindelijk uitademt, en terwijl hij weer inademt, komt er een gevoel van vredige rust over hem, alsof hij eindelijk thuis is. Zijn hoofd is lichter, zijn migraine is weg. Hij beweegt zich niet maar blijft zo zitten, vervuld van het gevoel dat hij hier hoort.

Dan herinnert hij zich het doosje in zijn zak. Hij gaat rechtop zitten en haalt het tevoorschijn. Hij pakt het zilveren kettinkje met de robijnen roos eruit en doet het om Elises nek. Hij veegt het haar opzij zodat hij het slotje kan dichtmaken. 'Ik zei dat ik het bij je terug zou komen brengen,' fluistert hij in haar oor. Bijna verwacht hij dat ze zal antwoorden, om hem te bedanken.

Hij hoort de deur opengaan en zonder een woord te zeggen glipt Josephine weer binnen. Ze staat naast hem. Hij reikt naar haar hand en geeft er een kneepje in, om haar te laten weten dat hij er voor haar is.

'Denk je dat ze weet dat wij er zijn?' fluistert Josephine.

'Ja, dat weet ze.' Sebastian praat op normaal volume. 'En ik weet zeker dat ze vanbinnen glimlacht.' Hij laat Josephines hand los en pakt die van Elise. 'Ze wordt wakker wanneer ze er klaar voor is.'

'Ze moet.' Josephine klinkt wanhopig.

'Dat gaat ook gebeuren.' En op dat moment gelooft hij het ook echt. Hij heeft het sterke gevoel dat Elise hun slechts de tijd geeft om elkaar te leren kennen, en Sebastian de ruimte om een vader te zijn voor hun dochter.

'Ik heb zo lelijk tegen haar gedaan.' Josephines stem beeft, en hij weet dat ze haar best doet niet te huilen. 'Ik snapte niet waarom ze er nauwelijks voor me was, waarom ze voor een andere familie moest werken. En waarom ze me niet eens over jou heeft verteld. Ik was gewoon boos.' De tranen stromen over haar gezicht. 'Komt het door mij?'

'Wat bedoel je?' vraagt hij en hij zet zich schrap voor wat ze gaat zeggen.

Josephine snift en slikt nieuwe tranen weg. 'Denk jij dat ze dood wilde?'

'Nee! Nee!' Het is wel in hem opgekomen, maar hij heeft die gedachte niet lang vastgehouden, niet echt, en hij kan Josephine dit niet laten denken. 'Natuurlijk niet,' zegt hij stellig. 'Dat zou ze nooit doen.' Lise zou dat nooit doen, zou ze nooit op die manier in de steek laten. 'Ze heeft jou toch.' Hij staat op en grijpt haar bij de schouders, draait haar om zodat ze elkaar aankijken. 'Ik weet dat ze van je houdt.'

'Maar ik heb haar gezegd dat ik in Engeland wilde blijven.' Ze slikt nog meer tranen weg. 'Ik wilde haar pijn doen.'

Sebastian trekt haar tegen zich aan. 'Het is niet jouw schuld.'

72

Bretagne, 7 juli 1963

Josephine

Die avond zit Josephine aan de keukentafel te kijken hoe Soizic erwten dopt op een oude krant. Er is zo veel dat ze zou willen vragen, maar ze weet niet hoe. Ze wou dat ze met haar moeder had gepraat voordat ze naar Engeland was gegaan, dat ze haar moeder had laten praten, maar dat heeft ze niet gedaan. Ze was zwijgzaam geworden en had zitten mokken als een pruilende peuter. En nu sterven alle vragen die ze aan Soizic zou willen stellen op haar tong, ze krijgt ze niet over haar lippen.

'Waar is je vader?' Soizic kijkt op.

'Een ommetje maken.' Hij had Josephine gevraagd of ze mee wilde, maar zij wilde liever hier blijven en met Soizic praten. Ze moet weten waarom haar moeder zo het water in is gegaan, met al haar kleren aan, alleen. Ze moet erachter komen.

'Nooit gedacht dat ik eten zou klaarmaken voor een Boche!' Soizic schudt haar hoofd.

'Een Boche?' Hoe kan Soizic nu zo over hem praten? 'Dat is mijn vader.'

'Ja, en dat is de enige reden dat hij hier is.' Ze schudt opnieuw haar hoofd. 'Ik weet in godsnaam niet waarom ik het doe.'

'Misschien heb je hem vergeven,' oppert Josephine.

'Nee. Nee. Alleen God kan vergeven.' Ze klinkt gelaten. 'Het enige wat we kunnen doen is accepteren. Ik heb geaccepteerd dat hij niet veel meer dan een jongen was toen de oorlog begon, en dat hij de moed niet had om het juiste te doen.'

'Misschien weet je soms ook niet wat het juiste is.' Josephine denkt eraan dat ze afstand wilde creëren tussen haarzelf en haar moeder, dat ze in plaats daarvan liever haar vader wilde leren kennen, dat ze haar moeder bewust pijn heeft gedaan.

Soizic schudt haar hoofd. 'Nee, ik denk dat we wel weten wat het juiste is, maar dat we gewoon niet dapper genoeg zijn om het te doen.'

Is dat wat er met Josephine is gebeurd? Had ze niet genoeg lef om haar moeder te confronteren? Is ze daarom gevlucht? Ze weet het niet. Ze veegt haar ogen af en slikt haar tranen weg. Daar schiet ze niets mee op. 'Wat was het laatste dat Maman tegen je heeft gezegd?' Zo, dat is eruit.

Soizic wordt heel stil en Josephine voelt de lucht tussen hen dik en zwaar worden. 'We hadden net je brief gehad uit Engeland, en de brief van je vader,' zegt Soizic na een tijdje. 'Ze was overstuur.'

'Vanwege mij.' Josephine slikt nogmaals en dwingt zichzelf te zeggen wat ze denkt. 'Omdat ik wilde blijven bij... omdat ik niet naar huis wilde komen.' De tranen die ze heeft ingehouden barsten nu vanuit haar diepste binnenste naar buiten. Ze kan ze niet meer tegenhouden. Het was haar schuld. Ze weet dat het zo zit.

'Nee. Nee.' Soizic staat op en komt naar Josephines kant van de tafel. Ze slaat haar warme stevige armen om haar heen en wiegt haar zacht. 'Het komt door mij. Ze was boos op mij. Omdat ik het niet goed vond dat ze over hem praatte. Over je vader. Ik wilde niet dat ze jou de waarheid vertelde over wie je vader was.'

'Waarom niet?' Woede vermengt zich met het schuldgevoel, en Josephine maakt zich los van Soizic. 'Alleen omdat hij Duits was?'

'Ja.' Haar antwoord is simpel en eerlijk, en Josephine heeft het idee dat ze zich niet schaamt.

Soizic haalt een zakdoek uit haar mouw. Ze veegt Josephines ogen af. 'Je hebt de oorlog niet meegemaakt.' Haar toon is mild. 'Je weet niet hoe het was. Ik hoop dat je nooit zulk geweld en zulke wreedheden hoeft te zien. Vraag maar na bij je moeder. We moesten je beschermen. Als mensen hadden geweten dat je vader een Boche was, dan hadden ze je ervanlangs gegeven, zelfs als kind. Maar om het te laten werken moest iedereen doen alsof, vooral jijzelf. En de leugen heeft gewerkt, of niet? Je hebt een veilige, vredige jeugd gehad.' Soizic ademt gejaagd alsof ze uitgeput is na haar toespraakje.

Josephine voelt dat ze haar lippen samenperst. 'Een veilige, vredige jeugd? Denk je dat ik dat heb gehad?' Ze veegt haar ogen af. 'Ik was eenzaam. Ik dacht dat mensen achter mijn rug om over me fluisterden, en ik wist niet waarom. Ik dacht dat er iets mis was met me.'

'Wat? Maar dat heb je nooit gezegd.'

'Niemand zei ooit wat! Maar er was wel iets mis met me, of niet soms? Ik wist alleen niet wat.' Ze laat een stilte vallen. 'Mensen wisten het, of niet?'

'Nee! We hebben het nooit verteld.' Soizic ademt diep uit. 'Ik denk dat mensen hun eigen conclusies trokken toen ze een blond meisje met blauwe ogen zagen dat in 1944 was geboren, zonder vader.'

'Het is nooit in me opgekomen dat ik een Duitse vader had. Ik heb gewoon jullie leugens geslikt.' Josephine begraaft haar neus in de zakdoek en slikt haar tranen weg. 'Ik snap nog steeds niet waarom je ons in huis hebt genomen.'

'Mijn broer, Yannick, heeft me gevraagd dat te doen.'

'Dus je wilde eigenlijk niet eens?'

Soizic schudt haar hoofd. 'In het begin niet, nee. Maar toen jij was geboren, dacht ik er anders over. Yannick wist dat dat zou gaan gebeuren. Hij wist altijd wat andere mensen nodig hadden voordat ze het zelf wisten.' Ze aarzelt. 'Hij wist dat ik van je zou gaan houden, als een dochter.' Haar stem breekt bij het woord 'dochter'.

'Maar mijn vader heeft het niet gedaan.' Josephine praat langzaam en moet heel diep graven om de moed te vinden om te zeggen wat ze wil zeggen. 'Mijn vader heeft jouw dochter niet vermoord.' Zo, nu heeft ze het gezegd. Ze heeft verboden terrein betreden. Met ingehouden adem wacht ze tot Soizic antwoord geeft.

Soizic ademt stilte uit. Maar ze zegt niets.

Josephine kucht. 'Het was niet zijn schuld.'

Soizic staat op en loopt terug naar de andere kant van de tafel. Zonder naar Josephine te kijken vouwt ze de krant om de erwtendoppen, ze pakt ze op en neemt ze mee naar de gootsteen. Ze gooit ze erin. Dan draait ze zich weer om naar Josephine. 'Je vader was niet degene die

Mireille heeft gearresteerd, en ook niet degene die haar heeft ondervraagd, of vermoord. Maar hij was wel onderdeel van het geheel. Hij hoorde bij hen, bij de nazi's. En elke nazi heeft schuld.'

Josephine kan het niet aan om de pijn en ellende in Soizics ogen te zien. Ze kijkt naar de grond en schaamt zich omdat ze Soizic heeft gedwongen eraan terug te denken.

'Ze hebben Mireille drie dagen vastgehouden,' zegt Soizic met een hese stem vol emotie. 'Drie hele dagen.'

Josephine slikt. Ze wrijft over haar ogen en loopt naar Soizic toe. Ze slaat haar armen om haar heen en houdt haar vast alsof ze in stukjes zal breken als ze loslaat.

'Ze heeft niet gepraat,' fluistert Soizic door haar tranen heen. 'Ze heeft niets losgelaten.'

Josephine laat Soizic niet los als haar lichaam hevig begint te schokken. Ze houdt haar alleen nog steviger vast. Ze kent het verhaal. Ze weet hoe ze haar dochters lippen hebben vastgenaaid en haar toen aan een slagershaak hebben opgehangen. En ze begrijpt dat sommige dingen nooit kunnen worden vergeven.

73

Bretagne, 7 juli 1963

Sebastian

Sebastian had een trui mee moeten nemen, de vroege avonden zijn fris en er staat een flinke wind, die scherpe zandkorrels in zijn gezicht blaast. Het is waarschijnlijk toch tijd om terug te gaan. Soizic is eten aan het koken. Het zou hem niets verbazen als ze iets in zijn eten gooit, haar vijandigheid zit diep. Goddank heeft hij een hotelovernachting geboekt. Samen eten is al heel wat. Hij doet het voor Josephine, en hij weet dat hetzelfde voor Soizic geldt.

Hij keert om en gaat op weg naar het chalet. Als hij de keukendeur opentrekt, ziet hij Josephine en Soizic samen bij het aanrecht staan huilen.

'Is er iets gebeurd? Elise?' vraagt hij wanhopig. 'Is Elise...?'

'Geen nieuws.' Josephine maakt zich los van Soizic en kijkt hem met waterige ogen aan.

Dit is zijn plek niet, hier in hun huis. Hij moet weg. 'Neem me niet kwalijk, ik stoor,' zegt hij. 'Maakt u zich niet druk over het eten, ik heb niet echt trek. Misschien is het beter als ik nu ga.'

Niemand antwoordt.

'Ik kom morgenochtend terug.' Zonder nog wat te zeggen loopt Sebastian de deur uit.

De volgende ochtend staat hij vroeg op om over het strand te wandelen voordat hij naar het chalet gaat. Hij denkt na over teruggaan naar Coventry, waar ze hem nodig hebben. Hij heeft Elise gezien, maar hij kan nu niets meer doen. Ze hebben al die jaren zonder hem geleefd, het zal ze nu ook weer lukken. Hij kan nog een nacht blijven en dan gaan. Hij kan altijd nog terugkomen als Elise ontwaakt uit haar coma.

Zo moet hij ook denken: ze zál ontwaken.

Hij komt aan bij het chalet en wil net op de keukendeur kloppen als die opengaat en tegen zijn neus slaat. Soizic staat voor hem. 'Het spijt me,' mompelt ze. 'Ik ben laat vanochtend. Ik stond op het punt om de koeien te gaan melken.' Ze laat een stilte vallen. 'Er staat koffie op het fornuis, als u wilt.'

'Merci.' Zo veel heeft ze nog nooit tegen hem gezegd. 'Zal ik even helpen?' vraagt hij, in een opwelling.

Ze kijkt hem aan. 'Wat weet u van koeien?'

'In Engeland heb ik op een boerderij gewerkt.'

Ze lijkt verbaasd. 'Als u wilt,' zegt ze uiteindelijk, maar het klinkt vermoeid, alsof ze er heel weinig zin in heeft.

Sebastian loopt achter haar aan naar de koeienstal. Het lijkt hem fijn om iets met zijn handen te doen. Ze gaan de stal in en ze reikt hem een houten melkkrukje aan. Hij zet het neer bij een koe en gaat erop zitten. Het krukje is zo klein dat hij zijn knieën tegen zijn borst moet trekken. Hij warmt zijn handen op, legt dan zijn vingers om de spenen en knijpt er zacht in. De koe begint te loeien, maar de melk spuit de emmer in. Het komt allemaal terug, al die tijd die hij in Engeland heeft doorgebracht, al die tijd dat Elise Josephine in haar eentje opvoedde en dacht dat hij dood was.

Hij gaat zo op in zijn gedachten dat hij bijna vergeet waar hij is. Dan hoort hij Soizics stem achter zich. 'Ik denk dat ze je vandaag niet meer gaat geven.' Sebastian stopt met melken en kijkt op. Soizic staat naar hem te kijken met een gezichtsuitdrukking die hij niet goed kan peilen. Dan zegt ze: 'Mijn moeder zei altijd dat je altijd goed zit met een man die weet hoe-ie een koe moet melken.'

Sebastians gezicht breekt open in een glimlach, en dan moet hij hardop lachen. Het voelt goed om te lachen. Hij lacht en lacht, en merkt dan dat Soizic meelacht. Als hij haar blik vangt, houdt ze meteen op met lachen. Maar ze hadden even contact, en dat verlicht zijn vermoeide hart.

'Kun je me straks een lift geven naar het ziekenhuis, alsjeblieft?' vraagt hij.

'Ja, ik zal je zo brengen, voordat Josephine opstaat. Ze moet rusten.'

Na een snelle koffie brengt ze hem erheen. Ze praten niet, en hij weet dat hij het beter niet kan proberen. Hij bedankt haar en stapt uit, op weg naar de hoofdingang. De receptionist begroet hem, en dan komt er een dokter met een klembord naar hem toe. 'Monsieur,' zegt hij. 'U bent hier voor Elise Chevalier, dacht ik?'

'Ja, dat klopt.' Sebastians hartslag schiet omhoog. Waarom komt de arts hem zo tegemoet?

'Ik heb haar vanochtend onderzocht.' De dokter loopt verder en Sebastian moet doorstappen om hem bij te houden. 'Ze laat wat minimale bewegingen zien.'

Sebastians hart maakt een sprongetje.

'Heel, heel kleine, maar haar oogleden bewegen, wat wijst op remslaap. Droomslaap.'

'Dank u wel!' Sebastian versnelt zijn pas, hij moet zo snel mogelijk naar Lise toe.

74

Bretagne, 8 juli 1963

Elise

Helder zonlicht valt naar binnen door de grote ramen, op Sebastian. Zijn haar is gekamd, met een nette zijscheiding, en hij glimlacht naar me. Hij is gelukkig. Er zit een donkerblonde vrouw naast hem, en zij strekt haar hand uit. Ik pak hem vast en ik zie dat ze een goed mens is, dat ze van hem houdt. Het is oké als ik hem nu verlaat.

Ik ben gewichtloos, en ik zweef de kamer uit. Nu zwem ik in de zee, de zonnestralen achterna die glinsteren in het water. Ik rol op mijn rug, het water glijdt als zijde over mijn lichaam. Ik staar omhoog naar de wolkeloze hemel. Er is geen geluid, alleen vrede. Dit is waar ik wil zijn.

Een stem verbreekt de stilte en jaagt schokgolven door me heen. De zee golft onder me. De zee opent zich. Ik val, ik val heel diep. Ik kijk weer naar de hemel, maar die is donker en dreigend geworden. Het water trekt aan me, trekt me naar de bodem. Ik probeer te watertrappen, maar ik kan mijn benen niet vinden. Ik ben dood gewicht en ik zink, ik zink.

De stem weerklinkt in mij. Maar ik wil niet luisteren. Met mijn laatste krachten reik ik met mijn hand naar de warmte van de zon. Maar mijn armen weigeren dienst. Mijn ogen zijn bedekt met een dikke laag kleiachtige modder. Ik word naar beneden gezogen, dieper het donker in. Ik wil roepen, *Help! Help!* Maar er komt geen geluid uit. Ik wend al mijn kracht aan om een schreeuw uit mijn keel te krijgen, maar die komt eruit als een piepje. Ik ga hier sterven. Ik voel dat de dood me komt halen. Een grote, angstaanjagende leegte. Ik probeer het nogmaals. Ik schreeuw. Maar de schreeuw blijft steken.

Daar is de stem weer. 'Lise.'

Lise. Er is maar één iemand ter wereld die me zo noemt. Maar hij is niet hier. Sebastian is niet hier. Hij is in die zonnige kamer met zijn vrouw.

'Sebastian!' probeer ik te roepen, maar er komt modder in mijn keel. Hij kan me niet horen.

'Lise.' Zijn stem klinkt nu helder. Maar ik kan hem nog steeds niet zien, en dat eeuwige duister trekt me omlaag. Ik ben zo zwak, en moe. Ik voel dat ik loslaat, en dat ik val en val.

'Lise. Ik ben hier. Ik ben hier.' Zijn woorden zijn dichtbij. Maar waarom redt hij me niet? Ik probeer uit alle macht vol te houden, vast te houden. Ik probeer een hand op te steken, om hem aan te raken.

Ik voel zijn vinger. Ik moet me daaraan vasthouden. Maar die dikke natte modder vult mijn mond, mijn neusgaten, het wil mijn luchtwegen in. Ik moet mijn hand bewegen. Alles wat ik heb, stop ik erin, al mijn wilskracht. Toch lukt het niet.

De modder stroomt mijn keel in. Ik krijg geen adem meer. Ik hoest. Het brandt in mijn keel. Ik hoest nog een keer. Ik hoest de dikke modder eruit die me wil doden. Ik kuch en sputter. Het lijkt alsof er water door me heen stroomt, alsof ik verdrink. Lucht. Ik moet ademen. Ik hap naar adem. Een diepe teug adem vult mijn longen. Ze staan op ploffen. En dan haal ik adem. Ik adem. Ik ben aan het ademen.

Hij houdt me vast. Sebastian heeft me vast. Ik laat me vasthouden, ik pak zijn armen en druk ze tegen me aan. Hij omhelst me, zijn armen zijn om mijn bovenlichaam geslagen, ik voel zijn handen druk uitoefenen. Zijn lichaam schokt onregelmatig en ik besef dat hij aan het huilen is. Mijn natte wang ligt tegen die van hem en ik proef het zout van onze tranen op mijn tong.

Commotie, mensen schreeuwen, ik hoor gerinkel, maar ik probeer het buiten te sluiten. En ik houd me vast.

'Godzijdank. Je bent er weer, Lise.' Ik slik zijn woorden helemaal in en wil wanhopig graag dat hij doorgaat. 'Je bent veilig. Lise,' fluistert hij in mijn oor. 'Ik ben er.'

Ik wil iets terugzeggen, maar mijn keel is nog dik en modderig. De woorden kunnen er niet door. Handen trekken aan mijn schouders.

Trekken me weg bij hem. Mijn stem komt vrij. Ik gil.

'Lise.' Hij houdt me nog vast, maar zijn stem klinkt nu harder. 'Het is oké. De dokter wil je even onderzoeken.'

Waar ben ik? Zit ik in een droom? Of ben ik dood? Ik wil het vragen, maar ik kan mijn stem nog niet vinden.

'Sst, sst, Lise. Ik ga nergens heen. Ik blijf bij je.'

Ik doe mijn ogen open. De modder is nu weg en ik zie hem. Sebastian. Maar er is iets met zijn gezicht. Het is voller, meer gedefinieerd. Ik kijk in zijn ogen, die zijn hetzelfde. Dezelfde kleur blauw als die van Josephine. Waar is ze?

'Josephine,' prevel ik, haar naam komt opborrelen uit mijn keel.

'Met Josephine gaat het goed,' zegt hij. 'Onze dochter. Ze lijkt op jou.'

'Waar? Waar is ze?'

'Ze komt zo.' Hij pakt mijn hand vast.

En dan zie ik het. De zee. De golven die over me heen slaan. De stroming die me naar beneden trekt. Ik zie mezelf happend naar adem.

Opeens schijnt er een fel licht in mijn ogen. Het is pijnlijk, maar ik mis de kracht om mijn hoofd weg te trekken. 'Hoe voelt u zich, madame?' Die vraag is te ingewikkeld. Ik hoest weer. 'De strandwacht heeft u gebracht. Weet u nog wat er is gebeurd?' Plotseling weet ik het weer. De brief. De opkomende vloed. Water over het pad. De kou, het donker. 'Heeft u uw hoofd gestoten? Weet u nog of u in zee bent gevallen?'

'Ja,' mompel ik. Het komt in stukjes en beetjes terug. Ik probeerde warm te blijven, maar ik kon nergens heen. Overal rotsen. Donker. Er was geen maan. Ik kon niets zien. En dan komt alles opeens terug. Dat ik in het water sprong, dat ik wilde zwemmen, dat er golven over me heen sloegen, de puntige rotsen. 'Ik droomde dat ik verdronk.'

'U heeft geluk gehad dat een visser u zag. Het scheelde niet veel. Morgen wil ik nog wat tests doen met u.' De dokter kijkt Sebastian aan.

Sebastian. Is hij het echt?

'Laat haar nog maar even niet alleen. Als ze zich wat sterker voelt kunt u haar helpen opstaan, maar ze mag niet de kamer uit.'

Het is hem! Het is Sebastian. Het is geen droom, het is echt.

'Lise.' Hij pakt mijn hand en drukt hem tegen zijn wang.

'Waar was je?' Ik sluit mijn ogen en mijn brein beukt tegen mijn slapen.

'Ik ben hier. Ik ben er nu.'

'Ik heb op je gewacht.' Ik concentreer me op zijn ogen en probeer niet toe te geven aan de pijn in mijn hoofd, probeer niet weg te glijden.

'Ik heb het geprobeerd. Ik heb geprobeerd bij je terug te komen.'

Ik probeer lucht naar mijn hoofd te ademen, om het tollen tegen te gaan. Hij knijpt in mijn hand en dat houdt me hier.

'Lise, al die brieven die ik heb geschreven. Je hebt ze nooit ontvangen.'

Ik doe mijn ogen weer dicht en slik de harde brok in mijn keel door, en de woorden zwemmen rond zonder dat ik ze kan pakken. 'De brieven.' Ik doe mijn best om me te concentreren. 'Ik heb ze gelezen.' Ik voel golven slaap opzetten, een bevrijding van de pijn, maar ik wil nu hier blijven, bij hem. Ik adem diep in en dwing mezelf erbij te blijven. 'Waar ben je heen gegaan?'

'Ik ben hier. Ik ben hier nu.' Zijn stem is hees, en ik weet dat hij deze woorden oproept uit een plek diep vanbinnen. Hij schuift zijn hand onder mijn nek en houdt me dicht tegen zich aan, en ik voel zijn liefde als een fysieke kracht die in mijn hart klopt. 'Ik ben nooit bij je weggegaan,' mompelt hij.

Ik wil dat Sebastian bij me blijft. Ik wil alles over hem weten, maar ik ben zo moe. Ik leun tegen hem aan en sluit mijn ogen, en nu voelt mijn hoofd licht, alsof er een enorm gewicht is opgetild. Golven slaap komen op me af. Ik verzet me ertegen. 'Vertel me,' prevel ik. 'Wat is er die avond gebeurd? Die avond dat ze je hebben meegenomen.'

Hij neemt mijn hoofd in zijn handen en legt me zachtjes neer op het kussen. 'Je bent moe, ma chérie. Rust nu maar.'

75

Bretagne, 9 juli 1963

Elise

De volgende ochtend komt Sebastian met Josephine mijn kamer in. Ze zien eruit alsof ze hun hele leven al samen zijn, en ze lachen naar me op dezelfde verlegen manier.

Ik strek mijn handen naar hen uit. Sebastian pakt er een vast, Josephine de andere. Ik zuig het magische, heerlijke gevoel om door hen beiden vastgehouden te worden diep in me op.

Josephine laat mijn hand los, slaat haar armen om me heen en begraaft haar gezicht in mijn nek. Ik voel dat ze begint te trillen en ik voel haar tranen op mijn huid. 'Het spijt me, Maman. Het spijt me zo.'

Ik houd haar vast. 'Maar Josephine, je hoeft nergens spijt van te hebben. Ik had beter moeten weten, ik ken de zee. Het was mijn eigen stomme fout.'

'Maar je had mijn brief gekregen,' snikt ze. 'Het was gemeen, dat ik zomaar vertelde over...' Haar woorden tuimelen over elkaar heen. 'Ik meende het niet. Ik wilde wel thuiskomen.'

'Ik weet het. Ik weet het, je was gewoon boos op me.'

'Maar ik had je niet zo moeten vertellen over... over zijn andere gezin.'

'Nee,' zeg ik. 'Het was goed dat je het me vertelde.' Ik kijk over haar schouder naar Sebastian, en zijn ongemakkelijke blik zegt me genoeg. Dit is iets wat we uit de weg moeten ruimen, iets waar we het over moeten hebben. Zijn nieuwe leven. Zonder mij.

'Hoe vond je Engeland?'

Ze komt weer omhoog en veegt haar tranen af. 'Ik miste je. En Soizic.'

'Je moet me alles vertellen.' Ik wil haar verhalen horen, maar mijn hoofd bonkt weer.

Alsof ze een seintje heeft gehad komt de zuster binnen. '*Bonjour tout le monde*,' zegt ze. 'Ik hoop dat jullie mevrouw hier niet te zwaar belasten. Ze moet veel rusten. Ik ga even wat tests doen. Vinden jullie het erg om even de gang op te gaan?'

Josephine en Sebastian staan op. Sebastian kijkt me aan als hij wegloopt. 'Ik kom zo terug.'

'Au revoir, Maman.' Josephine kust me op mijn wang, en dan zijn ze weg.

Nadat de zuster me heeft onderzocht val ik weer in slaap. En dan komt de zuster terug om me wakker te maken voor de lunch. Ik heb geen trek, maar als het bord met wortelpuree en lam voor mijn neus staat, komt mijn eetlust terug. Het is goed om te eten, en ik voel me al beter. Ik ben bijna klaar met mijn *fromage blanc* als Sebastian binnenkomt.

Mijn hart springt op als ik hem zie en er komt een glimlach op mijn gezicht. Ook hij glimlacht en hij komt dichterbij, zet mijn dienblad weg zodat hij op het bed kan zitten. Hij pakt mijn hand en drukt hem tegen zijn lippen. 'Je hebt je kleur terug.' Hij aait mijn wang met de rug van zijn hand.

Ik pak zijn hand en houd hem stevig vast. 'Wat is er gebeurd, Sebastian? Wat is er gebeurd?'

'Je bent overvallen door de vloed. Je dacht dat je het zou halen als je zwom.'

'Nee.' Ik pak zijn hand en kijk in zijn ogen, en het is net alsof ik terug in de tijd kijk. 'Wat is er met ons gebeurd?'

Het enige geluid is zijn ademhaling. Mijn adem. Zijn stilte is zijn antwoord.

'Blijf je nog even? Even maar, hier bij mij?' Ik kan het niet verdragen om hem nogmaals te verliezen. Nog niet. Ik ben niet sterk genoeg.

'Ja, ja. Natuurlijk.' Ik hoor de warmte in zijn stem. 'Ik blijf zo lang je me nodig hebt.'

Ik wil hem vertellen dat ik nooit ben gestopt met hem nodig te hebben, dat ik hem altijd nodig zal hebben, dat ik hem altijd nodig heb gehad, maar ik bijt op mijn tong en slik mijn woorden in.

'Is onze dochter niet ongelooflijk? En dapper, dat ze helemaal alleen naar Engeland is gekomen.' Hij kust me op mijn voorhoofd. 'Ik wou dat ik er was geweest toen ze opgroeide. Ik zou er alles voor over hebben gehad als ik bij jullie twee had kunnen zijn. Het spijt me zo dat je alles alleen hebt moeten doen.'

'Ik had Soizic.'

Hij trekt een scheef lachje. 'Dat kan niet makkelijk zijn geweest.'

'Ze blaft maar ze bijt niet.'

'Sebastian,' zeg ik, en ik geniet van de klank van zijn naam op mijn lippen. 'Het is nooit de juiste tijd voor ons geweest, hè?'

Hij knijpt in mijn hand en zijn ogen worden een tint donkerder. De stilte tussen ons zindert. Zo veel te zeggen. En zo weinig.

'Hoe is ze, je vrouw?' Ik dwing mezelf om het heel natuurlijk te zeggen, maar toch hoor ik de valse noot van opgewektheid in mijn stem en ik weet dat hij het ook hoort. Maar het is een vraag die een uit het oog verloren vriend zou stellen, en dat is wat we nu zijn. Vrienden die ooit van elkaar hielden. In een vorig leven.

Hij lijkt te schrikken van de vraag. 'Maggie?' Als hij haar naam zegt klinkt het zo vertrouwd en zo warm, dat het pijn doet in mijn hart. 'Ze is aardig. Ze heeft lichtbruine ogen, steil bruin haar.' Het is een vage beschrijving en het zegt me eigenlijk niet veel. Het is niet wat ik bedoel, maar ik weet dat hij me niet wil kwetsen, hij wil me niet vertellen hoe gelukkig ze zijn samen, maar ik voel het. En ik moet het horen.

'Waar heb je haar ontmoet?' help ik hem op weg.

'Op m'n werk.' Hij lijkt opgelucht nu er iets concreets is om over te praten. 'Ik ben naar Coventry gegaan. Dat is tijdens de oorlog gebombardeerd.' Hij pauzeert en ik begrijp dat dit precies de reden is dat hij voor Coventry heeft gekozen. 'Ik werkte aan patenten voor ontwerpen van motorfietsen. Dat doe ik nog steeds, overigens.'

Ik wacht tot hij weer over zijn vrouw begint.

'Maggie was thee aan het zetten in het keukentje naast de secretaressekamer.' Hij aarzelt en ik zie dat hij niet goed weet of hij verder moet gaan, en dus zeg ik niets. 'Ik was er ongeveer een maand,' gaat hij verder. 'Ik had nog geen vrienden gemaakt, of niet echt. Mensen waren beleefd en respectvol naar mij toe, en dat was al iets, ik verwachtte niet meer dan dat. Het was een beetje een boetedoening voor me – om naar Coventry te gaan.'

Ik knik, ik begrijp zijn behoefte om deze pelgrimage te maken.

'Maar Maggie was anders. Ze wilde weten waar ik vandaan kwam, hoewel ze het geweten moet hebben. Iedereen wist dat ik Duits was.' Hij aarzelt. 'Ze vroeg of ik niet wist dat ik de enige man was die zich in het keukentje waagde. Ze maakte me aan het lachen.'

Ik wil eigenlijk zeggen dat hij moet stoppen, ik heb genoeg gehoord. Maar ik kijk alleen naar hem en probeer mijn ogen uitdrukkingsloos te houden, terwijl mijn hart helemaal opnieuw breekt. Hij wordt stil, alsof hij mijn gedachten kan lezen. Dan wend ik mijn hoofd af en staar resoluut naar de parkeerplaats voor het ziekenhuis, zonder iets te zien, en ik probeer mijn hartzeer weg te duwen naar waar niemand het ziet. Ik voel dat hij naar me kijkt, maar ik kan hem niet in de ogen kijken. Nog niet.

76

Bretagne, 10 juli 1963

Sebastian

Sebastian moet de telefooncel in het dorp gebruiken om de buurman thuis te bellen, die Maggie haalt. Hij heeft tien munten van één franc, dat moet meer dan genoeg zijn.

'Hoe gaat het met Elise?' vraagt Maggie onmiddellijk.

'Het gaat goed. Ze is gisteren uit coma gekomen.'

'Gisteren? Is ze in orde?'

'Ja, ze wordt elke dag sterker.' Hij zou moeten zeggen dat hij nu naar huis komt, maar hij is nog niet klaar. 'Hoe gaat het met de kinderen?'

'Lukes hoest is helemaal weg. Het gaat veel beter met hem.' Ze klinkt duidelijk opgelucht. 'Philip blijft maar kletsen. Je weet hoe hij is. Hij babbelt aan een stuk door.' Ze moet lachen en Sebastians hart vult zich met liefde voor zijn gezin. 'Wanneer kom je thuis?' vraagt ze.

'Volgende week, denk ik.' Het is een gok, maar hij weet niet wat hij anders moet zeggen.

'Volgende week?' Het is duidelijk te horen dat ze verbaasd is. 'En je werk dan?' Ze brengt het terug naar het praktische niveau.

'Ik zal ze bellen. Maak je geen zorgen.'

De stilte echoot op de lijn. Hij gooit er nog een franc in en vraagt zich af wat hij kan zeggen om haar gerust te stellen. 'Ik kom zo snel als ik kan terug.' Hij krimpt ineen bij de ontoereikendheid van zijn woorden. 'Ik wacht tot Elise uit het ziekenhuis komt.'

'Wanneer is dat?' Maggies stem heeft een scherp randje. Dubbelzinnigheid gaat ze niet accepteren. En dat is begrijpelijk.

'Snel. Ik wil eerst zeker weten dat Josephine haar draai weer heeft gevonden. Ze heeft een hoop op haar bordje gekregen. En ze krijgt volgende week de uitslag van haar examen. Daar wil ik graag bij zijn.'

'Ze kan altijd bij ons op bezoek komen.' Maggie laat hem niet wegkomen met slappe excuses. 'Philip wil haar graag weer zien. Hij is erg aan haar gehecht geraakt. Hij praat over haar, hij noemt haar "Yo-Fien". Heel schattig.'

'Ik weet het.' Maar hij weet dat hij Josephine niet kan weghalen bij Lise. Ze heeft haar dochter nodig.

Later die dag bezoekt Sebastian Elise. Ze mag de kamer uit als ze maar in het ziekenhuis blijft, en dus pakt hij haar arm en lopen ze de zitruimte in, waar ze een tafel vinden bij het raam. Ze gaan tegenover elkaar zitten, met hun handen in hun schoot. Maar dat voelt niet goed en dus reikt hij over de tafel. Zij legt haar slanke hand in zijn open hand en hij sluit zijn vingers, terwijl hij met zijn duim de rug van haar hand streelt. Geen van beiden zegt wat, tot hij glimlacht. 'Ik ben zo blij dat Josephine me heeft gevonden.'

'Ze wilde niet dat ik meekwam.'

'Ze heeft een sterk karakter. Net als haar moeder.' Hij knijpt in haar hand. 'Het was zo stom van me dat ik je vader heb geloofd toen hij zei dat je doodgeschoten was. Ik kan achteraf niet geloven dat ik het niet doorhad.'

'Ik geloof niet dat ik hem ooit kan vergeven wat hij heeft gedaan.'

Hij knikt en erkent haar pijn. 'Ik wou dat we waren weggelopen, zoals jij wilde,' fluistert hij met een dromerige stem. 'Dat we paarden hadden genomen, in het bos hadden geleefd tot het allemaal achter de rug was. Dan waren we in elk geval samen geweest, zoals jij toen zei.'

'We konden niet weten dat iemand je zou aangeven.'

Hij drukt zacht haar hand. Weet ze het? Weet ze dat het haar moeder was? Hij wil het haar nu niet zeggen. Hij weet niet wat het met haar zal doen in deze kwetsbare staat, maar de vraag ligt er.

'Weet je wie het was?' vraagt ze uiteindelijk.

Hij schudt zijn hoofd, niet in staat om een leugen uit te spreken.

Maar ze doorziet hem. 'Je weet het, of niet?'

Weer schudt hij zijn hoofd, starend naar hun verstrengelde handen.

'Wie was het? Was het Isabelles vriendin, Marie?'

Voor de derde keer schudt hij zijn hoofd.

'Het was mijn moeder, hè?'

Dit keer merkt hij dat hij zijn hoofd niet kan schudden.

Elise slaakt een diepe zucht. 'Diep vanbinnen heb ik het altijd wel geweten.'

'Ze wilde je beschermen.'

'Wat? Door je te laten vermoorden? Nee, ze dacht aan zichzelf, en dat ze na de oorlog niet van collaboratie wilde worden beschuldigd. Ze wilde een wit voetje halen bij de Résistance.'

'Nee. Ze hebben haar een voorstel gedaan. Jouw veiligheid in ruil voor mij.'

'Mijn veiligheid?' Ze snuift, een ironisch lachje. 'Dat is een goeie.' Ze denkt na. 'Ik vraag me af of Isabelle het weet.'

'Ik weet het niet. Je kunt het haar vragen, ze komt straks en daarna gaat ze naar Parijs. Je vader is ziek.' Hij wacht even. 'Lise.' Hij wil het weten. Hij moet het weten, maar hij durft het niet te vragen. Het onuitgesprokene hangt als zware lucht tussen hen in. Dan vindt hij de moed. 'Wat is er gebeurd toen ze me hebben meegenomen?' Hij voelt dat Elise heel stil wordt. Hij kan haar niet eens horen ademen. 'Lise, wat is er gebeurd? Vertel het me.'

En dus vertelt ze het hem. Ze vertelt hem hoe ze haar het huis uit hebben gesleept, hoe ze haar hebben uitgekleed tot op haar ondergoed, hoe ze haar hebben kaalgeschoren en een hakenkruis op haar voorhoofd hebben geschilderd. Hij sluit zijn ogen, alsof hij op die manier de angstaanjagende beelden die door zijn hoofd gaan kan uitbannen. Hij haalt adem en staat op, veegt het haar uit haar gezicht, kust haar zacht op haar voorhoofd, waar ze het hakenkruis hadden geverfd. 'Vergeef me,' mompelt hij.

'Ik hoef jou niet te vergeven.'

'Ik had je nooit hieraan moeten blootstellen. Ik had het moeten weten.' Hij slikt de brok in zijn keel door en vervloekt zichzelf, vervloekt haar moeder dat ze hem heeft verraden. Daarmee had ze haar eigen dochter verraden. Hoe kon ze zo stom zijn geweest?

Hij wil haar vasthouden, haar mooie haar aaien, haar pijn wegnemen, maar hij is te laat, en hij is bang dat het zou overkomen als medelijden. 'Lise,' zegt hij. 'Je bent zo dapper geweest.'

'Nee, want sindsdien houd ik me hier schuil.'

'Je kwam hier en hebt samengewoond met een vrouw die reden had om je te verafschuwen, maar je hebt dat gedaan om je dochter veilig groot te brengen.' Hij tilt een lok haar op en kust die. Hij kan nog steeds de beelden in zijn hoofd niet stoppen. Mannen die haar uitkleden en met een tondeuse haar hoofd bewerken. 'Ik had er moeten zijn. Ik had ze moeten tegenhouden. Wie was het? Wie heeft het gedaan?'

'Ik weet het niet eens. Mannen. Maar er waren ook vrouwen in de menigte. Iedereen was er.'

Sebastian begraaft zijn hoofd in haar haar. 'Ik wil ze vermoorden.'

Elise trekt haar hoofd terug en kijkt hem aan. 'En zo blijft het wiel der wraak maar draaien.'

'Het spijt me. Maar...' Hij wil met zijn vuist tegen de muur slaan. In plaats daarvan probeert hij de woede die in zijn hart klopt te beteugelen. 'Hoe heb je het gered? Hoe ben je...?'

'Ik weet niet of ik er ooit overheen ben gekomen. Niet echt. Maar daardoor ben ik wel in een soort overlevingsstand geraakt. Ik wilde niets meer, het enige wat ik wilde was dat Josephine veilig was.' Ze zwijgt even, met een frons op haar voorhoofd. 'Al mijn dromen waren weg.' Ze blaast haar adem uit. 'Horizontale collaboratie. De Gaulle heeft er een misdaad van gemaakt: "indignité nationale", noemde hij het. Maar prostituees hebben ze niet vervolgd.' Elise heeft nu een zuur lachje op haar gezicht. 'Die deden alleen hun werk.'

'Net als de politie,' zegt Sebastian, vanbinnen nog steeds woedend. Hij knijpt in Elises hand en een enorm gevoel van onrecht doet zijn hart opzwellen. Is de politie bestraft voor hun collaboratie? Natuurlijk niet, maar zij werkten onder bevel. Welke keuze hadden zij? 'Het was allemaal zo verkeerd.' Hij laat verslagen zijn hoofd zakken.

Dan kijkt hij op. 'Lise, is er iemand anders geweest?' Hij heeft meteen spijt. Hij weet niet eens waar de vraag vandaan komt. Dat is het punt niet. Hij is zo onhandig. Het is zijn zaak niet.

'Nee,' antwoordt ze. 'Niemand.'

Hij wou dat het wel zo was geweest. Het idee dat ze dat deel van zichzelf heeft laten uitdoven, vindt hij onverdraaglijk. Het voelt niet goed, dat hij is verdergegaan met zijn leven en zelfs liefde heeft gevonden, terwijl zij haar leven alleen heeft geleid.

'Ik denk niet dat ik mijn moeder kan vergeven. En mijn vader,' zegt Lise, waarmee ze zijn gedachtegang onderbreekt en het gesprek terugbrengt op haar ouders.

Er zit somberheid in haar stem, en hij wil het beter maken. 'Je moeder heeft geprobeerd je te beschermen,' zegt hij opnieuw. 'Je weet hoe het was, al die verschillende clubjes, ze kan een afspraak met de ene groep hebben gemaakt en dat een andere groep die afspraak niet heeft gerespecteerd. Ik geloof niet dat ze me heeft verraden omdat ze me dood wilde.' Hij aarzelt, want hij ziet een parallel tussen hoe Josephine zich voelde ten opzichte van haar moeder toen ze erachter kwam dat ze haar hele leven tegen haar had gelogen, en hoe Elise zich nu voelt naar haar eigen moeder toe. 'Soms doen mensen het verkeerde om de juiste reden. Ik denk dat je moeder zichzelf genoeg heeft gestraft.'

'Vind je dat ik haar moet vergeven?'

Hij kijkt haar aan en knikt langzaam.

'En dan gaat Josephine mij vergeven?'

'Josephine heeft je al vergeven.'

Lise glimlacht. 'Echt?'

'Ja. We hebben allemaal wel dingen gedaan waar we spijt van hebben.' Hij wacht even, geeft zichzelf tijd om na te denken. 'Misschien is het tijd dat je met je moeder gaat praten en haar de kans geeft om haar kant van het verhaal te vertellen. Ze moet zo bang zijn geweest voor wat jou kon overkomen.'

77

Bretagne, 11 juli 1963

Elise

Josephine loopt mijn kamer in, ze heeft die lichtblauwe zomerjurk aan die ik voor haar verjaardag heb gekocht, die ik heb uitgekozen omdat hij zo goed bij haar ogen past. Ze heeft een gezond kleurtje, waarschijnlijk is ze lekker veel buiten, in afwachting van haar eindexamenuitslag.

'Ik heb bloemen geplukt voor je.' Achter haar rug vandaan haalt ze een boeketje roze en paarse bloemen. 'Ze komen van het veld,' zegt ze, alsof ik dat niet wist.

Ik pak ze van haar aan en snuif het friszoete aroma op. 'Dank je wel.' Ik kus haar op haar wang. 'Ze zijn prachtig.' Ik zet ze in de karaf water die naast me op het kastje staat. 'We vinden straks wel een vaasje.'

Ze lacht, een blije, luchtige lach. Dan slaat ze haar armen om me heen. We houden elkaar vast, en ik neem de sensatie in me op van haar zachte huid tegen de mijne, de warmte van haar lichaam, de citroenachtige frisse geur. Mijn dochter.

'Josephine,' mompel ik. 'Hoe gaat het met je?'

Ze laat me los. 'Ik was zo bang.' Haar ogen lopen vol. 'Ik dacht… ik dacht dat je dood zou gaan.'

Ik pak het zomerse sjaaltje dat ze losjes om haar hals heeft gebonden en veeg haar tranen af. 'Nee, ik laat je niet alleen. Josephine, het spijt me, het spijt me dat ik tegen je heb gelogen.'

'Het spijt mij dat ik je niet meer vragen heb gesteld, Maman, over wat je in de oorlog hebt meegemaakt. Het spijt me dat ik zo boos op je ben geweest. Isabelle zei dat ik het je moest vragen.'

'O ja?' Ik overweeg om haar te vertellen wat Sebastian en ik samen hebben gedaan, hoe we de kinderen hebben gered, maar het lijkt zo lang geleden.

'Wat bedoelde Isabelle?' dringt ze aan.

En dus vertel ik het haar.

'Al die verborgen verhalen.' Een frons vormt zich op Josephines voorhoofd. 'Het is net alsof... alsof ik je maar voor de helft heb gekend.' Ze denkt na. 'Ik wou dat ik het allemaal had geweten. Ik wou dat ik je écht had gekend.'

Ze wrijft in haar ogen, het is een kinderlijk en vertederend gebaar. 'Stel je voor hoe anders het zou zijn geweest als niemand ooit had gelogen. Liegen is net als stelen. Je steelt de waarheid.' Ze is zo wijs voor haar leeftijd. 'Maar je hebt het nu teruggegeven.' Ze glimlacht. 'En ik heb mijn vader terug.' Ze wacht, en haar glimlach glijdt van haar gezicht af. 'Ik wou alleen...'

Ik weet wat ze gaat zeggen, en ik wil het niet horen. Ik pak haar hand en wrijf hem warm tussen de mijne, net als ik vroeger deed als ze de zee uit kwam met ijskoude vingers, en ik probeer iets te bedenken om te zeggen waardoor ze het niet zegt. Maar ik ben te traag.

'Ik wou...' gaat ze toch door, '...ik wou gewoon dat hij niet een nieuw gezin had.'

Zo, dat is eruit. 'Ik weet het.' Natuurlijk wil een deel van mij hetzelfde, maar ik moet de volwassene zijn hier, en de weg bepalen. 'Maar,' zeg ik, 'het betekent dat je broers hebt, en...'

'En wat?'

'Het betekent dat hij gelukkig was. Ik vind het fijner om te denken dat je vader in die jaren gelukkig was, liever dan eenzaam en verdrietig. Ik had jou tenminste nog.'

'Maar dat was niet genoeg, of wel?' Het klinkt meer als een vraag dan als een constatering.

'Jawel. Voor mij wel. Ik was gelukkig.' Ik breng haar hand naar mijn wang en houd hem daar, terwijl ik in haar ogen kijk, smekend dat ze me moet geloven.

'Maar er ontbrak wel wat. Echt. Ik voelde dat,' dringt ze aan.

'Jawel,' geef ik toe. 'Het verhaal van je vader ontbrak. Kinderen merken dat soort dingen, en jij wist dat er iets niet klopte.' Ik denk terug aan de tijd waarin ik zo verdrietig was en ik houd mezelf voor dat het belangrijk is dat ik nu eerlijk ben tegen haar. 'Ik vond het niet fijn om je elke zondag weer alleen te laten. Maar ik keek altijd uit naar onze weekenden samen, dat ik weer naar jou toe kon. Ik miste je altijd vreselijk.'

'Maar waarom werkte je dan zo ver weg, al die jaren?'

'Dat was het enige baantje dat ik destijds kon krijgen, en de Beauforts waren geweldige werkgevers. Op een gegeven moment hadden we een soort routine, en ik kon zien dat je gelukkig was en dat er goed voor je werd gezorgd. Ik zag hoeveel Soizic van je hield... houdt. En ik was blij dat alles op rolletjes liep.'

'Maar was je gelukkig, Maman?'

'Ja, ik was gelukkig. Ik was soms wel eenzaam, maar jij was een bron van zo veel geluk, zo veel plezier, het was het allemaal waard. En we hadden elk jaar de hele maand augustus samen. Dat was altijd het grootste cadeau.'

Josephine glimlacht, en haar tranen zijn nu bijna opgedroogd. 'Ja, we hebben wel zalige zomers gehad, hè? Ik was dol op die lange avonden op het strand, dat we zo lang bleven als we wilden.'

'En daar gaan we er nog heel veel van beleven. We hebben een leven vol zomers voor ons.' Ik neem mijn dochter in mijn armen, mijn hart barst bijna uit elkaar van liefde. En ik denk: wat zou er zijn gebeurd als ik was verdronken? Hoe kon ik zo in beslag genomen zijn door mijn eigen verdriet dat ik het hare niet zag?

78

Bretagne, 13 juli 1963

Elise

Soizic komt me bij het ziekenhuis ophalen met Josephine. Ik zit voor in de auto en staar naar de velden en de kleine chaletjes, vang een glimp van het water op als we over de smalle brug rijden die ons over het estuarium naar Trégastel brengt.

'We hebben je lievelingseten gemaakt.' Josephines enthousiasme is aanstekelijk.

'Wat dan?' vraag ik, benieuwd.

'Confit de canard met haricots verts. En dan tarte au citron,' zegt ze triomfantelijk.

'Daar gaat de verrassing.' Soizic moet lachen.

Confit de canard, het gerecht dat ik nam die enige keer dat Sebastian en ik in een restaurant hebben gegeten. Grappig dat ze heeft besloten dat dat mijn lievelingseten is. Eigenlijk vind ik lamsvlees lekkerder, maar dat zeg ik niet. 'Ik kan niet wachten,' zeg ik. En dat is waar. Ik kan niet wachten tot we met zijn vieren samen aan tafel gaan, als familie. Ik neem aan dat Sebastian is uitgenodigd. Als dat niet zo is, dan zal ik erop staan. Ik zal niet toestaan dat Soizic hem buitensluit. Nooit meer.

In de namiddag, als Josephine en Soizic bezig zijn met het eten, gaan Sebastian en ik een wandeling maken over het strand. We hebben onze schoenen uitgetrokken en we lopen door de branding. Hij spettert me nat en ik spetter terug, dan neemt hij mijn hand alsof we oude vrienden zijn, op ons gemak in elkaars gezelschap. De warmte van zijn aanraking spoelt door me heen, zet me onder spanning, maakt dat ik voel dat ik leef, zoals ik me in jaren niet heb gevoeld. Ik weet dat hij hetzelfde voelt.

Ik haal mijn hand weg en strijk mijn haar achter mijn oren terwijl ik naar de horizon kijk en mezelf eraan herinner dat ik niet te dichtbij moet komen. Hij steekt zijn handen in zijn zakken en kijkt nu ook uit over zee. 'Wat is het hier prachtig,' zegt hij weemoedig. Ik kijk hoe hij zijn ogen dichtknijpt tegen het zonlicht dat op het water glinstert, en ik weet wat hij denkt. Dit is waar hij wil zijn. Bij mij. Bij zijn dochter. Maar er is nog een andere kant van het verhaal. Zijn zoontjes. Zijn vrouw.

'Ja, het is prachtig.' Mijn hart is vol, gewoon zoals we naast elkaar staan. Ik wil hem graag aanraken, strelen over zijn stoppelbaardje, over zijn lippen, maar ik doe het niet. 'Sebastian,' zeg ik, 'zullen we teruggaan?'

'Teruggaan?' herhaalt hij alsof hij het woord niet helemaal kan plaatsen.

'Ja, terug naar huis.'

'Naar huis?' Hij schudt zijn hoofd alsof hij een gedachte afschudt. 'Ja, natuurlijk.' Ik hoor spijt in zijn stem. Snel draai ik mijn rug naar de horizon en begin te lopen.

Maar hij pakt mijn hand. Mijn maag draait zich om en ik keer mijn gezicht weer naar hem. Hij slaat een arm om mijn middel en trekt me naar zich toe. Ik voel zijn warme adem op mijn wang. Zijn andere hand legt hij achter in mijn nek en zijn lippen raken de mijne. We staan daar, met de zee die om onze enkels kolkt, verloren in onze kus, en ik voel dat hij weer leven in me ademt. Ik hoor de meeuwen krijsen en de golven op de kust slaan, maar het is net alsof die geluiden bij een andere wereld horen.

79

Bretagne, 14 juli 1963

Sebastian

Na het ontbijt in het hotel loopt Sebastian naar het chalet, maar in plaats van naar binnen te gaan loopt hij door naar de koeienstal en snuift de aardse, eerlijke geur van de beesten op. Lise heeft Josephine meegenomen om te winkelen. 'Een middagje voor de meisjes,' zei ze lachend. Hij had ze met alle plezier laten gaan, blij om even wat tijd voor zichzelf te hebben. Hij moet nadenken. Hij moet echt even diep nadenken.

Hij wil Lise in zijn armen nemen en steeds weer kussen, in haar oor fluisteren hoeveel hij van haar houdt, altijd van haar heeft gehouden. Het doet zelfs zeer, een lichamelijke pijn waardoor zijn lichaam zwaar aanvoelt. Maar hij wordt verscheurd. Achter elke lach, achter elke glimlach, achter elk gesprek schuilt onrust. Hij heeft het er niet over met Lise, maar ze weet het.

Hoe kan hij haar verlaten? Dan breekt haar hart. En het zijne. Ze kunnen doen alsof ze goede vrienden zijn, heel goede vrienden zelfs. Maar ze waren altijd veel meer dan dat.

En ze weet dat elke avond dat ze alleen naar bed gaat, hij bij zijn vrouw in bed zal stappen. Dat zal haar alleen maar pijn doen, tenzij ze van hem los kan komen. Tenzij ze een andere liefde vindt. Dat moet hij voor haar willen. Maar wil hij dat? Kan hij leven met dat idee? Hij moet dat echt voor haar willen. Maar hij ziet wel dat ze dat niet eens voor zichzelf wil.

Het geluid van iemand die hoest, achter hem, maakt dat hij zich omdraait. Daar staat Soizic, met haar hoofd schuin, alsof ze hem opneemt. Geen van beiden zeggen ze wat.

Dan loeit een van de koeien, alsof de stilte moet worden opgevuld.

'Trek in koffie?' vraagt ze.

Hij knikt en ze lopen de keuken in, waar ze hem de koffiemolen aangeeft. ‘Mijn polsen zijn niet meer wat ze zijn geweest,’ zegt ze.

‘Nu ik er toch ben, zou ik wat van het zware werk voor je kunnen doen. Ik kan misschien de muur repareren, waar hij begint af te brokkelen.’

Ze moet lachen. ‘O ja? Echt? Dat is anders een ambacht hoor, zo’n stenen muur bouwen. Je werkt op een kantoor, toch?’

‘Niet echt. Ik ben ingenieur.’

Soizic bijt op haar lippen. Hij gaat verder met malen.

‘Waarom ben je teruggegaan?’ vraagt ze.

‘Naar Engeland? Het leek het juiste om te doen. Mijn boetedoening.’

Soizic haalt een schouder op, alsof ze wegwuift wat hij zojuist heeft gezegd. ‘En daar heb je je vrouw ontmoet?’

‘Maggie. Ja.’ Haar naam hangt zwaar in de lucht.

Sebastian is klaar met het malen van de bonen en geeft de koffiemolen terug.

‘Hoe is ze?’ vraagt Soizic.

Sebastian is verbaasd dat ze het vraagt. ‘Ze is lief. En sterk, en geduldig.’

Soizic geeft hem een kop koffie. ‘Wanneer ga je weer terug? Ik zou er niet te lang mee wachten. Het wordt alleen maar moeilijker.’

‘Ik weet het.’ Hij kijkt haar aan. ‘Maar ik weet niet of het me lukt om te vertrekken.’

Soizic zucht. ‘Nou, het is beter dan dood zijn. Je leeft tenminste nog.’

Hij moet lachen om zo veel pragmatisme.

‘Soms betekent van iemand houden niet dat je bij diegene bent,’ gaat ze verder.

Hij snapt waarom ze dit punt benadrukt. Zowel haar dochter als haar man is op de meest vreselijke manier van haar afgepakt, en ze zou blij zijn geweest als ze wist dat ze ergens leefden. ‘Elise zal er nog zijn, maar jouw leven is nu ergens anders. Hoe langer je het zo laat, hoe moeilijker het voor iedereen wordt. Sterkte, Sebastian,’ mompelt ze. ‘Je moet het haar binnenkort vertellen.’

Het is de eerste keer dat ze zijn voornaam uitspreekt, en hij weet dat het haar manier is om te zeggen dat ze hem heeft geaccepteerd.

80

Bretagne, 15 juli 1963

Josephine

De volgende morgen wordt Josephine vroeg wakker, vol gespannen verwachting. Vandaag gaan haar ouders mee naar school, net als de ouders van haar klasgenoten, om te horen of ze haar baccalauréat heeft gehaald. Ze stelt zich voor dat haar vrienden Sebastian zien en dan zullen bedenken hoe het zit, maar het kan haar niet schelen wat ze denken. Ze gaat toch snel weg uit dit gat, dit gehucht waar iedereen zich altijd al afvroeg of ze een Boche als vader had, maar waar niemand het hardop durfde te zeggen.

Soizic rijdt ze naar school, met haar vader op de plek naast de chauffeur, en Josephine en haar moeder achterin, hand in hand, zonder dat er wordt gesproken. Josephine weet dat haar moeder snapt hoe zenuwachtig ze is, hoe belangrijk deze stap voor haar is, dat ziet ze aan de manier hoe ze haar aankijkt en een knipoog geeft, en in haar hand knijpt. *Het komt wel goed*, zegt ze met haar ogen.

Soizic parkeert de auto. 'Ik wacht hier.' Ze kijkt achterom naar Josephine. '*Bon chance.*'

'Kom je niet mee naar binnen?' Ze wil Soizic er ook bij.

'Nee, ga maar met je vader en moeder.'

'Maar...' Josephine wil zeggen dat zij ook een soort ouder van haar is geweest, dat ze haar erbij wil hebben omdat het dan compleet is. 'Ik wil echt dat je meekomt.' Ze gaat achteroverzitten.

'Je bent zo *têtue*, ma chère. Koppig als een echte Bretonse.' Soizic lacht naar haar, maar er zit iets verdrietigs in haar glimlach. 'Ik blijf hier wel,' zegt haar vader. 'Gaat uw gang, Madame Le Calvez.'

'Nee!' Josephine heeft het gevoel dat ze moet huilen. Dit wil ze niet. Ze wil dat ze allemaal samen naar binnen gaan.

Haar moeder knijpt weer in haar hand. 'Soizic,' zegt ze zacht. Ze leunt voorover en praat in haar oor, hoewel ze het allemaal kunnen horen. 'Je bent als een moeder geweest voor Josephine, en ze wil dat je erbij bent.'

Soizic blijft roerloos zitten, en even hangt er een dikke mist van zwijgzaamheid in de auto.

Een klop op het raampje laat ze schrikken. Hervés gezicht verschijnt. 'Komen jullie?' roept hij.

Soizic draait het raampje open. 'Bonjour, Hervé.'

Josephines vader stapt uit aan de andere kant. Hij heeft Hervé nog niet ontmoet en steekt zijn hand uit over het dak. Hervé schudt zijn hand, dan doet haar vader de stoel omhoog zodat haar moeder en Josephine kunnen uitstappen. Daar blijven ze even staan en wachten op Soizic.

'Kom op dan!' Hervé trekt Josephine met zich mee.

'Wacht.' Josephine draait zich om en ziet Soizic langzaam uitstappen, alsof haar lichaam te zwaar is geworden voor haar. Josephine doet een stapje terug en kust haar op de wang. 'Merci,' fluistert ze.

Met haar kin omhoog loopt ze haar school in met haar moeder, vader, Soizic en Hervé. Haar familie.

De baccalauréat-uitslagen staan op een lijst op een bord waar iedereen ze kan zien. Een groep leerlingen staat er al voor. Gilletjes van blijdschap, diepe zuchten, zelfs gevloek van een paar van de jongens, *'Putain!'* en *'C'est pas vrai!'* Dat alles bereikt Josephines oren, maar ze blijft staan en kijkt toe, wachtend tot ze zich er klaar voor voelt.

Een van de jongens draait zich om en ziet haar. 'Salut, Josephine. Heb je het gezien? Je hebt...' Dan bemerkt hij de man die naast haar staat. De jongen draait zich om naar zijn vrienden. 'Josephine is hier,' zegt hij. Ze draaien zich allemaal om, om naar haar te kijken.

'Salut, tout le monde,' zegt Josephine. 'Dit is mijn vader.' Ze kijkt naar hem en glimlacht. 'We hebben hem eindelijk gevonden.' Ze draait zich weer naar haar vrienden, in afwachting van hun reactie. Sommigen hebben een strak gezicht, anderen kijken uitdrukkingsloos, weer anderen glimlachen. 'Hij was al die tijd in Engeland. Daar is hij ooit naartoe gebracht als krijgsgevangene.'

Een jongen staart haar kil aan en loopt weg, een meisje loopt hem achterna, dan nog een jongen. Een van de meisjes die Josephine amper kent loopt naar ze toe en steekt haar hand uit. 'Aangenaam kennis te maken,' zegt ze, en ze schudt Sebastians hand. Andere leerlingen zeggen gedag, en dan gaan ze allemaal naar het bord om op de lijst te kijken.

'Kijk, Josephine,' zegt de eerste jongen. 'Je hebt achttien! De een na hoogste score.'

Er loopt een rilling over Josephines rug, alsof dit allemaal niet echt is. Ze verstijft, haar hart stopt met kloppen en dan begint het ineens keihard te bonken, terwijl haar toekomst zich voor haar opent. Nu kan ze naar Rennes om letteren te studeren. 'Yes!' gilt ze en springt een gat in de lucht.

De volgende ochtend neemt Josephines vader haar mee naar de juwelier. Hij zegt dat hij iets bijzonders wil kopen voor haar, om te vieren dat ze geslaagd is. Ze kiezen een simpel zilveren bedeltje uit en wandelen dan terug naar huis door de nauwe, bochtige straatjes.

'Josephine,' zegt hij, 'je weet toch wel hoe trots ik op je ben, hè?'

Ze glimlacht verlegen. 'Ja, hoor.'

'En je weet hoe blij ik ben dat je me hebt gevonden.'

'Ja,' zegt ze langzaam, maar ze vraagt zich af waar het heen gaat

'Josephine, ik moet terug naar Engeland.'

Ze stopt met lopen en alles valt stil.

Ze wist wel dat ze hem terug moest geven, maar ze is er nog niet klaar voor. Hij is er pas negen dagen. Negen dagen, op haar hele leven.

Hij haalt diep adem, draait zich om en loopt door.

'Wat?' roept ze hem achterna. 'Ga je nu gewoon weer weglopen?'

Hij stopt en draait zich om. 'Ik ben nooit weggelopen. Dat weet je.' Hij zegt het zacht. 'Josephine, je hebt je broertjes gezien. Je kent ze nu. En je weet beter dan wie dan ook hoe het is om zonder vader op te groeien. Ik kan ze dat niet aandoen.'

'Maar hoe zit het dan met Maman? Je houdt van haar, dat weet ik.'

'Ja, ik hou van haar, en ik hou van jou. Maar ik hou ook van mijn vrouw, en van mijn kinderen.' Hij fronst. 'Ik kan niet hier blijven.'

'Kun je niet af en toe naar ze toe gaan?'

'Nee.' Hij schudt zijn hoofd. 'Je weet dat dat niet genoeg zou zijn.'

'Dus je gaat terug naar Margaret?'

'Ja.'

'Maar je houdt niet van haar, niet echt. Ik heb je gezien met Maman. Dat is zo anders.'

'Josephine.' Hij pakt haar hand. 'Ik was er te laat bij om er voor je te zijn toen je opgroeide. Ik moet er zijn voor mijn jongens, en voor Maggie.'

Josephine slaakt een zucht. 'Het is niet eerlijk.'

Hij zucht zachtjes. 'O, Josephine, wat is eerlijk? Er zijn alleen keuzes, vaak heel moeilijke keuzes. Ik heb niet altijd de beste keuzes gemaakt. Ik moet dit goed doen.'

'Maar dit is misschien niet de goede keuze! Misschien redden ze zich wel zonder jou.'

'Je weet dat dat niet waar is. Ze hebben hun vader nodig, net zoals jij een vader nodig had. Ik zal er nog voor je zijn. Ik zal je nog steeds komen opzoeken op de universiteit, en je kunt komen logeren, zo lang als je wilt.'

'Heb je het al aan Maman verteld?' vraag ze opeens.

Hij schudt zijn hoofd. 'Ik ga het vandaag zeggen.'

'Wanneer vertrek je?'

'Ik neem vanavond de boot. Madame Le Calvez wil me brengen.'

'Vanavond?' Josephines ogen lopen vol terwijl ze naar hem staart. 'Vanavond!'

Hij slaat zijn arm om haar heen, maar ze houdt vol. 'Ik dacht dat je met me mee zou komen naar Rennes.'

'Ik kom ook, als je eenmaal gewend bent. Ik moet het niet moeilijker maken voor je moeder dan het al is.'

Ze duwt zijn arm weg. 'Ga dan maar! Ga maar!' Ze loopt weg en haar lange, magere armen zwaaien boos heen en weer. Ze weet dat ze zich kinderachtig en onsportief gedraagt, maar ze kan er niet veel aan doen.

81

Bretagne, 16 juli 1963

Elise

Sebastian komt alleen terug. Hij weet niet waar Josephine is, maar hij zegt dat hij denkt dat ze wat tijd voor zichzelf alleen wil. Ik kan zien dat hij bezorgd is om haar, en ik zeg hem dat ze nog veel moet verwerken, dat het goed zal zijn als ze tijd krijgt om alles te overdenken.

'Het is zo'n mooie dag. Laten we gaan picknicken.' Het is een impulsief idee van me, maar het is precies wat ik vandaag wil doen. 'We kunnen naar het strand,' opper ik.

Sebastians bezorgde blik maakt plaats voor een lach. En weer zie ik de jongeman die ik negentien jaar geleden heb gekend. 'Dat is een geweldig idee.' Hij slaat zijn arm om me heen, alsof we een stel zijn, zoals alle andere stellen. We lopen samen naar de winkels om de spullen in te kopen, te beginnen bij de boulangerie voor de baguette en quiches, en dan gaan we naar de kaaswinkel voor een perfect rijpe camembert. Nu nog naar de *épicerie*. Ze hebben een kleine selectie wijnen.

'Welke wijn hebben we toen gehad, bij onze picknick in het hotel?' vraag ik hem.

Even lijkt hij overvallen door de vraag, dan antwoordt hij: 'Château Margaux.' Hij lacht.

'We moeten er eentje nemen uit 1944,' zeg ik.

'Nou, eigenlijk uit 1939. We hadden er een uit 1939.'

'Is dat niet te oud?'

'Nee, maar we moeten er wel naar vragen.'

Het blijkt dat ze er inderdaad een hebben, maar hij is erg duur. Toch wil Sebastian hem kopen. Ik probeer hem tegen te houden, maar hij zegt: 'Nee, hier zit geen prijs op.'

We gaan naar huis met onze spullen. 'Is het niet ongelooflijk,' zegt hij als we teruglopen. 'Hoe alles kan veranderen in achttien jaar. We kunnen kopen wat we willen, we kunnen overal heen, eten wat we willen.'

Houden van wie we willen, zou ik willen toevoegen, maar dat doe ik natuurlijk niet. Het is de enige vrijheid die we niet hebben. Ik wil hem dicht tegen me aan houden, over zijn hoofd aaien, met hem samensmelten, elke avond in hetzelfde bed kruipen, maar geen van deze dingen kan ik doen. 'Ja,' zeg ik in plaats daarvan. 'Dat is inderdaad fantastisch.'

Eenmaal in het chalet pakken we onze etenswaren in een rugzak. Ik wikkel twee wijnglazen in servetten. Château Margaux 1939 kunnen we niet uit plastic bekers drinken. Dan lopen we via de *sentier des douaniers* naar Perros-Guirec, over het veel belopen pad tussen de granieten rotsblokken op het strand, tussen de pijnbomen en langs de rotsen. We praten over Parijs en herbeleven de geheime ontmoetingen, de angst, de spanning, de boekwinkel, en wat er met onze lieve Monsieur Le Bolzec is gebeurd. We zwijgen en denken aan hem. 'We zouden zijn graf moeten opzoeken,' zeg ik. 'Ik wil er wat verse bloemen neerleggen.'

Sebastian kijkt me aan, maar hij zegt niet: ja, dat moeten we doen. Hij zegt niets.

Eindelijk komen we bij Perros-Guirec, waar we een schaduwrijk plekje vinden bij wat overhangende bomen aan het eind van het strand. Sebastian spreidt het kleed uit, en ik open de rugzak en leg ons feestmaaltje klaar. Thuis had ik de gedichtenbundel van Victor Hugo erbij gedaan, maar ik aarzel om hem eruit te halen. Ik wilde hem gewoon bij me hebben. De wijn is vol en rond, de kaas smelt op mijn tong. Ik lig op mijn zij, met mijn hand als steun voor mijn hoofd, te kijken naar Sebastian, terwijl hij over zee uitkijkt, nippend van zijn wijn. Hij heeft zijn T-shirt uitgetrokken, en zijn huid is glad en gebruind, een paar gouden haartjes op zijn borst glinsteren in de zon.

'Sebastian,' zeg ik, 'waar denk je aan?'

Hij kijkt me aan en zijn intense blik brandt zich in me.

Ik kom dichterbij en raak zijn schouder aan met mijn vingertop. Ik voel dat hij trilt, en ik kan het niet helpen dat ik dichterbij wil komen en het gat tussen ons wil overbruggen. Hij is maar een ademtocht van me verwijderd. Ik raak de haartjes op zijn borst aan en wil zijn lichaam zo graag tegen het mijne aan houden.

'Lise,' zegt hij met een zucht.

Ik kus zijn lippen, alsof ik kan wegkussen wat hij wil gaan zeggen.

'Je zit altijd in mijn hoofd, achter alles wat ik doe, alles wat ik denk.'

Ik kus hem weer.

Hij trekt zich terug. 'Lise, ik moet weg.'

Ik ga zitten en staar in het niets. De wind aait mijn haren, fluistert naar me terwijl ik zachtjes begin te huilen. Ik kan hem niet aankijken. Als ik nu naar hem kijk, kan ik hem niet meer laten gaan.

'Vanavond,' zegt hij. 'Ik vertrek vanavond.'

Ik blijf uitstaren over de zee en mijn hart doet zo'n pijn, dat ik amper kan ademen.

Hij kust me op mijn wang. 'Ik heb altijd van je gehouden. Ik zal altijd van je houden.'

Als ik me omdraai en mijn armen om hem heen sla. Als ik me aan hem vastklamp zoals ik me aan hem vastklampte in het ziekenhuis. Als ik hem steeds opnieuw kus, dan kan hij niet bij me weg. Ik weet dat hij dan niet weggaat. Ik denk eraan hoezeer ik hem nodig heb, hoe leeg mijn leven zal zijn zonder hem. Ik zou het kunnen doen. Echt. Maar ik houd te veel van hem. En dus zeg ik niets. Ik beweeg niet eens. Ik versteen.

Ik voel zijn lippen op mijn wang en ik vang zijn muskusachtige geur op. 'Au revoir, Lise. *Je t'aime*,' mompelt hij. Ik hoor hoe hij de picknick weer inpakt, en ik weet dat hij me zal achterlaten met alleen het kleed waarop ik zit. Het kost me al mijn kracht om te blijven zitten en niet mijn armen om hem heen te slaan, hem niet te smeken of hij wil blijven.

'Lise, ik kan niet blijven. Ik kan mijn zoontjes niet zonder vader achterlaten.' Hij streelt mijn haar.

Ik krimp ineen. Hij voelt het en laat zijn hand snel vallen. 'Het spijt me. Het spijt me zo.'

Hou je mond, wil ik naar hem roepen. Maar ik hou me in. Ik stel me voor dat ik een van de granieten rotsblokken ben en ik vertrek geen spier. Hij moet nu weg. Hij moet weg. Of ik breek.

Ik voel dat hij wegloopt. Maar ik kijk niet, en de leegte in mij breidt zich uit totdat ze me opslokt en er niets meer van me over is. Maar ik blijf ademen.

Ik sta op en loop naar de branding, waar ik de golven tegen mijn benen laat slaan. Ik ga zitten in het ondiepe water en kijk hoe de golfjes met mijn jurk dansen. Ik spetter water in mijn gezicht, laat het zich vermengen met mijn tranen en ik proef het zout op mijn lippen. Ik weet niet hoe lang ik daar blijf zitten terwijl ik probeer de dingen op hun plek te krijgen en dapperder te zijn dan ik ooit heb willen zijn.

Dan hoor ik mijn naam.

Ik draai me om en zie mijn dochter. Mijn mooie dochter. 'Maman, Maman!' roept ze.

Dit is mijn naam.

Ik sta op om haar tegemoet te lopen, en ze slaat haar armen om me heen. 'Maman,' zegt ze. 'Ik hou van je.' Het is de eerste keer dat ik haar dit heb horen zeggen sinds ze klein was. 'Ik hou van je, Maman,' zegt ze weer, alsof ze weet dat haar woorden me weer leven inblazen.

Ik pak haar handen vast en draai rondjes met haar, alsof ze een klein meisje is. Voor mij is ze gewichtloos. Ze is een en al licht, en lucht, en liefde.

Sebastian heeft haar teruggebracht bij me. En hij heeft haar hier bij me gelaten, waar ze hoort. 'Josephine,' zeg ik. 'Je bent er.'

'Ja, Maman, ik ben er. Ik ben hier!'

Ik hou op met draaien en ik kus haar op haar natte wang. Ik aai haar over haar springerige haar. Ze is mijn familie, en ze is thuisgekomen. Ik trek haar tegen mijn borst en ik houd haar stevig vast terwijl ik de tranen wegknipper. Door het waas zie ik over haar schouder een duivenpaartje in het water staan. Ze kijken naar me met hun kopjes schuin, spreiden dan hun vleugels en vliegen weg, hagelwit tegen een donkerblauwe lucht. Terwijl ze steeds kleiner worden ervaar ik een sensatie van ultieme vrijheid. Ik ben eindelijk bevrijd uit het web van leugens. Ik houd Josephine nog steviger vast en mijn hart bonst in mijn keel. Ik haal diep adem en laat de lucht mijn longen vullen met zijn levenskracht. Dit leven. Dit leven vol mogelijkheden. Dit leven wil ik leven.

Epiloog

Begin november 1963

Het is een frisse winterochtend en de zon schijnt, maar zonder veel kracht. Ik huiver en sla mijn arm om Josephine heen terwijl we op de trein wachten. 'Ik ben niet meer in Parijs geweest sinds ik er vertrok, met jou in mijn buik.' Ik lach, hoewel het niet grappig is.

Ze kijkt me ernstig aan. 'Gaat het?'

Ik kijk weer op het telegram van mijn moeder.

Papa is vrijdag gestorven. Begrafenis dinsdag. Kom alsjeblieft.

Mijn vader – Papa. Zo heb ik hem al niet meer genoemd sinds ik kind was. Oude herinneringen aan hem komen opborrelen: Papa die me ophaalt van school op zaterdagochtend, en meteen doorgaat naar de patisserie, waar ik taart mag uitkiezen voor mijn moeders verjaardag. Papa die hardop zingt in bad. Wie was die man die mijn vader was?

De trein komt aanrijden en we stappen in een lege wagon. Josephine gaat bij het raam zitten en ik ernaast, met mijn hand op haar knie. Ik moet haar voelen, weten dat ze er is.

Terwijl het landschap aan ons voorbijtrekt en naarmate we Parijs naderen plaatsmaakt voor beton en gebouwen, voel ik iets in mijn maag. De schaamte en de angst die ik voelde toen ik vertrok, zitten nog in me.

Alsof ze het weet, legt Josephine haar hand over de mijne. 'We zijn er bijna,' prevelt ze.

Ik beweeg niet terwijl de trein schokkend over de wissels rijdt en het perron in zicht komt. Als we stilstaan, pakt ze onze kleine koffer op en neemt ze me bij de hand. 'Kom, Maman.'

Maar ik zit nog als versteend op de zitting en ik kan niet in beweging komen. Parijs. Te veel herinneringen. Ik vind het doodeng.

Josephine zet de koffer neer en komt naast me zitten. Ze slaat haar arm om me heen en knijpt in mijn schouder. 'Het komt wel goed,' zegt ze.

Ik kijk naar mijn mooie, gevoelige dochter door het traanvocht in mijn ogen, en ik weet dat ik met Josephine zo vlak bij me de confrontatie aan kan gaan met mijn herinneringen. Ik kus haar op haar wang. 'Kom,' zeg ik. 'Laten we Parijs in gaan.'

We stappen uit, en het lijkt net alsof we een andere wereld betreden. Het is niet het Parijs dat ik me herinner. Mensen haasten zich voorbij, kletsend, schreeuwend, lachend. De donkere uniformen zijn er niet meer, de zwarte laarzen, de half verhongerde, doodsbange mensen. Ik blijf even staan en neem de energie, de vreugde en de vrijheid in me op, en vraag me af hoe het hier allemaal kan zijn gebeurd. Hoe is het in godsnaam mogelijk?

'Elise!' roept iemand. Isabelle rent op ons af, en omhelst mij eerst en dan Josephine. 'Wat ben ik blij dat jullie er zijn.'

We lopen naar het appartement door Jardin du Luxembourg, over de avenues met hun lange rijen bomen, waar de bladeren al robijnrood en donkeroranje aan het verkleuren zijn. Ik vraag of we op het bankje kunnen gaan zitten tegenover het perfect gemaaide gazon waar ik ooit dat bordje omtrapte. Ik staar naar de lege ruimte en denk aan Ellen.

Ik kijk op en verwacht daar bijna nazisoldaten te zien, maar er zijn alleen kinderen die voor hun moeders uit rennen en stelletjes die arm in arm wandelen door de tuinen, alsof ze zonder zorgen zijn. Ik sluit mijn ogen, leun achterover op het bankje en snuif de warme geur van de herfst op.

We zeggen niets, maar Isabelle pakt mijn hand en ik pak Josephines hand, en zo lopen we samen door de tuinen naar ons oude appartement. We steken Place Saint-Sulpice over, en mijn hartslag stijgt weer en ik raak buiten adem. We slaan de hoek om, ons straatje in. Ik verstijf. De ijzeren balustrade is er nog. Ik knijp mijn ogen dicht en probeer de herinnering uit te bannen aan de mannen die me omlaag trokken, en de doffe klap van toen ik op de grond viel, de pijn die in mijn elleboog schoot, het geroep, het gejoel... *Stop!* Ik schud mijn hoofd alsof ik zo de herinnering kan kwijtraken.

Josephine kijkt me bezorgd aan. 'Wat zie je bleek, Maman.'

Ik knik en kijk naar de grote bordeauxrode voordeur. Er is niets veranderd. En toch is alles anders. Isabelle duwt de deur open en we lopen de hal in. Daar staat onze naam, Chevalier, op een van de postbussen. Ik stel me mijn vader voor met het sleuteltje, dat hij de bus openmaakt en alle brieven die voor mij bestemd zijn, eruit pakt en wegstopt.

De glazen deur aan de andere kant van de hal gaat open. Daar staat mijn moeder, dun en fragiel, en ze kijkt ons allemaal aan, een voor een, met zo veel verdriet in haar ogen. Opeens moet ik denken aan Josephine die naar me toe kwam in de zee toen ik me zo kapot voelde, en ik herinner me wat ze zei.

Ik loop naar mijn moeder toe en pak haar hand. Ik breng hem naar mijn lippen en druk er zacht een kus op. Isabelle pakt mijn andere hand en met zijn drieën houden we elkaar vast. Dan komt Josephine erbij en slaat haar armen om onze ruggen. En de cirkel is rond.

Noot van de auteur

Dit boek is geïnspireerd op mijn oudoom Wolfgang, die uit Oost-Duitsland kwam en op zijn vijftiende bij de Hitlerjugend moest. In 1943 werd hij gevangengenomen door het Britse leger in Noord-Afrika, vanwaar hij werd verscheept naar het Amerikaanse zuiden, waar hij op het land moest werken. Later is hij overgeplaatst naar Coventry, nog altijd als krijgsgevangene, en het was tijdens zijn werk op een boerderij in Kenilworth dat hij mijn oudtante Dorothy ontmoette. Wolfgang sprak niet graag over de oorlog en hij heeft nooit Duits gesproken met zijn kinderen. Helaas is hij in 2017 gestorven, maar gelukkig is Dorothy nog altijd gezond en kwiek, en zij zal je vertellen hoe iedereen van Wolfgang hield 'als een zoon'. Hun verhaal intrigeerde me, en ik heb me altijd afgevraagd wat de lokale bevolking vond van dit soort huwelijken. Vervolgens heb ik *Trautmann's Journey: From Hitler Youth to FA Cup Legend* van Catrine Clay gelezen, het waargebeurde verhaal over een jonge Duitse soldaat die als krijgsgevangene naar Groot-Brittannië werd gebracht, daar vervolgens bleef wonen, beroemd werd als keeper in de Engelse competitie en het zelfs wist te schoppen tot de FA Cupfinale. Een briljant en inspirerend boek.

Dankwoord

Mijn hartelijke dank gaat wederom naar al mijn prachtige schrijfvrienden, die zoveel meer zijn dan dat: Ian, Shelley, Maz, Ellen, Melissa, Rachel, Nancy, Connie en Haze. Bedankt dat jullie er altijd voor me zijn, en voor mijn talloze versies. Jullie zorgen dat mijn werk gaat leven.

Ik mag mijn handen dichtknijpen met zo'n geweldige uitgever, en ik bedank Sherise Hobbs bij Headline Review dat ze me van A tot Z heeft bijgestaan. Dank je wel, Sherise, voor jouw passie en toewijding aan 'het verhaal'. Als het gaat om de puntjes op de i in dit boek, dan heeft Flora Rees, mijn tekstredacteur, fantastisch werk geleverd om ervoor te zorgen dat het een mooi passend geheel werd. Dank je wel, Flora, voor je aandacht voor detail en je suggesties. En ik wil mijn geweldige agent bedanken, Sheila Crowley bij Curtis Brown, voor al haar steun en harde werk. Ik zou hier niet zijn zonder jou!

LEES MEER VAN RUTH DRUART

Terwijl Parijs sliep

Parijs, 1944. Het leven van een jonge vrouw neemt een afschuwelijke wending als ze op een dag van haar bed wordt gelicht. Ze wordt op transport gezet naar Auschwitz. Op het perron neemt ze een levensbepalende beslissing: in haar wanhoop geeft ze haar zoontje, een baby nog, weg aan een wildvreemde man.

Santa Cruz, 1953. Jean-Luc heeft met veel moeite het verleden achter zich gelaten. Getekend door de nazibezetting van Parijs en zijn werk langs de spoorlijnen, waar hij getuige was van de gruwelijkheden die de Duitsers aanrichtten, ontvluchtte hij na de Tweede Wereldoorlog Frankrijk om samen met zijn vrouw en aangenomen zoontje een nieuw leven te beginnen in de Verenigde Staten. Dan wordt op een dag zijn ergste angst bewaarheid en klopt het verleden volkomen onverwacht op zijn deur.